古典文學研究輯刊

二十編

曾永義 主編

第13冊

思無邪：明清通俗小說的情慾敘事（中）

李明軍 著

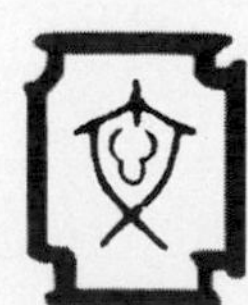

國家圖書館出版品預行編目資料

思無邪：明清通俗小說的情慾敘事（中）／李明軍 著 — 初版
— 新北市：花木蘭文化事業有限公司，2019〔民 108〕
目 6+240 面；19×26 公分
（古典文學研究輯刊 二十編；第 13 冊）
ISBN 978-986-485-887-3（精裝）
1. 明清小說 2. 通俗小說 3. 文學評論
820.8　　108011753

ISBN-978-986-485-887-3

古典文學研究輯刊
二十編　第十三冊　　ISBN：978-986-485-887-3

思無邪：明清通俗小說的情慾敘事（中）

作　者　李明軍
主　編　曾永義
總 編 輯　杜潔祥
副總編輯　楊嘉樂
編　輯　許郁翎、王筑、張雅淋　美術編輯　陳逸婷
出　版　花木蘭文化事業有限公司
發 行 人　高小娟
聯絡地址　235 新北市中和區中安街七二號十三樓
電話：02-2923-1455／傳真：02-2923-1452
網　址　http://www.huamulan.tw 信箱　hml 810518@gmail.com
印　刷　普羅文化出版廣告事業
初　版　2019 年 9 月
全書字數　666570 字
定　價　二十編 19 冊（精裝）新台幣 40,000 元

思無邪：明清通俗小說的情慾敘事（中）

李明軍　著

目次

第二部分　銷魂別有香——明清通俗小說中的慾望書寫

中國古代詩歌常常用「軟玉溫香」來形容女子，用「蘭」「麝」「蓮」「露」「芳」等形容女子身上或濃或淡的馨香。遼代懿德皇后蕭觀音作有《十香詞》，寫女人身上的香，從髮、乳、頰、頸、舌、口、手、足上的香一直寫到陰部的香。清代豔情小說集《別有香》的書名即取自《十香詞》，所謂「別有香」指的就是女性陰部的香。在《別有香》的故事中，性愛多發生在花園中花樹旁，滿園都是濃鬱的花香，使一向被視爲粗俗的性交竟帶有幾分詩意，每一篇小說中的景色描寫都是優美的散文。《別有香》描寫性愛時，用很多文字描寫女性的肉體特別是陰部。明清時期的豔情小說描寫女性，重點突出女性的性特徵，首先是陰部。煙水散人在《桃花影》中說：「必須是沉魚落雁，閉月羞花，方足以入我輩之想。試想那蟬鬢低垂，黛眉輕掃，淩波三寸，面似梨花，又想至小肚之下，兩股之間，其軟如綿，其白如玉，豐隆柔滑，乾而且緊者，能不令天下有情人盡作癡中想？」〔註 1〕

在西方的情色文學中，女性的小陰唇常常被比喻爲蓮花的葉子或展開的蝴蝶翅膀。在日本色情藝術裏，女性性器官被突出地描繪。中國古代的豔情小說則喜歡用食物來形容女性的陰部。在中國古代房中術和豔情小說中，女性光滑無毛而緊乾的陰部被認爲是最美的，房中書將女人按照陰道進行分類，有好女和惡女的說法。在很多文化中，女人的性器官被認爲是醜陋的、

〔註 1〕〔清〕檇李煙水散人《桃花影》第 1 回，《思無邪匯寶》第 18 冊《桃花影》第 28 頁。

低級的，不適於在藝術中表現。女性的陰道常被比喻爲洞穴、深淵或陷阱。對女性陰道的恐懼被形象化爲陰齒，這表達了男人潛意識中對女性身體的神秘力量的懼怕。對女性陰道的矛盾態度導致了對女性的殘害。

乳房被認爲是女人的第二性器。古代對大乳房的崇拜與生殖崇拜有關。但在中國古代，女性的乳房被緊緊地束縛起來，豔情文學中極少有對女性乳房的正面描寫，即使在春宮畫中，女性的乳房常常被描畫得扁平。相比於乳房，明清時期的豔情小說更關注女人的小腳，女人的小腳被視爲第二性器官。對女人腳的迷戀是中國古代文化中的一個奇怪現象。五代以前，女子的腳以白爲美，五代以後，女子的腳以小爲美，而天然小腳很少，於是就纏而又纏，裹而又裹。中國古代男人對女子小腳的賞玩，或含有某種施虐的快感，而女人爲了變得美而甘願受折磨，實際上是一種享虐心態。從宋末到元代，以小腳爲美，逐漸發展到以大足爲恥。男人之所以對女人的小腳如此癡迷，是因爲他們認爲女人的一雙小腳集中了女人的全身之美，更因爲女人的小腳與性相關聯，明代的唐寅有一首詞《詠纖足俳歌》：「第一嬌娃，金蓮最佳，看鳳頭一對堪誇，新荷脫瓣月生牙，尖瘦纖柔滿面花，覺別後，不見她，覓何日再交加，腰邊摟，肩上架，背兒舉住手兒拿。」〔註2〕對女人小腳的迷戀很自然地發展爲戀鞋癖，由戀足到戀鞋，表現了男人的變態性愛。中國古代女人纏足，與有些民族的陰蒂切除相似，都屬於對女性的摧殘。另一方面，小腳女人不僅走起路來婀娜多姿，而且纏足的女人步履艱難，偷情私奔都很困難。深閨禁錮，纏足拘束，還讓男性社會不放心，於是又有閨訓，有貞節牌坊。

與女性描寫相比，明清豔情小說對男性的外貌描寫很簡略，大都將男主人公寫得女性化。這些小說對男性的描寫集中在性特徵特別是陽具上，通過女性的目光，反覆渲染誇張。在豔情小說中的女性看來，男人要有美女般的容貌，又要滿腹經綸，前程錦繡，更要有碩大的陽物和強大的性能力，如果三者不能全備，最後一個條件絕不可少。明清豔情小說一味強調陽具的長大，但如薛敖曹那樣天生陽具壯大的畢竟是少數，於是男主人公只好求助於手術改造增大陽具，或者服用「九轉金丹」之類的壯陽藥物。無論是手術再造還是服用壯陽藥物，都違背了的房中術的要旨。

與豔情小說相比，明代後期興盛的春宮畫對性愛的描寫更爲直觀形象。中國的春宮畫起源於宮廷中的淫樂和民間性書的插圖。春宮畫最興盛的是明

〔註2〕姚靈犀編《採菲錄三編》第106頁，天津：天津書局，1936。

代，在明代後期，唐寅等知名畫家的參與使春宮畫成爲藝術。明代最暢銷的春宮畫冊有《風流絕暢圖》《鴛鴦秘譜》《花營錦陣》等，其中《風流絕暢圖》更是春宮畫中的上等之作。春宮畫重點在性交合的姿勢和技巧的藝術展示，主要功用還在於增強性興趣，爲男女歡愛提供性愛墲本。春宮畫中描摹的性愛姿勢，在古代房中書中多有描述，對青年男女、新婚男女來說，春宮畫是形象化的性愛指導手冊。值得注意的是，明代中後期豔情小說興盛的時期，正是以春宮畫爲代表的性藝術繁榮的時期。春宮畫和豔情小說相互影響，有著密切的關係。豔情小說所配的插畫就是春宮畫，豔情小說也是春宮畫的素材，小說所描寫的性交合情節是春宮畫描繪的內容。《風流絕暢》《花營錦陣》《鴛鴦秘譜》等春宮圖冊中圖畫所配詩詞多數來自於豔情小說。值得注意的是，春宮畫對男女身體的描畫，與豔情小說對男女主人公體貌的描寫有很多相通之處。豔情小說中的男女主人公玩賞春宮畫，從中學習性交的技巧。在有的故事中，春宮畫推動小說情節的發展。

最能體現明代春宮畫和豔情小說關係的是明代後期的小說《素娥篇》。《素娥篇》全書以文爲主，圖文並茂，故事情節非常簡單，實際上是以武三思和素娥代表男與女、陰與陽，描寫房中交合技巧。書的重點在素娥與武三思所演的「四十三勢」上，每一勢都有名目，配圖配詞。雖然《素娥篇》的主體部分圖配詞的形式與《花營錦陣》等春宮畫冊相似，但《素娥篇》不是性技巧的簡單圖解，而是將性交進行美化、藝術化。《素娥篇》中的女主人公名爲素娥，魏晉時期的志怪故事中有白水素女。素娥、白水素女之名與早期房中書中的素女有關。在古代房中書中，與素女並稱的還有玄女、採女。值得注意的是，古代房中書中記載的房中術傳授者，除了彭祖之外，大都是女性，如玄女、素女、採女、西王母等。這些女性將房中術傳授給男子，又告誡男子不要將秘密洩露給女子，女子知道秘術之後，就會採陽補陰，男子就會受到損害。豔情小說中性描寫的很多方面都能在房中書中找到線索。男性要寶陽採陰，女性慾固陰採陽，於是男女性交便成了一場危險的遊戲，明清豔情小說多用戰鬥比喻男女之間的交合，小說中所描畫的性愛姿勢大都借用房中書中的描述。豔情小說所描寫的房中術似是而非，更多的是想像，房中術所剩下的只有性交的姿勢技巧，只有赤裸裸的縱慾。豔情小說中的男主人公使用房中術也不是爲了純粹的快樂，他們的性冒險中摻雜著太多的東西，顯得灰暗。

性慾本身有著潛在的危險因素，有難以抗拒的誘惑性、腐蝕性，所以斷滅性慾很難。男性的生殖器被稱爲塵根，因爲它與塵世慾望緊密相連，但切除了塵根，也不一定能斷絕欲念。保留著塵根的出家人更面臨著嚴峻的考驗。出家人本四大皆空，但食慾和色慾與生俱來，無法戒除。只要人的「塵根」在，色慾就在。對出家人不染色的懷疑，很早就已存在，至明清時更爲突出。明清時期的小說中雖然也有得道的出家人的形象，但更多的是負面形象。在通俗小說中，本應是神聖之地的寺庵被寫成了淫窟，不僅淫僧淫尼在此淫亂，姦淫良家婦女，而且世俗男女也多選擇在寺庵中私通。市井野語將男子的性具謔稱爲小和尚，而託名元代高則誠著的豔情小說《燈草和尚傳》則將這個謔語敷衍成了一個故事。清代的豔情小說《風流和尚》將當時流行的淫僧故事的匯到一起，加以改編，用一根線串了起來。既然社會上對出家人懷有偏見，一旦婦女與出家人發生性關係，責任一般都落在出家人的頭上，於是就有聰明的女人利用這一點淫亂，在事發之前將出家人告上官府，自己享受了性快樂，還得到了不明事理之人的同情。

明代以後，佛道進一步世俗化，成爲世俗生活的組成部分，僧尼道士不再遊於方外，而是深入紅塵之中，紅塵中的各種誘惑使他們怦然心動，他們對世俗的奢靡充滿嚮往之情。歷史和現實中的許多風流僧人故事，爲豔情故事提供了故事素材。明清時期小說中惡俗僧尼以貪淫的負面形象成爲作品中的主角，與社會現實有關，反映了時人對宗教的態度。明代中後期，僧尼數量激增導致僧團素質下降，再加上整個社會充斥著功利主義氣息，而禪宗與淨土宗合流，簡化了修行程序，降低了修行門檻，佛教的世俗化色彩進一步增強。人們一方面相信業報輪迴，燒香拜佛，祈求福報，請僧尼做法事，尋求心理慰藉，另一方面卻又對從事法事活動的僧尼缺少崇敬之情，對他們的品行持懷疑態度，甚至不屑一顧，加以揶揄嘲諷。

與早期佛教的觀點相反，密教認爲身體是眾生藉以解脫的根本，好比渡過苦海的大船，性愛被認爲是宗教修行的重要途徑。性交被賦予了神聖的儀式意義，是體驗並感悟崇高而永恆的精神的途徑。在印度教性力教派中，「美妙」被視爲最高的境界，這種境界類似於男女歡愛的感受。密教經典在大約公元七世紀時傳到中國。在盛行於西藏、蒙古、中國和日本的眞言乘和金剛乘中，性行爲有著很重要的地位。古代印度詩人伐致呵利說，在這個無常的世界上，存在著兩種生活方式，一是獻身於宗教，二是與風情萬般的性感女子一起享受生活。伐致呵利認爲，聖人拒絕年青美貌的女子，實際上是自欺欺人。

慾很難戒，但慾也不能縱。性不是畸形的瘋狂，而是快樂的源泉。性不是畸形的瘋狂，而是快樂的源泉。但很多人卻只有從畸形的瘋狂中才可以獲得性快感。一種畸形的性愛是獸交。在所有動物中，與人最接近的是猿猴，所以人猿交較爲眞實可信。唐代傳奇《補江總白猿傳》就寫了一個人猿交的故事，但中國古代的筆記小說中記載得最多的是犬交。有證據表明，在上古時代，人獸交是較爲普遍，被認爲是正常的現象。古代神話中有天上神靈爲享受肉慾之樂，化身禽獸與凡人交媾的傳說。古埃及人對人獸交的態度，和古印度人有幾分相似，大神 Amon 所愛的女神 Mut 是母牛的形象。在古希臘和羅馬的神話中，有很多關於人獸的故事。在古代羅馬，很多女人和大猩猩、公牛、小馬、山羊等發生性行爲，劇院裏經常演出神人獸交的場面。但到了後來，在很多國家，人獸交被認爲是變態性行爲，常常受到道德譴責，甚至要遭到法律制裁。中國古代有關於人獸交的記載，甚至有女人與動物交媾而懷孕的故事。雖然中國古代的法律並不禁止人獸交，但人獸交爲道德所不齒，被認爲是反常的、道德淪喪的行爲。晚清的康有爲在《大同書》中痛斥人獸交：「惟人與獸交，則大亂靈明之種以至退化，則不得不嚴禁矣。太古之世，獸交最多，人之本始，亦自靈獸這交展轉而成。……然今各國所傳，其交猴、犬、牛、馬而生子類獸者不絕……此於保全人種之大義最爲悖反，若有此者，應科以非常之嚴律視爲大逆……若在大同之世，但在情歡，絕無禁戒，則人得所慾，起居飲食極香美，豈能復與獸交哉？義當無之，可不立禁，若有犯此者，公議恥絕，不齒於人可也。」〔註 3〕

人獸戀與人獸交有所區別，人獸戀指人對動物產生親密感或性渴望的一種特殊愛戀。並不是所有和動物發生性行爲的人都是人獸戀者，也並不是所有的人獸戀者都會和動物進行性行爲。中國古代小說中經常描寫的人妖戀、人妖交，有很多是人獸交的變形。明代後期的豔情小說集《別有香》所描寫的性交就多爲人妖交，在描寫人與花妖狐媚、樹精龍怪的異類性愛的小說中，既有誇張的性描寫，又對性心理比較眞實的表現。在人妖交的故事中，寫得最多的是人狐交。早在上古時代，狐就被認爲是一種神異的動物而受到

〔註 3〕康有爲《大同書》第七，《康有爲全集》第七集第 181 頁，中國人民大學出版社，2007。

崇拜，甚至成為圖騰。後世故事中關於狐精淫蕩、妖豔的描寫，與九尾狐的生殖崇拜意義有關。戰國時狐開始妖魅化，魏晉時出現了大量狐精故事。志怪小說中的狐精幻化成人形，誘惑人與其發生性關係，使人失去神志。早期的狐精故事多寫雄狐媚惑姦淫女子，沒有感情。宋朝之後，雌狐化身美貌女子迷惑男人的故事增多，狐性淫蕩的觀念漸漸深入人心，狐精成為妓女或豔麗淫蕩、勾引有婦之夫的女子的代名詞。美豔的狐精儘管滿足了男子的情慾，但更給男子帶來致命的危害，使男子精氣受損，有性命之憂。狐既然可變化為人，就會有人的感情。唐代之後的狐精故事中，變化為女子的雌狐甚至比女人還癡情，於是有了人狐戀的故事。清初的《聊齋誌異》是人狐戀故事的集大成，小說中塑造了一系列具有人性人情的狐女形象，這些狐女有青樓女子的特點，她們熱情主動，風流放蕩，和青樓妓女一樣對文士情有獨衷。與妓女不同的是，人狐戀故事中的狐女忠誠不渝，是書生的紅顏知己。雌狐精形象的轉變，很大程度是因為蒲松齡。蒲松齡的《聊齋誌異》扭轉了宋代以來狐精的負面形象。在《妖狐豔史》《狐狸緣全傳》等通俗小說中，狐仍保留著淫蕩、狡黠的特點，狐妖、狐仙有超自然的力量，能預卜禍福，具有很強的魅惑力。在早期的狐魅故事中，與狐發生性關係的男子或女子身體會很快衰弱，面黃肌瘦，精神萎靡，甚至病死。唐代之後，房中採補之說流行，人與狐交被認為很危險，因為狐會吸取人的精血來達到修煉的目的。明代之後的狐故事中，狐精與人交合，大都是為了採補，採補的最終目的是為了成仙。除了狐，古代的精怪故事中還寫了人與各種精怪的性交合，其中絕大部分是動物精怪。

歷史上有很長一段時期，同性戀也被視作異常的性行為。在古希臘，男性被認為是近乎完美的造物，是更加理想的愛情對象。到了中世紀，同性戀受到鄙視甚至迫害。在中國古代，同性戀雖也被視為異常，但極少受到壓制迫害。中國古代有很多著名的同性戀故事，如「分桃之愛」、龍陽君故事、「斷袖之癖」等。到了明代，好男風甚至成為一種風氣，被認為是一種風流雅致。中國的同性戀文學不絕如縷，到了明代更出現了一系列以同性戀為主要內容的小說。明代後期的《弁而釵》可以說是同性戀的讚歌，同性戀者的所謂「情義」被渲染到了極致，小說中同性戀被動一方的忠誠和節烈甚至讓許多女子都自歎不及。醉西湖心月主人在《弁而釵・情俠記》中說：「情之所鍾，正在我輩。今日之事，論理自是不該，論情則男可女，女亦可男，可以由生而之死，亦可以自死而之生。局於女男死生之說者，皆非情之至也。」〔註4〕實際上小說中描寫的只是同性交，主動的一方首先看上的是對方的容貌，想到的則是對方的屁股，而被動的一方皆毫無同性戀傾向，都是因爲心存感激，爲了報答對方的深情厚意，或者是爲了報恩，才屈身相就。與《弁而釵》用意相反的是《宜春香質》，這部小說集中的故事表達了對男風的痛恨，其中所描寫的小官多無情無義，忘恩負義，最後都得到了報應。這些故事雖對小官帶有一定的偏見，但也揭示了一個事實，即小官以自己的身體供他人淫樂，很少出自自願，更多的是爲了錢財。像《弁而釵》那樣要求小官忠貞節烈是十分可笑的。明代後期的另一部小說集《龍陽逸史》以戲謔的態度描寫了明代後期男風盛行的狀況，展示了小官的生活環境。

除了專門寫同性交的小說，明清時期的豔情小說幾乎都涉及同性交或同性戀，很多擬話本小說和世情小說中都有同性戀描寫。在這些小說中，最值得注意的是清代後期的狹邪小說《品花寶鑑》。《品花寶鑑》寫公子和男性優伶的同性愛，很少涉及性交，精神上的交流被置於肉慾之上。同性愛雙方之間感情的純潔被反覆強調，與豔情小說中的赤裸而骯髒的同性肛交形成鮮明對比。這些名士與優伶的關係更像是才子佳人小說中的男女純情，或許可以稱爲眞正的同性戀。小說中說：「我最不解今人好女色則以爲常，好男色則以爲異，究竟色就是了，又何必分出男女來？好女而不好男，終是好淫，而非好色。彼既好淫，便不論色。若既重色，自不敢淫。又最不解的是財色二字並重。既愛人之色，而又吝己之財。以爛臭之糞土，換奇香之寶花，孰輕孰重？卓然當能辨之。」〔註5〕《品花寶鑑》對同性關係的描寫，似乎接近柏拉圖所說的精神之愛。小說中的田春航將好女色稱爲淫，認爲好男色才稱得上眞正的好色。他的理論與柏拉圖的同性戀理論非常相似，但小說中名士與優伶的關係顯然離柏拉圖所說的同性戀還相差甚遠，因爲他們之間不是平等的關係，這些優伶顯然並非自願爲人妾婦，都是迫於生計而不得不爲之。

實際上，中國古代的同性戀故事所描寫的多是一種病態，是一種獵奇舉動。主動的一方總是處於上位，被動的一方爲了某種利益而以色相和臀部取悅對方，而他們自己所愛的也是女人。所以實際上沒有眞正的同性戀，而是追求性刺激的雙性戀，表面上是同性關係，實際上仍是男女關係，同性戀中

〔註4〕《明代小說輯刊》第二輯《弁而釵》第818頁，成都：巴蜀書社，1995。
〔註5〕陳森《品花寶鑒》第161～162頁，南昌：百花洲文藝出版社，1996。

強勢的一方爲男性，被追求者實際上是被當作女子。值得注意的是，這種對貞潔的要求也適用於同性戀中的弱勢一方。中國古代的同性戀更多地是一種病態，是一種獵奇舉動。主動的一方總是處於上位，被動的一方爲了某種利益而以色相和臀部取悅主動的一方，而他們自己所愛的也是女人。隨著年齡的增長，小官漸漸失去了女性一樣的嫵媚，男性特徵越來越明顯，喪失了吸引力，招徠顧客十分困難，報酬變得微薄，並成爲別人嘲笑的對象。小官以色相和臀部謀求衣食的辛酸，清代的小說《姑妄言》中有深刻的描述。

與男性同性戀相比，女性同性戀比較隱蔽。清代廣東順德的養蠶女組織「金蘭會」，清末民初上海的「磨鏡黨」，都屬於女同性戀團體。清末民初，中國南方的「行客」風俗是這種異性鴻溝的現實表現。在廣東珠江三角洲地區的漢民族族群中，一些立志終身不嫁的女子則通過一種獨特的儀式自行易辮爲髻，以示不嫁，這種儀式叫做「自梳」或「梳起」。

隨著社會觀念的自由、開放，同性戀逐漸得到社會的同情和支持，同性戀現象醞釀成爲一種運動。但傳統倫理文化的影響，使同性戀者的生存處境依然很艱難，遭受社會的歧視。從 19 世紀起，就有人開始對同性戀進行科學解釋。一種解釋認爲，同性戀與人體分泌物中的兩種物質有關。一種解釋認爲，男同性戀者是胚胎發育不正常的結果。精神分析學家弗洛伊德以心理動力假說來解釋同性戀。西方學者提出了關於同性戀的「酷兒理論」。動物中也有「同性戀」行爲。黑猩猩、日本獼猴就有雙重「性」格。對同性戀研究更有啓發意義的是果蠅。實驗證明，基因移植可以導致果蠅的「同性戀」。

第八章　《別有香》：人妖戀故事的民俗文化意蘊

豔情小說中，《別有香》很有特點。《別有香》的作者不詳，署別號桃源醉花主人，殘存 9 回，每回由 2 個故事組成。《思無邪匯寶》編者據第五回提及萬曆壬辰年（1542）事，不避「常」而「由」皆作「繇」，第五、十一、十二回有「國之將亡，必有妖孽」語，謂爲崇禎末年作。而據第五、十一、十二回中「國之將亡」之語，顯懷亡國之歎，必作於明亡之後或成於南明之際。這部豔情小說集與別的豔情小說不同，所描寫的性交多爲人妖之交。現存的九篇小說中，《潑禿子肥戰淫孀》《藏香餌稚子遭魔》《墮花街月惜貪花》取材於現實生活，其餘六篇都是寫人與花妖狐魅等的性奇遇，其中三篇寫動物之妖，一篇寫狐妖，一篇寫龍妖，一篇寫蚌精；三篇寫植物之妖，一篇寫桃妖，一篇寫梅妖，一篇寫菊妖。從殘存了幾篇小說看，作者對現實生活中的性愛持較爲開明的態度，肯定寡婦再嫁，主張有節制的正常性生活，反對淫慾過度。

一、螺女故事的情色化與民俗文化

《別有香》中描寫人與花妖狐媚、樹精龍怪的異類性愛的故事中，既有誇張的性描寫，又對性心理比較眞實的表現。第十五回《大螺女巧償歡樂債》講的是螺與人交。第一個故事寫樵夫與螺女的性愛，這個故事實際上是在魏晉志怪小說白水素女的故事中添加了一點情節，來說明什麼是男女之間的緣分。在故事的開頭，作者評論說：「就如一個婦人，生得美貌，你也愛他，我也愛他，你也去鑽，我也去鑽，用了許多心機，廢了許多氣力，終究不得到手。被一個人來，一放下鉤，就鉤著了他。豈眞有潘安的貌，子建的才，鄧通的錢，驢大的貨？亦他的緣分到耳。」〔註1〕第二個故事講的是戚氏兩兄弟玄修和玄感與螺女的緣。金牛江口有一螺灘，水中常產巨螺。附近山上有一個書院，戚氏兩兄弟在書院中。有一天，兩人出院閒玩，看見水上的一隻小舟中坐著兩個絕色女子，頓時動心：「忽日天晴，山明水秀，花香鳥語，二人遂相與出院閒玩。見灘流中有小舟一艇，一人逆流而上，舟中坐二女子，皆絕色。兩人注目頻視，恨不得身生雙翼，飛到他船上，再飽看一回。早灘彎樹繞，舟忽不見。兩人又佇立，待其回舟再看，候夕不至，只得怏怏而返。」〔註2〕小說用一大段文字描寫寂寞書生湧動的性渴望，回到書院，兩人討論男子想女人的因由：

> 玄感問道：「哥哥，人見了那婦人女子，便有千種的相思，萬般的想慕。亦思他恁的，亦想他恁的？」玄修道：「亦不過愛他嫋娜娉婷，溫柔閒雅，如歌所云：佳人窈窕兮動我思。就是這個意思。」玄感笑道：「哥哥，恐不止此，你再想一想兒看。」玄修道：「想他做甚，總是兩個字，道標緻。」玄感又笑道：「哥哥，標緻二字，動得人有限，有這樣一個字兒的，動得人無窮。」玄修道：「恁麼一個字兒的，我不曉得。」玄感又笑道：「哥哥莫欺人，那婦人家臍底下，小肚邊，那件物事，叫做疢，豈不是一個字的？」玄修道：「莫胡說，閒耍半日了，且去讀書。」〔註3〕

兄弟二人的渴慕終於打動了螺女。第二天，兩人又到灘前，在灘上發現了一個大螺。兄弟合力將大螺抬到園中書房後，放到一個大缸裏。到了晚上，玄修在後園中看見一個女子在月下拜月，認定她是螺仙。玄修將那女子帶到房中，先欣賞女子的陰部：「如肉饅頭兒發得酵起，高聳聳的突起。酵又發得過火了，那饅頭兒又開一條裂兒，吐出兩塊精肉兒來。眞個是妙得極。」〔註4〕

〔註1〕〔明〕桃源醉花主人《別有香》第15回，《思無邪匯寶》第8冊《別有香》第281～282頁。
〔註2〕〔明〕桃源醉花主人《別有香》第15回，《思無邪匯寶》第8冊《別有香》第295頁。
〔註3〕〔明〕桃源醉花主人《別有香》第15回，《思無邪匯寶》第8冊《別有香》第295～296頁。
〔註4〕〔明〕桃源醉花主人《別有香》第15回，《思無邪匯寶》第8冊《別有香》第302頁。

接著與那女子交合。第二天晚上，玄修因前天晚上疲勞，早早入睡，玄感在後園見到了螺女，於是拉入房中交歡。從此後螺女夜裏陪玄修，白天陪玄感。一個月後，螺女忽然不來了。兄弟兩人到缸前祝禱，又回房中焚香等候，作詩表達對螺女的思念。正在這時，螺女出現了。兄弟二人齊訴相思之苦。螺女告訴他們，他們前世爲姊妹，而她前世爲男子，私通事敗，都愁苦而死，姊妹再生爲兄弟，而她落入水族。所以她才借螺身償前世時之願，而緣止今夕，從此永別。當天晚上兄弟兩人一起與螺女交媾。五鼓後垂涕而別。螺女赴水而去，絕無蹤跡。兩人後擇配善終。

這是一個情色化的田螺姑娘故事。螺女故事的基本情節是一個男子發現一隻螺，養在水缸或坑池中，外出回家時，發現家中已備好飲食，懷疑是鄰人幫忙，鄰人否認，暗中窺探，才發現是田螺變形爲女子爲他做飯。男子與田螺姑娘結了婚，不久螺女離開，回歸仙境，留下男子一人。該故事最早出現在西晉束皙所著《發蒙記》中：「侯官謝端，曾於海中得一大螺，中有美女，云：『我天漢中白水素女，天矜卿貧，令我爲卿妻。』」〔註5〕《搜神後記》在《發蒙記》的基礎上加以擴展，寫謝端幼年時父母雙亡，成了孤兒，被好心的鄰居收養，一直到十七八歲。謝端品行端正，從不幹出軌之事。他一直沒有成婚。鄉人看他可憐，就一起幫他找媳婦。後來謝端在附近發現了一隻大螺，形如三升大的水壺，以爲是件寶貝，就拿回家放在水甕裏養了好幾天。謝端每天從田野耕作歸來，家裏都有熱氣騰騰的飯菜，以爲是好心鄰居所爲，就去感謝鄰居，不料鄰居說不是他做的。謝端又一次去感謝鄰居，鄰居笑著說：「你已經自己娶妻，偷偷藏在家裏燒菜煮飯，卻還要說俺幫你？」謝端心疑，不知其故。爲了弄清事情來由，謝端這天出工幹活，卻早早地返回，躲在籬笆外偷看、但見一個少女從水甕裏爬出，到灶臺下點火治炊。謝端到水甕邊去看大螺，只有一個空殼，就到灶前問道：「這位新來的姑娘來自何方，爲何幫我做飯？」少女神色驚惶，想要回到甕中，卻被攔住，只能如實說出自己的來歷：「我是銀河的白水素女，天帝可憐你少從小喪失父母，品行端正，因此派我幫你做飯，十年之內，助你發財娶妻，然後自會離去。但你平白無故偷看，使我眞形敗露，不便繼續留在你家。你以後還是要好好勞動，我留下的這隻螺殼，可以生出米來，不會讓你飢餓。」謝端百般懇求她留下，她始終不肯。突然風雨大作，螺女隨即消失得無影無蹤。謝端爲螺女立下神位，

〔註5〕〔唐〕徐堅等《初學記》第192頁，北京：中華書局，1962。

時常祭祀。他從此變得豐足起來，於是就有鄉人把自家女兒嫁給他爲妻。謝端後來當上了縣令。〔註6〕南朝任昉編的《述異記》中也收錄了謝端故事，寫謝端爲人端正，一次在海邊觀濤，得了一隻大螺，把它割開後，發現裏面藏著一個美女，自稱是天上白水素女，說天帝欣賞他行爲純正，派她當他的妻子。但謝端以爲是個妖精，大聲呵斥，趕她離開。仙女只好歎息一聲，升雲而去。〔註7〕

唐代之前的田螺姑娘中，《搜神後記》中的故事比較完整。《發蒙記》中的故事可能出自漁夫們的幻想。《搜神後記》中的謝端是個農民，他孤苦無偶，恭謹力耕，感動上天，得到螺女爲之炊爨。《述異記》中的故事突出了男主人公的道德自制力。這幾個故事中都隱含了溫飽和情慾的雙重命題，溫飽和情慾是下層獨身未婚男子的兩個基本願望。實際上田螺姑娘的故事跟「女鳥」類故事、羽衣仙女故事以及牛郎織女故事構想相近，表達了相同的題旨。劉向《孝子傳》中董永織女的故事寫天神同情董永的不幸遭遇，派織女下凡與他結爲夫妻，幫助他擺脫困境。晉代干寶的《搜神記》中記載了羽衣仙女的故事：「豫章新喻縣男子，見田中有六七女，皆衣毛衣。不知是鳥。匍匐往，得其一女所解毛衣，取藏之。即往就諸鳥。諸鳥各飛去，一鳥獨不得去，男子取以爲婦，生三女。其母后使女問父，知衣在積稻下，得之而飛去。後復以迎三女，女亦得飛去。」〔註8〕《敦煌變文集》裏所輯錄的《搜神記》中，羽衣仙女的故事有另外一個結局。農夫與仙女結婚後，生下一個兒子名叫田章，五歲時跟董仲先生（疑爲董仲舒之訛）讀書，找到了飛走的母親，又被母親以羽衣送上天庭，被天帝所憐恤，天帝教了他許多方術，還授他八卷天書，他從此通曉天文地理。他返回人間後，才學之名迅速傳揚開去，消息一直傳到京城，天子提拔他當了宰相。田螺姑娘故事、「女鳥」故事、羽衣仙女故事都屬於仙妻故事，是天女下凡故事與精怪故事的結合。

到了唐代的螺女故事中，螺女不僅能操持家務、生兒育女，還能對付各種難題，對抗社會邪惡勢力。唐代的《原化記》中的《吳堪》記載，常州義興縣縣吏吳堪，家臨荊溪，常以物遮護溪水，以免溪水變得穢污。他曾在水

〔註6〕〔晉〕陶潛《搜神後記》卷5，載〔宋〕李昉等編《太平廣記》卷62第387～388頁，北京：中華書局，1961。

〔註7〕〔清〕紀昀等《景印文淵閣四庫全書》第1047冊第621頁，臺北：臺灣商務印書館，1986。

〔註8〕〔晉〕干寶《搜神記》第175頁，北京：中華書局，1979。

邊撿到一個白螺，帶回家中養著。此後他從縣裏回到家，見家中飲食已準備好了，以爲是鄰母幫他做的，鄰母告訴他，不是她給做的飯，是一個美貌女子做的。後來他暗中窺視，見是白螺化爲女子幫助他做的飯菜。白螺所化美女告訴吳堪：「上天知道你敬護泉源，工作勤快，又同情你孤苦一人，派我爲你操持家務，幸好你看見了眞相，不至於懷疑我的來歷。」螺女成了吳堪的媳婦，夫妻間萬般恩愛。縣令聽說吳堪的豔遇，垂涎三尺，意欲橫刀奪愛，設下計謀，先是要吳堪尋找蝦蟆毛和鬼臂兩件東西，又要蝸鬥，名叫「蝸鬥」的怪獸吃燒紅了木炭，排在地上的糞便都變成了火團，火焰點燃了整個縣衙，縣令及其全家都在火災中化爲灰燼，吳堪和他的螺妻從此失蹤，杳無音訊。〔註 9〕《原化記》中的螺女故事除了慾望的幻想滿足外，有了更多的社會內容，加入了正義和邪惡之爭。螺女賢惠、機巧、智慧，幫助丈夫克服貧困，積累財富，戰勝各種困難，這正是下層百姓所迫切需要的。田螺姑娘和蚌姑娘故事一直到近現代，仍在各地和各民族中間廣泛流傳，如福建的《田螺娘子》和《田螺姑娘》，江蘇的《蚌殼精》，浙江的《田螺姑娘》和《蚌姑娘》，四川的《螺獅姑娘》，高山族的《螺獅變人》，毛南族的《螺獅姑娘》，達斡爾族的《江蚌姑娘》等，都與晉唐時期的田螺故事有關聯。

值得注意的是，魏晉時期的田螺姑娘故事中，螺女自稱「天漢中白水素女」，天漢即銀河，其色銀白，故稱「白水」，而東漢七夕守夜者以爲「見天漢中有奕奕正白氣」是牽牛、織女相會的徵應，所以螺女故事可能跟天漢織女嫁牛郎的故事有關。螺女又稱素女，而素女是古代女仙，她精通音樂，又擅長陰陽之道、房中之術。很多房中書都以素女爲名，如《素女秘道經》《素女方》等，在這些房中書中，素女是房中秘術、陰陽採補秘法的傳授者。魏晉之後，素女被列爲道教女神，道教神譜將《白水素女》一篇列入。《雲笈七籤》卷一八又謂白水素女是兩腎間弱水大海中的神仙之一。所以螺女身上兼有天女、性愛女神素女和螺精的特點，在後世的螺女小說中，性的因素逐漸突出。唐代的薛用弱所撰《集異記》中有一篇《鄧元佐》，寫一個名叫鄧元佐的潁川人在外遊學，一天將抵達蘇州，卻誤入一條曲折危險的小路，十多里地沒有見到人家，滿眼望去，只有漫漫荒草。天色已近黃昏，鄧元佐忽然看見燈火，趕緊找尋過去，只見一間蝸牛殼狀的小屋，裏面住著一個二十來歲

〔註 9〕〔唐〕皇甫氏《原化記》，見吳增祺編《舊小說》（乙集四・唐）第 3～4 頁，上海：商務印書館，1914。

的女子。鄧元佐敲門說：「我迷了路，希望娘子能夠容我留宿一夜。」那女子答應了他的請求，讓他坐上土榻，又端來美食招待，而後又伴著鄧元佐就寢，風流快活了一夜。天明後鄧元佐才發現自己原來置身於田中，身邊臥著一枚大螺。鄧元佐想起昨晚吃的美食，不覺嘔吐起來，吐出來的都是青泥。鄧元佐感歎良久，並沒有去傷害那螺。他從此專心學習道術，再也不出去遊歷了。〔註10〕

螺與性的關係，亦與螺的形狀特點和文化象徵意義有關。田螺本是江南水鄉常見之物。《史記・貨殖列傳》中說：「楚越之地，地廣人稀，飯稻羹魚。或火耕而水耨，果隋蠃蛤，不待賈而足。地勢饒食，無飢饉之患。」〔註11〕其中「蠃」即指螺獅。螺與南方的耕作方式密不可分。《越諺》卷中記載：「（田螺）銳尾大頭，其面有靨……穴田泥，獲稻掏取。」〔註12〕女子負責捉田螺，而田螺與水有密切關係，水又是女性的象徵。在江南地區，水中的介殼類動物如蚌、蛤蜊等都被視爲女性的象徵物，在異類婚戀故事中，螺或蚌很早就被固定爲女性角色。另一方面，螺身軀柔軟潮濕，洞殼呈螺狀旋緊，又有著強大的繁殖力，都與女陰的特點相似，因而螺成爲女陰的隱喻。另一種被認爲象徵女陰的水生介殼類動物是蚌。在上古文化中，貝紋被認爲是女陰的象徵，在外國的一些民族中，貝殼被作爲女陰的象徵。

二、詩意的人妖交描寫

在《別有香》的故事中，性愛多發生在花園中花樹旁，滿園都是濃鬱的花香，使一向被視爲粗俗的性交竟然帶有幾分詩意，每一篇小說中的景色描寫都是優美的散文。比如第十一回寫白某喜歡風月，養了十多個美麗的妾婢，但大夫人好吃醋，於是只好建了一個園子，園內按照四季節分爲四個部分。春園中種植著桃樹和杏樹，花開的時候，就好像列著錦幛。夏園中栽的是蓮花，環繞數里，開花時節亭亭玉立，紅白相映。秋園遍栽桂子和金銀花，花開時節，香聞十里。冬園則栽著梅花，花開的時候，遠看就好像香雲。每個園子由一個美妾主管，兩個美婢相助。這樣的環境簡直是人間仙境。

〔註10〕〔唐〕薛用弱《集異記》第79～80頁，北京：中華書局，1980。
〔註11〕〔西漢〕司馬遷《史記》卷129第3270頁，北京：中華書局，1959。
〔註12〕侯友蘭《〈越諺〉的構成》，《湖州師範學院學報》，2006（02）：25～ 29。

再比如第十三回《白玉娘雪天狎年少》先描寫梅花的奇妙，梅花凌寒獨自開，含芳吐秀，綻玉飛香，好像玉香仙子從雲中落下站立，引得才人韻士、隱客羽流在風前月下歎賞吟哦，流連忘返。蜆山上的梅花最爲有名，碧溪旁邊有個蜆湖。湖畔有座蜆山，山深邃幽僻，山上多松竹，大風吹處，濤聲嘯韻，如同天籟。一個叫石古岩的書生，聽說蜆山風景優美，於是做船前往蜆山訪梅：

> 及登岸，但見入目峰青，迎眸水碧。雖木葉盡脱，林景蕭疏。而松陰竹影，蒼翠如畫。觀玩之間，只聞香氣清冽，襲襲振衣。生遂轉過後軒，果又見芳梅團玉，枝枝低椏。如珠樹垂珠，圓圓冰結，一種馥郁之氣，撲入眉宇。猶如美人素妝，薰以蘭麝，不若此之華麗芬芳。生玩其下，歎道：「我今登玉香殿，對素衣仙子，眞不減天道臺上。但恨沒個紅裙佐酒，教人空寂寂婆娑花下，誠一愧事。」乃朗吟一絕云：「恍挾天風上翠阿，箄杖細細折澄波。瓊姬見我皆環立，盡卸紅妝著素羅。」〔註13〕

第十四回《黃小娥秋夜戲書生》的故事場景是菊園。第一個小故事中，銅山樊老種菊半畝，各種名貴品種園中無不備具，秋深之際，飛香弄笆，爛漫籬邊，嬌黃嫩白，淡紫深紅，把秋容裝扮得十分豔麗，引得遊客前來觀賞，就如置身錦繡窩中，還多了香氣。第二個小故事中，翁老結廬於秦望山下，在屋舍旁種植菊花，花開的時候，黃白交映，景色優美。翁老提著一壺酒，在花叢中飲酒賞菊，醉了就在花下睡去。這樣的描寫讓人想到陶淵明，想到陶淵明的桃花源。

第五回、第十三回、第十四回寫的是人與花妖的性愛。第五回《展花裀群英擇偶》的開篇，作者先討論仙妖之別。凡是物成爲精怪，變爲人形，或者稱爲仙，或者稱爲妖，一要看人的想法，比如劉阮到天台，看見桃花、胡麻飯，遇到了美女，他們以爲是仙，那就是仙，如果他們懷疑是妖，那麼就是妖。二要看其氣，有仙氣的話就是仙，有妖氣的就是妖。在高雅的人看來，花不僅是花，就好像美人；在低俗的人看來，花就是花，看不出有什麼美。第一個故事中的景靈谷就是第一種人，他愛山水，又喜聲色，對花月之妖不僅不害怕，反而心嚮往之。一天晚上，月光皎潔，他想到了六橋桃花，於是

〔註13〕〔明〕桃源醉花主人《別有香》第13回，《思無邪匯寶》第8冊《別有香》第220頁。

步月前往，希望能見到花神，但等了半夜，也沒有等到，於是失望而歸。就在返回的路上，遇到了三個絕色女子，一個穿著絳色衣服，一個穿著緋色衣服，另一個穿著紫色衣服。三女將景靈谷請進小軒坐下，景靈谷聞到香氣隱隱，看到豔色蒸蒸，心裏知道這三個女子不是凡人。景生與三女子飲酒高歌，接著就在花陰深處，碧草叢中，與三個女子進行了性交。讓景生迷醉的是幾個女子身上的香氣，絳衣女子身上的隱隱香氣，遍體籠罩，使景生情興勃發，而緋衣女子的陰部有芬芳之氣。天亮前，三女與景生相別，臨別前三女各自贈給景生一首詩，在詩中暗示了各自的眞實身份。三女與景生相約晚上再會，景生盼望著天黑，但很快天下起了暴雨，一下就是四五天。等雨過天晴，景生急忙趕到定香橋茅籬邊，沒有找到竹軒，不見了三個美人的蹤影，只見亂草淒淒，落紅片片，籬邊有絳桃三株，顏色憔悴，花片蕭疏。景生想起三女子所作詩句，這才明白三個女子原來是花妖。

第五回的第二個故事講的是六人同見花妖。林、許、裴、黃、陸、計六人結社作文，飲酒行樂。他們居所的旁邊是一個園子，園子裏傳出女子的笑語。林生爬上牆頭向裏窺探，看到一個美麗的女子，跟著她的婢女也都姣好。到了晚上，林生想起白天所見的女子，無法入睡。正在這時，有人敲門，原來是白天所見的女子前來相就，女子姓陶，丫鬟稱她爲陶奶。陶奶叫林生將他的幾位友人招出來，一起到園中飲宴行樂。陶奶選擇林生，讓其他五人從諸婢中選擇自己喜歡的女子，無任分別選了華妹、蓁妹、菌妹、穠妹、蕊妹，享交歡之樂。林生先與陶奶交媾，又與裴生交換蕊妹，接著到畫閣中，鋪設花裀數十重，高燒銀燭，照徹紅妝，舉辦所謂的「交歡大會」，淫亂至極：

> 那時面面相看，枝枝錯影。有類滿沼芙蕖並蒂，盈庭鸞鳳交顛。奶歡笑絕倒，看那眾生做作。也有挽頸貼胸，而黏成一片的。也有高起雙彎，而曲躬頻搗的。也有從後山採取，而手摸弄粉奶的。也有側身相摟，而秀腮緊偎的。也有俯伏高突，而跪送直入的。也有男□挽女腰，女足挽男腰，而交相剪□的。件件新奇，般般出色。即所謂：既入花叢，直傾花窟。〔註14〕

陶奶寫交歡詩十首，蕊妹歌唱助興：

〔註14〕〔明〕桃源醉花主人《別有香》第5回，《思無邪匯寶》第8冊《別有香》第79～80頁。

其一

第一交歡愛解衣，嬌紅漾出好光輝。
郎伸一手摩娑處，溫軟生香甲正肥。

其二

第二交歡兩體偎，笑拈玉筍向花叢。
等閒撩人無多少，緊□撩人擠不開。

其三

第三交歡郎意和，櫓樁安上漫搖舸。
引郎情□芳心癢，不住挨身磨小窠。

……〔註 15〕

諸生與諸女交換性伴侶，陶奶與其他四生交媾一遍，又讓林生寫詩紀事。歡樂過後，陶奶感傷地說：「今夜春華爛漫，泄盡天機。如此歡娛，諒不免為造物所忌。恐明朝風雨，將次摧殘。回首芳菲，徒成夢想。此宵金谷，止可當諸君一夜郵亭。後緣恐難再了。」〔註 16〕於是作歌餞行，與六生垂淚而別。天亮之後，風雨陡至，園花零落。六生又到園中，不見眾女蹤影，只見桃枝上杜鵑啼血，林生忽然明白了，眾女子原來都是桃花之妖。

第十三回《白玉娘雪天狎年少》寫的是梅花之妖。第一個故事寫的是書生石古岩峴山遇花仙。石古岩往峴山尋梅，夜宿舟中，夢見一絕色婦人自稱玉香仙史，與其交媾，一泄而別，醒來方知為南柯一夢。第二天晚上，他到山上軒中等待夢中仙子，月下拍手而歌，正在這時一個遍身縞素的美婦帶著一個丫鬟出現了。石古岩上前挑逗，美婦表示自己要與松柏比節操，不想學楊花沾泥逐浪。石古岩勸美婦珍惜美好青春，及時享受。美婦一開始還推託，讓石生與自己的丫鬟歡合，後來石生先動手，美婦也沒有抗拒。小說特別寫了美婦的陰部「豐肥潤澤，香氣苞含」。石生先後與美婦及其丫鬟交媾，然後題詩而別。天亮之後，石生來到夜晚和美婦歡會的地方，在一株梅花向南的枝上，發現了自己昨夜寫在美婦裙上的詩，這才明白昨晚所遇的美婦就是梅花之妖。小說接著講述了一個男子和七個梅花之妖的故事。小說先描寫了壺

〔註 15〕〔明〕桃源醉花主人《別有香》第 5 回，《思無邪匯寶》第 8 冊《別有香》第 80～81 頁。

〔註 16〕〔明〕桃源醉花主人《別有香》第 5 回，《思無邪匯寶》第 8 冊《別有香》第 87 頁。

山梅花勝景。壺山之麓有馮氏歸來亭，屋子周圍種植了梅花數十株，高與樓齊，花開如雪，香氣濃鬱。書生沙中金租住馮氏的屋子，在一個月明之夜，有七位美女前來拜訪，這七位女子都姓白，自稱爲姐妹。七位女子按照年齡逐個與沙生交合，到了第八夜，七姐妹同來，與沙生玩捉迷藏的遊戲，被沙生捉到的女子就與他性交。在第九夜，沙生與七個女子同床群交：

> 有三四百合的，也有二三百合的，極少也有百餘多合。或做個順水魚兒，或做個拗馬軍，或做個烏龍轉眼，或做個合著油瓶蓋，或做天圓地方，或做個鰍入菱科，或做個仙人背劍，或做個鐵索練孤舟。戲戲笑笑，歡翻了一夜。〔註 17〕

沙生與眾女子一夜狂歡，毫無倦意。玉姐告訴他，她們不是普通女子，而是素梅七仙子，而沙生前身是仙人王子晉，素梅七仙子是他的妻妾，所以今生才有緣分再聚。而如今花期將盡，天帝相召，所以要與沙生分別。沙生與眾女子垂淚而別後，一直對她們念念不忘，思慕不已，以至於神氣太喪，到後來神氣盡脫。他的友人爲他擔心，他將自己的奇遇告訴了友人，友人和他一起來到眾女子居住的地方，不見朱樓，只見數株白梅，爛漫如雪，數一數，正好是七種。沙生這才相信友人的話，原來七個女子都是白梅之妖。

第十四回《黃小娥秋夜戲書生》第一個故事講的是銅山樊老與菊花。樊老酷愛種菊，但他卻不是眞的愛菊，他種菊是爲了賣錢，而且故意抬高價格，牟取暴利，又冒充風雅。樊老有一個十五歲的女兒，幫助他管理菊園。有一天，她在園子裏看到一個穿黃衣服的男子，這個男子懂得法術，能讓菊花的斷枝重生，還能使一個枝條上開出不同顏色的花來。樊女要黃衣男將法術教給她，黃衣男要她用「腰底下腿縫兒裏那件東西來換」，樊女不得已，與他交媾了。但黃衣男並沒有將法術傳給她。過了一段時間，樊女在夢裏見到了那個男子，那個男子告訴她，他是菊英，因爲她父親出售菊花牟利，不知愛惜，所以他前來報復:「故我來探爾花心。花心破，諸色就槁。縱有法，亦不授爾。」〔註 18〕樊老第二天起來，發現園子裏的全部殘敗。樊老因爲一年的利潤都沒有了，非常難過，竟鬱悶而死。第二個故事中的翁老就是個眞正愛菊的人，

〔註 17〕〔明〕桃源醉花主人《別有香》第 13 回，《思無邪匯寶》第 8 冊《別有香》第 245 頁。

〔註 18〕〔明〕桃源醉花主人《別有香》第 14 回，《思無邪匯寶》第 8 冊《別有香》第 262 頁。

他種菊不是爲了求利，而是爲了自己觀賞。有兩個孫子，一個叫伯玉，一個叫仲璧，都有乃祖之風。重陽過後，菊花盛開，伯玉和仲璧讀了祖父的賞菊詩後，也各作詩一首，表達了對花神的欣慕之情。就在那天晚上，仲璧在花園裏見到了黃白二英所變化的女子。第二天晚上，伯仲二人在花園中又見到了二女子，互通姓名，兩個女子一個叫黃小娥，一個叫銀小娥。當晚黃小娥留下與伯玉發生了性關係。伯玉解開黃小娥的衣服，只聞到奇香拂拂。第三天晚上，黃小娥姐妹同至。伯玉與黃小娥在鋪在地上的芭蕉葉上性交，而銀小娥和仲璧在屋內性交，銀小娥的陰部也是「香馥襲人」。第四天晚上，兩男兩女共處一室，上下聯床。黃小娥提出讓筠姨作媒，姐妹與伯仲兄弟成就姻緣。次日，筠姨果眞前來提親，翁老欣然答應，於是擇吉爲兩孫舉行了婚禮。婚禮的當天晚上，筠姨推開了翁老的房門，與翁老同床交歡，原來筠姨仍是處子。從此一家六口，和樂度日。但人口既多，又遇到了荒年，翁家生活變得拮据。筠姨和黃小娥、銀小娥一開始食樹根而留下糧食給翁老祖孫食用，後來知道金銀可以購買物品，於是變化金銀，供翁老祖孫使用。從此翁家變得富足，一心種花。花開時，邀友人共賞，有喜歡的就以花相送，但從不出售。翁老樂善好施，被鄉鄰稱爲長者。後來翁老祖孫將錢財散給僮僕，舉家飛昇成仙。

三、花妖故事的演變

在古代的異類婚戀小說中，人與植物精怪的性愛故事很少，這與植物的特點有關。古代民間信仰中，花神叫女夷或花姑。《淮南子・天文訓》記載：「女夷鼓歌，以司天和，以長百穀禽鳥草木。」高誘注：「女夷，主春夏長養之神。」〔註 19〕唐前小說中，花精形象很少出現。《太平廣記》卷四百一十六中收錄了唐代以前的幾則花妖故事，一則引自《五行記》，寫東漢末年出現一種「龍蛇草」，長得十分奇特，有的像人拿弓箭的形狀，有的像牛馬等動物的形狀。當時的人把它當作草怪，並把它的出現視爲國家的不祥之兆，「是歲，黑山賊張牛角等十餘輩並起抄掠，後兄何進秉權，漢遂微弱。又董卓起兵焚燒宮闕之應」。〔註 20〕「龍蛇草」不會變化，是早期花精形象的一個雛形。《續搜神記》中有一則故事寫蕨菜成精變成了一條赤蛇，而後又變回蕨菜。另一

〔註 19〕劉文典《淮南鴻烈集解》第 93 頁，北京：中華書局，1989。
〔註 20〕〔北宋〕李昉等《太平廣記》卷四一六，第 3391 頁，北京：中華書局，1986。

則故事引自《異苑》，寫赤莧成精，變化成美貌的男子去迷惑女子，後來被女子的家人發現後割除。唐代以前小說中的花精形象顯得十分單薄。花精可以變成動物，也可變成人，一般變爲男子，花精變形之後沒有法力，沒有特殊能力，花精出現常常帶來恐懼和災難。《太平廣記》卷四百一十七引段成式《酉陽雜俎》中的兩則花妖故事，一則寫蒿草變出了數十個黑豆般大小的小鼠，一則寫董陸花變成了小飛蟲。兩則故事中的花精變化能力有限，只能變成小動物、小飛蟲，是早期花精形象的延續。《太平廣記》卷四百一十七引張讀《宣室志》中的一則故事寫蒲桃精變化成人，對鄧珪沒有加害之意，只是想坐在窗下聽他與客人談話，但鄧珪等人還是心生恐懼，不敢與之交往，最終將它除掉。

唐宋小說中的花精形象漸趨豐滿，花精開始以美貌女子的形象出現。《太平廣記》卷四百一十七引薛用弱《集異記》中一則寫儒生偶遇百合花精變成的美女，百合花精很重情，爲報答儒生的珍視，發誓永遠相伴，與之相愛，十分歡洽。只可惜儒生錯將花苗折斷，導致了最後的悲劇。百合花精變成白衣少女，姿貌美麗，這是白色百合花美麗姿態的反映。孫光憲《北夢瑣言》中一則故事寫荷花精容貌美麗，蘇昌遠一見便被迷住，與之交好，送給她一個玉環。後來蘇昌遠將荷花折斷，荷花妖消失了。柳宗元《龍城錄》中的《趙師雄醉憩梅花下》寫梅花精化作淡妝素服的女子，陪伴寂寞的趙師雄飲酒解悶。梅花精不僅美麗多情，而且聰明伶俐。梅花精與趙師雄只是談話、飲酒，但他們之間已經產生了愛慕之情。小說結尾，梅花精離去，趙師雄面對梅花樹獨自惆悵，餘音嫋嫋：「時東方已白，師雄起視，乃在大梅花樹下，上有翠羽啾嘈相顧，月落參橫，但惆悵而爾。」〔註 21〕《博異志》中的《崔玄微》寫隱士崔玄微保護花精得道成仙的故事：「處士崔玄微洛東有宅，耽道，餌術及茯苓三十載。一日三更後，四女楊氏、李氏、陶氏、石阿措來此暫時休息。四女坐未定，門外報封家姨來，四女驚喜出迎，封氏言詞冷冷。眾人在一起飲酒，色皆殊絕，滿座芳香，馥馥襲人。十八姨持盞，性頗輕佻，弄翻酒污阿措衣。阿措作色說：『諸人即奉求，余即不知奉求耳。」拂衣而起。十八姨生氣離開。第二天，四女來向崔玄微尋求幫助。阿措說：「諸侶皆住苑中，每歲多被惡風所撓，居止不安，常求十八姨相庇。昨阿措不能依回，應難取力。處士倘不阻見庇，亦有微報耳。」崔玄微答應，四女齊聲作謝：「不敢忘德。」

〔註 21〕《筆記小說大觀》第 31 編第 842 頁，臺北：新興書局有限公司，1985。

崔玄微於是送她們離去。四女逾苑牆，入苑中，各失所在。崔玄微按要求在苑中立幡。第二天，東風振地，自洛南折樹飛沙，而苑中繁花不動。玄微於是知道幾個女子為花精：「諸女曰姓楊李陶，及衣服顏色之異，皆眾花之精也。緋衣名阿措，即安石榴也。封十八姨，乃風神也。」過幾夜，四女來謝，「各裹桃李花數斗，勸崔生服之，可延年卻老」。崔玄微因此得以長生不老。崔玄微心地善良，愛護花精，助人為樂，得到了好報。〔註22〕

明清時期的小說特別是文言傳奇中，出現了很多人與花妖之戀的故事，這些故事中的花妖不僅美麗，身上常常帶有異香，而且有雅趣，因此對書生文人情有獨鍾。明代王世貞編的《豔異編》中的《范微》寫辛夷、麗春、玉蕊、含笑四個美女來陪伴范微，這四個美女實際上是桃花、李花、海棠花、牡丹花所化。清代的《聊齋誌異》中，菊精黃英化美女嫁給馬子才，紫牡丹花精葛巾化美女嫁給常大用，白牡丹花精香玉化美女陪伴黃生。《淞隱漫錄》中的《藥娘》寫芍藥花精藥娘、玉蘭花精玉娘化才女與書生鄭篠史談詩，成為膩友。《田荔裳》寫牡丹花精蓮仙和蓉仙化作美女嫁給田荔裳。

因為花的特點，人與花妖之愛，重的是精神之愛。《聊齋誌異》中的《香玉》寫黃生與白牡丹花妖香玉的愛情。黃生對香玉「愛慕彌切」，香玉對黃生一見傾心。二人「愛而忘死」。白牡丹花被人「掘移逕去」，香玉死去。黃生「恨極，作哭花詩五十首，日日臨穴涕泣」，花神被他的「至情」感動，讓香玉復生，二人恩愛如初。後來黃生病死，化為牡丹，道士因其不開花，將其「斫去」，其後「白牡丹亦憔悴死」。小說結尾說：「情之至者，鬼神可通。花以鬼從，而人以魂寄，非其結於情者深耶？」小說中耐冬花精絳雪與黃生之間的友情也令人讚歎。黃生與香玉結合後，「每使邀絳雪來，輒不至，生以為恨」。後來黃生因為失去香玉而「臨穴涕泣」，絳雪也因為失去姐妹而「揮涕穴側」。黃生問絳雪不見他的原因，絳雪說：「妾以年少書生什九薄倖；不知君固至情人也。然妾與君交，以情不以淫。若晝夜狎昵，則妾所不能矣。」黃生被絳雪的眞情所感動，對絳雪倍加敬重，並說：「香玉吾愛妻，絳雪吾良友也。」一次，黃生夢見絳雪，絳雪愀然曰：「妾有大難！君急往，尚得相見；遲無及矣。」黃生醒來忙去尋找，見工匠正要砍耐冬，「生急止之」，晚上絳雪來謝。黃生死後化牡丹一株，被斫去，白牡丹死去，不久耐冬亦死。黃生起初想同時擁有兩位美人，香玉死後，黃生、絳雪都去悼念，絳雪得知

〔註22〕〔北宋〕李昉等《太平廣記》卷416第3392頁，北京：中華書局，1960。

黃生不是一個薄倖的書生，提出「以情不以淫」的交往原則。在沒有香玉的日子裏，絳雪給黃生以精神上的撫慰。〔註 23〕《淞濱瑣話》中的《藥娘》寫書生鄭篠史通過二妾與花精藥娘、玉娘相識，與她們談詩論道，一見如故，談論則並坐，飲食則同席，絕不避嫌：「每值花辰月夕，輒置酒宴賞，生居中而四女環侍焉，飛斝傳觥，情殊相昵，然皆以禮自持，毫不可狎以私，生愈敬而愛之，曰：『與二姝交，正如對名花，止可餐其秀色耳。』」〔註 24〕鄭篠史視她們爲知己，對她們的感情由敬重到喜愛，後來以禮相待，成爲好友。

人與花妖之愛是異性之愛，異性之愛必然有性交合。實際上，花意象與女性形象關係緊密，而且花在傳統文化中是女陰的象徵，隱含著旺盛的情慾。小說中的花妖遇到心愛的男子，往往情願與男子發生性關係，很少受倫理規範的束縛。《聊齋誌異》中的《香玉》寫黃生見到白牡丹花精香玉後，便對她「愛慕彌切」，並題情詩訴衷情。香玉被黃生的才子「風流」所吸引，於是與他相見「幽會」，私定終身，以至於「貪歡忘曉」。大多數描寫人與花妖之愛的小說，對性交合的描寫用語比較含蓄婉轉。《聊齋誌異》中的《葛巾》寫常大用癖愛牡丹，到曹州癡癡地等牡丹花開，作懷花詩百絕。牡丹含苞欲放，他的錢花光了，春衣都典了，仍繼續等牡丹開花。常大用對牡丹的癡愛感動了紫牡丹花妖葛巾，她化爲「宮妝豔絕」的少女跟他相見：「入，見女郎兀坐，若有所思。見生驚起，斜立含羞。生揖曰：『自謂福薄，恐與天人無分，亦有今日耶！』遂狎抱之。纖腰盈掬，吹氣如蘭，……」常大用害了相思病，憔悴欲死，葛巾來給他送藥，「幸無他人，大喜，投地，女郎近曳之，忽聞異香竟體，即以手握玉腕而起，指膚軟膩，使人骨節欲酥」，「魂飛魄散」。他喝了「藥氣香冷」的「鴆湯」之後，病好了。葛巾答應和常大用相會：「隔夕，女郎果至……乃攬體入懷，代解裙結。玉體乍露，熱香四流，偎抱之間，覺鼻息汗薰，無氣不馥。因曰：『僕固意卿爲仙人，今益知不妄。幸蒙垂盼，緣在三生。但恨杜蘭香之下嫁，終成離恨耳！』」葛巾跟常大用相愛後，還把妹妹玉版介紹給常大用的弟弟做媳婦。後來常大用「疑女爲花妖」，鬧了個妻離子

〔註 23〕〔清〕蒲松齡《全本新注聊齋誌異》第 1521～1526 頁，北京：人民文學出版社，1989。

〔註 24〕〔清〕王韜《淞濱瑣話》卷 1，《筆記小說大觀》第 35 冊《淞濱瑣話》卷 1 第 6 頁，揚州：江蘇廣陵古籍刻印社，1984。

散的悲劇。蒲松齡在《葛巾》篇末說：「懷之專一，鬼神可通。」「少府寂寞，以花當夫人，況眞能解語，何必力窮其原哉？惜常生之未達也。」〔註 25〕意思是，只要眞心相愛，就不要管對方身份，哪怕是鬼神。《香玉》裏的黃生跟「未達」的常生形成鮮明對照。黃生明知香玉是花神，反而愛得更深，最後乾脆自己變成了花。

四、身體描寫中的性別文化意蘊

「別有香」一詞出自遼代王鼎《焚椒錄》中的《十香詞》，這組詞據說是遼懿德皇后蕭觀音所作，寫女人身上的香，從髮、乳、頰、頸、舌、口、手、足上的香一直寫到陰部的香：「解帶色已戰，觸手心愈忙。那識羅裙內，消魂別有香。」〔註 26〕《別有香》中的小說描寫性愛時，用很多文字描寫女性的肉體特別是陰部。

第十一回《狐怪雌黃牝戶》講的是雄性妖狐與大戶人家的妻妾的淫亂。值得注意的是，與此前的人妖戀小說對雄性妖怪的刻骨仇恨不同，這篇小說將責任歸於男人，那些富貴人家的男子有那麼多妻妾，卻又沒有能力滿足她們的性慾求，致使陰陽失調，才會讓妖狐乘虛而入。在第一個故事中，一個姓白的富翁性耽風月，除了大夫人外，又養了四個姬妾，因爲大夫人好吃醋，只好另建了一個園子，把十個姬妾安置在裏面。有一天晚上，一個俊逸美少年爬到牆上向園子裏窺視，桃生、梅生二姬妾將少年帶到臥室中，與少年交合。第二天晚上，蓮生、桂生也參加進來。從此以後，每天晚上少年都要到園子裏與幾個女子交媾。直到有一天，白生偶而到園中，看見他的一個姬妾在竹軒中與少年交媾，另三個姬妾裸體在旁邊調笑。白生大怒，大喊一聲，闖進去捉拿少年，那個少年一下子就消失了。少年留下的衣服原來不是緞絹做的，而是芭蕉樹葉做的。白生這才知道那個少年是個妖怪，趕緊把四個姬妾搬回去，四個姬妾都變得又黃又瘦。

在第二個故事中，花姓兄弟二人各自養了五個美婢。但他們的正室妻子都是河東獅，她們將那十個美婢全鎖在後院的一個密室中，讓她們在那裡或

〔註 25〕〔清〕蒲松齡著，張友鶴輯校《聊齋誌異會校會注會評本》第 1443 頁，上海：上海古籍出版社，1978。

〔註 26〕蔣祖怡、張滌雲《全遼詩話》（增訂遼詩話，卷上）第 19 頁，長沙：嶽麓書社，1992。

績麻，或織布，或紡花，想叫她們天天有事做，這樣就不會去想淫慾之事了。但這十個女子還是春情蕩漾，只好做了一個假性具，輪流取樂。不遠處的黃山上有一個雄狐，看到了這一切，於是來到院中，先是隱身與眾女子一一交媾，然後才現身，自稱姓胡字養成，是個讀書人。他對眾女子的陰部一一點評，或香，或淺，或高，或緊，或肥，各有特點：

> 先顧霞英，以鼻嗅其牝，捧住笑歎道：「生成佳味，分自天香。且此竅不是□□的中間，蕊瓣參差，穴道回轉，如素女神□。□彎□達底裏，玉莖將處，曲曲皆奇，安有不悅。是牝中最不易逢者，當居第一。」次顧露英道：「雙□嬌□，媚舒柳眼。以食指探入，卻不夠一指，□□就是底了，好淺物事。只消納莖三寸，便抵陰房，簇簇蕊珠，與莖顱相切，士女俱暢。牝之最勝者，當居第二。」次顧俊英，以指向牝門挑撥道：「汝年雖少，卻生就這件好緊東西。陰樓隆起，如初蒸小肉饅頭。笑兀溫軟，下分一條線路，縫中紫蕊如珠，叢叢闊密，馬眼無多。只消納以徑寸之莖，便如鎖項虬龍，毫無寬放，令莖易泄，可居第三。」視素英，以手度其牝，去臍不遠，兩輔高隆，狀如麰麥，羨道：「此牝桃花緊靠丹田，再不等到腿兒枒杈摸索。御時只把身子平平壓著，莖便盡根，大異凡品，當居第四。」視芳英道：「汝牝是肉盤臺，四面輔肌遍滿，柔脆而乾，初狎之，非假涎唾不能入。及狎興既濃，微生露潤，乃可盡情抽拽，不損龜頭。其法當使女居上，倒傾之，漬潤易出，當居第五。」……〔註27〕

少年品題完後，又表示：「優的固妙，劣亦無嫌。遇我主收，勿憂去取得，看我施爲，媸妍悉映。」〔註28〕作者以詩評論說：「漫道狐怪誠眼瞎，狐怪批評句句確。香乾淺窄居上頭，臭濕寬深列末著。」〔註29〕接著少年與眾女子逐一交媾，先香後淺，先緊後高，先乾後濕，先低後深，先寬後臭。從此以後，少年每天都與眾女子交媾，或輪交，或群交，最後眾女子一個個如醉如癡，面色痿黃，神采喪失。後來主母發現了這個變化，很是吃驚，要將眾女子

〔註27〕〔明〕桃源醉花主人《別有香》第11回，《思無邪匯寶》第8冊《別有香》第172～173頁。

〔註28〕〔明〕桃源醉花主人《別有香》第11回，《思無邪匯寶》第8冊《別有香》第174頁。

〔註29〕〔明〕桃源醉花主人《別有香》第11回，《思無邪匯寶》第8冊《別有香》第174～175頁。

遷回前院，眾女子反而不願意。在逼迫之下，眾女子說出了事情的眞相。花氏兄弟這才知道美婢被狐精迷惑了。到了晚上，狐精又來到後院，不見了眾女子，開始大鬧花家。先是火燒後院，又亂投磚瓦，法師的符水、桃針等等都奈何不了他。沒有辦法，花氏兄弟只要答應狐精的要求，將十個美婢一個個送給他，和他成親。狐精非常滿意，作了十首詞描述十個女子的陰部，最後又贈給花氏兄弟一首詩以表謝意，從此銷聲匿跡。花氏兄弟不久也先後死去。在小說的結尾，作者對對狐精的議論深表贊同，認爲：「以二人之身，一妻一妾足矣。而故欲多招美婢，不能遍及。幽之靜室，使陰氣太盛，觸怒於鬼神。是以人心妖冶，異類相欺。豈誣也哉？我勸世人，當以花生爲鑒。」〔註30〕

在第十五回《大螺女巧償歡樂債》中，玄感、玄修兄弟兩個談論女子，玄修認爲女人讓人思慕的是婀娜娉婷的身材和溫柔閒雅的氣質，玄感認爲他說的不夠全面，即使是女人的標緻，對男人也沒有多麼大的誘惑力，眞正讓男人心醉神迷的，是女人「臍底下，小肚邊，那件物事」。玄修回到書房，回味玄感所說的話，不禁心潮起伏：

> 我嘗聞得那物，似深不深，似淺不淺。深深淺淺之間，以我的莖兒湊他的竅兒，令人麻了又要酥，酥了又要死。你道妙也不妙？所以古來英雄傑士，才子名流，那一個不好此？故藥師遇紅拂，君瑞遇鶯鶯，相如遇文君，君平遇柳姬，有誰人跳得出此坑？我今已弱冠，尚未遇著這個竅兒。須待功名到手，方得如願，正謂書中有女顏如玉也。〔註31〕

明清時期的小說描寫女性，才、色、情樣樣具備才算完美，而色是一見鍾情的基礎。《玉嬌梨》第一回說：「有才無色，算不得佳人；有色無才，算不得佳人。」〔註32〕《醒風流》第五回說：「佳人乃天地山川秀氣所鍾，有十分姿色，十分聰明，十分風流。十分姿色者謂之美人，十分聰明者謂之才女，十分風流者謂之情種。三者之中有一不具，便不謂之佳人。」〔註33〕豔情小

〔註30〕〔明〕桃源醉花主人《別有香》第11回，《思無邪匯寶》第8冊《別有香》第184頁。

〔註31〕〔明〕桃源醉花主人《別有香》第15回，《思無邪匯寶》第8冊《別有香》第296～297頁。

〔註32〕〔清〕荑秋散人《玉嬌梨》第5回，《古本小說集成》第4輯第37冊《玉嬌梨》第169頁，上海：上海古籍出版社，1994。

〔註33〕〔清〕隺市道人《醒風流奇傳》第67頁，瀋陽：春風文藝出版社，1985。

說中的男性主人公更是專注女性的肉體與性特徵。豔情小說對女性臉、口、眼的描寫大都使用套語，另外手要美：「十個指頭就像藕簪一般，尖也尖到極處，嫩也嫩到極處。」腳要小：「一雙小腳還沒三寸，又是不穿高底的，一毫假借也沒有。」肌膚要美：「雪一般白，鏡一般光，粉一般細膩。」〔註 34〕身材要勻稱：「婦人家的身體，肥有肥的妙處，瘦有瘦的妙處。但是肥不可勝衣，瘦不可露骨，只要肥瘦得宜就好了。」〔註 35〕「肌肉介肥瘦之間，妙在瘦不可增而肥不可減。」關於女人的胖瘦，《肉蒲團》有一段議論：

> 但凡中看的婦人要有三宜，那三宜？宜瘦，不宜肥；宜小，不宜大；宜嬌怯，不宜強健。所以畫上畫的美人，都是腰如一撚，體不勝衣的，再沒有個肥胖的身子，健旺的精神。這樣美人是畫與人看的，不是把與人用的。中用的婦人，又另是一種，也要有三宜，那三宜？宜肥，不宜瘦；宜大，不宜小；宜強健，不宜嬌怯。怎見得中用的婦人要有這三宜？但凡男子睡在婦人身上，第一要溫柔似褥，第二要身體相當，第三要承載得起。瘦婦人的身體與石床板榻一般，睡在上面，渾身都要疼痛起來，怎能夠像肥胖婦人又溫又軟，睡在上面，不消幹事，自然會麻木人的身體，最爽人的精神。況且還有冬暖夏涼之妙，所以知道，瘦不如肥。……〔註 36〕

豔情小說對女性身高、體型、肌膚、容貌都有一定的描寫模式：苗條修長，胸臀豐滿，腰肢纖細，眉清目秀，雪白的身子，酥潤的香乳，再往下就是雪白的臀，細細的縫兒，光光肥肥、如初發酵饅頭、雞冠微突的「那件妙物」。《巫山豔史》第一回描寫翠雲的外貌：「小姐生得面似芙蓉，腰如楊柳。兩眉儼然淡淡春山，雙眸恍若盈盈秋水。金蓮窄窄，玉筍纖纖。風姿飄逸，媚態迎人。」〔註 37〕《別有香》第十五回《大螺女巧償歡樂債》寫螺女的容態：「雪白龐兒，初不假些脂粉，盤綠蟬鬢，何曾借□烏雲。溶溶媚臉，宛如

〔註 34〕〔清〕情隱先生《肉蒲團》第 6 回，《思無邪匯寶》第 15 冊《肉蒲團》第 231 頁。

〔註 35〕〔清〕情隱先生《肉蒲團》第 6 回，《思無邪匯寶》第 15 冊《肉蒲團》第 228 頁。

〔註 36〕〔清〕情隱先生《肉蒲團》第 17 回，《思無邪匯寶》第 15 冊《肉蒲團》第 428～429 頁。

〔註 37〕〔清〕無名氏《巫山豔史》第 1 回，《思無邪匯寶》第 20 冊《巫山豔史》第 28 頁。

含笑桃花；嫋嫋細腰，儼似垂風楊柳。一雙凌波小襪，高映著六幅湘裙；兩瓣出水金蓮，賣弄出千般波俏。勾魂處，窄窄二彎；喪魄地，深深半竅。眞如那廣寒隊裏的嬋娟，披香殿上的玉史。」〔註 38〕對性器官的描寫才是豔情小說中女性描寫的重點。靄理士在《性心理學》中說：「男女的生殖器官，在異性的眼光裏，通常都算不得是很美觀的東西，所以非到求愛的工夫相當成熟以後，輕易決不呈露出來，而實際上可以呈露而有吸引價值的也是上半身的各部分。」〔註 39〕「不過這一類赤裸裸的拿生殖器官來炫耀的現象，普通只限於文明很落後的少數民族。在日本，性愛的圖畫裏往往把兩性的性器官畫得特別大，只好算是一個例外了。」〔註 40〕但中國古人對生殖器尤其是女性生殖器在性吸引方面的美相當看重。値得注意的是，明清豔情小說對女陰的描寫與房中術的說法大致相同。出於採補的目的，房中術反覆強調作爲採補對象的女子要年輕未生育，而年輕未生育的標誌之一就是陰部無毛或少毛。後世的道教房中派稱女性或女陰爲「爐」、「鼎」。明萬曆間陶遐齡所傳房中書《紫金光耀大仙修眞演義・爐中取寶》說：「鼎者，鍛鍊神丹之具，溫眞養氣之爐也。須未生產美婦，清俊潔白，無口體之氣者爲眞鼎，用之大能補益。」〔註 41〕洪基《攝生總要・種子剖秘》說：「夫安置爐鼎者，乃廣成子授黃帝補虛之法也，爐鼎者，可擇陰人十五六歲以上，眉清目秀，齒白唇紅，面貌光潤，皮膚細膩，聲音清亮，語言和暢者，乃良器也。」〔註 42〕明清豔情小說在描寫女陰時多強調無毛和少毛。《別有香》第十二回《龍妖顚倒聘婷》寫三姐妹的對話：

> 新姐笑對滿姐道：「三妹，你這膭兒，好似我的。」滿姐道：「大姐姐怎見得？」新姐道：「你看白鬆鬆，壯突突，像粉兒捏出的一般，更光溜溜，無一根毛兒，看了也動火。不像我的，多了這一叢毛，把個膭兒遮蓋了，卻像個鬍子遮了嘴，你道要吞吐便當麼？」滿姐笑道：「姐姐是這般說，據我看來，雪白的一個膭兒，叢著青鬆鬆幾

〔註 38〕〔明〕桃源醉花主人《別有香》第 15 回，《思無邪匯寶》第 8 冊《別有香》第 284 頁。
〔註 39〕〔英國〕靄理士著，潘光旦譯《性心理學》第 64 頁，上海：商務印書館，1997。
〔註 40〕〔英國〕靄理士著，潘光旦譯《性心理學》第 75～76 頁，上海：商務印書館，1997。
〔註 41〕王立《中國傳統性醫學》第 345 頁，北京：中醫古籍出版社，1998。
〔註 42〕王立《中國傳統性醫學》第 353 頁，北京：中醫古籍出版社，1998。

根毛兒，正是妙處，如一個山沒了幾根草，這山好看不好看？姐姐，還是你的好。」新姐笑道：「三妹也說得是，但是草不要太蓬鬆，如二妹的毛兒正好。說無，論得叢叢的有一堆；說有，他又稀稀的只數根。如相面的說得好，依稀見肉始爲奇，二妹的比我又好些。」英姐道：「大姐姐也不要說我的好與三妹的好，再遲一兩年，我的毛，三妹的毛，俱長出來，和姐姐的一般，就如人說得好：莫笑我鬍子，將來君一般。」新姐拍手笑道：「這說得極是，我當初一根也是沒有的，如今一把了……」〔註 43〕

豔情小說描寫女陰慣用的比喻是「雙峰夾溪」、「雞冠微吐」、「初發酵的饅頭」等，強調窄細、光滑。對白嫩無毛的陰部的描寫，或者以饅頭作比：「眞如一個饅頭兒，圓圓突起。」〔註 44〕「白麵做的饅頭兒，露著上半截縫兒。」〔註 45〕「高凸凸恰像新出籠的饅頭一般。」〔註 46〕「光光肥肥這件話兒，雞冠微吐就如初發酵的饅頭。」〔註 47〕「白馥馥鼓蓬蓬小饅頭一個，略有微毛。」〔註 48〕「毫無一根毛影，生得肥肥淨淨。」〔註 49〕「光光潤潤的，肥肥白白的。」〔註 50〕又多以「蓮瓣」，「蓮心」，「菊蕊」，「桃綻」等來形容女性陰部，如《十二笑》中描寫：「此物不堪題，雙峰夾一溪。洞中泉滴滴，門外草淒淒。有水魚難養，無林鳥自棲。些兒方寸地，多少世人迷。」〔註 51〕《姑妄言》

〔註 43〕〔明〕桃源醉花主人《別有香》第 12 回，《思無邪匯寶》第 8 冊《別有香》第 202～203 頁。

〔註 44〕〔清〕無名氏《一片情》第 12 回，《思無邪匯寶》第 14 冊《一片情》第 242 頁。

〔註 45〕〔清〕無名氏《巫夢緣》第 2 回，《思無邪匯寶》第 16 冊《巫夢緣》第 179 頁。

〔註 46〕〔清〕煙水散人《春燈鬧》第 6 回，《思無邪匯寶》第 18 冊《春燈鬧》第 331 頁。

〔註 47〕〔明〕姑蘇癡情士《鬧花叢》第 5 回，《思無邪匯寶》第 19 冊《鬧花叢》第 101 頁。

〔註 48〕〔明清〕癡道人《株林野史》第 2 回，《思無邪匯寶》第 20 冊《株林野史》第 182 頁。

〔註 49〕〔清〕檇李煙水散人《桃花影》第 3 回，《思無邪匯寶》第 18 冊《桃花影》第 68 頁。

〔註 50〕〔明〕雲遊道人《燈草和尚傳》第 8 回，《思無邪匯寶》第 22 冊《燈草和尚傳》第 131 頁。

〔註 51〕〔明〕墨憨齋主人《十二笑》第 2 回，《古本小說集成》第 1 輯第 55 冊《十二笑》第 74 頁，上海：上海古籍出版社，1991。

第一回描寫接引庵：「且說這接引庵在旱西門北首一條小僻靜巷內，門口一叢黑松樹，一個小小的圓紅門兒，進去裏面甚是寬敞。」〔註 52〕暗示這是女性的陰部。

女人的小腳被視爲第二性器官，被戲稱爲「媚夜之具」。在世情小說中，男性對女性的性衝動往往由窺見兩瓣蓮足引起，「隱踢蓮鉤」和「微露雙翹」是男女調情的最好方式。《金瓶梅》第一回寫潘金蓮每日只在簾子下「磕瓜子兒，一徑把那一對小金蓮故露出來，勾引的這夥人日逐在門前彈胡博詞」。〔註 53〕第四回寫西門慶在王婆茶坊與潘金蓮相會。西門慶故意把一支筷子撥下地面，掉落在金蓮的小腳旁，西門慶將身下去拾，趁機捏潘金蓮的繡花鞋，潘金蓮笑道：「官人休要羅唕，你有心，奴亦有意。你眞個勾搭我？」〔註 54〕男女調情時，小腳和鞋襪是描寫的重點。男女交歡時，女性脫去所有衣物，但纏腳布不解開，還要穿上睡鞋，裸露小腳似乎是一種禁忌。明代的春宮畫把女人畫得精赤條條，連陰部都細緻入微，但從未見過有人畫不包裹腳布的小腳。《金瓶梅》裏多次寫到「大紅睡鞋」。之所以不能裸露小腳，是因爲裸露的小腳實際上很醜陋，明代的胡應麟說：「婦人纏足，美觀則可，其體質乾枯腥穢特甚。」〔註 55〕豔情小說《肉蒲團》裏也說，女人的小腳除去華麗的遮蔽後令人倒胃。未央生和妻子玉香同賞春宮後，讓她脫掉衣服交歡，只剩褶褲：

> 玉香果然不出所料，聽憑他鬆金釧解絲條，除了腳上褶褲不脫，其餘衫裙抹胸等件，一概卸得精光。爲甚麼渾身衣服都脫了，只留褶褲不脫？要曉得，婦人身上衣服件件去得，惟有褶褲去不得，這是甚麼緣故？那褶褲裏面就是腳帶，婦人裹腳之時，只顧下面齊整，上邊一段未免參差不齊，沒有十分好處。況且三寸金蓮，畢竟要一雙凌波小襪罩在上面，才覺有趣，不然，就是一朵無葉之花，不耐看了。所以未央生得竅，只除這件不脫。〔註 56〕

〔註 52〕〔清〕三韓曹去晶《姑妄言》第 1 回，《思無邪匯寶》本《姑妄言》第 5 頁。
〔註 53〕〔明〕蘭陵笑笑生著，梅節校訂《金瓶梅詞話》第 10 頁，香港：夢梅館，1993。
〔註 54〕〔明〕蘭陵笑笑生著，梅節校訂《金瓶梅詞話》第 43～44 頁，香港：夢梅館，1993。
〔註 55〕〔明〕胡應麟《少室山房筆叢》第 148 頁，北京：中華書局，1958。
〔註 56〕〔清〕情隱先生《肉蒲團》第 3 回，《思無邪匯寶》第 15 冊《肉蒲團》第 183 頁。

被包裹的小腳使男性有審美想像空間，有豐富的喻示性，被想像爲紅豔的蓮瓣、冷香的寒梅、娟秀的新月、柔嫩的筍尖、溫潤的軟玉。明清時候的文人迷戀女子的小腳，在詩詞中反覆吟詠描摹小腳。《聊齋誌異》卷九《績女》寫費生愛上了一個姿容絕世的仙女，題《南鄉子》一首詠其「瘦不盈指」的雙翹：「隱約畫簾前，三寸凌波玉筍尖，點地分明蓮瓣落，纖纖，再著重臺更可憐。花襯鳳頭彎，入握應知軟似綿。但願化爲蝴蝶去，裙邊，一嗅餘香死亦甜。」〔註 57〕

與女性描寫相比，明清豔情小說對男性的描寫更爲簡略，對男主人公外貌大都是簡單勾勒。後來的豔情小說對男主人公的相貌多用了點筆墨，但也很籠統，大都是將男性寫得女性化，如《桃花影》裏的魏玉卿：「生得面白唇紅，神清骨秀。不要說男子中少有這樣俊俏郎君，只怕在婦女內，千中選一，也尋不出這般丰姿嬌媚。」〔註 58〕《春燈鬧》中的眞楚玉：「髮如黑漆，唇若凝朱。目秀眉清，肌膚細膩。那面皮粉白，映出紅來，宛與桃花相似。假使挽髻穿裙，改爲女扮，只怕西子王嬙，還要遜他幾分。」〔註 59〕《肉蒲團》中的未央生：「神如秋水，態若春雲。貌擬潘安，腰同沈約。面不傅粉，而白皙有如婦人；唇未塗脂，而紅豔宛同處女。眉長能過目，體弱不勝衣。」〔註 60〕這些小說對男性的描寫集中在生殖器上，通過女性的目光，反覆渲染誇張。在豔情小說中的女性看來，男人要有美女般的容貌，又要滿腹經綸，前程錦繡，更要有碩大的陽物和強大的性能力，如果三者不能全備，最後一個條件絕不可少。《金瓶梅》第三回將偷情的對象概括爲五要素：一要潘安的貌，二要驢大的行貨，三要鄭通般有錢，四要青春年少，五要閒工夫。其中「色」和「行貨」排在前面。女性主要欣賞男性雄壯的性器官和強大的性能力，形體美倒在其次。《肉蒲團》中說：「才貌兩件，是偷婦人的引子，就如藥中的薑棗一般，不過借他些氣味，把藥力引入臟腑之中，及至引入之後，全要藥去治病，那生薑棗子都用不著了。男子偷婦人，若沒有些才貌，引不得身子入門。入門之後，就要用著眞本事了，難道在被窩裏相面，肚子上做詩不成？

〔註 57〕〔清〕蒲松齡《聊齋誌異》第 1223 頁，上海：上海古籍出版社，1986。

〔註 58〕〔清〕檇李煙水散人《桃花影》第 1 回，《思無邪匯寶》第 18 冊《桃花影》第 28～29 頁。

〔註 59〕〔清〕煙水散人《春燈鬧》第 1 回，《思無邪匯寶》第 18 冊《春燈鬧》第 241 頁。

〔註 60〕〔清〕情隱先生《肉蒲團》第 2 回，《思無邪匯寶》第 15 冊《肉蒲團》第 148～149 頁。

若還本錢微細，精力短少的，就把才貌兩件引了身子進去，到幹事的時節，一兩遭幹不中意，那婦人就要生疏你了。」〔註61〕小說寫豔芳擇婿觀的變化：「他經過這一遭挫折，就曉得才貌二字，是中看不中用的東西，三者不可得兼，寧可捨虛而取實。所以後來擇婿，不必定要讀書人，也不必定要生得標緻，單選精神健旺，力氣勇猛的，以備實事之用。」〔註62〕及遇到三件俱全的未央生，她捨了權老實，心甘情願地當了未央生的小妾。而當未央生因縱慾過度，精力不濟時，豔芳又捨棄未央生，與一和尚私奔而去。

《癡婆子傳》《繡榻野史》《如意君傳》等小說寫男子的陽物，或贊其大，或誇其長，頭如蝸牛，身如剝兔，甚至掛斗粟而不垂。在小說中，女性的墮落常常是從偷窺到男主人公碩大的性器官開始。《桃花影》寫非雲看到母親與一年少書生幽會，見到書生人脫去衣服露出陽具，心有所動。《醉春風》中顧三娘見和尚小解，心中想道：「前日三相公的已有趣得極了，這個長長大大的，還不知怎麼快活哩。」「坐在燈下，想那長長大大的東西，癡癡呆呆。」〔註63〕《浪史》第三回李文妃見到梅素仙的麈柄長且大，心中好生豔羡。《載花船》第九回寫武后品題男性器官：

> 凡男女之分，以陰陽也。有雖具陽體，而宛然陰形者，其物短縮，其形委垂，即百藥餌之，奇計誘之，而終不得一堅舉者，其人曰天閹，其名曰癱瘓之龜，爲眾陰所深棄者。原體微渺，其冷如冰，雖可怒張，入鼎不及百合者，名曰朽腐之龜，歷境少而寒色侵也。堅垂而鉅細畫一，毫無分忽之相殊，則遇牝便爾忘陽身，且不能入穴，其名曰躁率之龜，得手而溢者也。此三者龜中之最下矣。若乃手一握而尚寬，身將尺而跳躍，其形美矣，試置鼎中，則其質如綿，其體微溫，雖未瀉氣噴精，早已垂首折足，名曰具員之龜，固有美形，終難大用，或養而後效者也。若頭尖如刃削，體瘦似麻秸，品則陋矣，猶幸陽氣充盈，如火之方燃，皮包便口，千戰而不敗，無量女流，攖鋒膽落，其名曰小試之龜，是未可登於衽席之選者也。形既壯武可觀，量復雖久不倦，體甚剛，而質亦甚炎，亦可爲龜中

〔註61〕〔清〕情隱先生《肉蒲團》第6回，《思無邪匯寶》第15冊《肉蒲團》第241～242頁。

〔註62〕〔清〕情隱先生《肉蒲團》第9回，《思無邪匯寶》第15冊《肉蒲團》第283頁。

〔註63〕〔清〕江左淮庵《醉春風》第3回第215頁，呼和浩特：遠方出版社，1998。

之翹楚矣，但當女情正熾之時，不能即舉，以合其機宜，女興已闌之後，復未肯少殺其強梁猛悍之性，其名曰鹵莽之龜，是未中肯綮者也。此三者，龜之適中，平常之人，皆能有之。必也十指不能握，過膝尚有餘，其堅如鐵，其熱如爐，進牝則無微不到，提拽則花屋是求，徹晝夜而無倦容，歷三五而少怠色，一泄不妨再舉，徐疾暗揣女情，此最上一等者矣，千萬人中，或有其一耳，是在識者知之。此龜之等級也。〔註64〕

按照房中術的說法，性交合快樂與否，並非完全決定於陽具的大小長短。根據現代性學研究，女性陰部的快感帶主要集中在陰蒂和陰道外三分之一，只要房事得法，短小陽具照樣可以讓女性得到快感並進入高潮。小說《肉蒲團》寫未央生與豔芳交媾，就有一大段討論如何使用方法彌補陽具短的缺憾，最後總結說：「所以，男子的陽物，短者可醫，小者不可醫，與其小而長，無寧大而短。」〔註65〕《素女妙論・大小長短篇》記載黃帝與素女的對話：

帝問曰：「男子寶物，有大小長短硬軟之別者，何也？」素女答曰：「賦形不同，各如人面。其大小長短硬軟之別，共在稟賦，故人短而物雄，人壯而物短，瘦弱而肥硬，胖大而軟縮。或有專車者，有抱負者，有肉怒筋脹者，而無害交會合之要也。」帝問曰：「郎中有大小長短硬軟之不同，而取交接快美之道，亦不同乎？」素女答曰：「賦形不同，大小長短異形者，外觀也取交接快美者，內情也。先以愛敬繫之，以眞情按之，何論大小長短哉？」帝問曰：「硬軟亦有別乎？」素女答曰：「長大而萎軟，不及短小而堅硬也；堅硬而粗暴，不如軟弱而溫藉也。能得中庸者，可謂盡美盡善焉矣。」帝問曰：「方外之士，能用藥物，短小者令其長大，軟弱者令其堅硬，恐遺後患乎？將有補導之益乎？」素女答曰：「兩情相合，氣運貫通，則短小者自長大，軟弱者自堅硬也……若用五石壯陽之藥，服肋增火之劑，虛炎獨燒，眞陽涸渴竭，其害不少。」〔註66〕

〔註64〕〔清〕西泠狂者《載花船》第9回，《思無邪匯寶》第9冊《載花船》第154～156頁。
〔註65〕〔清〕情隱先生《肉蒲團》第10回，《思無邪匯寶》第15冊《肉蒲團》第304頁。
〔註66〕〔荷蘭〕高羅佩著，楊權譯《秘戲圖考》第405～406頁，廣州：廣東人民出版社，1992。

但明清豔情小說一味強調陽具的長大，如薛敖曹那樣天生陽具壯大的畢竟是少數，於是男主人公像未央生那樣求助於手術改造增大陽具，但手術很痛苦，最好是像《巫山豔史》中的李芳那樣，吃一顆道人贈送的「九轉金丹」，陽物瞬間就變得粗長壯大。無論是手術再造還是服用壯陽藥物，都違背了的房中術的要旨。小說中的男主人公都以有一個長大的陽具爲傲，甚至有男根崇拜的意思，如《如意君傳》寫薛敖曹的陽具：「……其腦有坑窩四五處，及怒發，坑中之肉隱起，若蝸牛湧出，自頂至根，筋勁起，如蚯蚓之狀，首尾有二十餘條，紅瑩光彩，洞徹不昏。」〔註 67〕

五、龍蛇故事與淫慾象徵

《別有香》第十二回《龍妖顚倒娉婷》講的是龍與人交。第一個故事講的是龍變化爲美少年與女子交媾。一個姓竇的人家住在海邊偏僻的地方，一天晚上，婆媳二人正在燈下紡紗，有人敲門，打開門，原來是一個俊雅少年迷路求宿。家中只有女人，不方便男子留宿，但當少年拿出十錠白銀時，婆婆還是答應了。少年看上了竇氏媳婦，提出每個晚上給她們十錠銀子，只要竇氏媳婦陪他睡覺。竇氏媳婦聽了，甚爲生氣。但就在這時，發生了海嘯，大水淹沒了房屋，少年表示可以救她們婆媳兩人，只要媳婦陪他一宿，婆婆答應了，少年眞的喝退了大水。水退後，媳婦反悔，不願意陪睡。少年又將水喚回來，媳婦這才答應。那少年性能力超人，讓那媳婦大爲滿足。那少年告訴她，他是龍君，因見她在海邊浣衣，心生愛慕，前來求歡。少年又告訴她，只要她到海口有三棵楊柳的地方，扣擊其中一株說：「柳三郎君，我需錢。」就可以在樹下得到銀錢。媳婦一試，果然如此。從此後那少年每天晚上來與那媳婦交媾，不久婦人懷了孕，竇老心貪錢財，佯裝不知。不久來了一個道人，要爲地方除妖。竇婦臨產，生下一條有頭有角有鱗有甲的怪物，被道人用劍斬爲兩斷。道人告訴竇老，他媳婦與孽龍交媾，生了是孽種。竇婦驚嚇而死，竇老將其屍體拋到海中。不久，竇家失火，孽龍所贈的金銀珠寶都化爲灰燼。

第二個故事講的也是龍與人交。鄱陽湖口一個姓阮的漁夫，家境饒裕，有三個女兒，分別叫新姐、英姐、滿姐，招了三個女婿。一天傍晚，三姐妹

〔註 67〕〔明〕吳門徐昌齡《如意君傳》，《思無邪匯寶》第 24 冊《如意君傳》第 45～46 頁。

在一起洗澡，相互評論各自的身體和陰部，又談論性生活情況。就在這時發現一個美少年趴在窗上窺視，三姐妹趕緊遮住身體，一哄而散。第二天早上，三姐妹正在談論前一天的異事，那少年出現了，要與三姐妹交歡，三姐妹各執木根，要打那少年，那少年跳出窗外踏水而去。到了晚上，三姐妹各自回臥室，在與各自的丈夫性交時，才發現自己走錯了房間，與自己的交媾的不是自己的丈夫，原來是那個少年把三姐妹來了個大調換。第二天，那少年又出現了，送給她們很多上好圓活的珠子。三姐妹一商量，決定另收拾一間房，三個人在一起等那少年。到了晚上，少年果眞又出現，自稱海蟾仙師，見她三姐妹有仙風道骨，所以來度她們成仙。少年與三姐妹一夜狂歡後，將化石爲金法術教給了她們。從此以後，三姐妹輪流與少年交媾，過了三個月。三個女婿一開始假裝不知，但到後來，少年在白天公然與三姐妹戲耍，三女婿決定將他驅趕走，各持武器，打入房中，少年現出龍身，把尾一擺，屋宇盡傾，駕一道雲走了。阮老帶了三個女婿到眞君廟求眞君除妖。到了晚上，狂風大作，屋瓦亂飛，眾人驚慌，一個老婆子卻走了進來，她讓眾人躲避開，只留三姐妹在房裏，她隱藏在床後。風息了，那少年進屋，要將三姐妹帶走，老婆子從床後出來，將龍斬爲兩段。但三姐妹精神血氣都爲龍妖耗盡，相繼病死。不到半年，阮老死去，又過半年，三女婿入海捕魚，船翻了，全死於海中。

龍在古代被認爲是萬物之靈，能夠興雲降雨，緩解乾旱，滋潤萬物，但洪澇災害也與龍有關。根據《左傳》的說法，少昊以鳥名官，鳥圖騰衍化爲太陽崇拜，太昊以龍名官，所謂龍，實爲蛇形象的演化。太昊即伏羲氏，據說伏羲氏和女媧是兄妹，伏羲、女媧、神農被稱爲「三皇」，而伏羲、女媧的形象都是人頭蛇身，漢代的磚畫、帛畫中有大量伏羲女媧交尾圖畫。所以早期的龍應該與蛇有關。西周時龍的形態大多是雙首一身，春秋戰國時龍的形態大多模仿蜥蜴的形態加了四隻足。實際上，世界上有不少民族的傳說賦予始祖或創始神以蛇的形象，如中美洲古阿茲特克人的神話中大地女神科阿特利庫埃被稱作「蛇裙之婦」，馬雅人神話中的創始神爲「綠羽之蛇」，南美洲契布恰一穆伊斯卡人神話中的女始祖化身爲大蟒蛇，澳洲穆林巴塔人稱虹蛇爲「昆曼古爾」，意即始祖，美索不達米亞的豐育之神形象爲蛇，如此等等。森林荒野中的蛇之所以成爲很多民族的圖騰，既因爲其美麗而又可怖的形象，又因爲其旺盛的生命力和繁殖能力。

也正因爲龍是由蛇演化而來，所以龍身上還保留著蛇的一些特點，比如蛇因旺盛的繁殖能力演化爲淫慾的象徵。漢代之後多有蛇化身姦淫女子的故事。《搜神後記》卷十「女嫁蛇」條寫東晉太元年間，有一個官宦人家將女兒嫁到附近的村子裏。到了出嫁的時候，丈夫家派人前來迎娶，女家好生打發迎娶的人，並叫女兒的乳母陪送女兒出嫁。到了丈夫家，重重門戶層層閣樓，可與王侯之家相比擬。走廊的柱子下點有燈火，一排婢女打扮得很整潔地守候在那裡，後房的帷帳非常漂亮。到了夜裏，女兒抱著乳母流著眼淚哭泣著，而嘴裏說不出話來。乳母秘密地在帷帳中用手悄悄地摸她，卻摸到一條蛇，有像幾圍那麼粗，纏住女兒，從腳到頭都被纏著。乳母驚嚇得走出屋外，走廊柱子下守燈的婢女，都是小蛇，燈火原來是蛇的眼睛。〔註68〕到唐宋時代，這樣的故事有很多。唐代柳祥《瀟湘錄》中《王眞妻》講華陰縣令王眞妻趙氏是燕中富人之女，她隨丈夫赴任。半年間，有一個少年每當王眞出去，就到趙氏的臥室，引誘趙氏與他交媾。有一天，王眞從外面回來，發現少年與趙氏在一起飲酒作樂，非常驚訝，趙氏跌倒在地上，氣絕而死，少年化爲一大蛇，奔突而去。王眞叫侍婢把趙氏扶起來，不久趙氏也化爲一條蛇，奔突而去。王眞追趕到了山下，見兩條蛇一起進了華山不見了。〔註69〕《集異記》中「朱覲」條記逆旅主人的女兒「常爲鬼魅之幻惑」，朱覲於深夜見一白衣少年入女房中，「房內語笑甚歡」，朱覲伺少年出，以箭射之，天明尋血跡找到一條雪色大蛇。〔註70〕宋代洪邁《夷堅志》中「巴山蛇」條寫一蛇變爲皀袍人趁女子曬衣服時，將其掠進洞中與之婚。「池州白衣男子」記一白衣男子與娼女李妙「相得甚歡」，而當李妙向他要禮物時，他化爲大白蛇，「望茅岡疾趨」。有的時候，蛇不化身爲人，以蛇形姦淫婦女。《夷堅丁志》卷二十《蛇妖》記載：「建炎間，民家少婦因歸寧，行兩山間，聞林中有聲，回顧，見大蛇在後。婦驚走，蛇昂首張口，疾追及，繞而淫之。婦宛轉不得脫，叫呼求救，見者奔告其家，鄰里皆來赴，莫能措手，盡夜至旦乃去。」〔註71〕《夷堅丁志》卷十九《江南木客》記載：「宜黃縣下潦村民袁氏女，汲水門外井中，爲大蛇繳繞仆地，遂與接，束之困急，女號啼宛轉。」〔註72〕

〔註68〕〔晉〕陶潛《搜神後記》第68頁，北京：中華書局，1981。
〔註69〕〔北宋〕李昉等《太平廣記》卷456，北京：中華書局，1961。
〔註70〕〔唐〕薛用弱等《集異記·博異志》第78頁，北京：中華書局，1980。
〔註71〕〔南宋〕洪邁《夷堅志》丁志卷20第697頁，北京：中華書局，1981。
〔註72〕〔南宋〕洪邁《夷堅志》丁志卷19第695頁，北京：中華書局，1981。

很多民族都有蛇姦淫女人的故事，美洲平原印第安人的故事中，一個丈夫發現自己的妻子離開帳篷與一條蛇通姦，他把這條蛇殺死，並懲罰了妻子。高原地區和太平洋北岸有許多關於女人與其蛇情夫的故事。在印度思想中，動物和人是平等的，有的動物甚至是神聖的。印度古代的性愛雕塑中有不少是描繪動物交配的。人從本質上說是動物，具有動物的本性。在睡夢中，人處於眞正的放鬆狀態，本質就會顯示出來。在佛教故事中，那伽雖可變形爲人，但在睡眠或性行爲中，就現出了蛇的原形。在古希臘神話中，諸神常常變成各種動物和人或其他神性交，宙斯曾變成一條蛇，和 Persephone 發生性關係。人不可能與蛇交，有的學者認爲人蛇交或者是先民圖騰崇拜的演變。

傳說中的龍雖是神物，但與蛇有相似的特點，其中之一就是好色。據說龍遇物即交，與黿交媾生出的叫黿龍，與鼈交媾生出來的叫開龍，與江豬交媾生出來的叫豬婆龍，與蛟交媾生出來的叫蛟龍，與牛交媾生出來的叫麟，與驢交媾生出來的叫麒，與馬交媾生出來的叫駒。龍當然也喜與人交，據《史記》的記載說，漢高祖劉邦的母親劉媼就是與龍交媾生下了劉邦，所以劉邦是龍之子，注定要做皇帝。龍可直接與人交，也可以變化成人形，然後與人交媾。

值得注意的是，在宋朝之前，雌蛇化女子魅惑男人的故事很少。《博異志》中有一則故事叫《李黃》，寫李黃遊於長安街市，邂逅一個白衣女子，綽約有絕代之色，他愛慕女子的美色，追蹤到了她的家，在那裡和女子同居了三天，第四天才回家，僕人聞他身上有腥臊之氣。回家後，李黃覺得頭重腳輕，精神恍惚，後來臥床不起，不能言語，身體漸漸消失，只有頭還在。家人去尋找女子的住宅，發現是一個空園，有一棵皂莢樹，樹下有一條白蛇。〔註 73〕到了宋代，蛇化女子魅誘男子的故事增多。洪邁《夷堅志》中的《淨居岩蛟》說一巨蟒化爲婦人與僧結合，不數日這個僧人即死。〔註 74〕後來蛇具有了女色象徵意義，有美女蛇的說法。

中國原來的龍有靈性，卻仍是動物形象。這種龍的形象出自幻想，卻又有先民圖騰崇拜的依據。人格化的龍是在佛教傳入中國之後，在佛教思想的影響下逐漸形成的。隨著人格化的龍王形象出現的是富有神仙氣息的龍女。《異聞集》中的《太學鄭生》講述了一段人和龍女之間的愛情故事。進士鄭

〔註 73〕〔唐〕谷神子著，王達津點校《博異志》第 46～47 頁，北京：中華書局，1980。
〔註 74〕〔南宋〕洪邁《夷堅志》甲志卷 15 第 347 頁，北京：中華書局，1981。

生偶遇龍女汜人，龍女與其相伴一年後離去。〔註 75〕唐傳奇《柳毅傳》寫落第書生柳毅爲落難的龍女傳書，救出龍女，幾經輾轉，兩人最後結爲夫婦。龍女爲神女，不僅美麗，而且有法力，人間男子娶龍女爲妻，不僅獲得龍宮珍寶而大富，而且可以長生不老而成仙。與此相對，很少再有龍王與人間女子結合的故事。《別有香》中化身少年姦淫婦女的龍妖身上有更多的淫蛇的影子。

〔註 75〕〔北宋〕李昉等《太平廣記》卷 298 第 2372～2373 頁，北京：中華書局，1961。

第九章 《素娥篇》：文學與圖像的結合

明代中後期豔情小說興盛的時代，也正是以春宮畫爲代表的性藝術繁榮的時期。春宮畫和豔情小說相互影響，互爲內容。明代後期的豔情小說與套色春宮版畫之間有著密切的關係。這一時期的豔情小說所配的插畫就是春宮畫，與成冊的套色春宮版畫不同的是，小說有完整的故事情節，插圖的畫面要根據故事內容來設計。世情小說《金瓶梅》中的很多描繪性交場景的插圖，獨立出來可以當作春宮畫，但只有放到書中，與文字情節對看，才有意義。另一方面，這類作品又爲春宮圖冊提供了創作素材。《風流絕暢》《花營錦陣》《鴛鴦秘譜》等春宮圖冊中圖畫所配詩詞多數都來自於豔情小說中。豔情小說也是春宮畫的素材。豔情小說所描寫的性交合情節是春宮畫描繪的內容。值得注意的是，春宮畫對男女身體的描畫，與豔情小說對男女主人公體貌的描寫有很多相通之處。豔情小說中的男女主人公玩賞春宮畫，從中學習性交的技巧。在有的故事中，春宮畫推動小說情節的發展，男女主人公看了春宮圖後，春情萌動，才有後面豔遇故事。最能體現明代春宮畫和豔情小說的關係的是明代後期的小說《素娥篇》。

一、素娥故事的歷史原型和文學淵源

《素娥篇》這篇很獨特的小說在中國大陸失傳，早期刊本藏在美國印第安拿大學金賽研究所裏，被稱爲金賽研究所的鎮山之寶，後來臺灣大英百科股份有限公司出版《思無邪匯寶》，在《外編》中將此孤本影印出版。這個版本的刊印時間應當在萬曆四十年（1612）至天啓二年（1622）年間，在《金瓶梅詞話》刊印前後。這個藏本的封面和書名頁都殘缺，卷首有一篇「方壺仙客」寫的《刻逸史〈素娥篇〉序》:「弔詭家豔稱素娥，蓋風流魁也。第憾子建才沉，遂使洛妃無賦，乃闕事耳。當吾世，而有鄴華之生，八斗之裔，自許陳思風調，喜爲傳奇；召畫史盤礡萬花谷中，按仿當時武家園，安排雲雨會上。境界既已，意來象來神來，乃拔山中之穎，帶露淋描，凡夫眉睫流動，戰取縱橫，一法一勢，盡態極妍。徐而視之，迫而察之，宛素娥色身現也。有色無聲，猶謂善美未盡，就一時騷人墨客，千金買賦，百金買辭，各隨趣況，所發長行短行，清調清種，諧聲叶律，工極才人之至，一段大奇事發洩始盡。予過鄴華生，卒業，疑此身落巫山雲雨中，遂抽筆爲之咄咄作數百言，稍仿《高唐賦》故事耳。旁有客話曰：『君平生自負外史董狐，何爲誨淫作解嘲？』噫噫！客亦未識夫？吾儒之見解也。彼若美盼倩笑，逸詩何齒列焉？」〔註1〕據《序》知《素娥篇》爲鄴華生著，其人眞實姓名不詳，然鄴華生的有關情況，沒有記載。《刻逸史素娥篇序》云作者爲「八斗之裔」，則作者或姓曹。或認爲鄴華生即金壇曹大章（1521～1575），曹大章於嘉靖三十二年（1553）進士及第，授官翰林院編修，嘉靖二十九年因忤嚴世蕃而罷官，《素娥篇》卷首說武三思「公卿以下爭希旨取容。賂遺珍寶，四面而至」，「就京城大起第舍，山池園臺，洞天閣道，綿亙數十里」，隱約可見嚴世蕃的影子。作序的方壺仙客或爲張祥鳶（1520～1586），張祥鳶有《華陽洞稿》，而華陽洞和方壺皆爲傳說中的神仙福地。張祥鳶爲曹大章之表兄，比曹大章大一歲，而曹大章爲張祥鳶座師。〔註2〕

《素娥篇》寫的是素娥和武三思的新該故事。素娥是花月之妖，託胎到人間。她出生時肌體有天然香氣，身體瑩徹，好像廣寒玉蟾，隱隱晶光逼人，她的母親非常憐愛她。武則天之侄武三思貴極人臣，窮奢極侈，廣搜天下美女，次第進御：「從行諸姬，次第進御，雲雨巫山，興濃輒極。當時所幸，數人最著：桃姬善詞，小桃歌之；桂娥喜吹，佛奴庶幾；蘭姬善奕，奕稱國敵；寶兒握搠，亞鬬其側；紫雲草書，雅亦善酒；雲英善舞，巧笑倩口。餘皆灼灼，有名莫傳。」素娥被選入武三思府中，但受到群姬排擠，未能近三思身：「素娥雖未幸，實其行中第一，然質居人先，選居人後，群姬妒懲抑而掩之，竟難得進三思身。」素娥心情抑鬱，作《春風蕩》《長門嘲》詩以自見。一日武三思出遊園亭，題詩有「細數叢中誰第一，恐閒飛燕在昭陽」之句，素娥潛窺其意，喜不自勝，乃得漸漸移身近之，武三思一見驚喜，召喚進御，素

〔註1〕〔明〕鄴華生《素娥篇》，《思無邪匯寶》外編《東方豔情小說珍本》下冊。
〔註2〕徐朔方《關於〈素娥篇〉》，《明清小說研究》1995年第4期，第35～37頁。

娥受寵，與武三思縱情恣淫。素娥法演四十三勢，每一勢輒記某名。《素娥篇》故事結尾時，狄仁傑突然出場，要求會見素娥。素娥不敢相見，自稱是花月之妖。與狄仁傑會見後，素娥改容易道服，自言塵緣已斷，謂武三思亦有道骨，勸武三思勿久戀人間，沉迷苦海，不若同往終南山修煉。素娥言罷飄然乘風而去。數十年後，武三思肉體身滅，人見之羅浮山上，黃冠羽扇，也羽化成仙，挾一青鬟丫髻，即素娥。

素娥故事原型或取自袁郊《甘澤謠》。素娥是武三思之寵姬，白居易《白氏六帖》和袁郊《甘澤謠》均記其事。《甘澤謠》中的《素娥》描寫武則天之侄武三思的婢女素娥爲「世之殊色」，「善彈五弦」。狄仁傑前來拜見武三思，要見素娥，素娥躲避不見，她藏在堂奧隙中，對來找她的武三思說，她是花月之妖，上帝派她來「以多言蕩公之心，將興李氏」，梁公狄仁傑是「時之正人」，她不敢見他。素娥勸告武三思「勉事梁公，勿萌他志」，「不然，武氏無遺種矣」。第二天，武三思「密奏其事」，武則天歎息說：「天之所授，不可廢也！」〔註3〕《素娥》開頭提到武三思「初得喬氏青衣窈娘」，窈娘「能歌舞」，武三思也「曉知音律，以窈娘歌舞，天下至藝也」，後來窈娘「沉於洛水」，武三思竟因此「族喬氏之家」。窈娘實有其人，或作碧玉，喬氏即喬知之。唐代張鷟《朝野僉載》卷二記載：「補闕喬知之有婢碧玉，姝豔能歌舞，有文華。知之時幸，爲之不婚。僞魏王武承嗣暫借教姬人妝梳，納之，更不放還知之。知之乃作《綠珠怨》以寄之，……碧玉讀詩，飲淚不食。三日，投井而死。承嗣撩出屍，於裙帶上得詩，大怒，乃諷羅織人告之。遂斬知之於南市，破家籍沒。」〔註4〕《舊唐書》卷一百九十喬知之本傳記載：「知之有侍婢曰窈娘，美麗善歌舞，爲武承嗣所奪。知之怨惜，因作《綠珠篇》以寄情，密送與婢，婢感憤自殺。承嗣大怒，因諷酷吏，羅織誅之。」〔註5〕《新唐書》卷二百六武承嗣本傳亦記載：「性暴輕忍禍，聞左司郎中喬知之婢窈娘美，且善歌，奪取之。知之作《綠珠篇》以諷，婢得詩恨死。承嗣怒，告酷吏殺之，殘其家。」〔註6〕則奪喬知之婢女窈娘的是武承嗣而非武三思，《素娥》之所

〔註3〕李時人編校，何滿子審定《全唐五代小說》第1729頁，西安：陝西人民出版社，1998。

〔註4〕上海古籍出版社《唐五代筆記小說大觀》第20頁，上海：上海古籍出版社，2000。

〔註5〕〔後晉〕劉昫等《舊唐書》第5012頁，北京：中華書局，1975。

〔註6〕〔北宋〕歐陽修、宋祁等《新唐書》第5837頁，北京：中華書局，1975。

以屬張冠李戴，或因爲就是武三思、武承嗣爲堂兄弟關係，而且都飛揚跋扈、生性殘忍。既然《素娥》中喬氏、窈娘、狄仁傑等皆非虛擬人物，則素娥或亦實有。

儘管《素娥篇》是一部豔情小說，但故事情節非常簡單，敘事部分僅二三千字，重點在「四十三勢」即四十三種性交姿勢的描寫。整篇有圖 47 幅，首兩幅與末兩幅描繪的是故事開頭結尾的情節，中間 43 幅描繪的是性交合的動作姿勢。圖前有標題，然後是一段描述的文字，接著是一首詞，配圖配詞占全書百分之九十以上的篇幅，所以本書實際上是以武三思和素娥代表男與女、陰與陽，描寫房中交合技巧，與其說這是一篇小說，不如說是一本春宮圖錄。《素娥篇》刊刻的年代與春宮畫冊《花營錦陣》相近，書中的配圖詞有幾首與《花營錦陣》幾乎完全相同，如第二勢「花開蝶戀」末尾一首「浪淘沙」詞：「鬆扣解羅裳，露泄春光。勾引芳心一點香，蝴蝶惹迷禁不住，翅整魂忙。戲舞太顛狂，不顧殘妝，嬌枝柔弱卻須防。家是可憎時候也，露滴花房。」《花營錦陣》第十三圖中「浪淘沙」詞：「輕解薄羅裳，共試蘭湯，雙雙戲水學鴛鴦。水底轆轤聲不斷，浪暖桃香。春興太顛狂，不顧殘妝，紅蓮雙瓣映波光。最是銷魂時候也，露濕花房。」第五勢「暗撞金鐘」末尾一首「鳳樓春」同於《花營錦陣》第八圖「鳳樓春」配詞。第十六勢「團茵繡枕偎春嬌，玉股倩郎挑」，同於《花營錦陣》第十六圖「軟茵鋪繡倚春嬌，玉股情郎挑」。第三十二勢「一霎風狂雨驟，佳興不消綠酒」，同於《花營錦陣》第一圖「一夜雨狂雲哄，濃興不知宵永」。值得注意的是，《素娥篇》描寫男女交合時常借用道家丹鼎派術語和房中術語，如第十八勢配詞：「遠望則天台之赤城，近睇則鍾離之燒丹」第二十一勢配詞：「不會嘲風不弄月，把參同契，端詳細說。姹女隱在丹砂中，說合黃婆徒浪舌。坎離二物分明別，搬移顛倒，頭頭貫徹。揣破天機鉛汞飛，笑我漏泄，笑你漏泄。」詞中「姹女」、「黃婆」、「坎離」、「鉛汞」都是煉丹術語。小說進行性描寫時，稱女性器爲「爐」、「鼎」，稱女性舌下、兩乳及陰部爲「三峰」，稱採煉過程爲「抽坎塡離」、「抽鉛添汞」、「還精補腦」等。

雖然《素娥篇》的主體部分圖配詞的形式與《花營錦陣》等春宮畫冊相似，但《素娥篇》又與《花營錦陣》不同，不是性技巧的簡單圖解，而是將性交進行美化描寫，很多圖將性交描畫得像是性愛舞蹈。第十九《日月合璧》可以說是一幅雙人舞蹈圖，與之相配的《長相思》詞寫道：「日東升，月東升，烏兔分司晝夜明，原來不並行。無無情，卻有情，合璧潛通日月精，趣處妙難評。」這是天人合一、陰陽和合觀念的形象化描寫。第十八《圀圇太極》繪「太和元氣」、「陰陽交泰」。單就書中插圖來說，構圖也有特點。在插圖中，男女主人公被安排在全幅的半頁上，另半頁純粹爲園林景觀或山水庭院圖，有折欄劃分畫面空間，折欄內是巨大的屏風，折欄外是挺立的樹木、湖石、假山。與華麗繁複的背景相比，人物的刻畫略爲簡單，對環境的塑造甚爲精工，刀法綿密。這種構圖方式，也出現在當時流行的一些春宮畫冊中。値得注意的是，《素娥篇》的插圖刻工爲黃一楷，同時期的春宮畫冊《風流絕暢》的刻工爲黃一明，他們都是安徽歙縣著名版刻世家黃氏家族成員，且二人爲同輩堂兄弟。這些圖畫或出自同一刻工之手，人物體型、動態、五官、表情、髮髻包括背景、環境都極其相似，只是《素娥篇》中插圖作爲小說插圖尺寸相對較小。

二、性藝術與房中術的結合

《花營錦陣》中有相當數量的配圖詩來自於《素娥篇》中詩詞，可見兩部作品之間的密切關係。《素娥篇》主體部分的畫配詞的形式以及插畫的風格特點，都說明了《素娥篇》與春宮畫的關係，可以說《素娥篇》是故事畫的春宮畫冊。《素娥篇》出現的時代，也正是以春宮畫爲代表的性藝術大爲興盛，房中術在社會上廣爲傳播的時代。在這個時期產生了《既濟眞經》《修眞演義》《素女妙論》等新的房中書。《素娥篇》可以說是性藝術與房中術結合的產物，將春宮畫用一個故事串聯起來，比起流行的春宮畫冊《勝蓬萊》《風流絕暢》《花營錦陣》《風月機關》《鴛鴦秘譜》《青樓剟景》《繁華麗錦》《江南銷夏》等來，可謂是一種創新。《素娥篇》中所描畫的性愛姿勢，雖然和以往的房中書相通之處甚多，但其旨歸不再是補益治療，而更多的是娛樂。

春宮畫起源於宮廷中的淫樂，最初產生於帝王宮室，描寫春宵宮闈之事，所以稱爲「春宮」。漢朝劉向在《列女傳》一書中說，殷商末期，奢侈暴虐的紂王曾在宮中舉行肉林酒池的餐宴，他抱著妲己恣意尋歡，在他們的床榻四周則圍以繪滿春宮畫的屏風，兩人一面欣賞這些畫，一面縱情作樂。但明代郎瑛認爲這種說法不可信，他在《七修類稿》中的《春畫淫具》中說：「漢成帝畫紂踞妲己而坐，爲長夜之樂於屏，春畫殆始於此也。後世以紂爲春畫，誤矣。」〔註 7〕一般認爲，眞正的春宮畫在漢朝時出現。史載漢孝景帝時廣川

〔註 7〕〔明〕郎瑛《七修類稿》卷 25 第 381 頁，北京：中華書局，1959。

王的兒子海陽，像他的父親一樣淫亂成性，叫人在四壁畫滿性交圖畫，並在此狂歡作樂，這是春宮畫之始。到了東漢時期，畫有各種性交姿勢、作爲新婚性愛指南的性書在民間廣爲傳播。東漢張衡在《同聲歌》中寫道：「衣解巾粉御，列圖陳枕張，素女爲我師，儀態盈萬方，眾夫所希見，天老教軒皇。」「列圖」當爲繪製有男女裸交接的圖畫，在新婚之夜展放於枕側。詩中所提到的素女，據說是古代房中術的傳授者，在漢代一度流行的房中書《素女經》中，應該有很多插圖，在新娘的嫁妝中就有帶有插圖的《素女經》，用來作爲新婚夫妻性生活的指導，這些性生活指南圖畫被稱爲「女兒圖」。

唐代周昉所畫《春宵秘戲圖》被認爲是最早的春宮畫，這幅畫由宋到明，流傳很廣，很多文獻中都有記載，但明代之後原本失傳，今天所能看到的是明代畫家仇英的摹本。清代顧復《平生壯觀》卷六「周昉」條描述《春宵秘戲圖》說：「《春宵秘戲圖》，絹素高尺餘，長倍之，短袖卷，人物五寸，一男五女於圖中。一女臝臥於短榻，二侍女捧持其頸項臂股，一男臝坐於方座，座下有四輪，一侍女推座，而交狎臥者，肥白如瓠，坐者勢若排山，侍者含情於阿睹之間，盡態極妍，而衣紋古簡，唐人妙跡何疑？文衡山小楷長跋云：此卷相傳爲敖曹武后，或謂之玄宗太眞，若冠著遠遊，帝王之冠也，首食希翠翹，后妃之髻也，但雲陰溝渥丹、火齊慾吐，非精其鑒賞者定評，豐妍腰肢詳穩，兩侍女衣褶亦斷非宋以後人筆。」〔註 8〕到了宋代，創作所謂「秘戲圖」的畫家多起來，在後世影響最大的是無名氏根據史實而作的《熙陵幸小周后圖》，畫的是宋太宗趙光義強姦南唐後主李煜皇后小周后故事。

春宮畫最興盛的是在明代。到明代後期，知名畫家的參與使春宮畫甚至成了藝術。明代後期的春宮畫冊中以五色套印的木版春宮畫冊最爲精美。這類畫冊裝裱非常講究，以二十四幅的冊頁居多，畫面之外皆配以色情詩詞。流傳到現在的畫冊如《勝蓬萊》《風流絕暢》《花營錦陣》《風月機關》《鴛鴦秘譜》《青樓剟景》《繁華麗景》《江南消夏》等，大多產生於從隆慶到崇禎的近八十年裏，畫面純以線描，氣韻生動，清新脫俗，分別用紅黃綠藍黑五種顏色套印起來，嚴絲合縫毫不走樣，給人以明潔流暢之感，它不僅是春宮畫冊中的佼佼者，也代表著中國傳統的套色木版畫的最高成就。萬曆時期的套色春宮版畫與天啓崇禎年間的有著不同的風格。萬曆時的套色春宮版畫更像是對性技巧的圖解、示範性圖片，主體人物只起到圖解、示範、說明某些性

〔註 8〕〔清〕顧復《平生壯觀》卷 6 第 108 頁，清鈔本。

姿勢的作用。天啓、崇禎年間的作品，在人物的刻畫上已顯熟練，男女在體態上有了明顯區分，男子健碩，女子趨於靈巧、纖細。主體人物已能夠和周圍環境相互融合，對環境的刻畫工整、細緻，生活氣息增強，對畫面構圖模式有了刻意的安排。

《勝蓬萊》《風流絕暢》《花營錦陣》《風月機關》成於萬曆年間。其中《花營錦陣》共二十四圖，藍、黑、綠、紅、黃五色印成，每圖以草書配詞一首。《花營錦陣》保存完整。第四圖題「翰林風」，畫的是同性戀，配的詩爲《翰林風》（南國學士）：「座上香盈果滿車，誰家年少潤無暇。爲探薔薇顏色媚，賺來試折後庭花。半似含羞半推脫，不比尋常浪風月。回頭低喚快些兒，叮嚀休與他人說。」其餘二十三幅圖中的男女幾乎都全身赤裸交接，或在室內，或在室外，室內則有屏風，室外則有假山湖石、花枝、樹木等。男女性器官畫得粗簡，圖畫重在展示各種性交體位，而所畫性交姿勢技巧又多與房中書中的描繪相符，如第二圖所畫的性愛姿勢就是《洞玄子》中的「蠶纏綿」：「女仰臥，兩手向上抱男頸，以兩腳交於男背上，男以兩手抱女項，跪女股間，即入玉莖。」第四圖中畫的是「山羊對樹」：「男箕坐，令女背面坐男上，女自低頭視入玉莖，男急抱女腰石參勒也。」第十圖畫的是「玄蟬附」：「令女伏臥而展足，男居股內，屈其足，兩手抱女項，從後內玉莖，入玉門中。」第十六圖畫的是《洞玄子》中的「魚比目」：「男女俱臥，女以一腳置男上，面相向，嗚口㗖舌，男展兩腳，以手擔女上腳，進玉莖。」〔註 9〕

《鴛鴦秘譜》《青樓剟景》《繁華麗景》和《江南消夏》成於天啓、崇禎年間。《鴛鴦秘譜》共三十圖，以藍、黑、綠、紅、黃五色印成，每圖配一詩。今存第四圖和第十二圖。第四圖畫的是一老年男子與一年輕女子在床帳內交歡，在男子腰間環繞繩帶，女子手握男子陰莖送入。畫面左下角，一位侍女一手提茶壺一手托茶盤在旁邊侍立，側耳傾聽。畫面右下角放了一對拱足圓凳。畫的應該是夜晚，因爲畫中有燃燒的燭火。配的詞來自於《繡榻野史》第二部分第二十回的回末附詞。第十二圖畫的是在幽靜的房內，一女子站立，身子稍微前傾，爲男子口交。配的詞來自《繡榻野史》第二部分第三回的回末附詞。

明代的春宮畫家，最有名的是唐寅和仇英。唐寅所繪女性都壯健豐腴，多爲圓臉，而且有個特點被稱爲「三白」，也就是前額一點白，鼻尖一點白，

〔註 9〕所引《洞玄子》原文出自葉德輝編《雙梅景闇叢書》，海南：海南國際出版中心，1995。

下頷一點白，這往往是後人鑒別眞假唐寅畫的一個標準。唐寅畫春宮畫，或者與他的生活情趣有關。明代的色情故事集《僧尼孽海》或謂出自唐寅手筆，《新輯出相批評僧尼孽海》作者署爲「南陵風魔解元唐伯虎選輯」。據說唐寅的春宮畫就是以他所眷戀的歌女爲裸體模特兒而繪製。明代陳繼儒在《太平清話》中說：「唐伯虎有《風流遁》，數千言，皆青樓中游戲語也。」〔註10〕流傳至今的春宮畫集《風流全集》的序言提到了唐寅的《競春圖》，據說《風流絕暢》的木刻就是以唐寅的《競春圖》爲藍本。另一春宮畫集《鴛鴦秘譜》的小引中提到了唐寅的一套叫「六奇」的春宮畫，或即唐寅的春宮畫卷《花陣六奇》。唐寅所作秘戲圖至今已不復見，但清代人題唐寅所作秘戲圖的詩保留下來，如：「雞頭嫩如何？蓮船僅盈握；鴛鴦不足羨，深閨樂正多。」據說今藏日本的一幅小型春宮畫《小姑窺春圖》爲唐寅所作。仇英主要以賣畫爲生，畫春宮畫也十分有名。唐代周昉所畫《春宵秘戲圖》原本失傳，傳於後世的是仇英的摹本。據說仇英畫了一套叫「十榮」的春宮畫，描繪了十種不同的性交姿勢。北京故宮博物院藏有一套二十四幅的題爲《燕寢怡情》的絹畫，被認定出自仇英之手。這二十四圖雖未描繪性行爲，但畫面傳遞很濃的性暗示。

到了清代，朝廷多次下令禁燬違禁書籍，色情文藝也在查禁之列。所以清代文人畫家參與色情文藝的創作的大大減少，不僅豔情小說是粗製濫造，就是坊間刊行的春宮畫冊也是趣味低俗，製作粗糙，已經不能稱爲春宮藝術了。但春宮畫仍在暗中流行。清代紀昀在《閱微草堂筆記》中描繪當時的春宮畫：「松下畫一秘戲圖，有大木榻，布長簟，一男一婦裸而好合，流目送盼，媚態宛然，旁二侍婢亦裸立，一揮扇驅蠅，一以兩手承婦枕，防蹂躪墜地，乃士人及婦與媵婢小像也。」〔註11〕清代著名的春宮畫家有馬相舜、王無倪、羅龍等。清代阮葵生《茶餘客談》卷十七說：「近日推大同馬相舜字聖治、太倉王氏字無倪、歙縣羅龍字錫三，其他粗豔不足觀。」〔註12〕

三、春宮畫中的豔情與豔情小說中的春宮畫

春宮畫是藝術品，爲晚明時代的文人雅士所欣賞。《風流絕暢》東海病鶴居士引言說：「不佞非登徒子流，何敢語好色事？丙午春讀書萬花樓中，雲間

〔註10〕〔荷蘭〕高羅佩《秘戲圖考》第136頁，廣州：廣東人民出版社，2005。
〔註11〕〔清〕紀昀《閱微草堂筆記》卷24第404頁，清嘉慶五年望益書屋刊本。
〔註12〕〔清〕阮葵生《茶餘客談》卷17第271頁，清光緒十四年刊本。

友人持唐伯虎先生《競春圖卷》來，把弄無倦。時華南美蔭主人至，謂不佞曰：『《春意》一書，坊刊不下數十種，未有如是之精異入神者。俊麗盛滿，亦曲盡矣！』因覓名繪手臨之，仍廣爲二十四勢。中原詞人墨客，爭相詠次於左，易其名曰《風流絕暢》，付之美剞劂。中秋始落成，苦心煩思，殆非一日也。不佞強之印行於世，以公海內好事君子。至若工拙，或與尋常稍有所差別耳，惟鑒賞者自辨云。」〔註 13〕春宮畫又不同於一般的繪畫，其表現內容爲色情，重點在性交合的姿勢和技巧的藝術展示，其主要功用還在於增強性興趣，提供圖像化的性刺激，爲男女歡愛提供性愛狀本。春宮畫中反覆描摹的性愛姿勢，在古代房中書中多有描述，是古人在性事中探索總結出的合理、正確的性技巧。特別是對青年男女、新婚男女來說，春宮畫是形象化的性愛指導手冊。

春宮畫的慾望刺激和性愛指導作用，在古代的豔情小說中多有表現。《金瓶梅》第十三回中提到了西門慶得到的一個春宮手卷，與潘金蓮點著燈看：「話說西門慶從李瓶兒家中偷情後扒牆回來，到了潘金蓮房中，從袖中取出『一個對象兒』，對潘金蓮說：『此是她老公公內府畫出來的。俺們兩個點著燈，看著上面行事。』潘金蓮接過觀看，這是一個手卷：內府衢花綾裱，牙籤錦帶妝成。大青小綠細描金，鑲嵌斗方乾淨。女賽巫山神女，男如宋玉郎君。雙雙帳內慣交鋒，解名二十四，春意動關情。於是潘金蓮與西門慶展開手卷，在錦帳之中比照著上面行事。」〔註 14〕小說強調這個手卷是從內府散出的，很珍貴，實際上，在明代後期，春宮畫不僅藏於內府、官僚豪紳之家，在民間坊肆中也十分流行。當時有很多畫家以繪製春宮畫爲生，所繪製的春宮畫甚至山水人物畫一起公開叫賣。

清代豔情小說《肉蒲團》第三回寫未央生因妻子玉香對性生活表現冷淡，就想用春宮畫來刺激她：

> 未央生甚以爲苦，心上思量道：「可惜一個絕色女子，沒有一毫生動之趣，猶如泥塑木雕，睡在身邊，有何樂處？我如今沒奈何，只得用些陶養的工夫，變化他出來。」就到書畫鋪中，買一幅絕精絕妙的春宮冊子，是本朝學士趙子昂的手筆，共有三十六幅，取唐

〔註 13〕〔荷蘭〕高羅佩著，楊權譯《秘戲圖考》第 329 頁，廣州：廣東人民出版社，2005。

〔註 14〕〔明〕蘭陵笑笑生《全本金瓶梅詞話》第 976 頁，香港：太平書局，2012。

詩上「三十六宮都是春」的意思。拿回去放在繡閣之中，好與玉香小姐一同翻閱，使他知道，男女交媾之事，不是一端，其中有千變萬化生發出來，以備閨房之樂。〔註 15〕

未央生買到的春宮畫冊，每一幅圖都有文字說明，每一幅圖前半頁是春宮，後半頁是題跋，題跋前幾句解釋畫上的情形，後幾句是贊畫工的好處：

第一幅乃縱蝶尋芳之勢，跋云：女子坐太湖石上，兩足分開，男手以玉麈投入陰中，左掏右摸，以探花心。此時男子婦人俱在入手之初，未逢佳景。故眉目開張，與尋常面目不甚相遠也。第二幅乃教蜂釀蜜之勢，跋云：女子仰臥錦褥之上，兩手著實，兩股懸空，以迎玉麈，使男子識花心所在，不致妄投。此時女子的神情近於饑渴，男子的面目似乎張惶，使觀者代為著急，乃化工作惡處也。第三幅乃迷鳥歸林之勢，跋云：女子欹眠繡床之上，雙足朝天，以兩手扳住男人兩股，往下直樁，似乎佳境已入，惟恐復迷，兩下正在用功之時，精神勃勃，眞有筆飛墨舞之妙也。第四幅乃餓馬奔槽之勢，跋云：女子正眠榻上，兩手纏抱男子，有如束縛之形。男子以肩承其雙足，玉麈盡入陰中，不留纖毫餘地。此時男子婦人俱在將丟未丟之時，眼欲閉而尚睜，舌將吞而復吐，兩種面目，一樣神情，眞化工之筆也。第五幅乃雙龍鬥倦之勢，跋云：婦人之頭欹於枕側，兩手貼伏，其軟如綿。男子之頭又欹於婦人頸側，渾身貼伏，亦軟如綿，乃已丟之後，香魂欲去，好夢將來，動極返靜之狀。但婦人雙足未下，尚在男子肩臂之間，猶有一線生動之意，不然，竟像一對已斃之人，使觀者悟其妙境，有同棺共穴之思也。〔註 16〕

玉香看了春宮畫冊，開始時面紅耳赤，認為它玷污閨閫，要叫丫環拿去燒了。未央生一再動員、解釋說明：

若是沒正經的事，那個畫工肯去畫他？那個收藏的人也不肯出重價去買他了。只因是開天闢地以來第一樁正經事，所以文人墨士拿來繪以丹青，裱以綾絹，賣於書畫之肆，藏於翰墨之林，使後來

〔註 15〕〔清〕情隱先生《肉蒲團》第 3 回，《思無邪匯寶》第 15 冊《肉蒲團》第 174 頁。

〔註 16〕〔清〕情隱先生《肉蒲團》第 3 回，《思無邪匯寶》第 15 冊《肉蒲團》第 180～181 頁。

的人，知所取法。不然，陰陽交感之理漸漸淪沒，將來必致夫棄其妻，妻背其夫，生生之道盡絕。〔註 17〕

玉香漸受影響：

玉香看到此處，不覺淫興大發，矜持不來。未央生又翻過一頁，正要指與他看，玉香就把冊子一推，立起身來，道：「甚麼好書？看得人不自在起來，你自己看，我要去睡了。」

明代後期的豔情小說與套色春宮版畫之間有著密切的關係。這一時期的豔情小說所配的插畫就是春宮畫，與成冊的套色春宮版畫不同的是，小說有完整的故事情節，插圖的畫面要根據故事內容來設計。小說插畫中的人物也不像套色春宮版畫裏那般碩大。署名「杭州豔豔生」，刊刻於 1621 年的《昭陽趣史》中有 48 幅全頁插圖，插圖大都描繪色情場面，其中一幅圖與《花營錦陣》第二圖相似。《金瓶梅》中的很多描繪性交場景的插圖，獨立出來可以當作春宮畫。不僅豔情小說，明代後期各種小說、戲曲文本中的插圖常常包含大量春宮畫性質的插圖，如《青樓韻語》《彩筆情辭》《吳騷合編》等戲曲選集中都有插圖，有的插圖暗含情色。《風流絕暢》《花營錦陣》《鴛鴦秘譜》等春宮圖冊中圖畫所配詩詞多數都來自於豔情小說中。《花營錦陣》中有相當數量的配圖詩來自於《素娥篇》，可見兩部作品之間的密切關係。《鴛鴦秘譜》中的詞有 6 首與《株林野史》中的詞相同，《風流絕暢》《花營錦陣》《鴛鴦秘譜》中的部分配圖詩詞來自豔情小說《繡榻野史》。《繡榻野史》的作者據說是呂天成，呂天成長於詞曲，他的好友王驥德在《曲律》中提及呂天成在少年時寫過兩部小說即《繡榻野史》和《閒情別傳》（後更名爲《怡情陣》）。《繡榻野史》每回結尾處的詞寫得精巧嫺熟。《花營錦陣》第三圖配詞署名「秦樓客」，而王驥德的名號之一即「秦樓外史」。《花營錦陣》第二十圖配詞署名「適適生」，當時一位學者陳玉輝的書房叫「適適齋」。《鴛鴦秘譜》中所借用的配詞署名「玉陽子」，而擅長戲曲詩歌的陳與郊號「玉陽仙史」。一種解釋是，呂天成創作了《繡榻野史》後，王驥德、陳玉輝等人爲小說創作了一部分詞曲，這些詞曲又在文人圈子裏流傳，春宮畫家或刊刻者借用來作爲春宮畫的配詞。《風流絕暢》的圖引中說：「中原詞人墨客，爭相詠次於左。」

〔註 17〕〔清〕情隱先生《肉蒲團》第 3 回，《思無邪匯寶》第 15 冊《肉蒲團》第 175～176 頁。

豔情小說也是春宮畫的素材。豔情小說所描寫的性交合情節是春宮畫描繪的內容。值得注意的是，春宮畫對男女身體的描畫，與豔情小說對男女主人公體貌的描寫有很多相通之處。豔情小說對男子的描寫比較簡略，只是強調男性如何粗大。相比之下，豔情小說對女性體徵的描寫比較細緻，如女子豐嫩紅潤、開一條細縫、一根陰毛也無或只有稀稀疏疏幾根毛兒，春宮畫家描繪裸體女性時，便遵從這樣的體徵。

四、素娥形象的文化淵源

《素娥篇》中的女主人公名爲素娥，女子以「素」爲名，早期的房中書中有素女，魏晉時期的志怪故事中有白水素女，清代的豔情小說《株林野史》中也有一個素娥。素娥、白水素女之名與素女有關。《素娥篇》中的素娥是花月之妖，而《株林野史》中的素娥是人間女子，不是一人，但又不是毫無關係，這兩個素娥都精通房中術，讓人想到古代房中術的傳授者素女，與素女並稱的還有玄女、採女。

房中術的起源已不得而知，據記載說，商王曾遣採女從彭祖受房中之術，行之有效。但彭祖和採女都是傳說中的人物，所以這個記載的可信性不足。可以肯定的是，漢代房中術開始盛行，房中術被當作一種能使人返老還童的仙術，在一些神仙家和方士中間廣爲流傳。《漢書・藝文志・方技略》記載的古代方技有四種：一曰醫經，二曰經方，三曰房中，四曰神仙。其所錄的圖書如《容成子陰道》《務成子陰道》《堯舜陰道》《湯盤庚陰道》《天老雜子陰道》《天一陰道》《黃帝三王養陽方》《三家內房有子方》等當都與房中術有關。從書名看，這些書籍討論的是男女交媾之道和與生殖有關的問題。《容成子陰道》中的「容成」，應該就是後來所說的容成公。《後漢書》中的華佗傳提到與華佗同時的道士冷壽光「年可百五六十歲，行容成公御婦人法」。〔註 18〕漢代劉向編寫的《列仙傳》記載：「容成公者，能善補導之事。取精於玄牝。其要谷神不死，守生養氣者也。髮白復黑，齒落復生。」〔註 19〕

晉代葛洪在《抱朴子內篇》中提到了《玄女經》《素女經》《彭祖經》《子都經》《榮成經》等，這些都是房中書。葛洪在《抱朴子內篇》中對房中術進行了批判，但葛洪又承認房中術確有一定的作用，關鍵是掌握其中的奧妙，

〔註 18〕〔南朝宋〕范曄《後漢書》卷 82 第 2740 頁，北京：中華書局，1965。
〔註 19〕〔西漢〕劉向《列仙傳》卷上第 2 頁，上海：上海古籍出版社，1990。

彭祖就是因爲掌握了奧妙，才長壽數百歲：「按《彭祖經》云：其自帝嚳佐堯，歷夏至殷爲大夫。殷王遣採女，從受房中之術，行之有效。欲殺彭祖以絕其道，彭祖覺焉而逃去，去時年七八百餘。」〔註 20〕在眾多房中書中，葛洪反覆強調《玄》《素》，也就是《玄女經》和《素女經》。葛洪在另一部書《神仙傳》中記載了不少修煉房中術而得道成仙、延年益壽的人物，如容成公「行玄素之道，延壽無極」，〔註 21〕甘始「行房中之事，依容成玄素之法」，〔註 22〕活了三百餘歲，後入王屋山成仙。所謂「玄素之道」指的就是玄女、素女傳授的房中秘術。

從現存的房中書看，一度失傳的《素女經》應該是最爲全面系統的房中著作，所以後世的房中書才反覆稱引。西晉葛洪《抱朴子內篇》中記錄的《素女經》和《玄女經》至遲在東漢中期就已產生了，二經在中土失傳，日本人丹波康賴的《醫心方》作了摘錄，清末的葉德輝據此輯出，收入《雙梅景闇叢書》。根據葉德輝所輯錄的《素女經》，現存房中書中的理論在《素女經》中都有闡述，最有名的理論是「七損八益」，指 8 種有益的性姿勢和 7 種不利的性姿勢。在《素女經》中，黃帝向素女請教房中秘術。黃帝問素女，他氣力衰竭，脈理不和，終日憂心忡忡，總覺得危險將至，大限難逃，這是怎麼回事。素女告訴黃帝，這是因爲陰陽失調、性生活不當所產生的後果。女子精力強勝過男子時，就像水把火澆熄一樣，使男人招架不住。男女性生活像烹調食物，必須水火互相配合，才能煮出佳餚。能夠體認水火交融的道理，便能盡嗜人間樂趣，否則就會敗身喪命。素女告訴黃帝，有一位叫採女的女子對陰陽之道頗有心得，可以讓採女去向彭祖請教延年益壽的方法，彭祖告訴採女，愛惜精力，修養精神，服用各種補藥，能夠長壽，但如不懂得男女交合之道，服食再多的補藥也毫無益處，而且會傷身敗體，以致早夭。採女接著又請彭祖更深入教導，彭祖說，黃帝日理萬機，處理天下大事，身疲力倦，好在黃帝有眾多后妃，只要能把握交合要領，可以善自攝養。這個要領便是要多與年輕女子交合，並且屢交不泄，便能身體輕快，百病不生。黃帝請教素女，是否可以隔一段時間再行交接。素女對黃帝說，天地陰陽兩氣有開有閉，春夏秋冬和晝夜明暗等都因時序變化而不同，人應給遵照陰陽原理，

〔註 20〕王明《抱朴子內篇校釋》卷 13 第 242 頁，北京：中華書局，1985。
〔註 21〕〔東晉〕葛洪《神仙傳》卷 7 第 40 頁，上海：上海古籍出版社，1990。
〔註 22〕〔東晉〕葛洪《神仙傳》卷 10 第 58 頁，上海：上海古籍出版社，1990。

隨四季變化而行動，若停止交合，精氣不能宣洩，陰陽之道就會隔絕。若不常交合，陽具就會像蛇因爲不能動彈而僵死在巢穴裏。應該練習導引法，吐出廢氣，吸入新鮮空氣，增進身體健康，使精氣能通體圓滑地流暢著，交合時再用還精法，使精氣蓄存在體內，便能精神飽滿而生氣勃勃了。

後世房中術中幾個重要的方面，《素女經》中都出現了。比如對性交姿勢的探討，兩千多年前的房中術就開始研究性體位，先秦時期的《合陰陽》中已提出「十動」、「十修」、「十節」、「八動」、「十已」等。〔註 23〕「十節」是指夫婦交合時採用的十種不同姿態，多數模仿動物的動作，是仿生學在性醫學中的運用，有的性體位可增加性快感，有些可增加生育機會，有利於優生，有些有利於治療疾病。在此基礎上，《素女經》總結出了九法。到了唐代，《洞玄子》總結出了 30 種性交姿勢技巧，《玉房秘訣》等書又進一步發展。再如採補之說，指是男女交合時，吸取對方的精華來補益自己，達到健身目的。《素女經》中寫黃帝在玄女、素女的指點下御女採補。傳說中的西王母則是通過採陽補陰而得道成仙：「非徒陽可養也，陰亦可養。西王母是養陰得道之也，一與男交而男立損病，女顏色光澤，不著脂粉。」〔註 24〕再如以戰爭比喻性交，在古老的房中書中就已經出現，《素女經》中素女告訴黃帝說：「御敵家，當視敵如瓦石，自視如金玉。若其精動，當疾去其鄉。御女當如朽索御奔馬，如臨深坑，下有刃，恐墮其中，若能愛精，命亦不窮也。」〔註 25〕

《素女經》中提到的彭祖被認爲是房中術另一位傳授者。據說彭祖精通養生術。葛洪的《神仙傳》記載，彭祖爲殷王大夫，善於補養導引之術。殷王又奉事採女，採女知養形之方。殷王令採女問道於彭祖，具受房中之要。採女轉授給殷王，殷王試行有效。殷王企圖獨自壟斷彭祖之術，要殺害彭祖及所有傳習彭祖道的人，彭祖逃走，不知所蹤。《列仙傳》記載，女曾奉西周穆王命令去拜訪彭祖請教房中術的秘訣，回來後便傳授給穆王，穆王初試後，果見奇效。

在這些記載中，採女是彭祖之道的轉授者。葛洪《抱朴子內篇・極言》中將採女記爲「綵女」。東漢初光武帝爲後宮規定等級，採女地位較低，相當

〔註 23〕 宋書功編《中國古代房室養生集要》第 67～68 頁，北京：中國醫藥科技出版社，1991。

〔註 24〕 〔日本〕丹波康賴《醫心方》第 1134 頁，北京：人民衛生出版社，1993。

〔註 25〕 宋書功編《中國古代房室養生集要》第 153 頁，北京：中國醫藥科技出版社，1991。

於後世所說宮女，《後漢書・皇后紀上》說：「及光武中興，斫雕爲樸，六宮稱號，唯皇后、貴人。貴人金印紫綬，奉不過粟數十斛。又置美人、宮人、採女三等，並無爵秩，歲時賞賜充給而已。」〔註 26〕一種說法是，宮女充當皇帝的藥鼎，供採藥之用，所以命名爲採女。另一種說法說，採女爲宮女別名，因其衣服具有色彩，故稱採女。從字面上說，「採」字原義爲採集，採女或指宮中勞作之女。房中書中的採女或與宮女無關，只是取採補之意。晉代葛洪的《抱朴子內篇》將採女與各種方術相聯繫，《仙藥》篇說趙瞿服食松脂，夜見面上有綵女二人遊戲其口鼻之間，一年後二女長大，追隨左右。《太上洞淵神咒經》中出現了數以萬計的各種綵女，她們驅鬼度人，是魔王的配偶。六朝時的道經《太上洞玄靈寶智慧本願大戒上品經》把採女作爲貞節女子的稱呼：「若見採女，當願一切守清忍志，慕在賢貞。」〔註 27〕

在馬王堆帛書房中術中，無採女向彭祖求教之事。東晉的《神仙傳》和《抱朴子內篇》所引的《彭祖傳》中才出現殷王、採女和彭祖的房中術故事。記載彭祖房中之術的著作《彭祖經》，或謂成於漢代，或謂成於晉代。《神仙傳・黃山君傳》說《彭祖經》的作者爲黃山君：「黃山君者，修彭祖之術，年數百歲猶有少容。亦治地仙，不取飛昇。彭祖既去，乃追論其言，爲《彭祖經》。得《彭祖經》者，便爲木中之松柏也。」〔註 28〕《抱朴子內篇・極言》說彭祖的弟子有青衣烏公、黑穴公、秀眉公、白兔公子、離婁公、太足君、高丘子、不肯來七八人，都歷數百歲，在殷代成仙而去。《抱朴子內篇・遐覽》著錄有去丘子《黃山公記》，「去丘子」疑即彭祖弟子高丘子。

到了隋代，房中書仍然流行，《隋書・經籍志》中列舉了《雜嫁娶房內圖術》《彭祖養性經》《玉房秘訣》《素女秘道經》《素女方》《彭祖養性》《郯子說陰陽經》《序房內秘術》《玉房秘訣》《徐太山房內秘要》《新撰玉房秘訣》等書目，這些應該都是南北朝以來流行的房中書。《隋書・經籍志》所列八種房中書在中國均已失傳，一些段落保留在中國血統的日本醫師丹波康賴搜集整理的《醫心方》中，中國近代學者葉德輝根據日本 1554 年出版的《醫心方》

〔註 26〕〔南朝宋〕范曄《後漢書》卷 10 第 400 頁，北京：中華書局，1965。
〔註 27〕《道藏》第 6 冊第 155 頁。
〔註 28〕〔東晉〕葛洪撰，胡守爲校釋《神仙傳校釋》第 38 頁。北京：中華書局，2010 年。

中引用的房中書片段復原了《素女經》（包括《玄女經》）《素女方》《玉房秘訣》《玉房指要》等幾部房中書，還輯出了一本《洞玄子》。唐宋以後，除了專門的房中書外，在醫書中也多有房中術的內容。《宋史・藝文志》中提到了房中書。到了明代，房中術衰落。儘管房中理論依舊在男女性愛行為中實行，但房中書大幅減少。《明史・藝文志》中沒有著錄一本房中書。但房中書在明代並未絕跡，還有人編寫新的房中書，如《既濟眞經》《修眞演義》《素女妙論》等。《素女妙論》主要強調保存精液和性交的治療作用，其第二節《九勢篇》中講到了九種性交體位，這些體位、姿勢在春宮圖冊中都能找到相對應的圖畫。《既濟眞經》全名是《純陽演正孚祐帝君既濟眞經》，箋注者鄧希賢自稱是從仙師呂洞賓那裡獲這部眞經。「既濟」是《易經》的第六十三卦，被認爲是性交的象徵。這部書通篇使用軍事術語，容易被誤以爲是兵書。書中強調男子應自我控制，不要射精，同時激發女子的性慾，使之達到高潮，然後吸取其陰氣。第一段將精通房中術的人稱爲「上將」：「上將禦敵，工挹吮吸，遊心委形，瞑目喪失。」箋注說：「上將，喻修眞人也。御，行事也。敵者，女人也。初入房時，男以手挹女陰戶，舌吮女舌，手挹女乳，鼻吸女鼻中清氣，以動彼心。我宜強制而遊心太清之上，委形無有之鄉，瞑目勿視，自喪自失，不動其心。」〔註 29〕性交結束被稱爲「收戰罷兵」、「還之武庫」：「我緩彼急，勢復大起。兵亦既接，入而復退。又吮其食，挹其粒，龜虎蛇龍，蟠怕呑翕。彼必棄兵，我收風雨。是曰既濟，延安一紀。收戰罷兵，空懸仰息，還之武庫，升上極。」箋注說：「大起，興濃也。彼興既濟，我當復入，深淺如法，間復少退。又必吮其舌，挹其乳，依行前番工夫，則彼眞精盡泄，而我收翕之矣。既濟者，既得眞陽也。一紀，十二年也。一御既得眞陽，則可延壽一紀。武庫，髓海也。上極，泥丸也。戰罷下馬，當仰身平息，懸腰動搖，上升泥丸，以還本元，則不生疾病，可得長生。」〔註 30〕《紫金光耀大仙修眞演義》講述了行房的宜忌，應避免與什麼樣的女人行房，在什麼情況下不宜行房，理想的女性配偶，激發女子性慾的各種方法及女子的相應性反應等。其後第九節講述了男人強壯生殖器的方法，其中一個方法是：「若

〔註 29〕〔荷蘭〕高羅佩著，楊權譯《秘戲圖考》第 300 頁，廣州：廣東人民出版社，2005。

〔註 30〕〔荷蘭〕高羅佩著，楊權譯《秘戲圖考》第 302 頁，廣州：廣東人民出版社，2005。

行採戰，先用絹帶束固莖根，次以兩手上下同腎囊捧起，漱津吸氣，咽送丹田，隨提尾閭起接，使上下相思，助壯陽勢，然後行事。」〔註31〕

值得注意的是，古代房中書中記載的房中術的傳授者，除了彭祖之外，大都是女性，如玄女、素女、採女、西王母等。奇怪的是，這些女性將房中術傳授給男子，又告誡男子不要將秘密洩露給女子，女子知道秘術之後，男子不僅不能採陰補陽，還會被女性採陽補陰，男子就會受到損害。據《玉房秘訣》說，西王母即好與童男交合而養陰。《玉房秘訣》一方面介紹了女子通過與男子交合而養陰的方法，一方告誡男子要與「不知道之女」交合。

五、房中術的故事化表現

將中國古代房中書與國外的性學著作進行比較，可以發現其間有著很大的差別。無論是西方還是東方其他國家，都認爲性交合除了生育之外，還能帶來性快樂，有的時候性快樂的意義甚至超過生育。而在中國，性觀念一開始便依託於房中術思想，強調節慾固精，強調採補養生，雖也追求感官享受，但愉悅不是最重要的。即使探討性交體位、性技巧，也不是爲了快樂。也就是說，中國古代的性觀念是功利性的，都有著附加意義，或爲生育，或爲養生採補，或表現男性的征服力量，沒有純粹的性快樂。古代房中理論中有合理的因素，但也有很多想當然的成分，這些想當然的部分在後來被神秘化，成爲小說故事特別是豔情小說中的情節。多數豔情小說中描寫的房中術，與原始房中術相差甚遠，更多的是奇特的想像。在更多的情況下，豔情小說中的房中術和道德勸誡一樣，都是幌子，小說作者最感興趣的，著墨最多的是男性主人公的性冒險。

豔情小說中性描寫的很多方面都能在房中書中找到線索。凌濛初《二刻拍案驚奇》卷十八《甄監生浪吞秘藥，春花婢誤泄風情》說：「有的又說內丹成，外丹亦成，卻用女子爲鼎器，與他交合，採陰補陽，捉坎塡離，煉成嬰兒姹女，以爲內丹，名爲採戰工夫。」〔註32〕小說中甄監生告訴玄玄子，自己不能控制住射精，忍耐住了又軟痿了，不能抽送，道士玄玄子對他說：「在此地位，須是形交而神不交，方能守得牢固。然工夫未熟，一個主意要神不

〔註31〕〔荷蘭〕高羅佩著，楊權譯《秘戲圖考》第306頁，廣州：廣東人民出版社，2005。

〔註32〕〔明〕凌濛初《二刻拍案驚奇》卷18，《古本小說集成》第5輯第9冊《二刻拍案驚奇》第886頁，上海：上海古籍出版社，1995。

交，才付之無心，便自軟痿，所以初下手人必須借力於藥。有不倒之藥，然後可以行久御之術，有久御之功，然後可以收陰精之助，到得後來，收得精多，自然剛柔如意，不必用藥了。若不先資藥力，竟自講究其法，便有些說時容易做時難。」〔註33〕房中術強調男人應以節省精液或陽氣爲目的，爭取少泄或不泄，延長做愛時間，盡可能多的御女，採取女性陰丹。馬王堆帛書的醫學著作中認爲男女交接九個回合不泄，可「通於神明」，十個回合不泄精，可使耳目聰明，聲音洪響，皮膚光澤等。在採補過程中要閉精不泄，還精補腦。控制射精的方法，《修眞演義・鎖閉玄機》說：「如忍大小便急甚之狀，按定心神，存想夾脊之下、尾閭之穴，有我精氣，爲至寶，不可走失，隨吸清氣，一口咽之。少頃勢定，仍前緩緩用功。稍覺情美，又複製退，吸氣定神，夾縮存想，方得不泄也。」〔註34〕《甄監生浪吞秘藥，春花婢誤泄風情》寫甄監生與丫環春花交接時，興之所至，「有些喉急」，忍不住就將泄精，「急按住身子，閉著一口氣，將尾閭往上一翹，如忍大便一般，才阻得不來」。〔註35〕

《醒世恒言》卷三十二《黃秀才徼靈玉馬墜》中寫姦臣呂用之「終口講爐鼎之事，差人四下緝訪名姝美色，以爲婢妾」。〔註36〕道教內丹派以「黃庭爲鼎，氣穴爲爐」，雙修派則把女性生殖器稱爲「爐」、「鼎」，採補的首務之一就是擇鼎。《千金備方》卷二十七《養性・房中補益第八》談到了擇「鼎」的要求：「選取細髮，目精黑白分明，體柔骨軟，肌膚細滑，言語聲調，四肢骨節皆欲足肉，而骨不大，其陰及腋皆不欲有毛，有毛當軟細。不可極於相者，但蓬頭蠅面，槌項結喉，雄聲大口，高鼻麥齒，目精渾濁，口頷有毛，骨節高大，發黃少肉，隱毛多而且強，又生逆毛，與之交會，皆賊命損壽也。」〔註37〕明萬曆間房中著作《紫金光耀大仙修眞演義・爐中寶鼎》云：「鼎者，

〔註33〕〔明〕凌濛初《二刻拍案驚奇》卷18，《古本小說集成》第5輯第9冊《二刻拍案驚奇》第890頁，上海：上海古籍出版社，1995。

〔註34〕〔荷蘭〕高羅佩著，楊權譯《秘戲圖考》第307頁，廣州：廣東人民出版社，2005。

〔註35〕〔明〕凌濛初《二刻拍案驚奇》卷18，《古本小說集成》第5輯第9冊《二刻拍案驚奇》第898～899頁，上海：上海古籍出版社，1995。

〔註36〕〔明〕馮夢龍《醒世恒言》卷32，《古本小說集成》第4輯第12冊《醒世恒言》第1957頁，上海：上海古籍出版社，1994。

〔註37〕〔唐〕孫思邈《千金備方》卷27《養性・房中補益》第852頁，北京：中醫古籍出版社，1999。

鍛鍊神丹之具，溫眞養氣之爐也。須未生產美婦，清俊潔白，無口體之氣者爲眞鼎，用之大能補益。」〔註 38〕清初小說《檮杌閒評》第十六回寫何道士傳授房中秘訣：「鴛鴦枕上叮嚀記，莫使男兒先動心。初下手，調鼎器，溫存偎抱胸前找。」〔註 39〕汞和鉛原爲外丹丹砂的兩種主要物質，道教房中派把女性體內的精華物質比作「鉛」，男性通過交接將其採取，再與自己體內的精華物質汞煉合，就可得道成仙。《拍案驚奇》卷十八寫一富翁子與妓女交歡：「紅爐中拔開邪火，玄關內走動眞鉛。」〔註 40〕《檮杌閒評》第十六回寫何道士傳授房中秘訣：「情意濃，莫貪味，保守丹田牢固濟。鼎中春氣藹融和，調理神龜慢慢成。如火熱，少時舌冷如冰銕，眞鉛一點過吾來，補益天年莫亂說。莫亂說，莫亂傳，此事不比那尋常。一度栽培一紀壽，十二周時陸地仙。」〔註 41〕

道教清修派以精氣神爲上藥三品，房中派據此敷衍出採戰的極品物質「三峰大藥」，分別指女性舌下、兩乳和陰部三個部位。《紫金光耀大仙修眞演義・三峰大藥》云：「上曰紅蓮峰，藥名玉泉，又曰玉液，曰醴泉，在女人舌下兩竅中出。……中曰雙薺峰，藥名蟠桃，又曰白雪，曰瓊漿，在女人兩乳中出。……下曰紫芝峰，號白虎洞，又曰玄關，藥名黑鉛，又名月華，在女人陰宮。」〔註 42〕明代小說《飛劍記》第六回寫道：「又一日，純陽子至梓潼，有一婁道明，家甚殷富，善爲玄素之術。怎麼叫做玄素之術？即採陰補陽的說話。其家常蓄有十三四歲的少女十人，婁老們鎖口摩弄，吸那些女子的奶乳，呑那些女子的唾津，採那些女子的陰液。女子若還有孕，即遣去，復買新者伏侍。常不減十人之數。」「晝夜迭御，無有體息。那婁老採了那些女子的陰，補起自己的陽，只見他神清體健，面如桃花，或經月不食。年九十九歲，止如三十許人，自以爲成了神仙。」〔註 43〕受「三峰大藥」之說的啓發，

〔註 38〕〔荷蘭〕高羅佩著，楊權譯《秘戲圖考》第 304 頁，廣州：廣東人民出版社，2005。

〔註 39〕〔明〕無名氏《檮杌閒評》第 16 回，《古本小説集成》第 2 輯第 58 冊《檮杌閒評》第 606 頁，上海：上海古籍出版社，1992。

〔註 40〕〔明〕凌濛初《拍案驚奇》第 18 回，《古本小説集成》第 5 輯第 4 冊《拍案驚奇》第 746～747 頁，上海：上海古籍出版社，1995。

〔註 41〕〔明〕無名氏《檮杌閒評》第 16 回，《古本小説集成》第，2 輯第 58 冊《檮杌閒評》第 606～607 頁，上海：上海古籍出版社，1992。

〔註 42〕〔荷蘭〕高羅佩著，楊權譯《秘戲圖考》第 308 頁，廣州：廣東人民出版社，2005。

〔註 43〕〔明〕鄧志謨《飛劍記》第 6 回，《古本小説集成》第 1 輯第 119 冊《飛劍記》第 73～76 頁，上海：上海古籍出版社，1991。

豔情小說中多有吸食男性精液的描寫。《野叟曝言》寫龍虎山道士傳授給李又全「食精之術」，說可以補充先天，可長生不老，他常把陽道魁偉、精神壯旺的男人騙進府中，叫人用興龍酒將其灌醉，令歌姬們扶入澡室，在追龍湯內洗澡，然後吸他的精吃。李又全吸了文素臣的精液後，「三四個更次連戰敗了十四位姨娘，精神愈加壯旺」。由「三峰大藥」延伸，女子的經血和童男尿也被認爲有培補作用，以此爲主要原料煉製出紅鉛和秋石。清代小說《小奇酸志》第十四回中，道人告訴西門慶，要脫過輪迴，長生不老，須飲紅鉛，習採戰，「先說飲紅鉛，須得十四五歲的幼女三四個，每人給白絹一條，得他的天癸，將絹用童便洗下飲之，每月得幾次飲幾次。再如二十上下婦女數人，常與他交接，存神吸氣，吸眞陰入於丹田，行之日久，自然固本延年。若初學得，力不勝敵，兼服三元丹培補，自然精神百倍。夜度數女，耐時久戰，通霄不倦。」〔註 44〕

豔情小說中多一男御多女的群交場面描寫，也與房中術倡導的多御女有關。南朝陶宏景在《養性延命錄》中說：「但能御十二女而復不泄者，令人老有美色。若御九十三女而不泄者，年萬歲。」〔註 45〕據說東漢末年黃巾起義失敗後，張角的弟子繼續傳授道術，而群交式的性修煉是其道術的主要內容之一。這種群交式的性修煉一直延續到清代。1839 年，山東高密有一種叫「滾單」的教派，只有成雙成對進行修煉的男女才允許加入，他們在夜晚相聚，多集於一室，不點燈，然後在黑暗中性交。1852 年，有一個叫周星垣的道士研究《參同契》和其他論述性修煉的道書，他聚合了大批徒眾，包括某些鄉紳，男女一起雙修。當官府鎭壓時，教徒們在周星垣的弟子張積中的率領下，在肥城附近的山裏構築要塞。當官府強迫他們投降時，成百上千的男女自願燒死在燃燒的山寨裏。豔情小說中一男御多女的群交場面一般出現在小說末尾，小說中男女主人公大團圓，是男主人公性冒險的高潮，如《桃花影》第十二回寫玉卿同五個女子舉行合歡勝會：「玉卿同著五個豔姬，就在後花園內，鋪設闊衾長枕做一個合歡勝會。（五姬）急忙拔去簪釵，卸除繡服，只見十條玉臂，粉白香軀，好似瓊枝瑤樹，光彩相映。玉卿笑嘻嘻的，睡在中間，

〔註 44〕〔清〕訥音居士著，何香久校點《小奇酸志》第 14 回，石家莊：花山文藝出版社，1993。

〔註 45〕宋書功編《中國古代房室養生集要》第 206 頁，北京：中國醫藥科技出版社，1991。

那根八寸多長、肥偉麈柄昂然直豎，分不開五十隻尖尖玉筍，爭來捧弄。先令花氏仰眠，騰身跨上，用力一聳，直抵含葩，那花氏便口內咿咿，連聲叫快。玉卿一手拄席，一手伸去摸那了音牝戶，又把頭頸側在一邊，與婉娘親嘴，卻令蘭英小玉坐在兩旁，把花氏的雪白光腿，各人推起一隻，遂一連抽送，足有千餘。了音被玉卿的指頭摟進陰門，不覺淫水浸出。玉卿便把花氏放起，卻令了音橫臥，背脊靠在婉娘身上，自即跳下床來，捧起雙足盡根抽頂，一口氣就有千二三百，弄得了音十分爽利，體顫頭搖，頻頻叫喚。小玉蘭英，看了這個淫騷橫樣，忍笑不住。只聽得婉娘叫道：『你們只管快活，卻忘記了我的胸膛，壓得酸疼。』玉卿即忙喚過婉娘，卻叫花氏做了靠背。了音小玉，把那白腿高高捧起，遂輕一會、重一會，沒頭沒腦，也有八九百抽。遂丟了婉娘，又把小玉抱到床上，啓股就搠。只因玉卿連戰三個，氣力微減，小玉又爲看了許多，慾火如焚，便覺盡根頂送，不能解癢，急忙翻身扒起，把那玉莖套進，用力亂揞。了音笑道：『好不識羞，只會笑人，爲何自己也是一樣！』小玉也不回答，只管狠命一套一套的，也不顧搗壞了花心。蘭英急得不耐煩，便把小玉扯下，聳身扒起。玉卿又覺精力已足，就將蘭英撳在席上，一頓亂抽，足有一千五百。好個玉卿，只在一夜，把那蕩春心的五個妖姬，都弄得體酥骨軟。」〔註 46〕其他豔情小說大都有類似的場面描寫，小說極力渲染男女縱慾狂歡，極度誇大男子的性能力，房中採補之術被完全忘記了。

豔情小說經常寫到男女之間的性比賽。房中書中說，女性可以攝取男性精液，採取陽丹，從而達到長生不老的目的，被採的男子有生命損失甚至死亡。小說《飛燕外傳》中把漢成帝的死亡歸因於趙飛燕姊妹的精於房術。小說一開頭就提到飛燕「家有彭祖分脈之書，善行氣術」，飛燕懂得素女採戰之法，後來她與一個被稱爲「射鳥者」的男子私通，有一次曾在雪夜的露天下與此人幽會，她「閉息順氣，體溫舒亡疹粟」，以致使射鳥者驚歎不已，以爲她是神仙下凡。接著又寫她初次進御漢成帝，爲了欺騙成帝，她假裝出處女的炸子，「螟目牢握，涕交頤下，不迎帝。帝擁飛燕三夕不能接，略無遺意」。成帝最後在與合德的交接中，由於服春藥過量，「陰精流輸不禁」而死。〔註 47〕

〔註 46〕〔清〕檇李煙水散人《桃花影》第 12 回，《思無邪匯寶》第 18 冊《桃花影》第 210～211 頁。

〔註 47〕〔明〕程榮纂輯《漢魏叢書》第 33 冊《飛燕外傳》，明萬曆新安程氏刻本。

豔情小說《昭陽趣史》對趙飛燕的房中術和漢成帝之死有更爲詳細的描寫。明代小說《西遊記》中寫妖魔爭奪唐僧，因爲唐僧煉就純陽之軀，妖魔們爲盡快得道成仙，或欲與之交接，或欲吃其肉，都是爲了獲取其陽丹。清代小說《綠野仙蹤》第四十五回中寫到女妖試圖從男人身上吸取陽氣。豔情小說《株林野史》中的素娥從自稱花月仙人、道號普化眞人的羽衣丈夫那裡學會了「素女採戰之法」，多名男子死在素娥的採補之中。

古代房中書記載素女告誡黃帝說：「御女當如朽索御奔馬，如臨深坑，下有刃，恐墮其中。」〔註 48〕房中採補秘術作爲男女性交戰的兵書戰策，男子必須保守秘密，因爲一旦女子獲悉其中的秘密，就會採陽補陰而使男性受到損害。據《玉房秘訣》說，西王母即好與童男交合而養陰，「一與男交而男立損，女顏色光澤，不著脂粉。」〔註 49〕《玉房秘訣》介紹了女子通過與男子交合而養陰的方法：「……轉成津液，流入百脈，以陽養陰，百病消除，顏色悅澤，肌好，延年不老，常如少童。審得其道，常與男子交，可以絕穀，五日而不知饑也。」但同時又叮嚀說：「是以不可爲世教。」〔註 50〕明代豔情小說《浪史》中的素秋對於房中秘術有所瞭解，令浪子接連敗退，浪子使用了金鑽不倒丸，素秋又用冷水將藥力消解，使得浪子又一次狼狽而逃。

男性企圖寶陽採陰，女性卻欲固陰採陽，於是男女性交便成了一場危險的遊戲，被採的一方都會形體羸弱，甚而有性命之憂。明代道教房中書《既濟眞經》稱女性爲「敵人」，男女性生活被描寫爲一場激烈的戰鬥。《飛劍記》中的白牡丹自被呂洞賓採去陰丹後，形容枯瘩，但學了黃龍禪師的房中術後，「枯稿回春，一點紅潤潤的櫻桃唇，一團白盈盈的梨花面，越加俊俏，越加精神」。〔註 51〕而呂洞賓自被奪去了「陽寶」後，使飛昇成仙延遲了許多年。《昭陽趣史》以燕子精和狐狸精鬥法的神怪形式講述了男子採陰與女子採陽之間的爭鬥。狐狸精悟眞王修行了千餘年，尚不能成正果，必須採男子之元陽，才能最後脫落軀殼而成大道，燕子精紫衣眞人修煉了五百年，要採女子

〔註 48〕宋書功編著《中國古代房室養生集要》第 154 頁，北京：中國醫藥科技出版社，1991。

〔註 49〕〔日本〕丹波康賴《醫心方》第 1134 頁，北京：人民衛生出版社，1993。

〔註 50〕宋書功編著《中國古代房室養生集要》第 229 頁，北京：中國醫藥科技出版社，1991。

〔註 51〕〔明〕鄧志謨《飛劍記》第 5 回，《古本小說集成》第 1 輯第 119 冊《飛劍記》第 65 頁，上海：上海古籍出版社，1991。

之眞陰才可成正果，兩精相遇，燕子精抵擋不住狐狸精的法術，狐狸精使用運氣收鎖之法，在燕子精的竇跳穴上一點，燕子精就一瀉如注，元陽被狐狸精吸取。

明清豔情小說多用戰鬥比喻男女之間的交合，如《巫夢緣》第三回寫男主人公王嵩與寡婦卜氏「大戰一場」。〔註 52〕《杏花天》中全眞道人送給封悅生的丹藥叫「久戰三子丹」，〔註 53〕當封悅生與雪妙娘交合時，小說寫到：「悅生金槍尚利，妙娘玉戶仍噏，又旗搖鼓舞，上馬對敵。悅生提槍便刺，妙娘把牝來迎。我刺你吞，一聳一迎，三鼓鸞翥，五更停羽。」〔註 54〕男子的陽具被比作「金槍」，陽具的鍛鍊被稱爲「練甲」、「練兵」，像「挺槍上馬」、「一躍跨馬」、「挺兵刺入」之類的詞語充滿全篇。女主人公瑤娘將她的四位姐妹稱爲「四員大將」，自己更是「長阪坡前名將」，珍娘將封悅生的陽具戲稱爲「大將軍丈八蛇矛」，將他們的性交合稱爲垓下之戰。〔註 55〕珍娘與封悅生交，「有千戰之勇，早已墮騎」，〔註 56〕性交的結束也被比作「解冑卸甲，下了征駒，搠槍拴馬」。〔註 57〕《鬧花叢》描寫性交合是「往來馳驟」、「連戰三個」。〔註 58〕《桃花影》中男主人公魏玉卿與花氏交，花氏先丟被比作「納款轅門」，結束性交爲「罷戰」，〔註 59〕稍息後再交合爲「重整旗槍」。〔註 60〕在《浪史》中，浪子與素秋的性交合演變爲競賽或者說是一場眞正的戰鬥，浪

〔註 52〕〔清〕無名氏《巫夢緣》第 3 回，《思無邪匯寶》第 16 冊《巫夢緣》第 201 頁。

〔註 53〕〔明清〕古棠天放道人《杏花天》第 2 回，《思無邪匯寶》第 17 冊《杏花天》第 68 頁。

〔註 54〕〔明清〕古棠天放道人《杏花天》第 2 回，《思無邪匯寶》第 17 冊《杏花天》第 72 頁。

〔註 55〕〔明清〕古棠天放道人《杏花天》第 12 回，《思無邪匯寶》第 17 冊《杏花天》第 226 頁。

〔註 56〕〔明清〕古棠天放道人《杏花天》第 12 回，《思無邪匯寶》第 17 冊《杏花天》第 229 頁。

〔註 57〕〔明清〕古棠天放道人《杏花天》第 13 回，《思無邪匯寶》第 17 冊《杏花天》第 269 頁。

〔註 58〕〔明〕姑蘇癡情士《鬧花叢》第 11 回，《思無邪匯寶》第 19 冊《鬧花叢》第 202～203 頁。

〔註 59〕〔清〕檇李煙水散人《桃花影》第 6 回，《思無邪匯寶》第 18 冊《桃花影》第 120 頁。

〔註 60〕〔清〕檇李煙水散人《桃花影》第 9 回，《思無邪匯寶》第 18 冊《桃花影》第 167 頁。

子自恃英勇，卻連連泄了三次，感到羞愧，相約次日晚再比，次日晚浪子先服用了金鑽不倒丸，被素秋用冷水解去，浪子連連泄了幾次，最後浪子使用了相思鎖，才取得了勝利。《株林野史》以戰爭術語描寫性交場面，欒書與芸香交合，「展旗鼓，立意要戰敗了他」，「誰知道此將利害，拿兩把明晃晃鋼刀，左右衝擋，大殺一陣，殺的他腰軟骨麻」，欒書無奈，只得失敗而退；巫臣與公主交合，巫臣「原是個長勝將軍」，公主「那裡敵得過，弄到二更天時候，就怯陣告退」，荷花又「迎住接戰」，巫臣「又把荷花戰敗」，公主「復又上馬迎戰」，巫臣「復又策馬趕上一槍」，「提起金槍，一連又一二百槍」，結果是欒書夫婦三戰三敗。〔註61〕

豔情小說中所描畫的性愛姿勢，大都借用房中書中的描述，但其旨歸不是補益治療，而更多的是娛樂。馬王堆漢墓房中書《合陰陽・十節》記載了性交的十種姿式，《素女經》中介紹了九種，《洞玄子》歸納爲三十種，大都是模仿自然界的動物交接姿式。豔情小說中對性交姿勢的描寫將房中書中的描述詩化了。清代豔情小說《肉蒲團》第三回寫未央生給妻子玉香看春宮畫，據說是「學士趙子昂的手筆」，畫冊有三十六幅圖，每幅圖都有跋語描述畫中男女的性交姿勢，每個性交姿勢都有一個形象的名字，如「縱蝶尋芳」、「教蜂醞蜜」、「迷鳥歸林」、「餓馬奔槽」、「雙龍鬥卷」。《鬧花叢》第三回寫到「順水推船」、「倒澆蠟燭」、「隔山取火」三種性交姿勢。《昭陽趣史》寫到「烏龍入海勢」、「鴉鷹挺翅勢」兩式。《素娥篇》中寫到的最多，共有四十三勢，如「掌上輕盈」、「花開蝶戀」、「野渡橫舟」、「駐馬扳鞍」等，這些姿勢有不少是想像的，似乎在現實生活中根本無法實施，如其中一個姿勢是在高高蕩起的秋韆上俯衝而下。豔情小說中的男主人公之所以要嘗試花樣翻新的性體位，不斷變換性交合過程中的姿勢，是爲了刺激不同的敏感部位，讓女子進入性高潮，但更多的是性遊戲，而沒有實際意義，如《別有香》第四回《潑禿子肥戰淫孀》寫和尚了空與萬氏性交：

> 大家又諢了一日，漸覺晚了，了空便鑽到婦房。婦道：「夜來太狠，今須要些有情趣的。」了空道：「盡有套數。」先蹲下向婦牝舔了一回。婦道：「何套？」了空道：「是開手赤龍攪澗。」又復捧定嘴咂。婦喜其愛己，問道：「何套？」了空道：「是遊蜂釀蜜。」

〔註61〕〔明清〕癡道人《株林野史》第16回，《思無邪匯寶》第20冊《株林野史》第292～293頁。

婦道：「污了淨口，不好看經。」了空道：「佛在何處？」遂上將莖向牝左右塞插，故意不看門路。婦道：「何套？」了空道：「是歸燕尋巢。」婦握入道：「巢在此。」了空又直放進，故上把花心亂擦。婦奈癢不過，問道：「何套？」了空道：「是紅妝跨馬。」婦道：「此景倒佳。」了空度引興漸濃，就將急入狠抽，頓了百來下。婦道：「此才是實際，是何套？」了空道：「是餓馬奔槽。」又叫婦下床倚立，蹺起一足付僧，挽持耍弄。婦道：「何套？」了空道：「是靈鵲登枝。」婦道：「妙妙！」了空又自坐，抱婦對面，湊莖上頓搖。婦道：「何套？」了空道：「是蜻蜓擺柱。」婦道：「此只擺得，抽不得。」了空遂捧起女臀，一起一落，播有百回，播皆深入。婦道：「妙，是何套？」了空道：「是番僧戲鐃。」婦道：「像像。」又令婦立伏床邊，從後進具深送。婦道：「何套？」了空道：「是後庭玩賞。」婦道：「好雖好，不親熱。」了空摸摸屁眼道：「此味也要嘗嘗。」婦道：「試之。」了空滑滑就突進二三寸，婦叫苦。了空道：「我當初不知苦了多少。」婦道：「抽出去，另做罷。」了空又叫道：（疑有脫文）至圈椅上，蹺起雙腳，又開牝門。僧遠遠把堅莖，婦眼看他緩緩行來，送入抽拽。婦得趣，問：「何套？」了空道：「是白雲歸洞。」婦欲起，了空道：「且坐。」又遠遠跑來，急進正對當中，不差毫末，是叫做箭中紅心。婦道：「巧樣俱備了，多扯些。」了空又將臂駕婦腿，摟住當腰，且行且抽，繞房三匝。婦道：「何套？」了空道：「是沿門持缽。」婦道：「傷你氣力，上床耍罷。」了空道：「也要取個套數去。」乃以手捫陰，挾婦登榻。婦道：「何套？」了空道：「是駕鶴歸西。」了空上床，乃自仰臥，令婦背坐莖上蹲耍。婦問：「何套？」了空道：「是張果倒騎驢！」又令婦面僧正伏莖上款擺，婦問：「何套？」了空道：「是慢櫓□椿。」又復側身並枕，起股腰間，撐持車打。婦問：「何套？」了空道：「是鴛鴦展翅。」又婦下僧上，插入不動，道：「此出要夫人做。」婦道：「何套？」了空道：「是虛舟逐浪。」婦爲舉身，向上掀簸，了空作隨波上下自在之勢。婦道：「我吃力，止了罷。」了空道：「還有一好齣。」就把鸞帶將婦懸空弔起，抉開雙腿，體勢翩躚。了空拽著，一推一就，弄了數千，盡根徹底，美趣異常。婦問：「何套？」了空道：「是秋韆戲耍。」芙蓉在旁看

> 得呆了，插嘴道：「天將曉了，還是個闍黎撞鐘。」了空道：「你也要撞撞。」婦道：「我倦極了，放下罷。」了空道：「夫人請□，我還要饒一齣叫做拷打紅娘。」婦道：「由你。」此時已漏下五鼓，芙蓉待久興濃，小爐兒裏也便濕滑了。了空摟緊，恣意抽採，就弄得他遍體酥麻，全然不漏半點。〔註 62〕

相比之下，《肉蒲團》中描寫的性交姿勢比較實用。小說寫未央生與豔芳交媾：

> 未央生思量道：「賽崑崙的言語那一個字不驗？若沒有權老實的粗長之物，焉得有此寬大之陰？我若未經改造，只好做太倉一粒滄海一鱗罷了，焉能窺其底裏測其涯岸？如今軍容既不足以威敵，全要靠著陣勢了。」就把他頭底下的枕頭取來墊在腰下，然後按了兵法，同他幹起。豔芳不曾到好處，但見他取了枕頭下去，又不再取他物與他枕頭，就曉得此人是個慣家了。取枕頭墊腰是行房的常事，怎見得就是慣家？要曉得男女交媾之事，與行兵的道理絲毫無異，善料敵者才能用兵。男子曉得婦人的淺深，方知進退；婦人知道男子的長短，才識迎送。這叫做知己知彼，百戰百勝。男子的陽物長短不同，婦人的陰户淺深不一。陰户生得淺的，就有極長之物也無所用之，抽送的時節定要留些有餘不盡之意。若盡根直抵，則婦人不但不樂，而且痛楚，婦人痛楚，男子豈能獨樂乎？若還陰户生得深的，就要用著極長之物了，略短些的也不濟事。只是，陽物生定，怎麼長得來？這其間就要用個補湊之法，腰之下股之上，定須一物襯之，使牝户高張，以就陽物，則縱送之時，易於到底，故墊腰之法，惟陽短陰深者可以用之，不是說枕頭這件東西，乃行房必需之物也。……如今豔芳的深，未央生的短，所以急取枕頭墊在下面，豈不是個慣家？這種道理，世上人還有知道的，至於取枕頭墊在腰下，而竟不取他物與婦人枕頭，這種訣竅，就沒人參得透了。〔註 63〕

粗大陽物遇到窄小陰戶也需講究一定方法，小說描寫權老實與玉香偷情：

> 就把陽物提起，在他陰户兩邊東挨西擦，不但不敢入室，亦且不敢升堂，竟在腿縫之中弄送起來。你道他是甚麼意思？原來是個

〔註 62〕〔明〕桃源醉花主人《別有香》第 4 回，《思無邪匯寶》第 8 冊第 50～53 頁。
〔註 63〕〔清〕情隱先生《肉蒲團》第 10 回，《思無邪匯寶》第 15 冊第 303～304 頁。

> 疏石引泉之法。天下最滑之物莫過於淫水，是天生地設，要使他滋陰户潤陽物的東西。唾沫雖好，那裡趕得他上？凡用唾沫者皆是男子性急不過，等不得淫水出來，所以把口中之物沁入陰中，用那假借之法，究竟別洞之泉不若本源之水來得便益。又且與他物相宜，以淫水滋淫物，猶如用河水煮河魚，滋味不變，自然容易入口。這兩件事同是一種道理……把陽物放在腿縫之中，替陰户摩肩擦背，使他裏面癢不過，自然有淫水出來，淫水一來，就如淺灘上的重船得了春漲一般，自然一息千里，連篙櫓之工都可以不費了。〔註64〕

豔情小說可以說是房中書和春宮畫的結合，但小說所描寫的房中術似是而非，更多的是想像。明清豔情小說所描寫的性冒險是赤裸裸的縱慾，在豔情小說中，房中術所剩下的只有性交的姿勢技巧，男主人公採用房中術，不是爲了採補。長期使用一個姿勢，會使性交變得刻板、呆滯而無味，適當變換性交姿勢，可以增強新鮮感，激發性興奮，增加性愉悅。但豔情小說中的男主人公使用房中術也不是爲了純粹的快樂，他們的性冒險中摻雜著太多的東西，顯得灰暗。

〔註64〕〔清〕情隱先生《肉蒲團》第14回，《思無邪匯寶》第15冊第379～380頁。

第十章　《風流和尚》及其他：宗教世俗化背景下的紅塵誘惑

明清時期的佛教人物傳記和史書中記載了一些具有神異色彩和超凡能力的高僧，他們出生神異，精通佛理，扶危濟困，救人於危難，給人以指引。他們以超塵脫俗、悲天憫人、普度眾生的崇高宗教品格受到世人欽敬。但明清時期小說中的出家人形象中高僧高尼很少，常常只是配角。作爲配角的高僧恪守戒律，四大皆空，悲天憫人，或具有超凡能力，能未卜先知，識三世果報，給人指點迷津。小說中的高僧常具有預敘功能，或預示危險，暗示人物命運結局，或救人於危難，使主人公的命運發生轉變，推動小說情節的發展，或在結尾揭示因果報應思想，使人物命運結局獲得解釋，體現了宗教的神聖性與神秘性，如《喻世明言・月明和尚度柳翠》中的月明禪師「五戒具足，一塵不染」,「能知人過去未來之事」，〔註 1〕他知道柳翠是玉通禪師轉世，點化柳翠得知因果，度她出世。再如《金瓶梅詞話》中東京報恩寺老僧爲修佛像外出化緣，在揚州遇到苗員外，預言苗員外有殺身之禍，勸苗員外不要出境，可保平安，苗員外沒聽老僧的勸告，後來果然遇害。吳月娘等到泰山娘娘廟進香，被道士調戲，在逃難途中遇到普靜禪師，普靜禪師幫助吳月娘，說十五年後會點化孝哥爲徒弟。十五年後，金兵入侵中原，普靜禪師在永福寺薦拔眾鬼魂，使幽魂得以轉世託生，他點化吳月娘，讓她知道孝哥是西門慶轉世，最終度脫孝哥出家爲僧。但這樣超脫塵俗、不爲世俗物質世界所誘惑的高僧畢竟是少數，世情小說中的僧尼形象大都爲凡俗僧尼或惡俗僧尼。

〔註 1〕〔明〕馮夢龍《喻世明言》第 438 頁，上海：上海古籍出版社，1986。

凡俗僧尼或惡俗僧尼不守戒律，貪戀紅塵，或貪財或好色，而在財與色中，最値得注意的是色。色當然不如食重要，飽暖之後才會思淫慾，但只要人的「塵根」在，色慾就在，沒有人能眞正戒絕。也正因爲如此，出家人的色戒更値得關注。

一、明清小說中負面的出家人形象

對出家人不染色的懷疑，很早就已存在，而至明清時代更爲突出。清代的袁枚在筆記小說《新齊諧》中講了一個沙彌思老虎的故事：「五臺山某禪師收一沙彌，年甫三歲。五臺山最高，師徒在山頂修行，從不下山。後十餘年，禪師同弟子下山，沙彌見牛馬雞犬，皆不識也，師因指而告之曰：『此牛也，可以耕田；此馬也，可以騎；此雞、犬也，可以報曉，可以守門。』沙彌唯唯。少頃，一少年女子走過，沙彌驚問：『此又是何物？』師慮其動心，正色告之曰：『此名老虎，人近之者，必遭咬死，屍骨無存。』沙彌唯唯。晚間上山，師問：『汝今日在山下所見之物，可有心上思想他的否？』曰：『一切物都不想，只想那吃人的老虎，心上總覺捨他不得。』」〔註 2〕袁枚用這個故事來說明出家人嘴上戒除色慾，實際上心裏是念念不忘。

明清的小說中，雖然也有得道的出家人形象，但更値得注意的是負面形象，而尤値得注意的是淫僧、淫道形象。比如《水滸傳》中的淫惡僧人崔道成、鄧飛、裴如海，都是惡與淫集於一身的惡僧。崔道成綽號「生鐵佛」，卻無一點佛心，引了個道人丘小乙到瓦罐寺中住持，把常住的有的沒的都毀壞了，又把眾僧都趕跑，只剩得幾個老得走不動的老和尚在寺中連飯都吃不上。這和尚還挾持著個婦人，不僅惡而且淫，終被魯智深合著史進一起將崔、丘二人給鬥殺了。與楊雄之妻潘巧雲私通的報恩寺和尚裴如海，「光溜溜一雙賊眼，只峻趁施主嬌娘；這禿驢美甘甘滿口甜言，專說誘喪家少婦」。〔註 3〕作者認爲世上和尚色情最緊，只因他們一心閒靜，專一理會這等勾當，引用蘇學士的話說：「不禿不毒，不毒不禿；轉禿轉毒，轉毒轉禿。」又說：「一個字便是僧，兩個字是和尚，三個字是鬼樂官，四字色中餓鬼。」〔註 4〕

〔註 2〕〔清〕袁枚《子不語》第 360 頁，上海：上海古籍出版社，2013。
〔註 3〕〔明〕施耐庵、羅貫中《水滸全傳》第 400 頁，上海：上海古籍出版社，1999。
〔註 4〕〔明〕施耐庵、羅貫中《水滸全傳》第 402 頁，上海：上海古籍出版社，1999。

明代的通俗小說中充斥著反面的僧尼形象。甚至在斷案故事集中，淫僧竟然成爲故事的一個類別，如《古今律條公案》中出現了「淫僧類」，《龍圖公案》中有十個與淫僧有關的案件，在《皇明諸司廉明公案》的「拐帶類」，《郭青螺六省聽訟錄新民公案》「姦淫」類，《皇明諸司廉明公案》「姦情類」中，都收有淫僧案件。這也說明了當時此類案件的多發，游蕩於世俗和方外之間的出家人，成爲社會上的不安定因素。

趁婦女入廟求嗣之機姦淫婦女，是淫僧犯案的手法之一，也是豔情小說的故事模式。在這類故事中，淫僧謊稱神佛可以送子，叫求嗣的婦女齋戒後裸臥於密室之中，寺僧假做神佛送子，而將婦女姦淫，被姦淫的婦女爲保全自己的名譽，多隱忍不言，直到有一個女子出告，才將淫僧一網打盡。淫僧故事的另一個模式是女子寺廟避雨而被寺僧姦淫，如《初刻拍案驚奇》卷二十六的《奪風情村婦捐軀假天語幕僚斷獄》、《僧尼孽海》中的《江安縣僧》、《歡喜冤家》中的《蔡玉奴避雨撞淫僧》等。

小說中的淫僧不僅有超強的性慾，而且有非同一般的性能力。《禪眞後史》寫西化和尚因陽具壯偉，使一女死亡，兩女險些送命，一女難以站立。相當一部分淫僧竟然精通房中術、採戰術。《金瓶梅》中西門慶在永福寺遇著的自稱從「西域天竺國密松林齊腰峰寒庭寺下來的胡僧」，贈了房中藥兒給西門慶，以作縱慾保身之方。西門慶自得了藥後，肆淫無度，終於脫陽而亡。《僧尼孽海》中《沙門曇獻》中的西僧曇獻工內媚之術，淫亂後宮，《西天僧西番僧》中的西天僧教元順帝「演揲法兒」。《姑妄言》第十七回中，少林僧向童自大傳授採戰術，童自大說：「這個法兒果然好，我倒聽見人說，和尚偷老婆，不說不歇不泄，想就是會採戰了？」〔註5〕在童自大看來，和尚喜歡偷女人，而且都會採戰之術。

且看小說對僧尼的評價。《警世通言》卷十一《蘇知縣羅衫再合》中，鄭氏逃難到一茅庵，誤以爲此處是僧寺時，想到：「我來錯了！原來是僧人，聞得南邊和尚們最不學好，躲了強盜，又撞了和尚，卻不晦氣。千死萬死，左右一死，且進門觀其動靜。」〔註6〕和尚在鄭氏心目中竟等同於強盜。《歡喜冤家》第二十二回《黃煥之慕色受官刑》中評價尼姑：「五更三點寺門開，多

〔註5〕〔清〕三韓曹去晶《姑妄言》第17回，《思無邪匯寶》本《姑妄言》第2106頁。

〔註6〕〔明〕馮夢龍《警世通言》卷11，《古本小說集成》第4輯第6冊《警世通言》第373～376頁，上海：上海古籍出版社，1994。

少豪家俊秀來。佛殿化為延婿館，鐘樓竟似望夫臺。去年子弟曾有孕，今歲闍黎又帶胎。可惜後園三寶地，一年埋了許多孩。」〔註7〕作者在第十一回中告誡世人：「天下事，人做不出的，是和尚做出；人不敢為的，是和尚敢為。最毒最狠的，無如和尚。今縉紳富豪，刻剝小民，大斗小秤，心滿意足，指望禮佛，將來普施和尚。殊不知窮和尚雖要肆毒，力量不加，或做不來，惟得了施主錢財，則飽暖思淫慾矣。又不知姦淫殺身之事，大都從燒香普施內起禍，然則『普施』二字，不是求福，是種禍之根。」〔註8〕

與淫僧相對的是小說中的淫尼形象，《醒世恒言》第十五卷《赫大卿貴遺恨鴛鴦條》中的尼姑空照、靜真將赫大卿其剃去頭髮，妝成尼姑，與他恣意歡淫，致使赫縱慾而死。極樂庵中的尼姑了緣勾搭了萬法寺和尚在寺中做光頭夫妻。《僧尼孽海》中的《寶奎寺僧》及附輯中之《明因寺尼》《麻姑庵尼》《杭州尼》《京師尼》《女僧嫁人》《西湖庵尼》《張漆匠遇尼》《棲雲庵尼》都講了淫尼故事。在有的小說中，淫僧假扮尼姑，取得女性的信任，出入人家內宅，勾引閨閣女子、有夫之婦，或與尼姑長久私通。《醒世恒言．赫大卿遺恨鴛鴦條》中的萬法寺和尚去非與極樂庵的尼姑了緣有染，他偷藏到極樂庵中，扮作尼姑，與了緣恣意淫樂，最終事情敗露，被依律問徒。《拍案驚奇》卷三十四《聞人生野戰翠浮庵，靜觀尼晝錦黃沙巷》入話中寫遊僧假扮尼姑，雲遊到功德庵，與庵中尼姑淫樂，被推做庵主，勾搭誘姦前來燒香拜佛的女眷，事情敗露後，假尼姑最後被官府打死。他在官府面前曾招供：「身係本處遊僧，自幼生相似女，從師在方上學得採戰伸縮之術，可以夜度十女。一向行白蓮教，聚集婦女奸宿。雲遊到此庵中，有眾尼相愛留住。因而說出能會縮陽為女，便充做本庵庵主，多與那夫人小姐們來往。來時誘至樓上同宿，人多不疑。直到引動淫興，調得情熱，方放出肉具來，多不推辭。也有剛正不肯的，有個淫咒迷了他，任從淫慾，事畢方解。」〔註9〕

在通俗小說中，本應該是神聖之地的寺庵被寫成了淫窟，不僅淫僧淫尼在此淫亂，姦淫良家婦女，而且塵世男女也多選擇在寺庵中私通。《喻世

〔註7〕〔明〕西湖漁隱主人《歡喜冤家》第22回，《古本小說集成》第1輯第63冊《歡喜冤家》第370頁，上海：上海古籍出版社，1991。

〔註8〕〔明〕西湖漁隱主人《歡喜冤家》第11回，《古本小說集成》第1輯第62冊《歡喜冤家》第495～496頁，上海：上海古籍出版社，1991。

〔註9〕〔明〕凌濛初《拍案驚奇》卷34，《古本小說集成》第5輯第6冊《拍案驚奇》第1457頁，上海：上海古籍出版社，1995。

明言》卷四《閒雲庵阮三償冤債》中阮三與陳玉蘭在閒雲庵歡會，《月明和尚度柳翠》中玉通禪師本在水月寺中修行，卻被妓女吳紅蓮勾引於禪房破戒，《醒世恒言》的《赫大卿遺恨鴛鴦條》中赫大卿死於非空庵，極樂庵中藏著和尚淫亂，《汪大尹火焚寶蓮寺》中的寶蓮寺僧奸宿求嗣婦女，《禪眞逸史》中妙相寺的住持鍾守淨勾引良家婦女。《初刻拍案驚奇》的《酒下酒趙尼姐迷花》中的靜樂院是男女私會處，《聞人生野戰翠浮庵》中翠浮庵中的眾尼在庵中與男子歡會，再如《僧尼孽海》中的水雲寺、麻姑庵、棲雲庵等，《歡喜冤家》的《蔡玉奴避雨遇淫僧》中的雙塔寺、《一宵緣約赴兩情人》的明通寺、《黃煥之慕色受官刑》的明因寺、雲淨庵，如此等等。小說中寺庵的名字也別有意味，阮三與陳玉蘭相會的閒雲庵，玉通禪師修行的水月寺，赫大卿留連的非空庵，了緣與去非取樂的極樂庵，滕生與狄氏初會的靜樂院，聞人嘉與眾尼糾纏不清的翠浮庵，和尚與尼姑、釋家子弟與俗人妻女亂作一團的棲雲庵，黃煥之與了凡淫亂的雲淨庵等等。寶蓮寺、紅蓮寺更有性暗示意味。

二、紅塵中的誘惑和考驗

明代以後，佛道進一步世俗化，成為世俗生活的組成部分，神秘色彩盡時失，而僧尼道士也不再遊於方外，而是深入紅塵之中。紅塵中的各種誘惑使他們怦然心動，出入於富貴之門，對世俗的奢靡充滿嚮往之情。明代中後期心學特別是王學左派對人慾肯定乃至大肆張揚。李贄的言論更是驚世駭俗，他認為：「穿衣吃飯即是人倫物理，除卻穿衣吃飯，無倫物矣。世間種種皆衣與飯類耳，故舉衣與飯而世間種種自然在其中，非衣飯之外更有所謂種種絕與百姓不相同者也。」〔註 10〕他把好貨好色即商賈逐利和男女性愛視為人類的自然欲求加以肯定，任何束縛都可以不在乎，他公開宣稱：「成佛徵聖，惟在明心，本心若明，雖一日受千金不為貪，一夜御十女不為淫也。」〔註 11〕這種思想上的解放，更使明代後期因商業的發展而導致的享樂之風獲得理論的支持，造成了人慾橫流的現實，五根為淨的出家人也抗拒不了誘惑，而在浸淫於慾望之流中的市井百姓看來，聲稱禁絕淫慾的出家人的舉動也就值得

〔註 10〕〔明〕李贄《李贄全集注》第 1 冊《焚書》卷 1 第 8 頁，北京：社會科學文獻出版社，2010。

〔註 11〕〔明〕周應賓《識小錄》，轉引自吳存存《明清社會性愛風氣》第 66 頁，北京：人民文學出版社，2000。

懷疑，而以帶有些須神秘色彩的出家人爲主角的性愛故事，也更能吸引喜歡閱讀激情故事的市井大眾。

歷史和現實中的許多風流僧人故事，爲豔情故事提供了故事素材。比如《北齊書・後宮》記載，北齊武成帝高湛繼承帝位後，逼姦嫂嫂李祖娥，皇后胡氏不耐宮闈寂寞，同高湛的親信隨從和士開勾搭成姦。和士開被殺後，成爲太后的胡氏寂寞難耐，以拜佛爲名，經常出入寺院，又勾搭上了一個名叫曇獻的和尚，兩人經常在禪房私會。胡太后把國庫裏的金銀珠寶搬入寺院，送給曇獻，甚至將高湛的龍床搬入禪房。宮中上下人人皆知，只有皇帝高緯蒙在鼓裏。一次，高緯入宮向母后請安，發現母后身邊站著兩名新來的女尼，生得眉清目秀，當夜他命人悄悄宣召這兩名女尼，逼其侍寢，可是兩名女尼抵死不從。高緯大怒，命宮人強行脫下兩人的衣服，才發現是兩名男扮女裝的少年僧侶。這兩人都是曇獻手下的小和尚，生得十分漂亮，被胡太后看中，讓他們喬扮女尼帶回宮中。高緯又驚又怒，第二天就下令將曇獻和兩名小和尚斬首。明代豔情小說《僧尼孽海》的第一篇《沙門曇獻》寫的就是曇獻和尚與胡太后的故事。小說極力渲染曇獻的性能力和性技巧，他善運氣術，性具可以伸縮自如。他在講經說法爲名，誘惑婦女，選拔出色的男女做弟子，男的傳戒授法，女的則摩臍過氣，所謂「摩臍過氣」，應當是一種男女雙修之法。胡太后聽說了曇獻的大名，就專門到寺廟中一會。胡太后到了曇獻專門用於「摩臍過氣」的密室，看見曇獻裸體仰臥在床上，「其肉具堅挺直豎，若矛若杵，非若武成之中材也」，〔註12〕「武成」指的是胡太后原來的丈夫，已經死亡的國君。胡太后用手捧著曇獻的性具，連連讚歎：「異哉此物！名下固無虛士。」小說以《如意君傳》式的半文言描寫了二人的交合場面。胡太后講述了自己的性經歷，並將曇獻和齊武成帝高湛的性具進行比較，爲遇到曇獻這樣的出類拔萃之人而慶幸，如果不是遇見曇獻，幾乎是虛此一生，即使武成帝還活著，她也會毫不猶豫地選擇曇獻而拋棄武成帝：

> 我爲女子時，偶見一人肉具，竊自駭異，謂等人耳，天何生此一人，有物翹突若是，而不知翹突者，不止一人也。及年十三，見御於武成耳，痛楚不可言，復怨天何生此一物，害人痛苦，武成自誇其具云：「爾牝小，我牡大，故爾覺痛耳，漸漬久之，爾且爽快不

〔註12〕〔明〕唐伯虎《僧尼孽海》乾集，《思無邪匯寶》第24冊《僧尼孽海》第199頁。

可言，何必怨天。」我不以渠言爲然。御我逾月，殊覺有異，反妒武成不我御而他御也，不復如昔之駭且怨矣。然武成之具，長不過三寸，抽送每不滿百，時雖崛然挺起而不堅熱，一泄之後，逾數時方舉，我常不得盡興，私忖天下男子皆若武成耳，無出類拔萃之人也。不意今日得師，方知裙帶之下自有至味，庶不虛此一生。〔註 13〕

當胡太后爲穢污佛門會落入地獄擔憂時，曇獻告訴她：「后乃天上人，思凡墮落塵世，獻是龍華會裏客，正該與后溫存，所以今日得成交合，有何罪戾？」〔註 14〕於是胡太后更加放心地淫亂。她從僧徒中選擇性具壯大而精力充沛的僧人，置於內殿，又從宮女中選擇陰美而好淫者，和僧人在一起。她自稱是太玄主者，和宮女一起赤身裸體，稱曇獻爲昭玄主者，和僧徒也都赤身裸體。她讓僧徒和宮女成對淫戲，而曇獻則與胡太后交媾。後來皇帝發現了其中的秘密，將曇獻和兩名假扮尼姑的僧人殺死，將胡太后幽禁在北宮，不讓她與任何外人交往，胡太后只好託人買了個角先生以解性饑渴。齊亡後，胡太后流落民間，以無賴少年爲偶，但無賴少年無法滿足她的性慾望，於是她又到寺廟中找僧人，其淫蕩程度已經超過了娼妓。隋朝開皇年間，胡太后髓竭而死。到了元朝，僧人楊璉眞伽掘開了胡太后的陵墓，發現胡太后面色如生，肌膚豐腴，於是來了個姦屍，感覺她的身體冷如冰，但陰中是熱的，與活人無異。楊璉眞珈又讓眾僧一個個姦淫胡太后的屍體，忽然聽見屍體發出快樂的呻吟，楊璉眞伽嚇了一跳，將屍體劈碎，精血流了一地。小說引用時人的笑談：「胡后眞佛種子，生時廣齋眾僧，死後普度和尚。楊髡今日碎劈了他皮囊，不見皮囊裏那許多和尚。試問這許多和尚躲在何方？曰：『少和尚鑽在肚中，大和尚合在肚上，裏邊的都是楊璉眞珈，外邊的便是零星和尚。』」〔註 15〕

到了唐代，寺廟的神聖色彩淡化。唐太宗死後，武則天到寺廟裏做了尼姑，唐高宗接著從寺廟中把武則天接回宮中，父親的妃子就這樣成了自己的妃子。唐玄宗看上了自己的兒媳楊玉環，於是強迫自己的兒子與楊玉環離婚，

〔註 13〕〔明〕唐伯虎《僧尼孽海》乾集，《思無邪匯寶》第 24 冊《僧尼孽海》第 200～201 頁。

〔註 14〕〔明〕唐伯虎《僧尼孽海》乾集，《思無邪匯寶》第 24 冊《僧尼孽海》第，201 頁。

〔註 15〕〔明〕唐伯虎《僧尼孽海》乾集，《思無邪匯寶》第 24 冊《僧尼孽海》第，203～204 頁。

先讓楊玉環讓出家當尼姑，然後讓她還俗，再迎進皇宮，經過寺廟這一中間環節的轉換，兒媳楊玉環就成了自己的妃子。唐太宗的女兒高陽公主一點也不比自己的哥哥唐高宗遜色。高陽公主嫁給了宰相房玄齡的次子，高大雄壯的房遺愛，可是她一點也不喜歡，她在一次打獵的途中遇見了文雅俊秀的會昌寺和尚辯機，從此死心塌地愛上了他。兩人私通了很長時間，後來事發，辯機被腰斬，高陽公主身邊的侍女均被處死。據《新唐書》記載，和高陽公主有曖昧關係的還有和尚智勖、惠弘，道士李晃。後來李治登基做皇帝，三位僧道慫恿高陽公主推翻李治，結果沒有得逞，高陽公主被賜死，年僅二十七歲。武則天顯然得到了唐高宗的啓發，她做了女皇后，將街頭賣膏藥的小販馮小寶收爲男寵，讓他到白馬寺出家做和尙，賜他姓薛，改名爲「懷義」。這樣一來，就可以以宣講佛法爲名公然出入宮廷了。武則天的女兒太平公主也喜歡僧人，《舊唐書》載：「有胡僧惠范，家富於財寶，善事權貴，公主與之私，奏爲聖善寺主，加三品，封公。」〔註 16〕上行之，下必傚之，整個唐代，有道的高僧當然有很多，但不法的僧尼也不在少數。很多女子名爲出家修行，號稱仙眞，實際上做的是娼妓之事。原本聖潔的寺廟，成了娛樂的場所，有的乾脆成了藏污納垢的淫窟。

到了宋代，僧人更面臨著娛樂化社會中各種誘惑的考驗。一個有名的故事是蘇軾斷淫僧案。這個故事在明代余永麟的《北窗瑣語》中有詳細的記載。宋代靈隱寺有一位和尚名叫了然，常去嫖妓女李秀奴，往來日久，積蓄花光，衣缽蕩盡，李秀奴不念舊情了，就拒絕他。了然惱羞成怒，便飽以老拳，柔弱的李秀奴哪裏經受得住，結果一命嗚乎。當時，正在杭州做官的蘇東坡審理這個案子，他發現了然身上刺有這樣兩句情詩：「但願同生極樂國，免教今世苦相思。」蘇軾大怒：「這個禿奴，修行忒煞，雲山頂上空持戒，一從迷戀玉樓人，鶉衣百結渾無奈。毒手傷人，花容粉碎，空空色色今何在？臂間刺道苦相思，這回還了相思債。」〔註 17〕蘇軾當即斬了這個花和尙。

三、紅蓮、柳翠故事的演變

宋代張邦畿的《侍兒小名錄拾遺》中記載了另一個更爲有名的故事。五代時有一個僧人號至聰禪師，他在祝融峰修行了十年，自以爲戒性具足，不

〔註 16〕〔後晉〕劉昫《舊唐書》卷 183 第 4740 頁，北京：中華書局，1975。
〔註 17〕顏中其《蘇東坡佚事彙編》第 172 頁，長沙：嶽麓書社，1984。

會再受誘惑了。有一天，他下了山，在路邊見到一個叫紅蓮的美女，馬上就動心了，於是發生了性關係。第二天，至聰禪師起來，沐浴後就坐化了。時人寫了一首詩：「有道高僧號至聰，十年不下祝融峰。腰間所積菩提水，瀉向紅蓮一葉中。」〔註 18〕這個故事或許有眞實的影子，但更像是一則寓言。名叫至聰，說明絕頂聰明，有很高的智慧，而經過修煉，又徹底參悟了，但一遇紅蓮，禪心即大動，可見色慾的誘惑之大。原來那麼多年的修行，還是抵不住色慾的誘惑。因爲這個故事的象喻意味，後世文人產生了濃厚興趣，元代的王實甫根據這個故事創作了《度柳翠》雜劇，李壽卿又寫了《月明三度臨歧柳》。在《月明三度臨歧柳》中，南海觀音大士淨瓶中柳枝上偶染微塵，罰往人世，託生爲杭州妓女柳翠。月明在路上遇見了柳翠，勸她出家修行，柳翠拒絕了。月明又出現在她的夢中，並設惡境使她省悟。最後月明在顯孝寺說法，柳翠問禪後徹悟，在東廂坐化，復歸南海。

這個故事在明代演化爲另一個版本。明代田汝成在《西湖遊覽志》中記載了一個故事。宋朝紹興年間，柳宣教擔任臨安的長官，在上任那一天，許多人都去拜見賀喜，獨獨水月寺和尚玉通沒有到，柳宣教很生氣，就使了一個計，派一個叫紅蓮的妓女前去誘惑他。紅蓮到水月寺中投宿，引誘玉通與她淫媾。玉通已經修行了五十二年了，堅守戒律，一開始堅決拒絕，到了晚上，終於忍受不住，與紅蓮發生了關係。徐渭在《玉禪師翠鄉一夢》中，給這個故事加上了一個結尾。玉通破了色戒後氣急而死，後來他投胎柳家爲女，名叫柳翠，長大後淪落爲娼，敗壞門風，最後在其師兄月明的點化下頓悟成佛。

馮夢龍在《古今小說》卷二十九《月明和尚度柳翠》中，給這個故事增加了很多細節，比如紅蓮引誘玉通的過程：

> 紅蓮走到禪床邊，深深拜了十數拜，哭哭啼啼道：「肚疼死也。」這長老並不睬他，自己瞑目而坐。怎當紅蓮哽咽悲哀，將身靠在長老身邊，哀聲叫疼叫痛，就睡倒在長老身上，或坐在身邊，或立起叫喚不止。約莫也是三更，長老忍口不住，乃問紅蓮曰：「小娘子，你如何只顧哭泣？那裡疼痛？」紅蓮告長老道：「妾丈夫在日，有此肚疼之病，我夫脫衣將妾摟於懷內，將熱肚皮貼著妾冷肚皮，便不疼了。不想今夜疼起來，又值寒冷，妾死必矣。怎地得長老肯救妾

〔註 18〕程毅中《古體小說鈔・宋元卷》第 11 頁，北京：中華書局，1995。

> 命，將熱肚皮貼在妾身上，便得痊可。若救得妾命，實乃再生之恩。」長老見他苦告不過，只得解開衲衣，抱那紅蓮在懷內。這紅蓮賺得長老肯時，便慌忙解了自的衣服，赤了下截身體，倒在懷內道：「望長老一發去了小衣，將熱肚皮貼一貼，救妾性命。」長老初時不肯，次後三回五次，被紅蓮用尖尖玉手解了裙褲，一把撮那長老玉莖在手撚動，弄得硬了，將自己陰户相輳。此時不由長老禪心不動。這長老看了紅蓮如花如玉的身體，春心蕩漾起來，兩個就在禪床上兩相歡洽。……長老摟著紅蓮問道：「娘子高姓何名？那裡居住？因何到此？」紅蓮曰：「不敢隱諱，妾乃上廳行首，姓吳，小字紅蓮，在於城中南新橋居住。」長老此時被魔障纏害，心歡意喜，分付道：「此事只可你知我知，不可泄於外人。」少刻，雲收雨散，被紅蓮將口扯下白布衫袖一隻，抹了長老精污，收入袖中。這長老困倦不知。〔註 19〕

交合之後，紅蓮經不住玉通禪師再三追問，將柳宣教派她誘惑他破戒的事講了出來，玉通聽罷大驚，後悔莫及。天明後，玉通寫下八句《辭世頌》：「自入禪門無掛礙，五十二年心自在。只因一點念頭差，犯了如來淫色戒。你使紅蓮破我戒，我欠紅蓮一宿債。我身德行被你虧，你家門風還我壞。」〔註 20〕然後沐浴更衣，在禪椅上圓寂了。紅蓮將染有禪師精液的衫袖交給了柳宣教，柳宣教寫了一首詩，派人連同衫袖一起送給玉通，到寺廟才知道玉通已經死了。玉通死後託生爲柳宣教的女兒翠翠。柳宣教還鄉後不久就死了，柳翠翠和母親相依爲命，生計艱難，借了楊孔目三千貫錢，無法還債，只好把柳翠翠送給楊孔目作妾。楊孔目妻子之父告女婿停妻取妾，柳翠翠和母親被捉到官府，要追回原來的聘禮，因無法退還聘禮，所以只好柳翠翠官賣。柳翠翠先是賣給工部鄒主事做外宅，改名柳翠，接著就做了妓女。後來經法空長老和月明和尚對柳翠反覆點化，柳翠明白了前因而坐化。

小說中還穿插了一個故事。當柳翠問法空長老風塵妓女是否也可以參禪得道時，法空長老給她講了觀音大士化身妓女普度眾生的故事：「當初觀音大

〔註 19〕〔明〕馮夢龍《古今小說》卷 29，《古本小説集成》第 4 輯第 5 冊《古今小説》第 1118～1121 頁，上海：上海古籍出版社，1994。

〔註 20〕〔明〕馮夢龍《古今小說》卷 29，《古本小説集成》第 4 輯第 5 冊《古今小説》第 1122 頁，上海：上海古籍出版社，1994。

士見塵世慾根深重，化爲美色之女，投身妓館，一般接客。凡王孫公子見其容貌，無不傾倒。一與之交接，慾心頓淡。因彼有大法力故，自然能破除邪網。後來無疾而死，里人買棺埋葬。有胡僧見其冢墓，合掌作禮，口稱：『善哉，善哉！』里人說道：『此乃娼妓之墓，師父錯認了。』胡僧說道：『此非娼妓，乃觀世音菩薩化身，來度世上淫慾之輩歸於正道。如若不信，破土觀之，其形骸必有奇異。』里人果然不信，忙斸土破棺，見骨節聯絡，交鎖不斷，色如黃金，方始驚異。因就冢立廟，名爲黃金鎖子骨菩薩。這叫做清淨蓮花，污泥不染。」〔註21〕這個故事可以說意味深長，既然世上之人都沉迷於色慾之中，那麼乾脆讓他們得到色慾的滿足，滿足過後才會覺得索然無味。這個故事與清代的豔情小說《肉蒲團》的觀念相近，在《肉蒲團》中，肉慾被稱爲參禪的蒲團。這樣的說法很容易變爲縱慾的藉口，菩薩既然要變爲娼妓才能普度眾生，世上的娼妓所做的就成了菩薩的功業；未央生既然在肉蒲團上參悟，那麼世上縱慾的男子也就可以被認爲是在參禪悟道的路上。

除了紅蓮、柳翠的故事，元明時期的雜劇、小說中尼姑思春、和尚偷情的故事隨處可見，甚至出現了專門輯錄和尚偷情故事的集子，如明詹詹外史的《情史類略》，署名南陵風魔解元唐伯虎選輯的《僧尼孽海》。

四、燈草和尚故事中的矛盾乖謬

市井野語將男子的性具謔稱爲小和尚，而託名元代高則誠著的豔情小說《燈草和尚傳》則將這個謔語敷衍成了一個故事。元末有一楊知縣，有妻汪氏，有女名長姑。長姑已許李商人之子李可白。楊縣令一日同幾個朋友出外周遊，夫人在家冷清度日，忽有一紅臉婆子自薦，稱善作戲法。婆子取出一束燈草來，約有三寸長，到火上點著了，就變了一個三寸長的小和尚，小和尚竟鑽進汪氏陰戶與汪氏歡娛。小和尚又能變作身長八尺，日日與夫人交歡。楊官兒回家後知情，夫人便將和尚藏於婢女暖玉處，和尚又和暖玉夜夜快活。一日，楊官兒和暖玉偷歡時，又發現燈草和尚，遂將他扯死。老婆子引春夏秋冬四姐來救治燈草和尚。由夏姐先誘姦楊官兒，春姐奪去長姑的丈夫，接著誘姦楊官兒，甚至讓楊官兒與長姑亂交。後來燈草和尚戀上了長姑，李可白發覺後，將長姑休掉。長姑與和尚日日交歡，淫慾過度而死。楊知縣

〔註21〕〔明〕馮夢龍《古今小說》卷29，《古本小說集成》第4輯第5冊《古今小說》第1135～1136頁，上海：上海古籍出版社，1994。

在給女兒做法場時被燈草和尚嚇死。最後暖玉戀上了做道場的周道士。周道士先後與暖玉、汪氏成姦。後來暖玉勾搭男僕逃離，汪氏便和周道士結爲夫妻。

這篇小說不僅情節簡單，也寫得甚爲粗俗，比如寫暖玉趁夫人不在，尋找小和尚一段：

> 暖玉聽此語，心中不信。只等夫人與長姑一處吃飯，便輕輕到中樓上來看看，樓門是帶上了，先就張了一張，不見動靜。暖玉輕輕將門開了，一直的揭開帳子，猛見得是那一個小和尚，赤條條的在那裡弄那小卵。暖玉一手去拿他，那小和尚竟鑽入他袖裏去舔奶。暖玉未經風雨，只得豆兒般的小奶兒，舔得酸癢難熬，叫將起來。夫人吃飯未完，聽得樓上叫喊，急急跑上樓來，問是何故，暖玉道：「我怕娘洗手，來拿手巾，不想被小和尚鑽入袖裏，舔得奶頭怪癢，又不肯放，故此叫喚。」夫人罵道：「小淫婦，什麼大驚小怪？」隨又分付道：「小和尚我要他耍子，切不可對姑娘與丫鬟們說，我自令眼看承你。」暖玉應了。暖玉道：「娘不瞞我，就是有那大和尚的耍子，我也不說。」夫人說道：「癡丫頭，眞乖巧。」就在暖玉袖裏拿出來這小和尚。夫人罵道：「小賊禿！好大膽！」小和尚笑嘻嘻，又鑽入夫人袖裏去了。暖玉下樓去吃飯。夫人掩上房門，把手取出小和尚，放進褲襠裏，笑道：「吃些飯罷！」小和尚如魚得水，捧著陰户就舔。夫人道：「慢些，待我仰眠好了。」自把身子坐在床沿，用手褪了褲子，小和尚將身鑽入陰户，打了兩個筋斗。〔註22〕

其中的描寫毫無文采可言，所用詞語如「騷絮」、「生門」、「酸癢趐痳」、「騷發」、「一鍋熟了」等等，都爲當時市井粗俗之語。描寫交合時的動靜說：「聽乒乓了一陣，哼哼唧唧了一陣，下面水聲呷呷的，就如鴨子吃水一般的。」〔註23〕至於寫小和尚把淫水當飯吃，更爲惡俗：

> 和尚方才起來剔了剔燈，往床沿上一看，那騷水從床沿上直流到地下板上，好像撒了一泡尿。夫人問道：「這是何故？」和尚道：

〔註22〕〔明〕雲遊道人《燈草和尚傳》第2回，《思無邪匯寶》第22冊《燈草和尚傳》第56～57頁。

〔註23〕〔明〕雲遊道人《燈草和尚傳》第3回，《思無邪匯寶》第22冊《燈草和尚傳》第66～67頁。

「這是你的陰精水，看我吮在肚內。」和尚伏在身邊，用口對地板上噴噴吞個乾淨，兩個抱摟睡了。〔註 24〕

但小說中的想像卻也很奇特。女人想與男人偷情，但又怕丈夫和外人知道，於是想像著有一個便於隱藏的小男人，需要的時候就拿出來用，不需要的時候就藏起來。再進一步，如果小男人可大可小，那麼就既能享受到真正的交媾之樂，又能變小而藏匿了。小說中的燈草和尚就變成了一個八尺長的大和尚，生得眉目俊俏，唇紅齒白，而他的麈柄足有九寸長，三四寸粗。交合完後，燈草和尚鑽入被裏，再出來時，又變成了一個三寸長的小和尚，汪氏族將他藏在了小竹廚內。

楊官兒將燈草和尚扯死後，燈花婆婆帶著四個女人前來報仇，而其報仇的方式竟然是輪姦楊官兒，致使楊官兒精液流個不止，只好求饒，幸虧汪氏向老婆子求情，老婆子才放過楊官兒。楊官兒和長姑死後，汪氏外出尋找燈草和尚。在天竺寺上香時，汪氏遇見一個叫做明元的和尚。汪氏先是和一個小沙彌合歡，接著與明元交合。第二天，汪氏送給明元二兩銀子，接著繼續尋找燈草和尚，最後在山上的一座塔上，見到了燈草和尚。燈草和尚在塔上說道：「你尋到百丈原來，當初我許你母子二人到我家裏的事，只因昨日天竺進香，師徒二人淫媾，污了佛地，不便修行。你的新丈夫已在家還俗，我不過是引火之物，還得要請命母親，三十年後再來會你。只是你初一、十五，常吃些短素，以免淫慾之罪。若於男女交媾之事，原是前世緣份。那保俶塔下原沒人往來。」〔註 25〕說完燈草和尚就不見了。汪氏回到家中，才知道暖玉已經與僕人來祿偷了很多東西逃走了。汪氏與道士周自如交拜成親時，燈草和尚從燭火中爆了出來，向汪氏說明其中的因果報應：「你家老爺原是個好人，只因在越州作官的時節，有一個鄉宦，也是明經出身，他家夫人與小廝通姦，被人出首拿在楊官兒臺下，動起刑來。那鄉宦青衣小帽，再三上堂哀告全他臉面，楊官兒不肯，差人提出，當堂眾人屬目之下，去了下衣，打了十板，那鄉宦氣殺了。故此上天震怒，差我下來引動你的邪心，壞他的門風，轉嫁周自如，代鄉宦還報。那個孩子也是李可白的。今後須吃些短齋，行些

〔註 24〕〔明〕雲遊道人《燈草和尚傳》第 2 回，《思無邪匯寶》第 22 冊《燈草和尚傳》第 60 頁。

〔註 25〕〔明〕雲遊道人《燈草和尚傳》第 12 回，《思無邪匯寶》第 22 冊《燈草和尚傳》第 191～192 頁。

善事，你有一個好兒子，享年七十，你再與女兒相見。我自此去也。」〔註 26〕燈草和尚接著消失了。汪氏於是同周自如成爲夫婦，十分恩愛。

這部小說的主旨令人費解，故事中的矛盾乖謬之處甚多。燈草和尚從燈花中爆出，應該爲妖，他不僅與汪氏通姦，而且姦淫了汪氏的女兒長姑和丫鬟暖玉，他出入女子的陰部，舔食淫水，可說是淫亂骯髒之極，但在小說的結尾，燈草和尚向汪氏宣講因果，儼然得道高僧，而其所云又語無倫次。他似乎忘記了自己的穢行，而指責天竺寺中的和尚與汪氏淫亂污染了佛門淨地。他將自己比作引火之物，因爲汪氏最後的丈夫是周自如，但他與汪氏又約定三十年後再相會。他勸說汪氏吃素以消淫慾之罪，卻又將男女交媾之事視爲前世緣份。在小說的結尾詩中，作者宣稱小說的主旨是宣講因果：「莫道人家貪色慾，相逢盡是便興餘。婦人水性經火煎，夜夜思量男子漢。刻薄二字莫存心，凡事忠厚以待人。試看燈草和尚傳，循環報應針對針。」〔註 27〕但最爲淫亂的燈草和尚和汪氏卻都獲得了好報，而被動的受害者楊官兒卻受到懲罰。爲了自圓其說，於是添上一個當世報的故事，楊官兒沒有答應鄉宦顧全臉面的請求，致使鄉宦氣憤而死，所以要受到報應。但這樣一件事顯然不會驚動上天，而將姦淫汪氏作爲對楊官兒的懲罰，也顯得不可思議，上天派一個和尚來誘姦一個有夫之婦，更是荒唐。所以這篇小說可以說是一篇怪異的作品。在其他小說中，淫僧都要受到懲罰，而這篇小說卻將一個骯髒無比的妖僧、淫僧，一個性具的化身寫成了一個替天行道的高僧，殊爲詭異。但這部小說在後世的影響卻很大，在清代小說《姑妄言》的第十五回中，萬緣和尚喜歡讀的書就是《燈草和尚》。

五、女性對世俗偏見的利用

和尚爲什麼要偷情？《水滸傳》第四十五回《楊雄醉罵潘巧雲，石秀智殺裴如海》中分析說：「看官聽說：原來但凡世上的人情，惟和尚色情最緊。爲何說這等話？且如俗人出家人，都是一般父精母血所生，緣何見得和尚家色情最緊？說這句話，這上三卷書中所說潘、驢、鄧、小、閒，惟有和尚家第一閒。一日三食，吃了檀越施主的好齋好供，住了那高堂大殿僧房，又無俗事所煩，房裏好床好鋪睡著，無得尋思，只是想著此一件事。假如譬喻說，

〔註 26〕〔明〕雲遊道人《燈草和尚傳》第 12 回，《思無邪匯寶》第 22 冊《燈草和尚傳》第 193 頁。

〔註 27〕〔明〕雲遊道人《燈草和尚傳》第 12 回，《思無邪匯寶》第 22 冊《燈草和尚傳》第 194 頁。

一個財主家，雖然十相俱足，一日有多少閒事惱心，夜間又被錢物掛念。到三更二更才睡，總有嬌妻美妾同床共枕，那得情趣？又有那一等小百姓們，一日假辛辛苦苦掙扎，早辰巴不到晚。起的是五更，睡的是半夜。到晚來，未上床，先去摸一摸米甕，看到底沒顆米，明日又無錢。總然妻子有些顏色，也無些甚麼意興。因此上輸與這和尚們一心閒靜，專一理會這等勾當。那時古人評論到此去處，說這和尚們眞個利害。因此蘇東坡學士道：『不禿不毒，不毒不禿。轉禿轉毒，轉毒轉禿。』和尚們還有四句言語，道是：『一個字便是僧；兩個字是和尚；三個字鬼樂官；四字色中餓鬼。』」〔註28〕明代凌濛初在《拍案驚奇》卷二六《奪風情村少婦捐軀，假天語幕僚斷獄》中也談到了這個問題：「你道這些僧家受用了十方施主的東西，不憂吃，不憂穿，收拾了乾淨房室，精緻被窩，眠在床裏，沒事得做，只想得是這件事體。雖然有個把行童解讒，俗語道『吃殺饅頭當不得飯』，亦且這些婦女們，偏要在寺裏來燒香拜佛，時常在他們眼前，晃來晃去。看見了美貌的，叫他靜夜裏怎麼不想？所以千方百計弄出那姦淫事體來。」〔註29〕

既然社會上對出家人懷有偏見，一旦婦女與出家人發生性關係，責任一般都落在出家人的頭上。於是就有聰明的女人利用這一點淫亂，在事發之前將出家人告上官府，自己享受了性快樂，還得到了不明事理之人的同情。《一片情》第四回《潑禿子肥戰淫孀》就是一篇有意味的故事。松林禪院僧人了空被師傅本如雞姦，他向本如請教「幹女子的法兒」，本如將所謂的「黃梅衣缽」傳授給了他。了空專心煉房中術，有一天，本如的姘頭來找本如，恰好本如不在，於是他就與那婦人一試採補術，果然所向無敵。那婦人求饒，稱他爲「鐵乾和尚」。了空首戰告捷，於是一發而不可收，借做佛會，姦淫了很多婦女，但其中自願的女也不在少數。比如孀婦萬氏，在與了空交媾一次後，對了空念念不忘，派丫鬟芙蓉去請了空到家中看經。了空先將芙蓉麻倒姦淫，然後帶著藥餌到了萬氏家中。見面後就是一場激戰，了空暗地使用了春藥，使萬氏欲仙欲死，接著又尋空與芙蓉交媾。就這樣了空白天假裝誦經，晚上就與萬氏和芙蓉鬼混。一天晚上，交媾過後，了空將自己的採補秘訣告訴了萬氏，只要將腰部的穴位一點，就會大泄，這是黃龍祖師教白牡丹害呂洞賓

〔註28〕王利器校注《水滸全傳校注》第1887～1888頁，石家莊：河北教育出版社，2008。

〔註29〕〔明〕凌濛初《拍案驚奇》卷26，《古本小說集成》第5輯第5冊《拍案驚奇》第1076頁，上海：上海古籍出版社，1995。

的秘法。了空又和萬氏交歡，了空正要使用採補術，萬氏偷偷地在他的腰上點了一下，了空就泄了，一夜之間連泄了三次，不覺腰疼腿軟。天亮後，了空回寺去了。日後萬氏想念了空，派芙蓉去請，了空害怕她破他的採補術，再也不敢來了，惹得萬氏恨恨的罵。後來芙蓉被賣到姚令署中，受到寵幸，將了空用迷藥姦淫婦女的事告訴了姚令，姚令派人搜查寺廟，逮捕了了空，將他活活打死。萬氏聽了，暗自稱快。在這個故事中，了空固然可恨，但萬氏和芙蓉一經交媾，即對性能力超群的了空迷戀萬分，實際上已變爲與了空的通姦，後來了空疏遠她們，她們於是對了空充滿了怨恨。後來芙蓉將了空之事告發，了空受到極刑，而芙蓉和她原來的主母萬氏成了純粹的受害者。

小說《梧桐影》是根據明末清初的眞實故事寫作。康熙年間岐山左臣所編《女開科傳》中也記載了這件事，三拙作「三茁」，王子嘉作「王子彌」。在小說《梧桐影》寫三拙和尙和戲子王子嘉姦淫婦女的醜惡之事。三拙和尙從憨道人那裡學會了採戰之術，師徒兩人一起與鄭寡婦、刁氏淫亂。後來三拙到了蘇州，發了點財，便置地造廟，利用寺廟勾引女子，一發而不可收。王子嘉長相俊美，能歌善舞，號稱「蘇州第一旦」，被姓高的富商之妻看中，邀入淫亂。高氏淫興極高，子嘉本領不濟，抵擋不住，聽說三拙和尙採戰有術，便主動獻身，甘做龍陽，三拙授之採戰之法，兩人遂如夫婦，或同床姦宿，或分頭漁色。從此，王子嘉到處鬼混，大肆勾搭人的妻女、侍妾，終於被逐出戲班子。但他不思悔改，反而變本加利，以清客身份出入大戶人家，到處漁獵女色。小說寫三拙和尙傳授王子嘉採戰術的過程很有意思。三拙和尙貪戀王子嘉的後庭，還要利用他去勾引女子，所以不想馬上將採戰術傳授給他，而是像擠牙膏一樣一點一點地傳授。王子嘉則希望盡快學到採戰術，有時甚至需要三拙現場指導，但他又希望盡快擺脫他的控制，自立門戶。三拙和尙深通採戰之術，身強力壯，多憑藉手中的錢和採戰術，採用強暴手段霸王硬上弓。王子嘉則憑藉漂亮的絨毛，行姦賣俏，勾引大戶富家的內眷，即便被發現，大戶人家怕出醜，多隱而不報。最後，「天網恢恢，疏而不漏」，師徒兩人殊途同歸，被李御史明察暗訪，逮捕入獄。到了這時，師徒倆還爲自己辯護：「褲襠裏的事，一個上司也管起來！」〔註 30〕結果他們被各打八十大板，枷號而死。

〔註 30〕〔清〕檇李煙水散人《梧桐影》第 10 回，《思無邪匯寶》第 16 冊《梧桐影》第 122 頁。

在小說的第一回，幾乎全文抄錄了《覺後禪》（即《肉蒲團》）的引子，強調貪淫縱慾決無好下場。作者之所以喋喋不休地說教戒淫，是因爲江南淫風太盛了。小說中，不僅三拙和王子嘉好色姦淫，不少女子也放蕩不羈，有的主動湊趣，嘗到甜頭便不肯放手；有的猶抱琵琶，半推半就。第七回寫三拙和尚看見一個婦人有些丰韻，便趕了上去，大膽抱住她，婦人先推後就，「被他大弄了」。還有個女子更奇怪，塗脂抹粉，獨自站立，三拙走上前去搭訕，那女子說：「我不理你！」掉頭就走；三拙緊跟進屋，女子又說：「我不理你！」三拙抱住他親嘴，女子仍說：「我不理你！」三拙扯下她的褲子，按在床上，女子還是連聲說：「我不理你！」直至雲收雨散，那女子還是這句話，前後反覆講了十遍。三拙大笑出門，「一路想著，人說我聞有這笑話，不想親見這等樣女人」。又有姑嫂兩人，同時迷上了王子嘉，約其幽會。子嘉爲了趁機學點採戰術，將三拙帶去了，姑嫂倆都不滿意三拙的形象，爭著要王子嘉，只好抓鬮決定。沒想到聽說眼前這位是三拙和尚，嫂子便不要抓鬮，「取才不取貌」，主動先與三拙交合。弄了一個時辰，姑娘見「三拙這般鏖戰，阿嫂異樣風騷」，也改換門庭，與三拙大戰。結果兩人都中意於三拙，並留下了他，一連四夜，百戰不休，使王子嘉好生沒趣。

如此淫風，如此世情，怪不得作者要聲嘶力竭。可是，不管作者如何苦口婆心，反覆標榜自己「以淫止淫」，清朝官府還是將它列入了禁書令中，在道光十八年、二十四年及同治七年都遭到禁燬。

六、風流和尚故事的改編

清代的豔情小說《風流和尚》將當時流行的淫僧故事的匯到一起，加以改編，用一根線串了起來。第一個故事寫的是淫僧男扮女妝姦淫婦女。鎮江城內有個財主叫鄔可成，元配病故後，與蓋家女兒桂姐成了親，兩人如魚得水，甚爲歡樂。三年後，可成捐了個縣官，到浙江候缺，半年後補爲秀水知縣。桂姐水土不服，鄔可成將她送回家，自己另娶了一個妾。桂姐獨自在家感到孤寂，就與侍女秋芳一道外出散心。他們到了大興寺，夫人燒了香，傍晚便回去了。大興寺裏有五個和尚，領頭的和尚叫淨海，他見桂姐美貌，就尾隨著到了鄔宅。第二天，他裝扮成一個小道姑，進了鄔宅，與桂姐聊天。過了中午，正要回寺，忽然刮起狂風，桂姐留下他，晚間同睡，對他訴說生活的孤寂冷清。淨海對桂姐說，他帶來了一件三十六宮都受用的東西，可以取樂。桂姐想看看，淨海說不能看，說著便上身與桂姐交媾，桂姐這才知他是個男子，既然失身，也就顧不了許多。次日，桂姐將眞情告訴了秋芳，囑她不要告訴外人，又讓淨海黃昏早來。從此三人往來，他人不知。一直到鄔可成回家，淨海和桂姐才灑淚而別。不久淨海被抓獲，供認出誘姦事實。縣令寫了一封密信，將事情經過告訴了鄔可成。鄔可成持刀威逼丫鬟秋芳說出實情，然後要將她推到水中淹死，但被秋芳躲過去了。鄔可成又假裝要喝酒助興，讓桂姐去取酒，想趁機將她推到酒缸中淹死，但桂姐已得到秋芳的警告，時時防備丈夫謀害。桂姐站在一條大凳上取酒，鄔可成剛要動手，凳子擱得不穩，桂姐從凳子上掉了下來，鄔可成計謀沒有得逞。後來鄔可成將桂姐和秋芳灌醉，放火點燃了火藥，將桂姐和秋芳燒死了。

這個故事實際上是根據《歡喜冤家》的第四回《香菜根喬妝姦命婦》改寫的。在《香菜根喬裝姦命婦》中，張英外出做官，將妻子莫氏留在家中。莫氏正在寂寞難耐時，來了一個賣珠子的女人丘媽，這個女人實際上是一個名叫丘繼修的賣珠客男扮女裝的。莫氏將假丘媽留下住宿，勸他嫁個丈夫以了終身，假丘媽告訴她，還是沒有丈夫快活：「夫人有所不知，嫁了個丈夫，撞著個知趣的，一一受用。像我前日嫁著這村夫俗子，性氣粗豪，渾身臭味，動不動拳頭巴掌，那時眞眞上天無路，入地無門。天可憐見，死得還早。」莫氏問他如何解除性饑渴，他回答說：「我同居一個寡女，是朝內發出的一個宮人，他在宮時，那得個男人！因此內宮中都受用著一件東西來，名喚三十六宮都是春。比男人之物，更加十倍之趣。各宮人每每更番上下，夜夜輪流，妙不可當。他與我同居共住，到晚間夜夜同眠，各各取樂，所以要丈夫何用！我常到人家賣貨，有那青年寡婦，我常把他救急。他可不快活哩！」莫氏有意一試，於是假丘媽吹熄了燈，脫光衣服，鑽進被中，用自己的眞肉具將莫氏姦淫了。小說這樣描寫姦淫的經過：

> 那夫人被他說這一番，心下癢極的，身雖睡著，心火不安。只見丘媽不動，夫人想道：「莫非騙我？」說：「丘媽睡著也未？」丘媽道：「我怎敢睡？我不曾稟過夫人，不敢大膽。若還如此，要當如男人一般行事，未免預先摸摸索索，方見有興。」夫人道：「你照著常例兒做著便是，何必這般道學？」夫人將手把丘媽一摸，不見一些動靜，道：「他藏在何處？」丘媽道：「此物藏在我的裏邊，小小一物，極有人性的。若是興高，就在裏邊挺出，故與男子無二。」

> 夫人笑道：「委實奇怪。」丘媽即把夫人之物，將中指進內，輕輕而控，撥著花心，動了幾下，淫水淋淋流出。他便上身湊著卵眼，一聳進去，著實抽將起來。那夫人那知眞假，摟住著，柳腰輕擺，鳳眼乜斜，道：「可惜你是婦人，若是男人，我便叫得你親熱。」丘媽道：「何妨把我認做男人？方有高興。」夫人道：「得你變做男人，我便留在房中，再不放你出去了。」丘媽道：「老爺回來知道，性命難逃。」夫人說：「待得他回，還有三載。若得二年，夜夜如此，死也甘心！」丘媽見他如此心熱，道：「夫人，你把此物摸一摸，看還象生的麼？」夫人將手去根邊一摸，並無痕跡，吃了一驚，道：「這等，你果是男子了。你是何等樣人？委實怎生喬妝至此？」〔註31〕

《風流和尚》的描寫幾乎全仿《歡喜冤家》，只是改變了人名。

但《風流和尚》中的故事還是與《歡喜冤家》有所不同。《歡喜冤家》中，張英因床頂上的一點唾液痕跡起了疑心，審問丫鬟愛蓮，並將她推到水中淹死。他自己親自到廟中查得實情，回家後假裝要喝酒，讓莫氏去取酒，在後面捉住莫氏的雙腳，把她推進酒缸中淹死了。然後張英又栽贓陷害丘繼修盜墓，使他被捕。愛蓮託夢給判案的洪院，洪院才知道實情，他將張英叫到衙門，指責他不會處理事情，張英哀求他幫助周全，但他還是將事情的原委如實上報，使張英被罷免了官職。

《風流和尚》的第二個故事是和尚嫖妓。有一天，一個財主攜帶一個豔妓秀容來寺。虛空撞見秀容，秀容一笑，虛空動情。到了夜裏，虛空換下袈裟，拿了銀子，找到秀容處求宿，與秀容交合。這個故事實際上是《歡喜冤家》第十四回《一宵緣約赴兩情人》的簡化。《一宵緣約赴兩情人》中，妓女秀英先與了然和尚相好，後來又看上了陳百戶，疏遠了了然，了然一怒之下，用磚頭將秀英砸死。後來巡按蘇院從夢中得到線索，又派妓女雲奴假扮秀英的鬼魂向了然索命，了然恐懼之下，說出實情。蘇院寫下了判詞：「審得了然，佛口蛇心，淫人獸面。不遵佛戒恣顛狂，敢託春心污法界。偶逢豔妓，色眼高張；一笑無心，三魂頓喪。熬不住慾心似火，遂裝浪蝶偷香；當不得色膽如天，更起迷花圈套。幽關閉色，全然不畏三光；淨室藏春，頃刻便忘五戒。衲衣作被，應難報導好姻緣；薄團當席，可不羞殺騷和尚。久啖黃虀，還不

〔註31〕〔明〕西湖漁隱主人《歡喜冤家》第4回，《思無邪匯寶》第10冊《歡喜冤家》第214～215頁。

慣醋酸滋味；戒貪青釀，渾忘卻醉打嬌娘。海棠未慣風和雨，花陣才催粉蝶忙。不守禪規居梵宇，難辭絞罪入刑場。」最後了然被押赴刑場正法，觀看的人編了個順口溜：「謾說僧家快樂，僧家實是強梁。披緇削髮乍光光，裝出恁般模樣。上禿牽連下禿，下光賽過上光。禿光光，禿禿光光，才是兩頭和尚。」〔註 32〕

《風流和尚》的第三個故事是避雨遇淫僧。有一天，有一位叫花娘的婦人從娘家回來，剛走到寺前，遇上了傾盆大雨，花娘走入山門裏避雨。那雨到天黑仍不停，花娘只得站在牆角之下。和尚綠林和紅林走過，花娘求宿。這一對貪花色鬼假說與花娘的丈夫是好友，讓她到僧房去吃點東西。花娘不想去，他們就將她抱起來，花娘破口大罵，他們將她拖入一淨室。老和尚正與另兩個婦人鬼混，他發現花娘是自己的姨妹。綠林和紅林摟了兩個婦人進房去睡，老和尚慾火難忍，就摟抱著花娘求歡。從此，三對男女每晚飲酒取樂。幾天，花娘的丈夫經典不見妻子，吵到她的娘家，娘家則認爲是他害死了妻子，告到縣裏，縣主將經典押下獄。花娘想逃出去，又被兩個婦人勸回。這兩個婦人一個叫江氏，另一個叫郁氏，都是燒香時被兩個和尚拉扯進來的。她們說以前這裡還有兩三個婦人，死後被埋在竹園裏。有一天，綠林一日在前殿閒步，看見俏麗的田氏進廟拜佛。在田氏拜觀音的時候，綠林把七層門全都上了栓。他讓田氏吃點心，田氏吃了花糕，被迷藥迷倒，綠林將她姦淫了。田氏醒後，告訴綠林說，她多年不曾有這樣的享受了。於是田氏留在寺中，天天與綠林合歡。花娘思家心切，求老和尚放她回家。老和尚說，如果她能把他弄得快活，就放了她。花娘說他作踐良婦，以後死無葬身之地，趁早改邪歸正。淨心決心改過，送花娘出了山門。花娘到縣裏舉報了大興寺和尚，縣主令差役到大興寺將假扮女道姑的淨海和其餘的和尚捉來，挖出兩個婦人的屍首，將江氏、郁氏、田氏三人放回家。花娘爲淨心求情，於是縣主將淨心釋放還俗，其他三個惡僧被綁赴市曹斬首。

這個故事是《歡喜冤家》第十一回《蔡玉奴避雨撞淫僧》的改寫，換了人名，增加了少許細節，寫得更加粗俗，如寫淨心放花娘出寺前的一場交合：

> 且說淨心言道：「今夜你弄我個快活，我便做主放你。」花娘聽了，喜不自勝，便道：「我一身被你淫污已久，不知弄盡多少情形，

〔註 32〕〔明〕西湖漁隱主人《歡喜冤家》第 14 回，《思無邪匯寶》第 10 冊《歡喜冤家》第 514 頁。

我還有甚麼不願意處？任憑師父所為便了。」淨心道：「春宮上寫著有一故事，俗家若是做來叫做倒澆燭，僧家叫做騎木驢。我仰在這裡，你上在我身上騎著，若弄得我的出，便見你是眞情。」花娘笑道：「如此說，師父就是一個七歲口的蔥白大叫驢，這驢物又是倒長著，我若騎上去，你可別大顛大動的，將我跌將下來，再往別處咬群去。叫人家喂草馱的見了，一頓棍子打傷了骨頭。那時賣到家房裏，一天上五斗麥子，三斗紅糧，二斗小米，半夜裏把眼子一卸，卸下來，別說沒有麩糠，連青草不管你吃個飽，可就終無出天之期了。」淨心道：「你那裡說這些不要緊的，我禁得慌了，快快上來吧！」花娘道：「你先說騎木驢，我想這驢老了，多半是送到磨房頭裏的，師父你不要怪我，我越說鬧，你才越的高興哩！我再問一聲：在家我與丈夫幹事，他那陽物是個圓的，你這怎麼卻是方的哩？想來是人不一樣人，木不一樣木，陽物也不是一樣的嗎？不就是你化了四方施主的錢糧來，諸日酒山肉海，吃的態攻了腦子了嗎？你也悶殺我了！」淨心道：「你俱不曾猜著，我這原是父母遺體，胎裏帶的。」花娘說：「是了！是了！你父母遺留下你這異種，在世街上作賤人家良婦，污辱人家眷夫婦，準備著惡慣滿盈，死無葬身之地。我勸你早早回頭，痛改前非。今夜將我送出寺去，後來我自有好處到你，如不然，奴即死在九泉之下，我也必不與你干休。」淨心聽了，驚得魂飛天外，魄散九霄，大悟道：「如此之言，眞正是晨鐘暮鼓，喚回雲海夢中人。小僧知過必改，決不食言。施主救我一條性命，小僧殺身難報。」說罷，正衣叩頭流血。花娘道：「不必此等，為那邊兩個禿騙知覺，難以脫身。就此快收拾送我去，奴必不忘你的好處。」抽身穿了衣服，取了梳具，梳洗完了。淨心將花娘領著，一層層開了門户，一直來到山門以外，二人相別。淨心回身，復又把門户重重閉上。來至淨室，只見綠林、紅林與那婦人輪流取樂，他也並不理帳，躲在一旁去了。〔註33〕

《風流和尚》的作者在序言中說：「余觀小說多矣，類皆妝飾淫詞為佳，陳說風月為尚，使少年子弟，易入邪思夢想耳。惟茲演說十二回，名曰《諧

〔註33〕〔清〕無名氏《風流和尚》第9回，《思無邪匯寶》第13冊《風流和尚》第155～157頁。

佳麗》，其中善惡相報，絲毫不紊，足令人晨鐘驚醒，暮鼓喚回，亦好善之一端云。」〔註 34〕小說中的淫僧受到了懲罰，被姦淫的婦女則受到了諒解。在作者看來，即使是桂姐，也是因爲受到引誘而墮落，雖然有辱閨門，但罪不至死。當鄔可成求縣主幫助他殺死與和尚通姦的桂姐時，縣主冷笑著說：「你閨門不謹，理當去官；淨海私姦婦，婦亦不該死罪。更有何說？」〔註 35〕

七、世俗化的宗教背景

明清時期小說中惡俗僧尼形象大量出現，並且多以貪淫的負面形象成爲作品中的主角，與僧尼墮落的社會現實有關，同時也是當時人們和小說作者宗教態度的反映。僧尼的墮落因爲佛教界的混亂，而佛教界的混亂又首先與僧尼數量激增導致僧團素質下降有關。明代爲了控制僧尼數量，實行度牒制度。建國之初曾普給僧道度牒，後來僧道數量越來越多，於是延長頒發度牒的時間，三年頒發一次，但規定沒有被嚴格執行，特別是得寵太監大量度僧，使僧尼隊伍迅速擴大。僧人繼曉就曾得到憲宗皇帝賞賜的五百道空名度牒。寺院住持常常有很多張空頭度牒，可隨便剃度他人爲僧。爲保證僧團素質，明代建立了考試制度，但瑜伽教僧人可以不經過考試，無需受比丘或比丘尼的具足戒，瑜伽教僧數量激增，擾亂了正常的度牒制度。到了明代中後期，寺院私自剃度現象嚴重，朝廷更公然售賣度牒，獲取錢財，史載，至嘉靖十八年，令行童皆納銀給度，鬻牒遂成爲給度正途。政府既鬻牒，考試通經、限定年齡等制限遂成一紙空文，度僧制度廢壞。僧尼人數惡性膨脹，導致僧尼隊伍良莠不齊，許多無藉僧徒淪爲盜賊，成爲社會一大危害，明人倪岳在《止給度牒》中說：「天下各處地方，災傷數多，民不聊生，盜賊竊發，劫財殺人在在有之。中間獲到賊徒，多有僧人在內，皆因先年給度氾濫所致。……今爲盜之人，多係各處無籍僧徒，晝則沿街乞食，夜則相聚劫掠，得贓即分，各行遠遁，雖有巡捕人員，無從追捕。」〔註 36〕

之所以有那麼多人想出家，一是因爲出家僧尼可以過比較安逸的生活。明代中後期，賦稅繁重，許多百姓離開了土地，而佛門可以提供衣食無憂的

〔註 34〕〔清〕無名氏《風流和尚》序言，《思無邪匯寶》第 13 冊《風流和尚》第 99 頁。

〔註 35〕〔清〕無名氏《風流和尚》第 12 回，《思無邪匯寶》第 13 冊《風流和尚》第 175 頁。

〔註 36〕〔明〕陳子龍編《明經世文編》卷 77 第 667～668 頁，北京：中華書局，1962。

生活，寺院擁有大量田產、房產和財產，僧眾可以靠地租過日子，甚至開當鋪、放高利貸，可以不勞而食，於是許多人選擇出家，逃避現實社會中的種種問題。《醒世恒言》卷二十一《張淑兒巧智脫楊生》中寶華禪寺不但出租房屋，而且還借貸，收取利錢。《拍案驚奇》卷十五《衛朝奉狠心盤貴產，陳秀才巧計賺原房》入話中李生要求原價贖回房屋時，慧空和尚卻不答應，故意勒措多要銀兩，仗義疏財的賈秀才大怒：「叵耐這禿廝恁般可惡！僧家四大俱空，反要瞞心昧己，圖人財利。」〔註 37〕一部分僧人是作奸犯科後爲躲避律法制裁而出家。大部分女性出家是爲社會現實所迫，或因家變，或因婚姻不幸，或因戰亂，或爲匪盜所虜，有的因爲體弱多病，難以養活，被家人送入庵中爲尼。有的妓女在年老色衰後，出家爲尼。明代曹洞宗僧人湛然圓澄數說當時人出家的原因：「或爲打劫事露而爲僧者；或牢獄脫逃而爲僧者；或悖逆父母而爲僧者；或妻子鬥氣而爲僧者；或負債無還而爲僧者；或衣食所窘而爲僧者；或妻爲僧而夫戴發者，或夫爲僧而妻戴發者，謂之雙修；或夫妻皆削髮，而共住庵廟，稱爲住持者；或男女路遇而同住者。以至奸盜詐僞，技藝百工，皆有僧在焉。如此之輩，既不經於學問，則禮儀廉恥，皆不之顧，惟於人前，裝假善知識，說大妄語，或言我已成佛，或言我知過去未來，反指學問之師，謂是口頭三昧，杜撰謂是眞實修行。哄誘男女，致生它事。」〔註 38〕

到了明代，宗教特別是佛教越來越趨向世俗化。明初設置了僧道管理機構，僧職人員被納入國家官僚體系中，有較濃的政治色彩。許多高僧捲入政治漩渦中，喪失了佛教徒應具備的宗教品格和崇高神聖性。有的僧官諂媚逢迎宦官，結交權貴，違犯佛教戒律，其宗教形象在世人心目中大大降低。明代中後期出現了四大高僧雲棲祩宏、紫柏眞可、憨山德清、濔益智旭，前三位都牽涉政治而獲罪，憨山德清和紫柏眞可因爭名奪利而關係疏遠，他結交宦官，又得到了萬曆帝生母慈聖皇太后的崇奉，後來由於牽涉到了立儲之事的黨爭中，被緝拿入獄，貶謫到偏遠之地。雪浪洪恩遊於縉紳間，行爲放達，不拘小節，甚至公然出入於青樓楚館，受到世俗非議。

〔註 37〕〔明〕凌濛初《拍案驚奇》卷 15，《古本小說集成》第 5 輯第 4 冊《拍案驚奇》第 569～570 頁，上海：上海古籍出版社，1995。

〔註 38〕〔明〕湛然圓澄《慨古錄》，《卍續藏經》第 114 冊第 73 頁，臺北：新文豐出版公司，1996。

明代「教寺」和「教僧」的劃分體現出了佛教政策的適俗化。「教僧」即瑜伽教僧，主要負責世俗宗教事務，是與市井百姓聯繫密切的職事僧。明太祖朱元璋將僧人分爲「禪」「講」「教」三類，禪寺專心研習禪宗義理，參禪悟道，不入紅塵；講寺主要研習佛教其他各宗義理，向其他僧眾宣講佛經，教寺主要負責宗教世俗事務，滿足世俗民眾對於佛教法事的要求。爲了防止混淆，對三派僧人的僧服顏色也作了明確規定。後來教寺與教僧數量越來越多，瑜伽教僧占到僧侶總數將近半數。瑜伽教僧經懺法會等都明碼標價，以佛教法事賺錢，降低了宗教的神聖與崇高精神，加速了僧尼的世俗化。另一方面，佛教的形式化、儀式化，過分強調儀式，導致了對佛法本身的忽視，使佛教淪爲世俗化、實用性的宗教形式。很多僧尼沒有學識，無法研習佛教義理，只是學習一些經懺法事的儀式性內容，藉此謀生而已。瑜伽教僧一方面接受布施，一方面通過經懺法事活動賺錢，出家爲僧尼甚至成爲發家致富的途徑。寺院的世俗化，僧俗交往越來越頻繁，僧尼不再是神秘的宗教人物。很多寺院成爲商業活動場所，甚至成爲宴飲娛樂場所。《金瓶梅詞話》中西門慶結義的十個兄弟輪流請客，輪到常時節做東，就到永福寺去飲酒作樂，西門慶爲蔡御史送行，也是在永福寺設宴，還請了兩個小優彈唱。

明代中後期，整個社會充斥著功利主義氣息，在這樣的背景下，禪宗與淨土宗逐漸合流，禪宗和淨土宗都簡化了修行程序，降低了修行門檻，無須在日常生活中恪守戒律、學習義理，在面臨困境時求助於佛教，就會得到庇祐，這進一步增強了佛教的世俗化色彩。隨著商品經濟發展，社會上縱慾成風，佛教受到影響，寺院建築奢華，僧尼趨附權貴。對禪宗和心學思想的曲解使一些人由禁慾的極端走向了放縱的歧途，狂禪之風致使宗教戒律鬆弛，神佛權威降低。狂禪派主張不讀經、不坐禪，飲酒食肉，訶佛罵祖，講究話頭禪，一念悟即可成佛。一些僧尼受其影響，隨心所慾，爲所欲爲。《客座贅語》卷二《尼庵》記載：「尼之富者，衣服綺羅，且盛飾香纓麝帶之屬，淫穢之聲，尤腥人耳，而祠祭之法獨亡以及之。……至於講經說法，男女混殽，晝夜叢沓，尤當禁戢。」〔註 39〕明人葉權說：「如今俗僧治家供設，酒色無賴，比常人尤甚，士大夫喜其應接殷勤，遂與相狎。且不論其深意莫測，但默睹其炎涼體態，桀驁形狀，已極可厭矣。諺云：不交僧與道，便是好人家。」〔註 40〕

〔註 39〕〔明〕顧起元《客座贅語》卷 2《尼庵》第 68 頁，北京：中華書局，1997。
〔註 40〕〔明〕葉權《賢博編》，北京：中華書局，1987。

人們對僧尼的態度發生了很大變化。本來中國古代的多神崇拜降低了人們對信仰的虔敬程度，人們只參拜與自己生活關係密切的神佛，崇拜神佛有著明確的功利目的，到了明代中後期，這種情況更爲突出，人們一方面相信業報輪迴，燒香拜佛，祈求福報，請僧尼做法事，尋求心理慰藉，如《金瓶梅詞話》中寫潘金蓮請僧人給武大郎做百日法事水陸道場李瓶兒死後發喪時請報恩寺僧人誦經做道場，西門慶死後，首七請僧人做水陸道場，下葬時請僧官起棺念誦偈文，五七時請尼僧誦經禮懺。另一方面人們卻又對從事法事活動的僧尼缺少崇敬之情，對他們的品行持懷疑態度，甚至不屑一顧，加以揶揄嘲諷。僧尼不再是超塵脫俗、令人敬仰的高僧大德，而是爭名逐利、借佛教活動謀利的凡夫俗子，他們奔走於市鎮鄉村，靠花言巧語，低聲下氣地請求布施，借超度薦亡賺錢，與市井百姓的行爲別無二致。尤其是女尼，遊走於大戶人家的內宅，結交女眷，賺取財物，甚至爲此誘女眷做出有違禮教和名節之事。《拍案驚奇》卷六《酒下酒趙尼媼迷花，機中機賈秀才報怨》中寫道：「看官聽著：但是尼庵僧院，好人家兒女不該輕易去的。」〔註41〕《金瓶梅詞話》第八十四回《吳月娘大鬧碧霞宮，宋公明義釋清風寨》中說：「看官聽說：但凡人家好兒好女，切記休要送與寺觀中出家，爲僧作道，女孩兒做女冠、姑子，都稱瞎男盜女娼，十個九個著了道兒。」〔註42〕

凡俗僧尼是世情小說中出現較多的宗教人物形象。凡俗僧尼雖爲出家人，卻如市井社會的芸芸眾生，有著凡俗的生活慾望。佛門「五戒」規定出家人不許殺生飲酒，可明代僧尼卻不乏飲酒食肉者。佛教要求禁慾，強調解脫，出家人必須棄絕男女之情。然而明代僧人卻有不少娶妻生子者。到了明代萬曆年間，鳳陽郡、福建等地僧人娶妻生子現象更加普遍。爲了滿足衣食所需，僧尼或在大戶人家打秋風，或通過經懺齋醮、誦經念佛等佛事活動賺錢，宗教只是他們藉以謀生的工具。《金瓶梅詞話》中的大師父、王姑子和薛姑子經常到西門慶家打秋風，給吳月娘等人宣經講卷、講唱佛曲，說笑話，逢迎取悅，無非是爲了得到好處。薛姑子向西門慶講西方淨土的好處，勸西門慶印刷陀羅經，自己從中獲利。後來因爲分錢不均，王姑子和薛姑子相互攻訐。李瓶兒給王姑子五兩一錠銀子，一匹綢子，交待王姑子等她死後請幾

〔註41〕〔明〕凌濛初《拍案驚奇》卷6，《古本小說集成》第5輯第3冊《拍案驚奇》第240頁，上海：上海古籍出版社，1995。

〔註42〕〔明〕蘭陵笑笑生著，梅節校訂《金瓶梅詞話》第1177～1178頁，香港：夢梅館，1993。

位師父爲她誦《血盆經懺》。後來薛姑子偷偷一個人攬下了爲李瓶兒做斷七法事活動的生意，王姑子咒罵她。這幾個尼姑爭財奪利、相互謾罵詆毀、說謊騙人，毫無佛門的品格。有的凡俗僧尼品格低下，見利忘義，猥瑣低俗。《醒世恒言》卷三十九《汪大尹火焚寶蓮寺》的入話部分議論僧人不勞而獲又貪財勢利：「大凡僧家的東西，賽過呂太后的筵宴，不是輕易吃得的。卻是爲何？那和尚們，名雖出家，利心比俗人更狠，這幾甌清茶，幾碟果品，便是釣魚的香餌。」〔註 43〕

對於惡俗僧尼，性慾的誘惑大於錢財。佛教「五戒」中有「不邪淫」一條，但性慾是人的生理本能，長期的壓抑使惡俗僧尼爲滿足性慾不惜採用各種卑鄙手段。想不勞而獲，偷閒鑽懶而出家和被迫出家的僧尼更容易被世俗的物質和美色所誘惑。《拍案驚奇》卷二十六《奪風情村婦捐軀，假天語幕僚斷獄》入話部分議論：「看官，你道這些僧家，受用了十方施主的東西，不憂吃，不憂穿，收拾了乾淨房室，精緻被窩，眠在床裏，沒事得做，只想得是這件事體。雖然有個把行童解饞，俗語道『吃殺饅頭當不得飯』。亦且這些婦女們偏要在寺裏來燒香拜佛，時常在他們眼前晃來晃去。看見了美貌的，叫他靜夜裏怎麼不想？所以千方百計，弄出那姦淫事體來。只這般姦淫，已是罪不容誅了。況且不毒不禿，不禿不毒；轉毒轉禿，轉禿轉毒。爲那色事上，專要性命相搏，殺人放火的。」〔註 44〕《金瓶梅詞話》第八回中說：「看官聽說，世上有德行的高僧，坐懷不亂的少。古人有云：一個字便是『僧』，二個字便是『和尚』，三個字是個『鬼樂官』，四個字是『色中餓鬼』。蘇東坡又云：不禿不毒，不毒不禿；轉毒轉禿，轉禿轉毒。此一篇議論，專說這爲僧戒行。住著這高堂大廈，佛殿僧房，吃著那十方檀越錢糧，又不耕種，一日二餐，又無甚事縈心，只專在這色慾上留心。譬如在家俗人，或士農工商，富貴長者，小相俱全，每被利名所絆。或人事往來，雖有美妻少妾在旁，忽想起一件事來關心，或探探甕中無米，囤內少柴，早把興來沒了，卻輸與這和尚每許多。」〔註 45〕報恩寺的六個僧人被請去做法事爲武大郎超度，他們看到潘金蓮時，都禁不住心猿意馬：「那眾和尚見了武大這個老婆，一個個都昏迷了

〔註 43〕〔明〕馮夢龍《醒世恒言》卷 39，《古本小說集成》第 4 輯第 12 冊《醒世恒言》第 2393 頁，上海：上海古籍出版社，1994。

〔註 44〕〔明〕凌濛初《拍案驚奇》卷 26，《古本小說集成》第 5 輯第 5 冊《拍案驚奇》第 1076 頁，上海：上海古籍出版社，1995。

〔註 45〕〔明〕蘭陵笑笑生著，梅節校訂《金瓶梅詞話》第 90 頁，香港：夢梅館，1993。

佛性禪心，一個個都關不住心猿意馬，都七顛八倒，酥成一塊。」眾和尚聽西門慶和潘金蓮行房，「不覺都手之舞之，足之蹈之」，燒化亡靈時，眾僧人「想起白日裏聽見那些勾當，只顧亂打鼓搧鈸不住。被風把長老的僧伽帽刮在地下，露見青旋旋光頭，不去拾，只顧搧鈸打鼓，笑成一塊」。〔註 46〕《醒世恒言》卷三十九《汪大尹火焚寶蓮寺》入話中的金山寺至慧和尚偶遇一美貌婦人，動了情慾，最終還俗，娶妻成家。小說描寫至慧和尚的心理活動：「這婦人不知是甚樣人家？卻生得如此美貌，若得與他同睡一夜，就死甘心！……我和尚一般是父娘生長，怎地剃掉了這幾莖頭髮，便不許親近婦人？我想當初佛爺也是扯淡，你要成佛作祖，止戒自己罷了，卻又立下這個規矩，連後世的人都戒起來。我們是個凡夫，那裡打熬得過？又可恨昔日置律法的官員，你們做官的出乘駿馬，入羅紅顏，何等受用！也該體恤下人，積點陰騭，偏生與和尚做盡對頭，設立恁樣不通理的律令！如何和尚犯姦便要責杖？難道和尚不是人身？就是修行一事，也出於各人本心，豈是捉縛加拷得的！」〔註 47〕

女性遁入空門，大多是作爲謀生的職業或避世的選擇，多難忍受清規戒律，渴望世俗情慾享受。在世情小說中，淫尼的數量多於惡僧。與淫僧相比，淫尼有自身的性別優勢。《醒世恒言》卷十五《赫大卿遺恨鴛鴦條》中的非空庵尼姑靜眞、空照等人是一群淫尼。赫大卿到非空庵遊玩，遇到尼姑空照，空照在門縫中看到赫大卿一表人才，有幾分看上了。兩人臭味相投、一拍即合，赫大卿被留在庵中，同空照以及她的兩個徒弟一同淫樂。當這件事情被尼姑靜眞得知後，她也加入了淫亂的行列，當赫大卿體力不支，請求回家時，竟然被靜眞等人設計，於深夜將其頭髮剃光，扮作尼姑留在庵中，供她們淫樂，最終赫大卿因爲縱慾過度而亡，被偷偷埋在庵中後院，成了花下風流鬼。故事結尾，眞相大白，靜眞、空照被處斬，兩個徒弟被官賣。

尼姑見聞廣，能說會道，圓滑世故，得到世俗女性的喜愛。宗教身份和性別優勢使她們有機會與閨閣女性接觸，往往成爲偷情姦淫之事的陰謀設計者。她們引得婦女到庵院燒香，男子到庵院遊玩，庵院爲世俗男女接觸提供了獨特而合理的空間，也使得姦淫之事的發生多與尼庵和尼姑有關。元末明初的陶宗儀在《輟耕錄》中將尼姑與牙婆、媒婆等視爲「三刑六害」，並且警

〔註 46〕〔明〕蘭陵笑笑生著，梅節校訂《金瓶梅詞話》第 89～91 頁，香港：夢梅館，1993。

〔註 47〕〔明〕馮夢龍《醒世恒言》卷 39，《古本小說集成》第 4 輯第 12 冊《醒世恒言》第 2385～2386 頁，上海：上海古籍出版社，1994。

戒世俗人家如避蛇蠍般遠離「三姑六婆」，因爲她們會招致奸盜之事發生，使得家反宅亂。許多文人的家訓中明確禁止家中女性與「三姑六婆」往來，如姚舜牧在《藥言》中規定：「家人內外大小防閒不可不嚴，凡女奴男僕，〔註 48〕十年以上，不可縱放其出入。而女尼、賣婆等尤宜痛絕，蓋此輩一出入，未有肯空手者，而且有更不可言者。」《金瓶梅詞話》第六十八回中評論：「看官聽說：似這樣緇流之輩，最不該招惹他。臉雖是尼姑臉，心同淫婦心。只是他六根未淨，本性欠明；戒行全無，廉恥已喪。假以慈悲爲主，一味利欲是貪；不管墮業輪迴，一味眼下快樂。哄了些小門閨怨女，念了些大戶動情妻；前門接施主檀那，後門丟胎卵濕化。姻緣成好事，到此會佳期。」〔註 49〕《拍案驚奇》卷六入話議論說：「話說三姑六婆，最是人家不可與他往來出入。……其間一種最狠的，又是尼姑。他借著佛天爲由，庵院爲囤，可以引得內眷來燒香，可以引得子弟來遊耍。見男人，問訊稱呼，禮數毫不異僧家，接對無妨；到內室，念佛看經，體格終須是婦女，交搭更便。從來馬泊六、撮合山，十樁事倒有九樁是尼姑做成，尼庵私會的。」〔註 50〕故事中的觀音庵趙尼姑貪財而好淫，平日與浮浪子弟卜良勾搭有染，爲了錢財和性慾滿足，幫助卜良姦污有夫之婦巫娘子。其徒弟本空被趙尼姑當作搖錢樹。最終賈秀才和巫娘子設計，除掉了趙尼姑和本空，官府認定趙尼姑和本空爲卜良所殺，幾個壞人都受到了應有的報應。

〔註 48〕〔明〕姚舜牧《藥言》，見《楊忠愍公遺筆》（及其他五種）第 5 頁，北京：中華書局，1985。

〔註 49〕〔明〕蘭陵笑笑生著，梅節校訂《金瓶梅詞話》第 895 頁，香港：夢梅館，1993。

〔註 50〕〔明〕凌濛初《拍案驚奇》卷 6，《古本小說集成》第 5 輯第 3 冊《拍案驚奇》第 213～214 頁，上海：上海古籍出版社，1995。

第十一章 《妖狐豔史》及其他：狐妖故事中的慾望交響與文化意蘊

早在上古時代，狐就被認爲是一種神異的動物而受到崇拜，甚至成爲圖騰。上古的傳說中，九尾狐被認爲是子孫繁盛的象徵。圖騰崇拜加上狐有「三德」的說法，再加上方士們的極力鼓吹，九尾狐成爲政治祥瑞的象徵。後世故事中關於狐精淫蕩、妖豔的描寫，與九尾狐的生殖崇拜意義有關。戰國時狐開始妖魅化，魏晉時出現了大量狐成精的故事。在最初的狐精故事中，雄狐佔有很大比例，狐精常以性交魅人、害人。志怪小說中的狐精幻化成人形誘惑人與其發生性關係，人失去神志，身體變得虛弱，甚至有死亡的危險。唐代之後的狐精故事中，變化爲女子的雌狐有了人的感情，有的比人還重情，於是有了人狐之戀的故事。清初的文言小說集《聊齋誌異》是人狐戀故事的集大成，小說中的狐女多有青樓女子的特點，風流熱情，對文士情有獨衷。在通俗小說中，狐仍保留著淫蕩、狡黠的特點，狐妖、狐仙有超自然的力量，能預卜人之禍福，具有很強的魅惑力。以狐妖爲主角的通俗小說，有《妖狐豔史》《狐狸緣全傳》等。

一、《妖狐豔史》及其他狐妖故事

《妖狐豔史》現存松竹軒刊本過錄本，藏日本東京大學東洋文化研究所，六卷十二回，扉頁右欄上訪署「開卷一笑」，左欄下方署「松竹軒編」，中欄大字「妖狐豔史」。小說不署作者姓名，而形式引文等皆與《桃花豔史》相近，或與《桃花豔史》爲同一作者所作。小說的寫作年代及刊刻年代均無法確定，清代的各種禁書書目中都有《妖狐媚史》，從道光年間起已經遭到禁燬，據此可推斷小說當作於清中期或更早。

《妖狐豔史》小說寫的是宋代江西青峰嶺山洞中兩隻雌狐採天地精氣，成了精，能變幻人形，取名爲桂香和雲香。一天，附近的普寧寺舉辦法會，兩隻雌狐化成年輕女子到城中觀看。妖狐變的女子非常豔麗，招惹眾多男子駐足觀看，爭相擁擠，一個俊美的書生被擠倒在地，昏迷不醒，眾人嚇得一哄而散。書生名叫明媚，是秀才春匯生的兒子。兩隻妖狐看到明媚年輕俊美，遂生淫邪之心，將他救醒後，攝回洞中，脅迫明媚與它們結成夫妻，日夜淫戲。春匯生不見明媚回家，到普寧寺尋找不見，非常焦急。第二天上午，有兩位道人來到春家化緣，他們自告奮勇前往捉妖。實際上兩個道士是囚犯，越獄潛逃，途中遇到一個老道，被收爲徒弟，但他們惡習不改，到處招搖撞騙。他們來到青峰嶺，沒有找到妖狐，卻遭遇猛虎，道士生心被猛虎吃掉，生意逃回了春家。青峰嶺的另一個山洞中住著兩隻雄狐，也已修煉成精，經常與桂香、雲香二雌狐交往。它們到雌狐洞中游玩，遇見明媚正與桂香交合。正在這時，天上巡察人間妖魔的。神仙鬱雷突然出現，殺死了兩隻雄狐，捉住了雌狐桂香和雲香，將它們鎖在了梅花洞中的石板下面。鬱雷看了明媚的面相，告訴明媚，他以後會得到富貴，勸明媚接受教訓，發憤讀書，謀取功名。明媚離開青峰嶺，不認識路，到處亂闖，途中忽見一處仙宮，門上寫著「月素仙居」四個大字。他走進仙居，遇見了一位自稱月素仙子的美貌女子。月素仙子說，她原是山中的大黑狐，曾被一獵戶捕獲，明媚的前身是一個知縣，偶然路過此山，責罰了獵戶，將大黑狐放生，大黑狐修煉多年，得道成仙。爲了報答前世的救命之恩，素月仙子願以身相許，還治好了明媚的重病。

道士生意逃生後奔回春家，謀劃晚上劫掠春家財物。他自己帶來的包裹被春匯生的鄰居屠能偷走了，他找不到包裹，氣極之下，放起火來。屠能擔心事情敗露，決定殺人滅口，將道士生意殺死，而屠能也被大火燒死。春匯生被懷疑殺死了道士生意，被關進了監牢。月素仙子與舅父一起隱身進入縣衙，託夢給知縣夫人和知縣，詳細訴說了春匯生的冤情，春匯生很快被無罪釋放。明媚病癒後住在仙居中休養，白天跟月素談經會文，溫習功課，準備參加科考。幾個月過後，明媚學識大增。月素讓明媚回家參加考試，相約甲戌科殿試時再相會。明媚參加縣府考試，連連奏捷，入京參加殿試，高中金榜亞魁。明媚正要與月素相聚，殿試官梅尚書將女兒朱雲許給兵部王老爺的公子，王老爺患病而死，梅尚書向王家退親，要將女兒嫁給明媚。月素暗中將明媚與王公子調換，成全了王公子與梅小姐的婚事，又促成了王老爺的女兒王小姐與明媚的姻緣，自己也在王府與王小姐一起生活，共同服侍明媚。梅尚書偶而見到月素，想倚仗權勢強娶月素，竟害了相思病，經常走失元陽，不久便死掉了。月素是修煉千年的狐仙，與明媚前緣盡了，返回山中。後來，春家、梅家、王家搬到了一起，最終合成了一家。

小說中的兩個得道雌狐桂香和雲香淫蕩不堪，攝人精血以補陰，兩隻雄狐則採女子之陰以補陽。兩隻雌狐將明媚攝去後，與明媚百般淫戲。桂香去東邊暖閣解手，看見兩個雄狐精海里娃和到口酥正在閣中苟合，桂香淫心大動，回亭子與明媚交媾。正值情濃意恰之時，海里娃和到口酥闖了進來，與雲香交媾。與桂香、雲香及兩隻雄狐的淫蕩不同的是，狐狸精月素仙子知書達禮，知恩圖報。小說中的男主人公明媚是一個回頭浪子，他見兩個雄狐和兩個雌狐淫亂，心裏想：「明媚，你好沒來由，你本是念書人家的後代，如何青天白日露著父母的遺體，弄出這等沒臉面的事來！況且又被這兩個小娃子看見，是何道理！」〔註1〕小說中多插科打諢，有的地方寫得很粗俗，特別是性描寫很直露，如小說第一回描寫演出《大鬧葡萄架》的情景：「但見人山人海，鼓樂喧天，兩臺大戲，頭一臺唱的是西門慶大鬧葡萄架，第二臺唱的是溫雷鳴私會樂女傳。兩邊的小生、小旦俱是穿的靠身，白亮紗褲做的貼皮貼骨，下半截如赤條條的身子一般。兩下的小生陽物高聳，二下裏的小旦金蓮高弔，放在唱生的肩頭，相摟相抱。陽物對著陰戶，如雞餐碎米，杵罐搗蒜一般。那些看戲的婦人女子，也有掩鼻而笑的，也有低頭不語的。」〔註2〕第三回寫桂香偷看兩個雄狐精肛交：「話說到口酥將海里娃的腚用兩手捧過，放在〔毛樂〕子前面，在口中的津液取了一些，抹在上下。龜頭對準這海里娃的屁股，突的一聲，連根頂進。只覺光滑如油，抽扯毫不費力，快樂異常。」〔註3〕第四回寫明媚與雲香交歡：「說著說著，把這雲香的褲子盡情扒掉，雙手抱在玲瓏榻上。將兩隻雪白的小腿扛在肩上，只見細細的一個小陰戶，光

〔註1〕〔清〕無名氏《妖狐豔史》第8回，《思無邪匯寶》第23冊《妖狐豔史》第199頁。

〔註2〕〔清〕無名氏《妖狐豔史》第1回，《思無邪匯寶》第23冊《妖狐豔史》第161頁。

〔註3〕〔清〕無名氏《妖狐豔史》第3回，《思無邪匯寶》第23冊《妖狐豔史》第169頁。

潤無毛，高聳聳好似出籠的饅頭一般。眞正是生我之戶，死我之門；削人之骨，消人之魂。明媚又細細的賞玩了一會，看到慾火奮發，情不能禁之時，把赤條條的那根陽物取出來。但見赤耳紅腮，如生惡氣，怒衝衝照著雲香的陰戶而來。」〔註4〕但小說的後半部分寫素月與明媚的關係時，沒有性描寫，顯得很乾淨，像是純情的才子佳人的關係。

以狐爲主角的通俗小說還有《狐狸緣全傳》。《狐狸緣全傳》爲光緒年間依據彈詞《青石山》改編的小說，題醉月山人著，光緒戊子（1888）敦厚堂刊本有圖八幅，胡士瑩《彈詞寶卷書目》彈詞目載《狐狸緣》六冊二十二回。《狐狸緣全傳》講述了九尾仙狐的故事。青石山有一嵯岈古洞，洞內有許多妖狐，爲首的是九尾玄狐，稱玉面仙姑。玉面仙姑時常變化爲美女，在外閒遊。一次郊原散步，看家主僕三人掃墓，其中一書生「先天眞元充實，後天栽培堅壯，滿面紅光一團秀」，〔註5〕是修煉難得的金丹至寶。書生名叫周信，玉面仙姑愛上了周信。她在花園內等候，自稱胡芸姑，用美貌迷住了周信，與周信相約在書齋相會。玉面仙姑玉狐出了洞府，到青石山頂，對月光先拜了四十八拜，然後張開口吸取明月精華，又到山下澗水之中洗了身體，化成美女，駕雲直奔太平莊周公子的書齋。在書齋中，玉面仙姑與周信「展開羅幃，鋪放錦被」，「一夜你恩我愛，風流情態不必細述」。周信貪戀美色，眞元已失。玉面仙姑與周公子相交，一是爲了竊採元陽煉金丹，二是公子年少風流，可常常貪歡取樂，一舉兩得。誰知周公子身體衰弱，交歡時少氣無力，不能滿足玉面仙姑所慾，玉面仙姑心內甚是不悅。玉面仙姑將周家的一個僕人吃了。周家的一個僕人識破胡芸姑爲妖，設法擒捉，妖狐運動丹田，張口吐出千年修煉的一粒金丹，隨風而變，大放毫光，像一個大火球，將那些捉妖的莊漢嚇的魂飛魄散。周家請王半仙捉妖，王半仙不是玉面狐的對手，但王半仙的師傅呂洞賓是大羅神仙。呂洞賓時常遨遊人世，度化門徒，曾度化柳樹精爲徒。南極仙翁聞知此事，派呂洞賓捉妖。呂洞賓救活了周信，捕獲玉面仙姑。周信無法忘情，爲玉面仙姑求饒。後來玉面狐投生李家，取名玉香，長大後與周信續接前緣。

〔註4〕〔清〕無名氏《妖狐豔史》第4回，《思無邪匯寶》第23冊《妖狐豔史》第175頁。

〔註5〕〔清〕醉月山人《狐狸緣全傳》第2回，《古本小說集成》第3輯第130冊《狐狸緣全傳》第35～36頁，上海：上海古籍出版社，1993。

明代後期的擬話本小說集《二刻拍案驚奇》中有一篇《贈芝麻識破假形，擷草藥巧諧眞偶》，是根據馮夢龍所編的《情史》中的《大別狐》改編的，小說正話寫浙江客商蔣生在外地做生意，住在一家旅店中，看見馬家小姐雲容非常漂亮，動了情，爲了見到小姐，到馬家宅裏去賣東西，回到下處，長籲短氣。一日晚間，關了房門，正要睡覺，聽見有人敲門，蔣生開門，原來是馬家小姐，馬小姐說自己是乘機用計偷跑出來與蔣生會面的，蔣生如饑得食，如渴得漿，關好了門，與馬小姐挽手共入鴛帷，急享於飛之樂。自此以後，馬小姐夜來明去，蔣生一開始精神健旺，到了後來有些倦怠，面色憔悴。蔣生朋友見蔣生時常白天閉門昏睡，有時出來呵欠連天，覺得奇怪。當天晚上，蔣生與馬小姐上床交歡，弄出哼哼唧唧的聲響，朋友聽了，知道蔣生私藏一個婦女在房裏受用。次日起來，大家推門進去，見蔣生自己睡在床上，不見有別人，眾人很疑惑。蔣生騙朋友說，他長年在外，鰥曠日久，晚上忍不住，學作交歡之聲以解慾火，同伴似信不信。蔣生漸漸支持不過，一日疲倦似一日。一個叫夏良策的朋友與蔣生關係最好，蔣生將情況對夏良策講了，夏良策懷疑不是馬小姐，有可能是狐妖變化惑人。夏良策心生一計，把一個裝滿芝麻的粗麻布袋子交給蔣生，讓蔣生贈給那個馬小姐。第二天，蔣生起來，見床前灑了一些碎芝麻粒，一路出去，灑到外邊，蔣生跟著芝麻蹤跡尋去，一直跟到大別山下，進了一個洞口，蔣生有些詫異，捏著一把汗，走進洞口，看見一個牝狐正在洞中酣睡，身邊放著一個芝麻布袋兒。蔣生大驚，原來馬小姐是狐妖變的。那牝狐被驚醒，一見蔣生，又變成馬小姐的模樣，走向前來，執著蔣生手說：「郎君勿怪！我爲你看破了行藏，也是緣分盡了。」狐妖告訴蔣生，她在山中修道將有千年，專找男子交媾取元陽煉內丹。她見蔣生鍾情於馬小姐，於是變成馬小姐的模樣與他交媾，往來已久，有了感情。狐妖送給蔣生三束奇草，蔣生按狐妖的交代，用一束草煎水自洗，使自己精完氣足，壯健如故；將第二束草撒在馬家門口暗處，使馬小姐害了癩病；將第三束去煎水給馬小姐洗濯，治好了馬小姐的癩病，馬家將馬小姐嫁給了蔣生。蔣生從此就住在馬家，與馬小姐夫妻偕老。小說作者假託野史氏評論說：「生始窺女而極慕思，女不知也。狐實陰見，故假女來。生以色自惑，而狐惑之也。思慮不起，天君泰然，即狐何爲？然以禍始而以福終，亦生厚幸。雖然，狐媒猶狐媚也，終死色刃矣。」〔註 6〕

〔註 6〕〔明〕凌濛初《二刻拍案驚奇》卷 28，《古本小說集成》第 5 輯第 9 冊第 1384～1385 頁，上海：上海古籍出版社，1995。

二、精怪觀念與狐的妖化

古代狐精故事中的狐主要是赤狐，赤狐眼睛像杏眼，稍微上翹，眼神敏銳，吻部突出，腿部修長，體態豐盈，直立時似嫵媚女子，這也是志怪故事中的狐妖多爲美女的原因。狐有幾個特點。狐善隱蔽。王弼《周易・解卦》說：「狐者，隱伏之物也。」〔註 7〕狐性多疑。顏之推《顏氏家訓・書證篇》說：「狐之爲獸，又多猜疑。故聽河冰，無流水聲，然後敢渡。今俗云狐疑虎卜，則其義也。」〔註 8〕狐死首丘被視爲不忘本的表現，被認爲是一種仁德。《禮記・檀弓上》說：「古之人有言曰：狐死正丘首，仁也。」〔註 9〕東漢許愼在《說文解字》中說狐有「三德」：「其色中和，小前大後，死則首丘，謂之三德。」〔註 10〕狐毛色棕黃，黃在五色中處於中，有中和的意思。狐頭小尾大，由小漸大，秩序井然，有尊卑之序。狐死首丘，表明狐不忘本，有仁德。

狐善獵食，經常竊食家禽，因爲狐太狡猾，所以人們對狐無可奈何，只好祈求它不要擾害自己，據說最初的狐崇拜由此而來。但直到先秦時期，狐還被視爲一種自然的動物，各種文獻中談論得最多的還是狐的皮毛。由狐毛製作的狐裘不僅輕盈，而且保暖，只有貴族才能享有。《詩經・豳風・七月》云：「取彼狐狸，爲公子裘。」狐腋下的白色部分製成的狐裘稱作狐白，尤爲名貴，只有君王可以穿。古代哲人從狐的命運中得到啓示，正是狐身上珍貴的皮毛，使它們無論如何小心謹愼，也難逃被獵殺的命運。

狐之所以能成爲圖騰，應該還有別的原因。上古神話中有「大禹娶塗山女」的故事，《吳越春秋》卷六《越王無余外傳》記載禹在塗山遇到九尾白狐，於是娶塗山女嬌。九尾白狐出現被認爲是婚姻來臨的徵應，因爲九尾狐象徵著子孫繁衍。東漢班固在《白虎通義・封禪篇》中說：「必九尾者何？九妃得其所，子孫繁息也；於尾者何？明後當盛也。」〔註 11〕所以狐崇拜的形成與生殖崇拜有關，後世故事中關於狐精淫蕩色情、妖豔多姿的描寫，與九尾狐的生殖崇拜意義不無關係。到了後來，九尾狐成爲政治祥瑞的象徵。東晉郭璞注《山海經・大荒東經》青丘國九尾狐稱：「太平則出而爲瑞也。」〔註 12〕

〔註 7〕〔三國魏〕王弼《周易注》第 215 頁，北京：中華書局，2011。
〔註 8〕王利器《顏氏家訓集注》第 423 頁，北京：中華書局，1993。
〔註 9〕〔唐〕孔穎達《禮記正義》第 1281 頁，北京：中華書局，1980。
〔註 10〕〔東漢〕許愼著，徐鉉校定《說文解字》第 206 頁，北京：中華書局，1963。
〔註 11〕〔清〕陳立《白虎通疏證》第 207 頁，清光緒元年淮南書局刻本。
〔註 12〕〔晉〕郭璞注《山海經》（外二十六種）第 71 頁，上海：上海古籍出版社，1991。

成爲符命化的祥瑞的狐主要是九尾狐、白狐和玄狐。其他的狐則一直被視爲妖。《莊子・庚桑楚》中說：「步仞之丘陵，巨獸無所隱其軀，而孽狐爲之祥。」〔註13〕秦漢之際，狐鳴被認爲預示著不祥，焦延壽《易林》說：「鳥飛狐鳴，國亂不寧，下強上弱，爲陰所刑。」〔註14〕《史記・陳涉世家》中記載陳勝假借狐鳴獲得人心。狐令人厭惡，需要驅除。《說苑・善說》云：「且夫狐者，人之所攻也。」〔註15〕漢代焦延壽所作《易林》中，有多處狐狸「爲魅爲妖」作祟害人的記載，此時的狐妖還不能化爲人形，仍爲獸體。東漢許愼《說文解字》將狐解釋爲鬼的坐乘之物：「狐，妖獸也，鬼所乘之。」〔註16〕東漢應劭《風俗通義》中有一則狐魅故事，寫一隻老狐髡了一百多人的髮髻，最後被捉住燒殺。

九尾狐在漢代一直是政治歌功頌德的工具，到了魏晉時期，作爲符瑞的九尾狐更受官方重視。晉代的郭璞在《山海經圖贊・九尾狐贊》中讚美九尾狐：「青丘奇獸，九尾之狐，有道翔見，出則銜書，作瑞周文，以標靈符。」〔註17〕魏晉時九尾狐多次出現，被視爲政治上的祥瑞靈符，各地爭相進獻九尾狐，眞眞假假分不清。中國的狐多屬赤狐，毛色以赤黃色居多，黑狐、白狐爲變種，物以稀爲貴，於是這些變種也被視爲祥瑞之物。《宋書・符瑞志》中說：「白狐，王者仁智則至。」〔註18〕《魏書・靈符志》記載：「高祖太和二年十一月，徐州獻黑狐。周成王時，治致太平而黑狐見。」〔註19〕

隨著祥瑞崇信、獻狐風潮的興盛，一般的狐也被封爲神。到了唐代，百姓事狐成俗，唐代張鷟《朝野僉載》記載：「唐初以來，百姓多事狐神，房中祭祀以乞恩，食飲與人同之，事者非一主。當時有諺曰：『無狐魅，不成村』。」〔註20〕值得注意的是，原來作爲祥瑞之兆的玄狐在唐朝變爲凶兆，白狐作爲祥瑞則沒有改變。《宣室志》中記載，有個叫李揆的人，乾元初爲中書舍人，有一天退朝回家，看見一隻白狐在庭中搗練石上，於是命侍童逐之。來訪的

〔註13〕王叔岷《莊子校詮》第853頁，北京：中華書局，2007。
〔註14〕〔西漢〕焦延壽撰，尚秉和注《焦氏易林注》第472頁，北京：光明日報出版社，2007。
〔註15〕向宗魯校證《說苑校證》第273頁，北京：中華書局，2000。
〔註16〕〔東漢〕許愼《說文解字》第572頁，北京：九州出版社，2001。
〔註17〕〔晉〕郭璞《山海經》第347頁，上海：上海古籍出版社，1980。
〔註18〕〔南朝宋〕沈約《宋書》第631頁，北京：中國文史出版社，2002。
〔註19〕〔北齊〕魏收《魏書》第2928頁，北京：中華書局，1974。
〔註20〕〔唐〕張鷟《朝野僉載》167頁，北京：中華書局，1997。

客人說，這是祥符，可喜可賀。到了第二天，李揆果然被選爲禮部侍郎。狐神崇拜之風到宋朝更盛，各地建狐王廟，遇水災、乾旱、疾疫等，百姓都向狐神祝禱，甚至官員到任也先去拜狐王廟。宋代宣和年間發生了狐闖入宮禁的事件，《宋書・五行志》記載：「宣和七年秋，有狐由艮嶽直入禁中，據御榻而坐。詔毀狐王廟。」〔註 21〕狐入禁中，是胡人侵犯的前兆，明清時期，對狐仙的信奉達到極盛。百姓家中供奉狐仙，或設木主，或掛繪像，或立塑像，或在狐仙所居之處設供。百姓認爲狐仙有仙術，能治病消災，於是向狐仙求醫問藥。狐還能致富。清代薛福成《庸庵筆記》卷六《寧紹道臺署內狐蛇》中記載：「北方人以狐蛇蝟鼠及黃鼠狼五物爲財神。民間見此五者，不敢觸犯，故有五顯財神廟。」〔註 22〕清代許多行業如戲班子、妓院及一些商家都敬拜狐仙，甚至官府也將狐仙視爲「守印大仙」。

東漢中期以後，精魅觀念逐漸流行，人們認爲「物之老者」即能化爲人。有些「物」雖不老，但其性能變化，亦能「像人之形」。狐的妖魅化在戰國時候就已開始，但狐變化成精的故事在魏晉時才正式出現。晉代郭璞在《玄中記》中說：「狐五十歲能變化爲婦人，百歲爲美女，爲神巫，或爲丈夫，與女人交接。能知千里外事，善蠱魅，使世人迷惑失智。千歲即與天通，爲天狐。」〔註 23〕干寶在《搜神記》中說：「千歲龜黿，能與人語；千歲之狐，起爲美女；千歲之蛇，斷而復續。」〔註 24〕較早的狐精故事見於東晉干寶所著的《搜神記》，其中一則故事講一個狐精化身爲書生，自稱狐博士，教授諸生；另一則故事寫一個狸化身爲女子，將尾巴變化爲婢女，村民心中懷疑，用長鐮斫婢女，女子化爲狸逃走了，而婢女是狸的尾巴。再如《阿紫》《張華》等篇都講了狐精故事。

早期的狐精故事中留有妖魅化的影子。很多故事中都寫到狐精髡人髮髻，據說狐精髡千人髮髻即可成神。《列異傳》中說：「狸髡千人，得爲神也。」〔註 25〕這種說法應該是受原始巫術中接觸巫術的影響。《搜神記》卷十八有一

〔註 21〕〔元〕脫脫《宋史》第 1452 頁，北京：中華書局，1977。

〔註 22〕〔清〕薛福成《庸庵筆記》第 134 頁，南京：江蘇人民出版社，1983。

〔註 23〕王希斌、車承瑞點校《太平廣記》卷 447 第 369 頁，哈爾濱：黑龍江人民出版社，1999。

〔註 24〕〔東晉〕干寶撰，汪紹楹校注《搜神記》第 146 頁，北京：中華書局，1979。

〔註 25〕〔三國魏〕曹丕等撰，鄭學弢校注《列異傳等五種》第 32 頁，北京：文化藝術出版社，1988。

則狐魅故事，講了一個老狐髡人髮髻百餘，後被燒殺。北魏楊衒之《洛陽珈藍記》卷四記載，輓歌者孫岩之妻是個狐精，她的狐尾巴露出後，原形畢露，將逃走之際，截走孫岩的頭髮，之後洛陽有一百三十餘人的頭髮被截去。《魏書》《晉書》中有不少關於狐魅截人髮的記載。《魏書・靈徵志》記載：「高祖太和元年五月辛亥，有狐魅截人髮。時文明太后臨朝，行多不正之，徵也。」〔註 26〕狐精還作祟於人，致人生病。《搜神記》卷三《韓友驅魅》寫一個叫劉世則的人的女兒遭鬼魅，生病已經多年了，找了很多巫師做法，病情仍未見起色。韓友命人作布囊，等女子發病之時，張囊於窗間，韓友閉戶作氣，若有所驅，囊大脹如吹，關鍵時刻布囊破了，驅魅失敗。於是改用皮囊，等皮囊脹大之時，趕緊緊縛囊口，懸在樹上，過了二十多天，打開一看，竟然有二斤狐毛，女孩的病也好了，女孩的病原來是狐狸精搞的。狐精常吹火、縱火，造成火災。《初學記》引《管輅傳》記載：「夜有二小物如獸，手持火，以口歡之。書生舉刀斫斷腰，視之，狐也。自此無火災。」〔註 27〕後世有許多狐出於報復而縱火的故事。狐精喜歡惡作劇，有時是跟人開一些善意的玩笑，有時是人得罪了它們，他們惡搞報復。《搜神記》卷十八寫宋大賢擒狐的故事：「南陽西郊有一亭，人不可止，止則有禍。邑人宋大賢以正道自處，嘗宿亭樓，夜坐鼓琴，不設兵仗。至夜半時，忽有鬼來登梯，與大賢語，矃目磋齒，形貌可惡。大賢鼓琴如故。鬼乃去，於市中取死人頭來，還語大賢曰：『寧可少睡耶？』因以死人頭投大賢前。大賢曰：『甚佳！我暮臥無枕，正欲得此。』鬼復去，良久乃還，曰：『寧可共手搏耶？』大賢曰：『善！』語未竟，鬼在前，大賢便逆捉其腰。鬼但急言死。大賢遂殺之。明日視之，乃老狐也。自是亭舍更無妖怪。」〔註 28〕

三、狐精形象的轉變

早期狐精故事的主角多爲雄狐，有的雄狐精博學多才，有文人氣。《搜神記》中的《張華》寫燕昭王墓前一隻修煉千年的狐狸，化爲書生要去會一會張華。他問墓前華表：「以我之才，可得見張司空否？」華表不同意他去，恐

〔註 26〕〔北齊〕魏收《魏書》卷 112 上第 2923 頁，北京：中華書局，1974。
〔註 27〕〔唐〕徐堅等《初學記》第 717 頁，北京：中華書局，1962。
〔註 28〕〔東晉〕干寶撰，李劍國輯校《新輯搜神記》第 313～314 頁，北京：中華書局，2007。

他招惹禍端，但他卻非去不可。見面後，狐精「論及文章，辨校聲實，華未嘗聞。比復商略三史，探賾百家，談老、莊之奧區，披風、雅之絕旨，包十聖，貫三才，箴八儒，擿五禮，華無不應聲屈滯」，張華心生懷疑，不禁讚歎：「天下豈有此年少！若非鬼魅，則爲狐狸。」狐精說：「明公當尊賢容眾，嘉善而矜不能，奈何憎人學問？」張華又置甲兵，狐精說：「將恐天下之人捲舌而不言，智謀之士望門而不進。深爲明公惜之。」最後張華叫人砍來燕昭王墓前千年的華表，燃燒以照，書生才現出原形，原來是一隻千年斑狐。〔註 29〕

唐代小說的一些雄狐精謙恭有禮、喜好讀書，喜歡以官爲名，還喜歡冒充世家大族，大都多才多藝，喜歡找飽學之士談論詩文。唐代《乾䉛子》中的《何讓之》寫唐代何讓之見一姿貌異常的老翁在一陵墓上抱膝南望吟詩，懷疑老翁非人，想上前捉住他，老翁躍到丘中，他也跟著跳進去，丘中黑暗，老翁變回原形，原來是一個狐精，狐精跳出，尾部有火焰如流星。讓之看見一個几案上有朱盞筆硯之類，有一帖文書，文字不可解。讓之將書帖藏在懷中，躍出丘穴。幾天後，水北同德寺僧志靜來訪讓之，勸他將文書還給狐精，說如將文書還了，會得到三百縑作爲報償。讓之答應了，志靜第二天帶了三百縑送給讓之，讓之接受了，說書被別人借去了，一兩天後可歸還。幾天後志靜來，讓之拒絕歸還，志靜無言以退。一個多月後，讓之遠在東吳，別已逾年的弟弟來探望他，晚上兄弟聯床夜話。五六天後，弟弟問他狐怪之事，讓之講了獲野狐之書文的經過，弟弟不信，讓之取出文書給弟弟看，弟弟接了文書，化爲一狐。不久內庫貢絹被盜三百匹案發，搜查到讓之，讓之被捕，最後死於獄中。〔註 30〕小說《李元恭》（《太平廣記》卷 449）、《張簡棲》（《太平廣記》卷 454）等都寫狐讀書的故事。唐代志怪小說集《玄怪錄》中也有狐讀天書的記載：「裴仲元家鄠北，因逐兔入大冢，有狐憑棺讀書。仲元搏之不中，取書以歸，字不可認識。忽有胡秀才請見，曰：『行周，乃憑棺讀書者。』裴曰：『何書也？』曰：『《通天經》，非人間所習。足下誠無所用，願奉百金贖之。』」〔註 31〕明代馮夢龍在《醒世恒言》中根據這些材料敷衍成《小水灣天狐貽書》。

〔註 29〕〔東晉〕干寶撰，李劍國輯校《新輯搜神記》第 315～316 頁，北京：中華書局，2007。

〔註 30〕〔北宋〕李昉等《太平廣記》卷 448 第 3662～3663 頁，北京：中華書局，1961。

〔註 31〕〔唐〕牛僧孺《玄怪錄》第 133 頁，北京：中華書局，1982。

清代紀昀的《閱微草堂筆記》中有二百多則狐精故事，其中一則講到狐的求仙之途：「一釆精氣拜星斗，漸至通靈變化，然後積修正果，是爲由妖而求仙，然或入邪僻，則干天律。其途捷而危。其一先煉形爲人，既得人，然後講習內丹，是爲由人而求仙。雖吐納導引，非旦夕之功，而久久堅持，自然圓滿。其途紆而安。顧形不自變，隨心而變。故先讀聖賢之書，明三綱五常之理，心化則形亦化矣。」〔註32〕狐妖成仙，必須讀聖賢書，明三綱五常之理。故事中的狐喜歡與讀書人爲友，相互切磋學問，狐常常教人作文，幫人改文章。《安氏表兄》中，安氏表兄與狐爲友，常在場圃間對談。狐自稱生於北宋初，問起宋代史事，狐卻不知道，狐說自己是學仙之狐，遊方之外，習老莊思想。

後世影響最大的是人狐交故事。性交是狐精魅人、害人的主要方式，據說這與狐性淫有關，漢代就有了九尾狐交媾的各種圖畫。魏晉南北朝的《搜神記》《玄中記》《搜神後記》《異苑》等志怪小說集中，很多狐狸精故事寫狐精幻化成人形誘惑人類與其發生性關係，人失去神志，身體變得虛弱，神志有死亡的危險，但最後的結局多爲狐精原形被識破，狐精被殺死或狼狽逃竄。《搜神記》中有一篇《陳羨》，講的是陳羨部下王靈孝遭狐魅的故事。王靈孝失蹤了很久，後來在一座空墳中被找到了，已變得像狐狸一樣，不跟人說話，只是喊著阿紫的名字。阿紫是雌狐的名字，雌狐變作一個美麗的婦人，迷惑王靈孝，王靈孝不知不覺跟阿紫去了，結爲夫妻，日子過得很美妙。有個道士說：「此山魅也。」〔註33〕

早期的狐精故事中，有不少寫的是雄狐媚惑姦淫女子，而雄狐祟女子，沒有感情，是赤裸裸的淫慾，或是爲了採補，給女子帶來的全是災難。《搜神記》卷三《韓友驅魅》寫的就是雄狐誘淫女子的故事。《搜神後記》卷九的一個故事寫一個老狐精感歎自己年老，將良家女子登記在冊，逐一姦污：「吳郡顧旃，獵至一崗，忽聞人語聲云：『咄！咄！今年衰。』乃與眾尋覓。崗頂有一冢，是古時冢，見一老狐蹲冢中，前有一卷簿書，老狐對書屈指，有所計校。乃放犬咋殺之。取視簿書，悉是人女名。已經奸者，乃以朱鉤頭。所疏名有百數，旃女正在簿次。」〔註34〕唐代有很多雄狐祟女子的故事。《廣異記》

〔註32〕〔清〕紀昀《閱微草堂筆記》第51～52頁，上海：上海古籍出版社，1984。
〔註33〕〔東晉〕干寶著，汪紹楹校注《搜神記》第222頁，北京：中華書局，1979。
〔註34〕〔東晉〕陶潛著，李劍國輯校《新輯搜神後記》第535～536頁，北京：中華書局，2007。

中的《代州民》寫老狐化作菩薩，姦淫女性，還讓女子有妊。《李元恭》寫吏部侍郎李元恭的外孫女崔氏被狐精迷惑而得了狐魅病。《集異記》中的《徐安》寫徐安好漁獵，其妻王氏貌美，後徐安遊海州，王氏獨居，一日一少年來誘惑王氏，王氏與之結好。徐安回來後，王氏對他很冷淡，每到傍晚，她就打扮得花枝招展的，二更天失蹤了，直到破曉才回來。後來徐安得知自己妻子爲雄狐化身少年所魅。

雄狐惑女的故事到清代還有，如《聊齋誌異》中的《賈兒》寫雄狐化身爲小丈夫姦淫商人婦，糾纏不清，致使商人婦神智失常，商人兒子聰明勇敢，設計用毒酒毒死了狐精。但宋朝之後，雌狐精化身美貌女子迷惑男人的故事佔了絕大多數。在宋代的狐精故事中，雌狐精化爲美女，在夜間進入書生的房間，攀談幾句就自薦枕席，幾夜下來，男子變得無精打采，面容消瘦，這是因爲狐精彩男子精血自補所致。吸取男子精血是狐精快速修煉成仙的一種捷徑。值得注意的是，宋代之前雌狐精誘惑男子，大都是因爲對男子有了好感，並不以採補爲目的，雌狐精並不縱慾淫亂，大多很專情。《廣異記》中的《王璿》寫狐狸精愛慕王睿的美儀，卻從不逾軌，有情而守禮。傳奇《任氏傳》中的狐精任氏更是多情。宋代之後的狐精故事中，雌狐精多爲淫狐，狐性淫蕩的觀念漸漸深入人心，也就在宋代，狐精成爲妓女的代名詞，此後豔麗淫蕩勾引有婦之夫的女子被說成「狐狸精」、「狐媚子」。雌狐精變化女子不僅漂亮，而且有一般女子所沒有的媚術，所以狐精常常自稱媚娘，如明代李禎《剪燈餘話》中的《胡媚娘傳》中，狐精變化的胡媚娘不僅容顏美好，而且賦性聰明，爲人柔順。

元末明初的小說《三遂平妖傳》中的女主人公是狐精胡媚兒，胡媚兒和胡黜兒皆爲狐精聖姑姑所生。媚兒和胡黜兒除了具有道術和法術外，還繼承了狐性淫的特點。胡黜調戲良家婦女，被射傷了左腿，命在旦夕，老狐精愛惜兒子，求神醫調治。老狐精帶著兒女訪神仙求道術，到了一處道觀中，觀中道士看胡媚兒漂亮，動了淫心，胡媚兒也拿美色引誘道士。老狐精適時施計，讓胡黜兒留在道觀隨道士學道，自己和胡媚兒繼續訪仙求道。後來道士想念胡媚兒，夜不能寐，手淫不止，後來得了滑精之病，只要一想起胡媚兒，就把持不住，終因精盡而亡。時值皇帝差雷太監選宮女妃子，雷太監看胡媚兒十分美色，想據爲己有，胡媚兒溜進宮中，遇見皇帝睡覺，想與皇帝作成好事，不料一護祐皇帝的天神將她打死，變成原形小狐狸精。小狐狸精在閣王面前苦苦哀告，求得轉世，出生在胡員外家，取名永兒。聖姑姑差永兒到貝州城引誘王則，勸他起義，又把永兒與他爲妻，即日成親。王則起兵，做了一州之主，淫心大發，到處搜尋美女供其淫樂，婦人與處女一概不拒，弄得貝州地方人人不敢娶美女爲妻，醜女一時被寵。胡永兒自己養小白臉，還隔三岔五的到外面找精壯男子享用，胡黜也是花天酒地，沒日沒夜，整個行宮荒淫無度，貝州養女之家人人自危。最後九天玄女娘娘、白雲仙君、蛋子和尚助文延博打敗了王則，胡黜和胡永兒被雷神震死，聖姑姑打在天牢，後交與白雲仙君，看守白雲洞內天書。

明代中期的神怪小說《西遊記》的第七十八、七十九回寫白面狐狸住在比丘國城南柳林坡清華洞，幻化成人形。白面狐狸基本沒有什麼法術和武藝，單用美色就迷惑住了國王，令比丘國王專寵貪歡，禍國殃民。白面狐女和白鹿精一起，誘騙比丘國王抓取一千一百一十一個小孩，要以他們的心肝做成藥引來治病，慘絕人寰。另一部神怪小說《封神演義》第一回寫紂王看到女媧聖像便起淫心，題詩相戲，惹得女媧娘娘惱怒，於是便派軒轅墳千年狐狸精、九頭雉雞精和玉石琵琶精「隱其妖形，託身宮院，惑亂其心」。〔註35〕千年狐狸精吸掉妲己的魂魄，借體成形，幻化爲妲己，在宮中惑亂紂王。千年狐狸精善媚，她百般蠱惑紂王，使紂王不理朝政，每日荒淫無度。借著紂王的寵溺，她用極爲殘酷的手段剷除了對她不利的人，剜皇后目，刺死太子，炮烙大臣，殺戮諸侯等。最後假妲己的妖怪面目被揭穿，被綁在轅門外斬首時，仍媚態橫生：「話說那妲己綁縛在轅門外，跪在塵埃，恍然似一塊美玉無瑕，嬌花欲語，臉襯朝霞，唇含碎玉，綠蓬鬆雲鬢，嬌滴滴朱顏，轉秋波無限鍾情，頓歌喉百般嫵媚。」行刑軍士「骨軟筋舒，口呆目瞪，軟癡癡癱作一堆，麻酥酥癢成一塊，莫能動履」，〔註36〕最後還是姜子牙請出寶貝才將其斬首。明末清初的小說《醒世姻緣傳》開篇就出現了狐仙姑形象。狐仙姑本是一個牝狐，修煉了一千多年，成了氣候。狐仙姑善於幻化成不同年齡段的婦人，迷惑男人。她見到晁大舍時，變成一個絕美嬌娃，晁大舍對狐仙姑起了邪心，但狐仙姑被鷹犬逼出原形後，晁大舍沒有搭救，反而用箭將它射死，

〔註35〕〔明〕許仲琳《封神演義》第1回，《古本小說集成》第4輯第75冊《封神演義》第16頁，上海：上海古籍出版社，1994。

〔註36〕〔明〕許仲琳《封神演義》第97回，《古本小說集成》第4輯第79冊《封神演義》第2670～2671頁，上海：上海古籍出版社，1994。

於是才有了前後兩世一系列的復仇活動。因爲《金剛經》的庇護，鼂大舍才得以躲過狐仙姑的幾次報復。

這些美豔的狐精儘管滿足了男子的情慾，但更給男子帶來致命的危害，使男子精氣受損，有性命之尤。《剪燈餘話》中的蕭裕與胡媚娘相處日久，「面色萎黃，身體消瘦，所爲顚倒，舉止倉皇。同寅爲請醫服藥，百無一效，然莫曉其染疾之因」。〔註 37〕《西遊記》中比丘國王被玉面狐精「弄得精神瘦倦，身體尫羸，飲食少進，命在須臾」。〔註 38〕狐精不僅害男人，甚至可以危害社稷、禍國殃民。《三遂平妖傳》中的狐精幫助王則叛亂，破壞社稷、危害鄉里。《封神演義》中九尾狐附身妲己，以美色迷惑紂王，斷送了殷商的錦繡江山。

雌狐精形象的轉變，很大程度是因爲蒲松齡。蒲松齡的《聊齋誌異》扭轉了宋代以來狐精的負面形象。《聊齋誌異》中塑造了一系列具有人性人情的狐女形象，秀外慧中的辛十四娘，性情剛烈的鴉頭，嚴肅自重的芸娘，愛笑的小翠，老辣幹練的仇大娘，如此等等，她們純潔善良，癡情專情，守禮報恩，懲惡揚善，作者在這些狐女身上傾注了自己的感情，魯迅在《中國小說史略》中說：「《聊齋誌異》獨於詳盡之外，示以平常，使花妖狐魅，多具人情，和易可親，忘爲異類。而又偶見鶻突，知復非人。」〔註 39〕清代之前，狐女一旦現出原形，或被逐，或被殺。即使是唐傳奇《任氏傳》中多情的狐精任氏，也沒有逃脫死亡的命運。宋代之後的狐精故事中，男子貪戀狐所化女子的美色，一旦知道是狐，往往是除之爲快。而《聊齋誌異》之後，狐女的命運有了根本的改變，男子們不但不嫌棄狐女，反而以擁有狐女爲幸。

但清代以後，淫蕩、邪惡的狐精形象並沒有完全消失。《聊齋誌異》中的《董生》篇描就寫狐精魅人，將男子糾纏到奄奄一息，可謂淫蕩、殘忍至極：「董喜，解衣共寢，意殊自得。月餘，漸羸瘦，家人怪問，輒言不自知。久之，面目益支離，乃懼，復造善脈者診之。醫曰：『此妖脈也。前日之死徵驗矣，疾不可爲也。』董大哭，不去。醫不得已，爲之針手灸臍，而贈以藥，囑曰：『如有所遇，力絕之。』董亦自危。既歸，女笑要之。怫然曰：『勿復相糾纏，我行且死！』走不顧。女大慚，亦怒曰：『汝尚欲生耶！』至夜，董

〔註 37〕〔明〕李禎《剪燈餘話》卷 7，《古本小說集成》第 4 輯第 153 冊《剪燈餘話》第 104 頁，上海：上海古籍出版社，1994。

〔註 38〕〔明〕世德堂本《西遊記》第 78 回，《古本小說集成》第 4 輯第 70 冊《西遊記》第 1993 頁，上海：上海古籍出版社，1994。

〔註 39〕魯迅《中國小說史略》第 235 頁，北京：北新書局，1930。

服藥獨寢，甫交睫，夢與女交，醒已遺矣。益恐，移寢於內，妻子火守之。夢如故。窺女子已失所在。積數日，董吐血斗餘而死。」〔註 40〕

四、妓的狐化與狐的妓化

宋代之後，色情業發達，妓女本著性交易的原則，不講情義，為金錢而出賣肉體，賣弄風情以媚惑男人，讓人想到故事中的淫狐。唐代小說中即已出現了狐妓形象。《廣異記》中的《薛迴》寫薛迴和同伴十個人在洛陽嫖娼，娼婦一連住了好幾天，每個人都給賞錢十千。一天半夜時，妓女要離開，薛迴留她等天亮再走，妓女煩躁不安，好幾次要求離開，並抱著錢走出門去。薛迴命令守門的人不要讓她出去，妓女拿著錢尋找出路，找到一個水洞，變成一隻野狐狸，從水洞中出去了，那些錢也就留在水洞的邊上。傳奇《任氏傳》中的狐女任氏在遇到鄭六之前「多誘男子偶宿」，自稱「家本伶倫」，〔註 41〕實際上就是狐妓。但到了宋代才出現狐精普遍妓女化的現象。北宋劉斧《青瑣高議》所收《西池遊春》中的狐女獨孤氏善吟詩，「能歌唱伎藝所不能者」，〔註 42〕是都市歌妓舞女的形象。南宋洪邁《夷堅志》中《雙港富民子》寫狐精「狀如倡女，服侍華麗」，自稱是「散樂子弟」。《宜城客》中的古墓狐精吟詩挑逗劉三客：「昨宵虛過了，俄而是今朝。空有青春貌，誰能伴阿嬌？」顯然是妓女口吻。

狐精娼妓化，意指娼妓是狐狸精，能惑人害人。南宋郭彖《睽車志》卷一寫宋徽宗好作狹邪遊，與京師名妓李師師相好。道士林靈素說李師師是惑亂宮禁的狐妖，意在諷諫徽宗不要親近妓女，妓女具有狐媚之性。到了明代，特別是明代中後期，色情業發達，嫖妓風行。明代謝肇淛在《五雜俎》中記載：「今時娼妓滿佈天下，其大都會之地，動以千百計，其他偏州僻邑，往往有之，終日倚門賣笑，賣淫為活，生活至此，亦可憐矣。」〔註 43〕男子嫖妓，被視為風流，反而怪妓女妖豔媚人。狐精與妓女均以美色惑人，狐精吸人精血與男子嫖妓成疾情形相類。很多男子嫖妓染上花柳病，形損骨枯，與故事中的狐魅病症狀類似，於是妓女被視為狐狸精的化身，甚至男子遺精也被認

〔註 40〕〔清〕蒲松齡《聊齋誌異》卷 2，《古本小說集成》第 4 輯第 158 冊《聊齋誌異》第 132～133 頁，上海：上海古籍出版社，1994。
〔註 41〕〔北宋〕李昉《太平廣記》卷 452 第 3693～3694 頁，北京：中華書局，1961。
〔註 42〕〔北宋〕劉斧《青瑣高議》第 203 頁，上海：上海古籍出版社，1983。
〔註 43〕〔明〕謝肇淛《五雜俎》卷 8 第 157 頁，上海：上海書店出版社，2001。

爲與狐精有關。有的故事將狐精比爲娼妓，有的故事乾脆寫狐精當妓女。明代《續金陵瑣記》中的《二狐化妓》寫嘉靖初年有位屠夫半夜渡江買豬，月中見兩犬前行如人立，仔細一看原來是兩隻狐，二狐從劉公廟破棺中取出兩個骷髏，置於頭頂拜月，變成兩個妓女，到浦口賃酒店接客。

妓即狐、狐即妓的觀念，到了清代尤爲突出。長白浩歌子《螢窗異草》中的《大同妓》評論說：「妓亦狐也。狐而妓，其伎倆必多，將來又不知若何償還矣。使僅知狐以蠱人而爲妓，獨不思蠱人之妓，又將爲何？是猶鑒於前車，而聽其後車之覆，不亦徒多此躊躇也耶？」〔註44〕百一居士在《壺天錄》中說：「人之淫者爲妓，物之淫者爲狐。」〔註45〕晚清評花主人在《九尾狐》第一回「談楔子演說九尾狐」中論狐與妓的關係：「不知狐而人，則狐有人心，我不妨稱之爲人；人而狐，則人有狐心，我亦不妨即比之爲狐。蓋狐性最淫，名之爲九尾，則不獨更淫，而且善幻人形，工於獻媚，有採陽補陰之術，比之尋常之狐，尤爲利害。若非有夏禹聖德，誰能得其內助？勢必受其蠱惑而死。死了一個，再迷一個，有什麼情？有什麼義？與那迎來送往、棄舊戀新的娼妓，眞是一般無二。狐是物中之妖，妓是人中之妖，妓是人中之妖，並非在下的苛論。試觀今日之娼妓敲骨吸髓，不顧人之死活，一味貪淫，甚至姘戲子姘馬夫，種種下賤，罄竹難書。雖有幾分姿色，打扮得花枝招展，妖豔動人，但據在下看起來，分明是個玉面狐理。即有人娶她歸家，藏諸金屋，幸而自己有命，不曾被他迷死，也可算得僥倖。只是他拘束不慣，終究要興妖作怪，不安於室的，你想可怕不可怕？然這幾句話，僅就大概而言。如今在下編成這部書，特地欲喚醒世人，要人驚心奪目，故標其名曰《九尾狐》。是專指一個極淫賤的娼妓，把他穢史描寫出來，做個榜樣罷了。」〔註46〕評花主人在小說中將妓女胡寶玉比作九尾狐，用她來警醒世人避妓如避狐。

清代小說中有狐託生爲妓的故事。《耳食錄》中《阿惜阿憐》寫金陵妓胡媚娘前生是狐，「爲淫媚過多，爲神所怒，責令受生女體，墮入煙花，不復能自變化，竟失本來面目」。〔註47〕《螢窗異草》的《大同妓》寫大同某姬乃「勾欄妙選」，得異人函而枕之，夢見自己前生是狐，她的十幾個同爲妓女的小夥

〔註44〕〔清〕長白浩歌子《螢窗異草》二編卷四《大同妓》，濟南：齊魯書社，2004。
〔註45〕〔清〕百一居士《壺天錄》卷下，《筆記小說大觀》第22冊第169頁，揚州：江蘇廣陵古籍刻印社，1983。
〔註46〕〔清〕評花主人《九尾狐》第1頁，天津：百花文藝出版社，2002。
〔註47〕〔清〕樂鈞《耳食錄》初編卷8，清同治間刊本。

伴都是狐，因爲「貪淫」而被冥府罰作娼妓。貪財絕情的妓女被認爲不如狐。《閱微草堂筆記》卷十三的一則故事中，一隻狐化爲人去嫖妓，本想吸取妓女的精氣，卻染上了性病，說明妓女的可怕。如同妓女中有多情者，狐妓中也有善良的。《聊齋誌異》的《鴉頭》中，鴉頭的姐妹和老鴇都是無可救藥的惡人，而妓女鴉頭卻很善良。《壺天錄》卷下中的狐妓阿秀也「得情之正，而著其烈」。

在早期的狐魅故事中，被雄狐姦淫的女子、被雌狐誘惑的男子身體會很快衰弱，面黃肌瘦，沒有精神，甚至病死。唐代之後，房中採補之說流行，人與狐交被認爲很危險，因爲狐會吸取人的精血來達到修煉的目的。宋代劉斧《青瑣高議》中的《西池春遊》寫士人侯誠叔與狐女獨孤氏性交後，「正爲邪奪，陽爲陰侵，體之微弱，唇根浮黑，面青而不榮，形衰而靡壯」。獨孤氏給他服了一劑藥，不久侯誠叔便「氣清形峻」。〔註 48〕這篇小說強調了人與狐交有損健康的觀念，但還沒有明確提到採補。到了明代，只要寫人狐之交必寫採補煉丹。明代李禎《剪燈餘話》中的《胡媚娘傳》寫狐女胡媚娘迷惑進士蕭裕，最後被道士尹澹然用五雷心法轟死。黃興晚上看見一隻狐狸頭戴髑髏拜月，變成了一位十六七歲的漂亮女子。黃興覺得這個狐狸精奇貨可居，於是將她帶回家，假說是自己的女兒，找機會賣給了進士蕭裕做妾。道士尹澹然看到蕭裕，說蕭裕身上妖氣很重，不治將會有生命危險，蕭裕不相信。不久蕭裕生病了，面色萎黃，身體消瘦，求醫服藥都沒有效果，後來想起了道士尹澹然的話，請道士尹澹然前來消滅邪祟。尹澹然書寫了一道符籙招集神將，媚娘被雷震死在市肆中。吏卒、僚屬前往觀看，原來眞是狐狸，而髑髏仍然戴在狐狸頭上。明代陸粲《庚巳編》中的《臨江狐》寫臨江狐變成美女與陳崇古交歡，後來向陳崇古說出原委：「吾非禍君者，此世界內如吾者，無慮千數，皆修仙道。吾事將就，特借君陽氣助耳。更幾日數足，吾亦不復留此，於君無損也。」〔註 49〕

明代之後的狐故事中，狐精與人交合，大都是爲了採補，採補的最終目的是爲了成仙。狐要修煉成仙很不容易，首先要煉形，就是煉成人形。據小說描寫，狐精的修煉分不同的檔次，最高級的是汲取日月之精華，調息煉神、內結金丹，然後羽化登仙；其次是採補術，利用人類幫助自己修煉，再次是乘人睡覺時，吸取人的鼻息，像蜜蜂採蜜。《閱微草堂筆記》卷十八寫一狐自述修煉之道：「凡狐之靈者，皆修煉求仙：最上者調息煉神，講坎離龍虎之旨，

〔註 48〕〔北宋〕劉斧《青瑣高議》第 209 頁，上海：上海古籍出版社，1983。
〔註 49〕〔明〕陸粲《庚巳編》卷 2，北京：中華書局，1987。

吸精服氣，餌日月星斗之華。用以內結金丹，蛻形羽化。是須仙授，亦須仙才。若是者我不能。次則修容成素女之術，妖媚蠱惑，攝精補益，內外配合，亦可成丹。然所採少則道不成，所採多則戕人利己，不干冥謫，必有天刑。若是者吾不敢。故以剽竊之功，爲獵取之計，乘人酣睡，仰鼻息以收餘氣。如蜂採蕊，無損於花，湊合漸多，融結爲一，亦可元神不散，歲久通靈。即我輩是也。」〔註 50〕清代中期的小說《瑤華傳》寫一個得道老狐講述修煉的三個層次：第一層是熬得清苦，耐得心煩，平心靜氣，修身養性，時間久了，自然通達神理；第二層要屈身降志，耐性受勞，留心訪仙眞，師事服役，求其傳授元妙；第三層是採補，不是正道。

狐修煉的三種途徑中，最上者是煉氣煉神，最下者是採補，但煉氣煉神很費工夫，於是大多數狐精選擇了最下的方式。清初小說《醒世姻緣傳》中的狐仙姑採取男性陽氣煉內丹。清代豔情小說《昭陽趣史》寫野狐精和燕子精都修煉多年，但因未得純陽純陰而難成正果。野狐精變成美貌婦人，燕子精變爲男子，兩精相遇交合，燕子精因功力不濟而被狐精吸去眞陽，於是糾集同類找狐精報仇。兩精正大戰時，恰逢北極祐聖眞君從此路過，於是命收縛二精，交玉帝處置。玉帝罰二精下凡爲趙飛燕和趙合德姐妹倆。清代豔情小說《妖狐豔史》寫桃花洞中兩妖狐桂香仙子和雲香仙子採煉陽丹，能變化人形，兩人把明媚秀才攝入洞中，要採其陽丹以助道業。後來兩個妖狐被神將斬殺。清代中期的小說《綠野仙蹤》寫妖狐賽飛瓊修道千年，再加精進，便可成爲天狐，卻不肯安分，屢次吸人精液，滋補自己的元陽，死在他手內的人也不知有多少，後被冷於冰用雷火珠打死。小說中的狐精錦屏公主、翠黛公主開始也採補，後來改過，終成仙道。清代中期的另一部小說神怪小說《瑤華傳》寫南山雄狐欲修煉成仙，卻不耐苦修，走上採補的邪路，借童女元紅爲自己修行，糟蹋八十九名童女後，被劍仙無疑子斬殺。

《聊齋誌異》中的《王蘭》描寫靈狐拜月，就是汲取日月精華而修煉：「有狐在月下，仰首望空際。氣一呼，有丸自口中出，直上入月中；一吸復落，以口承之，則又呼之：如是不已。」〔註 51〕有的小說描寫狐頭戴骷髏拜北斗或月亮。清代丁秉仁的《瑤華傳》寫狐出世「慣知瞻邦四方，經營窟穴，窺

〔註 50〕〔清〕紀昀《閱微草堂筆記》第 463～464 頁，上海：上海古籍出版社，1984。

〔註 51〕〔清〕蒲松齡《聊齋誌異》卷 1，《古本小說集成》第 4 輯第 158 冊《聊齋誌異》第 96～97 頁，上海：上海古籍出版社，1994。

人輒生析幸心，每欲竊效，故常攫冢中骷髏，頂於其首，而望月求似，非有以遵之也，蓋其天性使然」。狐頭戴骷髏是因爲狐渴望變成人形，之所以拜月，是爲了汲取月之精華，加快修煉，變化成人。明代小說《新平妖傳》寫狐戴骷髏頂蓋拜月而變化成人：「大凡牝狐要哄誘男子，便變做了美貌的婦人，牡狐要哄誘婦人，便變做美貌的男子。都是採他的陰精陽血，助成修煉之事。你道甚麼法兒變化？他天生有這個道數，假如牝狐要變婦人，便用著死婦人的骷髏頂蓋，牡狐要變男子，也用著死男子的骷髏頂蓋，取來戴在自家頭上，對月而拜。若是不該變化的時候，這片頂蓋谷碌碌滾下來了，若還牢牢的在頭上，拜足了七七四十九拜，立地變作男女之形。」〔註 52〕

狐精無論是汲取日月精華還是採補，都不能直接成仙，要先煉成內丹，狐煉成的內丹稱爲狐丹。《狐媚叢談》卷五《狐丹》中寫趙才之夜行遇見一個女子口中含著一隻燈，女子是狐精，口中含著的熒熒似燈的東西便是狐丹。趙氏兄弟先後與狐女發生關係，後來聽人教唆，搶吞狐女口中的狐丹，使丹遺失，導致狐僵死。狐丹不但能治病，甚至能使鬼還陽，而狐精一旦失去狐丹，不僅失去法力，甚至可能死去。狐丹不但能治病，甚至能使鬼還陽。《聊齋誌異》中的《王蘭》寫女鬼王蘭竊取狐狸的陽丹而還魂。《耳食錄》初編卷一中的《胡夫人墓》寫某生與狐交時，狐以一顆明珠含在某生口中，以此作爲取精之具，狐自述此珠乃採集九十九個男人精氣而成，若湊成百人，可成正果。某生將珠子吞了，狐失珠後，隨即死去，某生自吞了珠子之後，精神智慧都倍於前，中科舉做高官，而且長壽。那顆明珠就是狐丹。狐通過邪道煉成的狐丹好像是不義之財，人人皆可奪之。《閱微草堂筆記》卷九中一個失去狐丹的狐說：「凡丹由吐納導引而成者，如血氣附形，融合爲一，不自外來，人弗能盜也。其由採補而成者，如劫奪之財，本非己物，故人可殺而吸取之。吾媚人取精，所傷害多矣。殺人者死。死當其罪，雖訴神，神不理也。故寧鬱鬱居此耳。」若由採補而成者，如劫奪之財，本非己物，故人可殺而吸取之。」〔註 53〕《小豆棚・金丹》《醉茶志怪・蘇某》《翼駉稗編・狐人腹》等小說中的狐精的狐丹都被人搶去或盜走，《聊齋誌異・董生》中狐的狐丹被冥曹追去。狐失丹後，生命也隨即終結。

〔註 52〕〔明〕羅貫中、馮夢龍《新平妖傳》第 3 回，《古本小說集成》第 4 輯第 65 冊《新平妖傳》第 48～49 頁，上海：上海古籍出版社，1994。

〔註 53〕〔清〕紀昀《閱微草堂筆記》第 178 頁，上海：上海古籍出版社，1984。

採補有害於人，是損人利己的行爲。《繡雲閣》中的得道老狐說：「至於異類成道，有自煉而成者，有竊人精以補己精而後成者。夫竊精成道，雖屬捷徑，究有害於人，此道斷不可行之。」〔註 54〕《閱微草堂筆記》卷十一有一則故事寫一個少年被狐女所媚，日漸羸弱，狐女見少年精膏已盡，將棄之而去。少年哭泣挽留，罵狐女無情。狐女斥道：「與君本無夫婦義，特爲采補來耳。君膏髓已竭，吾何所取而不去！此如以勢交者，勢敗則離；以財交者，財盡則散。當其委曲相媚，本爲勢與財，非有情於其人也。君於某家某家，昔向日附門牆，今何久絕音問耶？乃獨責我！」〔註 55〕狐精彩補也並非總是能成功。《閱微草堂筆記》中講了狐的五畏：「狐所畏者五：曰兇暴，避其盛氣也。曰術士，避其劾治也。曰神靈，避其稽察也。曰有福，避其旺運也。曰有德者，避其正氣也。然兇暴不恒有，亦究自敗。術士與神靈，吾不爲非，皆無如我何。有福者運衰亦復玩之。惟有德者則畏而且敬。得自附於有德者，則族黨以爲榮，其品格即高出儕類上。」〔註 56〕相比之下，房中派道士的採補工夫比狐更勝一籌，如果狐遇到房中派道士，不僅不能採補，反而會爲道士所採。《閱微草堂筆記》卷十四有一篇小說寫一書生與一狐女相好，狐女將一個二寸左右的壺盧給書生，讓他佩在衣帶上，自己跳進其中，書生想見她，就拔開楔子，狐女就出來與他交合。後來壺盧被小偷盜去，書生無法見到狐女。再見面時，狐已不能變成人形，在草叢中呼叫書生，書生驚問其故，狐精哭著說：「採補煉形，狐之常理。近不知何處一道士，又索我輩，供其採補。捕得禁以神咒，即僵如木偶，一聽其所爲。或有道力稍堅，吸之不吐者，則蒸以爲脯。血肉既啖，精氣亦爲所收。妾入壺盧蓋避此難，不意仍爲所物色，攘之以歸。妾畏罹湯鑊，已獻其丹，幸留殘喘。然失丹以後，遂復獸形。從此煉形，又須二三百年，始能變化。」〔註 57〕

五、人狐戀故事的深層意蘊

狐雖爲異類，但既然可變化爲人，就會有人的感情，並非所有的狐都自私殘忍，有的狐比人更爲重情、更爲癡情，於是有人狐之戀的故事。

〔註 54〕〔清〕魏文中《繡雲閣》第 3 回，《古本小說集成》第 2 輯第 123 冊《繡雲閣》第 40 頁，上海：上海古籍出版社，1992。

〔註 55〕〔清〕紀昀《閱微草堂筆記》第 242 頁，上海：上海古籍出版社，1984。

〔註 56〕〔清〕紀昀《閱微草堂筆記》第 511 頁，上海：上海古籍出版社，1984。

〔註 57〕〔清〕紀昀《閱微草堂筆記》卷 14 第 337 頁，上海：上海古籍出版社，1984。

南朝劉義慶《幽明錄》中的《淳于矜》和《費升》可算是最早的人狐戀故事，都是寫人與狐精兩情相悅，但故事情節都沒有展開。《淳于矜》寫淳于矜遇到一個美女，很喜歡，而女子也喜歡他，經女方父母同意，兩人結了婚，生了子，但後來有獵人經過，獵犬闖到家裏將女子和生的孩子咬死，原來都是狸，而陪嫁的金銀都是草及死人骨等。這個故事當是唐傳奇《任氏傳》的雛形。《任氏傳》塑造了狐女任氏形象。任氏是狐女，有傾國傾城之貌，鄭六與狐女相遇後，明知對方是狐，仍不離不棄。任氏感念其情，抱從一而終之心。鄭六的好友韋某爲任氏美貌所吸引，欲加凌辱，任氏奮力抵抗，義正言辭地說：「鄭生有六尺之軀，而不能庇一婦人，豈丈夫哉！且公少豪侈，多獲佳麗，逾某之比者眾矣。而鄭生，窮賤耳，所稱愜者，唯某而已。忍以有餘之心，而奪人之不足乎？哀其窮餒，不能自立，衣公之衣，食公之食，故爲公所繫耳。若糠糗可給，不當至是。」〔註 58〕韋某聽了，不禁汗顏，向任氏施禮道歉。最後任氏爲鄭六而死，其對愛情的忠貞令人感動。作者感歎：「雖今婦人，有不如者矣！」〔註 59〕任氏雖然是一隻狐，但其多情堅貞是人間女子所不及的。宋代李獻民《雲齋廣錄》卷七《西蜀異遇》寫狐女宋媛於花圃中邂逅公子李達道，雙方一見傾心，相互往來，情深意篤。李達道知她是妖怪，二郎神已給了他驅怪的靈符，他卻仰天而歎說：「人之所悅者，不過色也。今睹媛之色，可謂悅人也深矣，安顧其他哉？」「遂毀其符而再與之合」。〔註 60〕爲了宋媛，他完全不顧個人的生死，把愛情放到了生命之上。

人狐戀故事中常常有這樣的動人場景，癡情的狐女爲僧道法術或鷹犬所害，或者生病將死，不得不離開自己的愛人，離開這個世界，那種絕望的哀愁令人心酸。唐代張讀《宣室志》中的《計眞》篇寫狐女李氏和計眞一起生活了二十年，生了七子二女。狐女生了重病，知道死期將至，在彌留之際對丈夫傾訴心曲，她一直隱瞞自己的狐的身份，求丈夫念在二十年夫妻情分上寬恕她；二是留下七子二女，讓她牽腸掛肚；三是擔心自己死後丈夫嫌棄她是異類，求丈夫勿以枯骨爲仇，掩埋自己入土。計眞知道妻子是狐精，不僅沒有厭棄，而且感傷不已，爲之泣下，安慰狐女。狐女死後，計眞非常悲傷，爲之殮葬，皆如人禮。

〔註 58〕李時人、何滿子《全唐五代小說》第 538 頁，西安：陝西人民出版社，1998。
〔註 59〕李時人、何滿子《全唐五代小說》第 541 頁，西安：陝西人民出版社，1998。
〔註 60〕〔北宋〕李獻民《雲齋廣錄》卷 7，北京：中華書局，1997。

《聊齋誌異》是人狐戀故事的集大成。這些人狐戀故事中的很多狐女在一定程度上有青樓女子的特點，她們大都熱情主動，風流放蕩。和青樓妓女一樣，狐女對文士也情有獨衷。貧寒的書生寒窗苦讀，狐女主動前來相就，紅袖添香夜讀書，還幫著打理生活，使書生衣食無憂，可以專心讀書。在古代，男性結婚後還希望與更多的異性交往，而狎妓是男子宣洩情慾的重要途徑，妓女成爲男性特別是男性文人撫慰心靈的溫柔鄉。明清時代，狎妓蓄娼之風盛行，名士文人多喜與娼妓交遊，甚至納娼妓爲妾，妓女大都有較高的文化素養，能夠賞識名士文人的才學，而且她們擺脫了綱常禮教的束縛，可以自由地展示自己的才情。男子沒有辦法自由選擇終身伴侶，婚姻多以門當戶對爲基礎，雙方並無情感上的交流，男子於是轉往他處尋求慰藉，而妓院是旖旎的溫柔鄉。另一方面，狐女和妓女一樣，呼之則來，揮之則去，歡好之後，便如無痕春夢般消散，男子便無須對其負責。《張鴻漸》中的張鴻漸在落難時，得到狐女舜華的照顧，他後來離開舜華，毫無愧疚地回到妻子身邊，因舜華爲異類，因此離開她並不會被視爲負情忘義的表現。另一方面，在中國古代，婚姻大都不由青年男女自己作主，而由家長包辦，婚姻關係的締結依禮教而進行，無論婚前還是婚後，都沒有自由追求愛情的機會。因爲是狐妖，所以可以擺脫禮制的束縛，完全自主自由。《聊齋誌異》的花妖狐魅世界中，人狐的交往只注重眞情，爲了眞情，可以跨越時空的限制，衝破生死的界限，貧富榮辱都可置之度外。

與妓女不同的是，人狐戀故事中的狐女多忠誠不渝，可以成爲書生的紅顏知己。《聊齋誌異》中的《嬌娜》寫儒雅風流的孔生生病，狐女嬌娜給他治療，孔生被嬌媚的嬌娜吸引住了。孔生娶了嬌娜的表姐阿松，嬌娜嫁到了吳家。後來嬌娜一家遭遇雷霆之災，孔生爲救嬌娜而斃命，嬌娜痛哭：「孔郎爲我而死，我何生矣！」嬌娜「使松娘捧其首，兄以金簪撥其齒，自乃撮其頤，以舌度紅丸入，又接吻而呵之」，救活了孔生。吳家在同一天也遭雷劫，都死了，於是嬌娜與孔生一家同歸故里。異史氏評論說：「余於孔生，不羨其得豔妻，而羨其得膩友也。觀其容可以療饑，聽其聲可以解頤。得此良友，時一談宴，則色授魂與，尤勝於顛倒衣裳矣。」〔註 61〕《聊齋誌異》中的一些故事中，書生靜坐書齋，狐女飄然而至，自薦枕席，書生則是急求狎昵，甚或

〔註 61〕〔清〕蒲松齡《聊齋誌異》卷 1，《古本小說集成》第 4 輯第 158 冊《聊齋誌異》第 63～64 頁，上海：上海古籍出版社，1994。

一人而得雙美。這類作品顯然表現了文人的性幻想與性渴慕。即使《嬌娜》這樣宣揚異性知己的小說中，男性的本能慾望也是重要的因素。小說中的孔生看到皇甫家的婢女便目注神馳，胸脯長了惡瘡後，見到皇甫之妹嬌娜便「嚬呻頓忘，精神爲之一爽」，嬌娜爲其動手術時「不惟不覺其苦，且恐速峻割事，偎傍不久」。〔註 62〕

在有的故事中，狐爲了報恩而嫁給人間男子。狐精神通廣大，但有時也需要人救助。狐怕雷擊，雷劫來臨時需要人的庇護。狐被獵人捕獲，心善之人不忍心看狐被殺害，就買下來放生。狐受傷了，心善之人會爲之療傷。人有恩於狐精，狐精也會采取各種方式來報恩。在有的故事中，狐化爲美女，以身相許，報答救命之恩。在有的故事中，狐翁狐媼感激救命之恩，將自己的女兒許配給恩人爲妻。《聊齋誌異》中《小翠》寫小翠的母親曾經遭雷劫，幸得王元豐的父親王太常的庇護才保全性命，爲了報恩，小翠的母親讓小翠到王家與元豐成親，小翠治好了元豐呆傻的毛病。在另一些故事中，爲了報恩，狐化作月下老人，使有情人終成眷屬。清代袁枚《子不語》中《喀雄》寫一個楊姓男孩和一個周姓女孩相愛，但受門戶之見和封建家法阻撓，一狐化作女孩模樣與男孩私奔，造成很大影響，女孩父母想：「與其使狐狸冒託我女之名，玷我閨門，不如竟以眞女妻之，看渠如何。」最後有情人終成眷屬，成婚當晚出現兩個周女，男孩驚慌失措，狐精變化的女孩笑著說：「何事張皇，兒狐也，實爲報德而來。令祖做將軍時，嘗獵於土門關，兒貫矢被擒，令祖拔矢縱之。屢欲報恩無從下手。近知郎愛周女而不得，故來作冰人，以償汝願。亦因子與周女有夙緣，不然，兒亦不能爲力也。今媒已成，兒去矣！」〔註 63〕說罷倏忽不見。

六、人妖戀、人獸交與圖騰崇拜

除了狐，古代的精怪故事中還寫了人與各種精怪特別是動物性精怪的性交合，其中絕大部分是動物精怪。

在各種動物中，與人類關係最近的是猿猴。古代傳說中雄猿大都好色，喜歡盜竊、姦淫婦女。西漢焦延壽《焦氏易林・剝卦》記載：「南山大玃，盜

〔註 62〕〔清〕蒲松齡《聊齋誌異》卷 1，《古本小說集成》第 4 輯第 158 冊《聊齋誌異》第 58～59 頁，上海：上海古籍出版社，1994。

〔註 63〕〔清〕袁枚《袁枚全集》第 4 卷《子不語》第 116 頁，南京：江蘇古籍出版社，1993。

我媚妾；怯不敢逐，退而獨宿。」〔註64〕西晉張華《博物志》卷三記載：「蜀山南高山上，有物如獼猴。長七尺，能人行，健走，名曰猴玃，一名馬化，或曰猳玃。伺行道婦女有好者，輒盜之以去，人不得知。行者或每遇其旁，皆以長繩相引，然故不免。此得男子氣，自死，故取女不取男也。取去爲室家，其年少者終身不得還。十年之後，形皆類之，意亦迷惑，不復思歸。有子者輒俱送還其家，產子皆如人，有不食養者，其母輒死，故無敢不養也。及長，與人無異，皆以楊爲姓，故今蜀中西界多謂楊率皆猳玃、馬化之子孫，時時相有玃爪也。」〔註 65〕這個故事裏蘊含著濃鬱的動物崇拜色彩，並留有鮮明原始巫術的印記，曲折反映了漢晉時期當地羌人的風俗文化。

猿猴與人同屬靈長類，外貌與人相近，但終究是動物，身上長著長毛，形象怪異，有時還顯得猙獰恐怖，所以猿與人交，往往要像其他動物一樣化爲人形。東晉葛洪《抱朴子·對俗》中說：「獼猴壽八百歲變爲猨，猨壽五百歲變爲玃，玃壽千歲則變爲老人。」〔註 66〕唐初小說《歐陽紇》中，猿怪已有千歲，化身爲美髯丈夫。猿怪善於變化，神秘莫測，獨來獨往，「所居常讀木簡，字若符篆，了不可識」。它神通廣大，「半晝往返數千里」，擁有世間奇珍異寶，「所須無不立得」，能在守兵森嚴、「門扃如故」的情況下搶走婦女。它掠來無數女子，「夜就諸床嬲戲，一夕皆周」。它每次酒醉後都讓婦人們用綵練「縛手足於床，一踴皆斷」。梁大同末，別將歐陽紇帶著美豔的妻子到廣西長樂地區平亂，夜晚愼加防備，妻子仍然失蹤了。尋訪良久，終於在深山中找到一洞穴，洞中有美婦數十，歐陽妻也在其間。眾婦與歐陽紇相商，帶美酒兩斛，食犬十頭，麻數十斤，到了洞穴中。有物如白練而至，化爲美髯丈夫，食犬飲酒，醉而臥倒，化爲白猿。眾婦乘機用麻帛縛之，刺其臍下，血射如注。白猿精能預卜未來，一個多月前便預知自己死期將至，臨死前白猿囑咐歐陽紇：「天終我壽，但爾妻有孕，勿殺其子，必大其宗。」歐陽紇妻子一年後生下一子，相貌像猿怪，聰悟絕人。值得注意的是，被猿怪搶去的女子在尋救者到來之前，生活得比較愜意，「被服鮮澤，嬉遊歌笑」，在她們的觀念中，被猿怪搶去，與之生活，談不上什麼羞恥。〔註 67〕段成式《酉陽

〔註64〕尚秉和《焦氏易林注》第 16 頁，北京：光明日報出版社，2005。
〔註65〕〔西晉〕張華著、范甯校證《博物志校證》第 36 頁，北京：中華書局，1980。
〔註66〕王明《抱朴子內篇校釋》第 50 頁，北京：中華書局，1980。
〔註67〕〔北宋〕李昉《太平廣記》第 3630 頁，北京：中華書局，1961。

雜俎》中則記載女子逃到深山中與猿猴婚配：「帝女子澤，性妒，有從婢散逐四山，無所依託。東偶狐狸，生子曰殃；南交猴，有子曰溪；北通玃猳，所育為傖。」〔註 68〕

唐代之後，猿猴好色竊女的傳說形成一個系列，並逐漸與房中術、與佛道聯繫到了一起。宋人徐鉉《稽神錄》記載老猿搶婦女是為了行「容彭之術」，「容彭之術」就是房中採補術。收錄在《清平山堂話本》中的宋代話本小說《陳巡檢梅嶺失妻記》寫巡檢陳辛偕妻赴任，經過梅嶺，投宿店中，白猿變為人，將陳辛的妻子竊歸洞中。後來陳辛任官期滿，經過失妻之所，在紅蓮寺遇到紫陽眞人，請求眞人相助，斬殺白猿，救出了妻子。與《歐陽紇》不同的是，被白猿掠去的陳辛之妻張如春罵白猿申陽公為「老妖」，為保貞潔，寧死不屈。元代吳昌齡《西遊記》雜劇第九折《神佛降妖》寫孫行者盜人妻女，後被神佛降服，歸於正果。明初瞿祐《剪燈新話》中的《申陽洞記》寫猿精申陽公八百歲，能化為人形，武生李德逢打獵時遇到猿精，後來誤入猿精洞穴。李德逢「以膽勇稱」，又異常機智，用毒藥給老獼猴治病，不費吹灰之力將猴精們斬盡殺絕，解救了被猿精劫掠的女子。《申陽洞記》明顯承襲了唐傳奇《歐陽紇》。

在少數故事中，猿猴以本來面目出現。相傳明朝的海瑞為猿所生。馮夢龍《情史》卷二十三「情通類」中的一則故事寫婦女阿周被猴子劫到洞中，配給一老猴為妻，一年後生一子，人身猴面，微有毛。阿周後來找機會攜其子逃歸夫家。另一則故事寫猴子姦淫女子，被殺死後埋在屋後。女子生下二子，二子長大後很好學，但累薦而不獲登。一個晚上，二子夢白衣老父對他們說，他們的父親的葬處往上移，就會獲得富貴。二子大惑不解，因為他們的父親還活著。他們問母親，其母夜半潛移其穴，二子果然登科。清代小說《姑妄言》第十四卷寫容氏在性生活方面得不到滿足，與家裏的猴子交合，懷孕生下一子，長相很像猴子。那隻猴子十分疼愛這孩子，而孩子長大後有猴性，一不如意就混抓亂咬。清代小說《綠野仙蹤》第十二回中的蒼白老猿本為惑人妻女的惡畜，在紫陽眞人和火龍眞人的指引下，拜冷於冰為師，起名叫猿不邪，一心向道，脫盡猴毛，變為鶴髮童顏、美髯飄飄的道人。

與雄猿的好色兇狠不同，雌猿大都溫順賢淑。唐代裴鉶《傳奇》中的《孫恪》寫孫恪落第後向袁氏求租房屋，見袁女相貌美麗，心生愛慕，娶為妻子。

〔註 68〕〔唐〕段成式《酉陽雜俎》第 44 頁，北京：中華書局，1981。

袁女實爲一老僧作沙彌時所養母猿所化。袁氏美麗賢淑，但後來孫恪聽信讒言欲殺袁女，袁女斥責孫恪不顧恩義，戰勝了孫恪所請張生的法術，她不計前嫌，安慰丈夫，侍奉如初。他們生兒育女，婚姻幸福，孫恪仕途順利，他們完全可能長相廝守，白頭偕老。但袁氏嚮往自由的生活，「每遇青松高山，凝睇久之，若有不快意」。重返故里峽山寺促使袁氏本性復蘇，別夫棄子，追隨同類遁入山林。〔註 69〕《瀟湘錄》中《焦封》所寫猿女與《孫恪》中的袁女有相似之處。焦封罷官喪妻後，與一個猩猩化作的女子成婚，後來又化爲猩猩追逐同伴而去。《宣室志》中的《陳岩》所寫猿女則屬另一個類型。小說寫陳岩往京師赴任的途中遇一白衣女子，同情其不幸，收留了她，但女子卻不守婦道，後來居士發現其爲猿精所變，驅逐了她。這篇小說中的猿女性格暴戾，喜怒無常，身上獸性極強，人性尚未成熟。清代夏敬渠的小說《野叟曝言》第九十五回寫一個千年母猿擒住一個樵夫，成了夫婦，婚後生下一子，名叫乾珠，乾珠骨相不凡，矯捷無比，能手格虎豹，刀法入神。

猿猴竊婦是一個世界性的故事母題。東南亞很多民族的傳說中都有猿猴竊女的故事。在傳說中，印度的紅猿非常淫蕩，而印度的紅猿可能是普林尼和愛里安所描述的亞洲猩猩的原型。在西方的傳說中，猿淫蕩好色。古希臘的牧人之神潘是一頭淫蕩的羊，而森林之神則是一隻好色的猿。在歐洲，從中世紀開始，人猿被認爲是淫逸放蕩、性慾的象徵。人類學家泰勒很早就關注了猿人通婚的故事，認爲猿人通婚有重要的人類學意義。

狗在人獸交故事中出現的頻率僅次於猿猴，而作爲圖騰崇拜的對象，狗可能出現得比猿猴早。《山海經・大荒北經》中記載：「黃帝生苗龍，苗龍生融吾，融吾生弄明；弄明生白犬，白犬有牝牡，是爲犬戎，肉食。」〔註 70〕所謂「白犬」當爲部落崇拜的圖騰。《山海經・海內北經》記載有犬封國，東晉郭璞注：「昔槃瓠殺戎王，高辛以美女妻之，不可以訓，乃浮之會稽東海中，以三百里地封之，生男爲狗，女爲美人，是爲狗封國。」〔註 71〕郭璞《玄中記》中詳細記載了名爲槃瓠的狗的故事。干寶在《晉紀》和《搜神記》中都記述了槃瓠的故事。《搜神記》中的記述最爲完整。高辛氏時有個住在宮裏的老婦患有耳病，從耳朵裏挑出一隻像繭那樣大的蟲，醫生把蟲放在瓠裏，用

〔註 69〕〔北宋〕李昉《太平廣記》卷 445《孫恪》，北京：中華書局，1961。
〔註 70〕袁珂《山海經校注》第 434 頁，上海：上海古籍出版社，1980。
〔註 71〕袁珂《山海經校注》第 307～308 頁，上海：上海古籍出版社，1980。

盤子蓋上，一會兒這隻蟲變成了一條狗，身上有五顏六色的花紋，給這隻狗起名「盤瓠」。北方戎族中的吳部多次侵犯邊境，帝王承諾，誰能取吳戎部將軍的首級，就賞黃金千斤，封食邑萬戶，並把自己的小女兒嫁給他。後來，盤瓠銜一顆人頭送到王宮，這是吳戎部將軍的人頭。大臣們都認爲盤瓠是畜生，不能封官職，不能給俸祿，更不能娶人爲妻。帝王的小女兒卻願意嫁給盤瓠，盤瓠帶著帝王的小女兒上了南山，三年過後，他們生育了六個男孩和六個女孩。盤瓠死後，兒女們自相婚配，結爲夫妻，繁衍生息，他們被稱爲「蠻夷」。《後漢書・南蠻西南夷列傳》中也記載了槃瓠的故事，基本沿襲了《搜神記》。歷史上的南蠻自稱是盤瓠之後，他們「織績木皮，染以草實，好無色服，裁制皆有尾形」，〔註 72〕而其後裔瑤族在衣飾上亦一直保留著狗圖騰的印跡。湘西武陵地區的苗族流傳著神犬翼洛故事，神農氏聽說西方有穀種，下詔說，誰能取得穀種，就將咖咖公主許配給他。神犬翼洛取到了穀種，娶了咖咖公主，生下了肉團，神農氏劈開，裏面跳出七男八女，繁衍成各個民族。

但更多的人狗交故事與圖騰崇拜無關。在一些故事中，寂寞難耐的女子和現實中的狗交媾。《聊齋誌異》卷一的《犬姦》寫一個商人在外經商，經常一年都不回家一次。家裏養著一隻白狗，他的妻子就引白狗與自己性交，狗習以爲常了。一天，丈夫回來，與妻子同睡一床，白狗突然進屋竄上床，竟把商人咬死了。鄰居們稍稍聽到一點事情經過，告了官，婦人不招供，被押進了監牢。衙役把狗牽來，狗見了婦人，徑直跑到婦人身前，撕碎衣服，做出性交的姿勢，這時婦人才無話可說。後來婦人和狗都判了刑殺死了。小說《姑妄言》第十二卷寫熊氏爲了解決性饑渴的問題，與家裏的大黑狗通，後來懷孕生了小狗。

清人褚人獲的《堅瓠續集》卷一引《文海披沙》列舉了歷史上的各種人獸交：「盤瓠之妻與狗交。漢廣川王裸宮人與羝羊交。靈帝於西園弄狗以配人。眞寧一婦與羊交。沛縣磨婦與驢交。杜修妻薛氏與犬交。宋文帝時，吳興孟慧度婢與狗交。利州婦與虎交。宜黃袁氏女與蛇交。臨海鰥寡與魚交。章安史悝女與鵝交。突厥先人與狼交。衛羅國女配瑛與鳳交。陝右販婦與馬交。宋王氏婦與猴交。」〔註 73〕所有這些人獸交中，人與馬、豬、羊等哺乳類動

〔註 72〕〔南朝宋〕范曄《後漢書》第 2829～2830 頁，北京：中華書局，1965。
〔註 73〕劉臨達《中國古代性文化》第 307 頁，銀川：寧夏人民出版社，1993。

物交，在現實中是可能的，不僅僅源於上古時代的圖騰崇拜、動物崇拜。《搜神記》中《女化蠶》記載的蠶馬故事，實際上是人馬交的變形。《史記》中記載：「秦孝公二十一年，有馬生人。」《異苑》記載：「漢末有馬生人，名曰馬異，及長，亡入胡地。漢靈帝光和元年，司徒長史馮巡馬，生人。」《風俗通》記載：「巡馬生胡子，問養馬胡蒼頭。乃姦此馬以生子。」〔註 74〕與馬相近的是驢，清代小說《姑妄言》第十二卷寫卜氏與驢交，因此受傷而身亡。《搜神記》中的《豬臂金鈴》和《祖臺之志怪》中的《金鈴》講的是人豬交故事：「吳中有一士大夫於都假還，行至曲阿塘上，見一女子甚美，留其宿。士解臂上金鈴繫女臂，令暮更來。遂不至，明日更使人訪求，都無顏色。忽過一豬圈邊，見母豬臂上繫金鈴。」〔註 75〕《搜神後記》中的《李汾》寫豬精化爲美女與李汾幽會，晨雞報曉時女子告辭，李汾將女子的一隻鞋偷藏起來，女子悲泣不已，求李汾幫著尋找鞋子，李汾就是不給她，女子號泣而去。李汾醒來，女子已不見，只見床前鮮血滿地，後來發現女子是張家的豬變的，此豬後來被殺死。

人與虎豹交，或者有動物崇拜的因素。在古代，人們對猛獸懷著一種又敬畏、又試圖征服的心理，於是虛構出人與猛獸通婚的荒誕故事。唐代戴孚的《廣異記》中有一則故事寫一個虎精娶了一個女子，在深山中居住了兩年，一次宴客，醉後露了眞容，婦人才發現原來丈夫和客人竟都是虎，心下大驚，假託思家，想回去看看，路上遇到深水，婦人先渡，戲對丈夫說：「卿背後何得有虎尾出？」〔註 76〕虎羞愧地離去。皇甫氏《原化記》中有一則故事講述了人與虎女的悲歡離合故事。某選人入京途中，在一僧房中過夜，見到一個十七八歲的美麗女子，他藏起了女子蓋的虎皮，娶其爲妻，帶著她赴任。夫妻感情很好，生了幾個孩子。幾年後，他任滿返鄉，又經過遇到女子的地方，笑著對妻子說：「君豈不記余與君初相見處耶？」〔註 77〕妻子忽然大怒，認爲丈夫是嘲笑自己非人類。此人向妻子道歉，但妻子大怒不已，到處尋找以前的衣服，沒有辦法，此人只好告訴妻子衣服在北屋間，妻子大怒，目如電光，猖狂入北屋尋覓虎皮，披到身上，跳躍數步，化爲巨虎，哮吼回顧，奔森林而去。《河東記》中申屠澄遇虎女結親的故事，與此相類，只不過故事中的虎

〔註 74〕〔清〕盧若騰《島居隨錄》，《筆記小說大觀》第 13 冊第 73 頁，揚州：廣陵古籍刻印社，1984。

〔註 75〕〔東晉〕干寶撰、汪紹楹校注《搜神記》第 225 頁，北京：中華書局，1979。

〔註 76〕方詩銘輯校《冥報記．廣異記》第 168 頁，北京：中華書局，1992。

〔註 77〕〔北宋〕李昉《太平廣記》第 9 冊第 3479 頁，北京：中華書局，1961。

女多情，還能吟詩抒情。在《集異》的一則故事中，虎婦重新穿上虎皮後，不僅恢復了虎形，也恢復了虎性，竟然丈夫和孩子都吃掉了。值得注意的是，雖然虎兇猛可怕，但在人虎戀故事中，人始終處於優越地位，虎卻總是有著某種難以擺脫的自卑感。

與虎相近的是狼。《太平廣記》卷四四二《冀州》寫一白狼化爲美人，刺史之子強取爲妻，一個多月後，狼妖食夫而逃。《稽神錄》中一則故事寫晉州神山縣張某妻爲狼精所淫，生下狼子。《隋書》記載：「突厥之先，平涼雜胡也，姓阿史那氏。後魏太武滅沮渠氏，阿史那以五百家奔茹茹，世居金山，工於鐵作。金山狀如兜鍪，俗呼兜鍪爲『突厥』，因以爲號。或云，其先國於西海之上，爲鄰國所滅，男女無少長盡殺之。至一兒，不忍殺，刖足斷臂，棄於大澤中。有一牝狼，每銜肉至其所，此兒因食之，得以不死。其後遂與狼交，狼有孕焉。彼鄰國者，復令人殺此兒，而狼在其側。使者將殺之，其狼若爲神所憑，欻然至於海東，止於山上。其山在高昌西北，下有洞穴，狼入其中，遇得平壤茂草，地方二百餘里。其後狼生十男，其一姓阿史那氏，最賢，遂爲君長。」〔註 78〕相近的還有熊和鹿。在古代傳說中，人熊交而生的孩子武力超群。清代長白浩歌子《螢窗異草》二編卷四講述了一個故事，明代天啓年間，有人狩獵山中，遇見一婦人，兩人結爲伉儷，生下一女。後因親族紛紛議論，婦人化爲野熊挾女出走。其女名叫惜兒，貌美而又勇武，自幼便會劍術，能空手打虎，還能背著一隻虎行走百里。她與母親在山中相依爲命，與豪俠姜孝廉邂逅相逢，決定嫁給他。她女扮男裝，設法接近賊人，運用巧智爲姜孝廉報仇，殺死了兩個劇盜。清代朱梅叔《埋憂集》卷一「熊太太」條記載，清代陝西神木縣秦鍾岳之父在五龍山打獵，偶入熊洞，共居數月，生下一男，後來秦某挾子逃歸故鄉。秦鍾岳十二歲時獨自上山，找到了熊母，秦鍾岳後來立戰功封官，熊母被封爲「熊太君」，人呼「熊太太」。至於人鹿交，清代盧若騰的《島居隨錄》記載，梁時有村人見一鹿產一女，於是收養了。此女長大後，與一般女子不同，出家做了女冠，號曰鹿娘，梁武帝爲她建了一個道觀。鹿娘死後，武帝致祭時，開棺看看，但聞異香，不見骸骨，大概是尸解了。

讓人感覺怪異的是人鳥交。《史記‧殷本紀》載簡狄呑鳥卵而懷孕生子，是人鳥交的變形，而人不可能與鳥交而懷孕，所以人鳥交應該是圖騰崇拜的

〔註 78〕〔唐〕魏徵《隋書》第 6 冊卷 84 第 1863 頁，北京：中華書局，1973。

一種表述形式。晉代郭璞《玄中記》中「姑獲鳥」條記載：「昔豫章男子，見田中有六七女人，不知是鳥，匍匐往，先得其毛衣，取藏之，即往就諸鳥。諸鳥各去就毛衣，衣之飛去。一鳥獨不得去，男子取以爲婦，生三女。其母后使女問父，知衣在積稻下，得之，衣而飛去。後以衣迎三女，三女兒得衣亦飛去。今謂之鬼車。」〔註 79〕《搜神記》卷十四「毛衣女」故事則截取「姑獲鳥」後一部分。毛衣女、姑獲鳥之類故事，與神仙方術對仙人的想像有關。魏晉南北朝志怪小說中還有另一類人鳥交故事。《搜神後記》卷九「素衣女子」條記載，錢塘人杜某坐船遇到素衣女子，女子不久變回白鷺飛去，杜某惡之，便病死。《幽明錄》中有一則《雞幻主人》寫人與雞交。

最怪異的是人和水生、兩栖類、鱗甲類動物以及昆蟲交媾。《列異傳》中的《鯉魅》寫鯉魅裝成彭城婦的樣子迷惑男子，男子後來想起妻子的囑咐，突然醒悟了，於是「向前攬捉，大呼救火」，精魅現出了原型，原來是一隻鯉魚。〔註 80〕《甄異傳》中的《楊醜奴》寫楊醜奴到湖邊拔蒲草，天快黑了，他看見一個女子坐著船，船上載著蓴菜。女子說自己的家在湖的另一側，天黑了回不了家，想停船借住一宿。她借楊醜奴的食器吃飯，吃完飯兩個人說笑，不一會兩人吹滅了燈火一塊睡覺，楊醜奴覺得有一股臊氣，又因爲女子的手指很短，便懷疑女子是妖魅。女子察覺到了楊醜奴的心思，急忙走出門，變成水獺，一直走到水裏去了。東晉孔約《志怪》中的《謝宗》寫謝宗回家渡假，經過吳皋橋，同船的人到市上玩去了，只有謝宗一人呆在船上。有個女子來到船上，女子性情柔順，與謝宗兩個人說笑。女子要求住在船上，謝宗答應了。此後一年多，女子經常來往。同屋的人認爲謝宗遇上了妖邪，後來在謝宗的被子裏發現了一個像枕頭大小的東西，又發現兩個大小象拳頭的東西，一看竟是三隻烏龜。謝宗幾天後才明白過來，那個女子是龜精，與他交媾生下了兩個小龜。最後謝宗將三隻龜放入江中。人與昆蟲交更匪夷所思。《異苑》卷八《暫同阜蟲》寫王雙忽然眼睛失明，有一戴著白色領巾的女子來和他睡覺，他「每聽聞薦下有聲歷歷，發之，見一青色白纓蚯蚓，長二尺許」。〔註 81〕《蜘蛛魅》中的蜘蛛精化爲琅死去的婢女，與琅交媾，琅心神昏亂，他的母親發現一隻形大如斗的大蜘蛛，沿著床往上爬接近琅，於是將蜘

〔註 79〕魯迅《古小說鉤沉》第 238～239 頁，濟南：齊魯書社，1997。

〔註 80〕〔三國魏〕曹丕等撰、鄭學弢校注《列異傳等五種》第 30 頁，北京：文化藝術出版社，1988。

〔註 81〕〔南朝宋〕劉敬叔撰、范甯校點《異苑》第 78 頁，北京：中華書局，1996。

蛛捉住殺了，琅的心神恢復正常了。《續異記》中的《徐邈》寫一隻蚱蜢化成年輕貌美的青衣女子，和徐邈結合，二人互訴愛慕，其戀情最後以悲劇結尾，蚱蜢被人摘除兩翼而不能前來幽會，託夢給徐邈，表達了與情人生離死別的憂傷：「為君門生所困，往來道絕；相去雖近，有若山河。」〔註 82〕

後世的人妖戀故事中有很大一部分反映了現實中的人獸交，有的人妖交則是對現實中怪胎的想像解釋，這些怪胎被認為是精怪所為，或是精怪姦淫人間女子，或者人間男子和雌性精怪交媾而生。中國古代的人獸交故事有的受外民族的影響。唐代從西域傳來執獅子傳說：「南印度有一國王，女聘鄰國，吉雲送歸，路逢獅子，侍衛之徒棄女逃難，女居輿中，心甘喪命。時獅子王負女而去，入深山，處幽谷，捕鹿採果，以時資給。即積歲月，遂孕男女，形貌同人，性種畜也。」〔註 83〕這個傳說與《法苑珠林》卷六中的一個故事相似，故事寫南印度一個國王的女兒被嫁給鄰國，迎親時路遇獅子，獅子將女子背到深山裏，捕鹿採果供給女子作為食物，與女子交合，不久女子懷孕生子，其子形貌為人，性為野獸。男孩長大，力格猛獸，到了二十歲時，有了人的智慧。這個人獸交生下的男孩日後成為舉世矚目的英雄。佛經中有「驢脣仙人」的故事，講的是世賢劫初中瞻波城天子大三摩多夫人的事：「（大三摩多夫人）多貪色慾。王既不幸，無處遂心，曾於一時遊戲園苑，止息自娛，見驢合群，根相出現，慾心發動，脫衣就之，驢見即交，遂成胎藏。月滿生子，頭、耳、口、眼悉皆似驢，唯身類人而復粗澀，鬃毛被體，與畜無殊。夫人見之，心驚怖畏，即便委棄，投於屏中。以福力故，處空不墜。時有羅刹婦，名曰驢神，見兒不污，念言福子，遂於空中接取洗持，將往雪山乳哺畜養，猶如己子等無有異。及至長成，教服似藥，與天童子日夜共遊。復有大天來愛護此兒，飲食甘果藥草，身體轉異。福德莊嚴，大光照耀，如是天眾同共稱美，號為佉盧貝吒（隋言驢脣）。大仙聖人以是因緣彼雪山中並及餘處，希皆化生種種好花，種種好果，種種好藥，種種好鳥，在所行住並皆豐盈。以此藥果資益因緣，其餘形容粗相悉轉，身體端正，唯脣似驢，是故名為驢脣仙人。」〔註 84〕清人俞樾在《小浮梅閒話》中提到了這個故事。在西

〔註 82〕魯迅《古小說鉤沉》第 247 頁，濟南：齊魯書社，1997。
〔註 83〕〔唐〕玄奘撰，季羨林等校注《大唐西域記》卷 11 第 868 頁，北京：中華書局，1985。
〔註 84〕〔隋〕天竺三藏那連提耶捨譯《大方等大集經》卷四十一，《大正新修大藏經》卷十三，第 374 頁。

方民族中也有人獸交的故事。古希臘神話傳說中，人獸交合而生出半人半獸的兒子，如彌諾斯的公牛。在美洲平原印第安人的故事中，一個丈夫發現自己的妻子離開帳篷與一條蛇通姦，他把這條蛇殺死，並懲罰了妻子。

第十二章　《品花寶鑒》：同性戀故事中的性別異化

世間萬物皆分陰陽，陰陽和合，萬物才生生不息。陰陽在人，就是男女。同性相吸相交，自然就是違反自然。在很長一段時間內，同性戀被視爲一種畸型的社會現象，甚至被認爲是道德的淪喪。在西方，到了中世紀，同性戀受到鄙視甚至迫害。隨著社會觀念的自由開放，同性戀逐漸得到社會的同情和支持，同性戀運動使同性戀者的生存處境得到很大改善。繼丹麥通過「同性愛婚姻法」後，同性戀婚姻在很多國家得到法律的承認和保護。同性戀者不再被視稱爲精神病患者和流氓。但傳統倫理文化的影響，使同性戀者的生存處境依然很艱難，遭受社會的歧視。但在中國，同性戀雖也被視爲異常，但極少受到壓制迫害，因爲帝王自己就有這個愛好。到了明代，好男風甚至成爲一種風氣，被認爲是一種風流雅致。與此相應，中國的同性戀文學不絕如縷，到了明代之後更爲蓬勃，出現了一系列同性戀小說，對同性戀雖亦有批評，但讚美者居多。這些同性戀小說中，最值得注意的是清代的《品花寶鑒》。《品花寶鑒》寫公子和男性優伶的情感糾葛。與以往的同類小說相比，這部小說描寫的角度不一樣，描寫得更爲細緻入微。

《品花寶鑒》的作者陳森字少逸，號採玉山人，又號石函氏，毗陵（今江蘇常州）人。據陳森《品花寶鑒序》，他約在道光五年「秋闈下第」，「塊然塊壘於胸中而無以自消，日排遣於歌樓舞榭間」，〔註 1〕熟諳裂園生活，偶名伶而不辭。他一開始無意於寫小說，約於道光六年，經人勸導，開筆撰寫《品

〔註 1〕〔清〕陳森《品花寶鑒》序第 1 頁，幻中了幻齋清光緒 34 年至宣統元年刻本。

花寶鑒》，此後斷斷續續，至道光十八年才最後完成。至道光二十八年春，和陳森素未謀面的幻中了幻居士爲《品花寶鑒》再三校閱，於同年十月開雕，翌年六月印竣，《品花寶鑒》始以刻本傳世。《品花寶鑒》以生花妙筆嘲諷那些「狐媚迎人，娥眉善妒，視錢財爲性命，以衣服作交情」〔註2〕的黑相公如蓉官、二喜、玉美、春林之流，稱頌了梨園中「出污泥而不滓，隨狂流而不下」〔註3〕的名旦如杜琴言、蘇惠芳、袁寶珠、陸素蘭等，透過對乾嘉以來梨園內外的描繪，反映了鴉片戰爭前夕帝國墮落腐朽的景象。這部小說被歸爲狹邪小說。一般認爲狹邪小說深受《紅樓夢》的影響，如《風月夢》《青樓夢》《繪芳錄》等，其中《品花寶鑒》獨具特色，清人楊懋建評《品花寶鑒》是「師其意而變其體」，〔註4〕其所謂的「變」即指寫同性之間的情愛。

一、同性交中的純情與濫情

《品花寶鑒》對同性關係的描寫，似乎接近柏拉圖所說的精神之愛，或許可以稱爲眞正的同性戀。在這部描寫貴公子和男性優伶的同性愛的小說中，很少涉及性交，精神上的交流被置於肉慾之上。世宦子弟梅子玉年少英俊，專心讀書，因家教謹嚴，不染當時惡習。有一天他讀到八首詩，分詠當時城中八位伶人的美貌和才藝，不信風塵中有詩中所詠的那樣冰清玉潔之人。後來子玉在一次觀戲時看到了優伶琴官即杜琴言，頓生愛慕之心。而琴官曾在一夢中夢見自己落入一坑中，得一翩翩佳公子相救，公子救後走入梅樹中，樹中立結玉果，而這人就是梅子玉。所以琴官一見梅子玉，也喜歡上了梅子玉。

一天子玉到怡園遊玩，其友人蕭次賢與名旦寶珠相好，而寶珠與琴言爲知己。蕭次賢和寶珠共同爲子玉和琴言作合，但先要試探子玉是否眞有名士的風流操守。他們找了一個與琴言長相頗爲相似的優伶玉齡，讓他和子玉獨處於一屋，故意挑逗子玉，子玉正言相拒。他們這才安排子玉和琴言相會。梅子玉與杜琴言兩情相悅，但很難相見。琴言思念子玉成病，幸有素蘭長得與子玉頗爲相似，故時與之相處方稍解愁悶。後在素蘭的安排下，子玉才得

〔註 2〕〔清〕陳森《品花寶鑒》第 12 回第 10 頁，幻中了幻齋清光緒 34 年至宣統元年刻本。

〔註 3〕〔清〕陳森《品花寶鑒》第 1 回第 15 頁，幻中了幻齋清光緒 34 年至宣統元年刻本。

〔註 4〕〔清〕楊懋建《夢華瑣簿》，見孔另境《中國小說史料》第 222 頁，上海：上海古籍出版社，1982。

以與琴言在船上相見，此時琴言病體初愈，雖不復往日的國色天香，清腴華豔，卻也是落花無言，人淡如菊。長相猥瑣、心術不正的魏聘才對琴言起色心，一心想拆散琴言和子玉，挑撥華公子買琴言。而琴言為了躲避惡少奚十一，只好投靠華公子。子玉思念琴言，大病一場，其母顏氏得知病因，只好安排琴言來梅家與子玉會面。因琴言的到來，子玉的病才好。魏聘才夥同惡少淫僧，騙出琴言，威脅利誘，圖謀姦淫，琴言沒有屈服。後來徐子雲從華府贖出杜琴言，琴言與屈道生結成義父子，隨屈道生往江西赴任，與子玉又不得不分手。屈道生登山受傷而死，琴言在江陵護國寺守靈，拒絕了侯石翁的利誘。子玉父親梅士燮路過江陵，安葬舊友屈道生，將琴言帶到京城，令之同子玉在書房念書，並囑子玉不可輕視。在故事的最後，蕙芳、寶珠、素蘭等名旦在名士們的幫助下，回復男身，合夥開了經營字畫、古董、綢緞等的九香樓鋪子。為徹底與受人歧視的梨園生活決裂，將所有的裙釵等首飾，當著眾名士一齊熔化。

除了琴言和子玉，小說還用不少的篇幅寫了田春航和蘇蕙芳的故事。田春航先是狎妓，後迷上優伶，金銀蕩盡，貧困潦倒，優伶蕙芳有感於他的癡情，又同情他的境遇，於是和他交好，贈他金銀，使他得以安心讀書。後來田春航中了狀元，與朝中一顯貴之女成親，將蕙芳接到府中，要幫助他娶親，將他當作真正的朋友。

這些優伶雖為男子，但因演旦角，臺上臺下，性別混淆，為迎合貴公子的同性戀癖好，又故意扭捏作態，令貴公子心醉神迷。小說實際上是將優伶當作女子來描寫，名士與優伶的相思，更像是青年男女的纏綿。如第二十八回寫梅子玉思念琴言成病：

> 到了家中，見過顏夫人，便到書房躺下，自言自語，忽歎忽泣，如中酒一般。次日即大病起來，心神顛倒，語言無次，一日之內，哭泣數次。初時見有人尚能忍住，後來漸漸的忍不住，見了他萱堂，也自兩淚交流，神昏色沮的模樣。顏夫人當他著了邪病，延醫調治，甚至求籤問卜，許願祈神，一連十餘日，不見一毫效驗。一日之內有時昏瞶，有時清楚，昏瞶時糊糊塗塗，不聞不見的光景；清楚時與好人一樣。〔註5〕

〔註 5〕〔清〕陳森《品花寶鑒》第 28 回第 8 頁，幻中了幻齋清光緒 34 年至宣統元年刻本。

再如第二十九回寫琴言探病：

子玉坐起後，精神稍覺清爽，猛然眼中一清，見琴言坐在旁邊，便問道：「你是誰？坐在這裡？」琴言帶著哭道：「怎麼連我也不認得了？」琴言見窗户未開，且係背光而坐，自然看不明白，便挪轉身子向外坐了，側了一半臉，望著子玉道：「我是玉儂，太太特叫我來看你的，不料十數天，就病到這樣。」說著又嗚咽起來，子玉聽得分明，心中一跳，便把身子掙了一掙，坐直了看了一回道：「你是玉儂？我不信，你怎麼能來？莫非是夢中麼？」琴言忍住哭道：「我是琴言，是太太叫我來的，你爲何病到如此？」子玉便冷笑了一聲道：「眞有些像玉儂。」〔註 6〕

這些名士與優伶的關係，更像是才子佳人小說中的男女純情，其純的程度甚至超過了才子佳人，因爲才子佳人小說，才子和佳人爲了遵守禮教的規範，爲了保持婚前的貞潔，往往要極力壓抑性慾望，而慾望高亢的才子往往要另外尋找宣洩性慾的途徑。這部小說寫的是男色，寫名士與優伶的同性戀，但又反覆強調感情的純潔，與其他豔情小說中的赤裸而骯髒的同性肛交形成鮮明對比。實際上，小說一面寫名士與優伶的純情，一面寫魏聘才、惡少奚十一、潘三的皮膚淫濫。如奚十一喜歡肛交，在與小和尚肛交後，又與天香交媾，染上了性病，性具腫潰，苦不可言，請醫生治療，性具最後爛得只剩下一寸長。沒有辦法，只好請一個叫陽善修的醫生用狗腎給他接續性具。

小說對接續延長性具的一段描寫直接受《肉蒲團》的啓發。第四十七回中，唐和尚講述手術的要點說：「惟有接那樣東西，說先上了麻藥，將他一劈四瓣，把狗腎嵌進，用藥敷好，再將藥線纏好，一月之後，平復如初。這狗腎是要狗連的時候，一刀砍死兩個，從母狗陰裏取出來的，才有用呢，不是什麼海狗腎。而且聽得說人是不疼不癢的。」〔註 7〕奚十一答應只要治好他的性具，他願意支付二百兩銀子。陽善修先給他一包藥，一條綾帶，讓他將藥用丁香油調好敷上，再用綾帶捆上性具，先鬆後緊，矯正性具中的那根筋，然後才開始實施接續延長術：

〔註 6〕〔清〕陳森《品花寶鑒》第 29 回第 3～4 頁，幻中了幻齋清光緒 34 年至宣統元年刻本。

〔註 7〕〔清〕陳森《品花寶鑒》第 47 回第 7 頁，幻中了幻齋清光緒 34 年至宣統元年刻本。

又將雞毛蘸著藥水刷了一轉，才把刀割了一刀，血冒出來，把一條藥線嵌進。一連四刀，嵌了四條……那人又掏出一個錫盒子，取出一片鮮紅帶血的肉來，中間還剜了一個眼。又見他把那把小刀在龜頭上戳了幾刀，又冒出血來，將那片肉貼上，再用藥敷好。通身又上了藥，紮了兩三根藥線，把個象牙片子在頭上按了幾按，研得光光的，才把綢套子套了。〔註8〕

奚十一在性具接續好後，色慾更盛，最後在與小官英官肛交時，因用力過猛，性具斷爲兩段，徹底報廢，而英官的大腸也被拖出三四寸。奚十一被救活後，聽了陽善修的話，吃了十劑涼藥，徹底絕了性慾，成了一個閹人。

小說顯然有意將奚十一這樣的色情狂與子玉等名士進行對比。小說第五十三回有一段描寫子玉的夢境。在夢中，琴言一面蕩槳，一手搭在子玉膝上，又嫋嫋婷婷站起來，坐在子玉懷裏，一手勾住子玉的肩。這讓子玉甚覺不安，要扶他起來，忽然琴言變成了一個十七八歲的女郎，高鬟滴翠，秋水無塵，麵粉口脂，芬芳竟體。子玉大驚，要推她起來，卻兩手無力，一身癱軟，只好怔怔的看著。那個女郎要與他訂綢繆之好，子玉大爲驚駭，說：「桑中陌上，素所未經，此言何其輕出，一入人耳，力不能拔。知卿雖是戲言，但僕不願聞此。」〔註9〕那女郎把子玉一把摟緊，子玉大窘求救。正在這個時候，琴言出現了，子玉大喜，想過船相聚，一腳踏空，落在江裏，這才從夢中醒來。子玉的這個夢很値得玩味，他對女子的恐懼，顯然是由於他的性異常，但也與文人故作高雅的色情觀有關。

小說中另一位名士田春航關於男色與女色區別的長篇大論，在一定程度上表露了那些文人同性戀者的心理：

縱橫十萬里，上下五千年，那有比相公好的東西？不愛相公，這等人也不足比數了。若說愛相公有一分假處，此人便通身是假的。於此而不用吾眞，惡乎用吾眞？既愛相公有一分虛處，此人便通身是虛的，於此而不用吾實，惡乎用吾實？況性即理，理即天，不安其性，何處索理？不得其理，何處言天？造物既費大氣力，生了這

〔註8〕〔清〕陳森《品花寶鑒》第47回第12頁，幻中了幻齋清光緒34年至宣統元年刻本。

〔註9〕〔清〕陳森《品花寶鑒》第53回第20頁，幻中了幻齋清光緒34年至宣統元年刻本。

> 些相公，是造物於相公不爲不厚。造物尚於相公不辭勞苦，一一布置如此面貌，如此眉目，如此肌膚身體，如此巧笑工顰，嬌柔宛轉，若不要人愛他，何不生於大荒之世，廣漠之間，與世隔絕，一任風煙磨滅，使人世不知有此等美人？不亦省了許多事麼？既不許他投閒置散，而必聚於京華冠蓋之地，是造物之心，必欲使縉紳先生，及海內知名之士，品題品題，賞識賞識，庶不埋沒這片苦心。譬如時花美女，皎月纖雲，奇書名畫，一切極美的玩好，是無人不好的，往往不能聚在一處，得了一樣，已足快心。只有相公，如時花卻非草木；如美玉不假鉛華；如皎月纖雲，卻又可接而可玩；如奇書名畫，卻又能語而能言；如極精極美的玩好，卻又有千嬌百媚的變態出來。失一相公，得古今之美物，不足爲奇；得一相公，失古今之美物，不必介意。《孟子》云：『人少則慕父母，知好色則慕少艾，仕則慕君。』我輩一介青衿，無從上聖主賢臣之頌；而吳天燕地，定省既虛；惟「少艾」二字，聖賢於數千載前已派定我們思慕的了。就是聖賢亦何常不是過來人，不然那能說得如此精切？我最不解今人好女色則以爲常，好男色則以爲異，究竟色就是了，又何必分出男女來？好女而不好男，終是好淫而非好色。彼既好淫，便不論色。若既重色，自不敢淫。又最不解的是財色二字並重。既愛人之色，而又吝己之財。以爛臭之糞土，換奇香之寶花，孰輕孰重？卓然當能辨之。〔註 10〕

田春航將好女色稱爲淫，認爲好男色才稱得上眞正的好色。他的理論與柏拉圖的同性戀理論非常相似，但小說中名士與優伶的關係顯然離柏拉圖所說的同性戀相差甚遠，因爲他們之間不是平等的關係，這些優伶顯然並非自願爲人妾婦，都是迫於生計而不得不爲之，所以在才有最後燒毀女子衣飾那一幕。

二、男性的貞烈與性別的異化

提到同性戀的小說，不能不說說明代的兩部小說集《弁而釵》和《宜春香質》。《弁而釵》現存筆耕山房刻本，四集，每集五回，附圖像三十幅，正

〔註 10〕〔清〕陳森《品花寶鑒》第 12 回第 5～7 頁，幻中了幻齋清光緒 34 年至宣統元年刻本。

文卷端題「筆耕山房弁而釵」，有圈點，行間批，回有總評，爲清初刊本。小說題「醉西湖心月主人著，奈何天呵呵道人評」，眞實姓名無考。而筆耕山房又刊有《宜春香質》《醋葫蘆》，《醋葫蘆》序署「筆耕山房醉西湖心月主人題」，則醉西湖心月主人或即筆耕山房主人。四故事中三個發生於「國朝」，《情俠記》第二回末提及「恢復遼陽」，當寫於天啓元年（1621）遼陽失守之後，《情奇記》第五回末述及魏忠賢應八千女鬼事，則此書寫於崇禎年間。

《弁而釵》爲同情戀者之讚歌。全書分四集，分別冠以「情貞記」、「情俠記」、「情烈記」、「情奇記」之名。所謂貞烈，本用來讚揚女子對男子的忠誠，而這部小說卻用來寫男子，極力張揚同性戀者之間的眞情。比如《情貞記》寫新科探花、翰林風翔與書生趙王孫的戀情。風翔生性風流，喜好男風。一次在外出途中遇見揚州書生趙王孫，王孫英俊瀟灑，美如婦人，風翔於是喜歡上了他。後來打聽到王孫的老師是秦春元，於是喬裝改名，投入秦春元的門下，借讀書爲名，接近王孫。豈料王孫爲人品格端正，風翔稍有狎穢之詞，就嚴辭拒絕。風翔心願難遂，相思成疾。趙王孫知到他因爲自己而病後，心中感動，於是以身相許。從此二人如同夫婦一般恩愛無比。同窗張狂、杜忌二人知道後，心生嫉妒，想調戲趙王孫，王孫不從，二人乃辱之，並將此事張揚開來。趙王孫之父得知此事後，即招王孫回家。風翔與王孫此時恩愛正篤，迫於無奈，悵然而別，時正逢縣考，王孫交卷後叩別秦先生，並與鳳翔約定三年後在北京相見。別後不久，風翔投書見江都知縣，知縣知其爲翰林，請其爲諸生閱卷。風翔借機將趙王孫列爲頭名，並排擠張狂、杜忌二人。趙王孫從此屢試屢中，不久即進京會試，其座師恰是風翔。會試三場下來，王孫名列金榜，殿試時取爲二甲，得官而回。後王孫娶妻生子，且官聲頗佳。數年後，風翔因觸怒權貴下獄問斬，趙王孫乃上書鳴冤，風翔得以被釋。此後二人皆棄官歸隱，兩家世代相好。

値得注意的是，小說反覆強調趙王孫是一個正人君子。他長得面如傅粉，唇若塗朱，相貌之美超過了女子，令男人見了莫不消魂。但他讀書好學，潛心功名性命，不與小人交接。爲了躲避惡同窗東耳生、水之藩的糾纏，他離家到遠方求學。也就在求學的途中，遇見了好男色的風翔。風翔看到美貌的王孫，心情蕩漾，但他眞正想要的實際上是肛交的快感。所以他在看到王孫後，回到房中，就與書童得芳瘋狂地性交，尋慾望的宣洩。當王孫派自己的書童小燕前來送書帖時，風翔又用強與小燕肛交，不顧小燕的疼痛。與王孫第一次會面後，風翔慾火燃燒，回到房中，見到另一個書童得韻，想道：「他是新貨，必有些做作，我權把他當作趙生，閉著眼抱張呼李，發洩一番，也好度此良夜。」〔註 11〕於是強行姦淫了得韻。

後來風翔思念王孫成疾，王孫前去探望，風翔提出：「我病非你不能，醫藥雖良，能散相思乎？本不該唐突，但我命在垂危，實因兄情牽意絆所致，把心事剖露一番，令兄知我取死根由，我就死也得瞑目。」〔註 12〕王孫無奈，只好答應他的要求，先是上床爲他取暖，又爲他按摩胸部：

> 翰林思忖道：「此時不下手，更待何時？」道：「趙兄住了手，我已不悶脹矣。」趙生住手。翰林便把手去摸趙生，膚如凝脂，光潤異常。趙生慌了，道：「我極怕癢，不要這等。」翰林道：「兄既以身許我，豈惜此一摸？」趙生只得聽他摸。摸得極樂處，趙生把手便推，翰林趁勢將手插入趙生頸，抱定親嘴。趙生掉臉向裏，恰好屁股朝著翰林。翰林以右腳插入趙生右腳底下，略屈些，以左腳踏住趙生右腳脛上，以右手抱定頭頸，扯其左手，以左手潤唾沫於屁眼，即將左手推其屁傍骨，側身而進。〔註 13〕

完事後，王孫感到愧悔：「感兄情癡，致弟失身，雖決江河，莫可洗濯。弟丈夫也，讀書守禮，方將建白於世，而甘爲婦人女子之事，恥孰甚焉。惟兄憐而秘之。」風翔說：「中心藏之，生生世世無敢忘也，又何敢泄。」王孫連稱風翔爲「眞情種」。風翔接著誦讀《訴衷情》《如夢令》二詞表達對王孫的思慕，王孫連連感歎，稱此爲「孽緣」。〔註 14〕

其實，不僅風翔和趙王孫，其他各篇中的情況也相似。主動的一方首先看上的是對方的容貌，想到的則是對方的屁股，而被動的一方皆毫無同性戀傾向，都是因爲心存感激，爲了報答對方的深情厚意，或者是爲了報恩，才屈身相就。更爲典型的是《情奇記》中的李摘凡。李摘凡的父親因官糧被劫下獄，摘凡只得賣身爲男妓，淪落「南院」，被迫接客。摘凡相貌俊秀，又有

〔註 11〕〔明〕醉西湖心月主人《弁而釵》卷 1 第 3 回，《思無邪匯寶》第 6 冊《弁而釵》第 89 頁。

〔註 12〕〔明〕醉西湖心月主人《弁而釵》卷 1 第 3 回，《思無邪匯寶》第 6 冊《弁而釵》第 94 頁。

〔註 13〕〔明〕醉西湖心月主人《弁而釵》卷 1 第 3 回，《思無邪匯寶》第 6 冊《弁而釵》第 97 頁。

〔註 14〕〔明〕醉西湖心月主人《弁而釵》卷 1 第 3 回，《思無邪匯寶》第 6 冊《弁而釵》第 97～98 頁。

文才，所以名聲大振，然而心中愁苦，作《梁州序》抒情。匡時豪俠大方，濟困扶危，讀了摘凡的《梁州序》，前往尋找作者，設計幫助他跳出火坑。摘凡爲報匡時之恩，決定侍奉他三年。恰好匡妻蔣氏勸匡時納妾，摘凡於是男扮女裝，嫁給匡時，匡時讓他居住別院。三年期滿後，摘凡準備離開匡府，不料這時匡家爲仇人陷害，一家都被捕入獄，僮僕也四散而逃。摘凡爲主存孤，帶著匡時的兒子匡肇新逃走。到了一個寺院中，摘凡裝扮成女冠住下，參研四典，悟得佛法。後來高尚書見他修爲頗深，與他結交，並代他扶養匡肇新，後來肇新終於中了狀元，尚書把自己的孫女嫁給了他。摘凡這時才講明事情本末，和肇新一同入京尋父母，報仇雪恨，洗刷冤屈。事畢後，摘凡告別匡家，入山修行，羽化登仙。故事中的匡時欣賞摘凡的才華，同情其不幸遭遇，本來可以成爲知己，但匡時還是沒有忘記肛交：

> 摘凡曰：「又仙乃驛遞鋪陳，原無定主，相公乃風流才子，不拒風流。今在煙花，不妨作煙花相。明日解脫，再作解脫想未晚也。」匡子曰：「然。」以手撫之，其滑如油，至龍陽處，則隙隙有孔，不似太乙抱蟾矣。略著津唾，頓覺開門。匡漂杵而進，李倒戈相迎。顛狂溫柔，較婦人而更美；扭聳拽搖，雖娼妓而不如。匡耐於戰，而李亦勇於受。順受逆來，各有所樂。摘凡曰：「簸之揚之，糠秕在前。」人憂曰：「汰之淘之，沙礫在後。」相與一笑而終事焉。〔註 15〕

《情烈記》中的文雅全和雲天章也是如此。文雅全幼時與萬家訂親，後家道中落，父親去世。萬家嫌貧愛富而想悔婚，於是買通獄中大盜，誣陷雅全的哥哥窩藏贓物。雅全因而連坐入獄，被迫退親。萬父又買通獄卒，欲置雅全於死地。幸而獄卒爲人善良，暗中通信，放走雅全。雅全逃往南京，淪爲戲子，後結識了雲漢，二人一見如故，引爲知己。雅全受到流氓的糾纏，雲漢挺身而出，加以救助，雅全感激莫名，無以爲報，左思右想，決定向雲漢獻身。小說寫雅全的心理活動：「我在難中，當受飄零之苦，他有家之人，去歡娛而受寂寞，別故國而任他鄉，我將何以爲報？只此一身，庶幾可酬萬一。今夜酒後，當以情挑之，否則直言告之，期在必濟，顧不得羞愧也。」〔註 16〕

〔註 15〕〔明〕醉西湖心月主人《弁而釵》卷 4 第 2 回，《思無邪匯寶》第 6 冊《弁而釵》第 298 頁。

〔註 16〕〔明〕醉西湖心月主人《弁而釵》卷 3 第 2 回，《思無邪匯寶》第 6 冊《弁而釵》第 216 頁。

思量已定，他換上女子裝束，爲雲漢表演，雲漢看了情難自制，於是雅全脫衣上床，爲雲漢伴宿。小說將雅全的肛門稱爲「情穴」，將雲漢的性俱稱爲「情根」，雅全說：「非弟無恥，自南感兄高情，無由能報，千思萬想，只此一身，可酬君情於萬一。望兄憐而諒之。」〔註 17〕

雅全對對雲漢的報答還不止此。雅全用唱戲賺來的錢供雲漢讀書，二人情同夫婦。一個山西人將雅全接到家中唱戲，借機姦淫。雅全無可奈何，被迫順從，將所得的銀兩轉贈給雲漢，讓他進京參加會試。在雲漢走後，雅全就自刎而死，保住了名節。雅全的魂魄遇見了觀音大士，大士贈給他聚形符，使他魂魄不散。雅全的魂在淮安追上了雲漢，相伴至京。雲漢須納貢五百金，雅全魂魄進入一新亡女屍中，賣身於臨清知府，知府娶其爲妾，雅全以所得銀兩交與雲漢，雲漢因而得以考中進士。雅全又撮合知府之女與雲漢成婚。後雲漢選官赴任，雅全又助其斷案。二年後，雅全於南海得道，終成正果。

雅全賣身助雲漢求取功名，爲雲漢而自刎全節，甚至在死後又借屍賣身，終於助雲漢得到了富貴和美滿的婚姻，其對雲漢的忠誠和節烈甚至讓許多女子都自歎不及。同性戀者的所謂「情義」眞的被渲染到了極至。故事中人物風翔論「情」說：「情之所鍾，正在我輩。今日之事，論理自是不該，論情則男可女，女亦可男，可以由生而之死，亦可以自死而之生。局於女男死生之說者，皆非情之至也。」〔註 18〕這段話讓我們想到明代文學家湯顯祖的《牡丹亭題詞》：「情不知所起，一往而深，生者可以死，死者可以生，死而不可復生者，皆非情之至也。」〔註 19〕

三、對小官的偏見和仇恨

與《弁而釵》用意相反的是《宜春香質》。《宜春香質》現存筆耕山房刊本，分風、花、雪、月四集，每集五回，署「醉西湖心月主人著，且笑廣芙蓉僻者評，般若天不不仙人參」，風集總目後有圖三十二幅，回有回評。作者「醉西湖心月主人」或與《醋葫蘆》作者西子湖伏雌教主爲同一人。花集第

〔註 17〕〔明〕醉西湖心月主人《弁而釵》卷 3 第 2 回，《思無邪匯寶》第 6 冊《弁而釵》第 217 頁。

〔註 18〕〔明〕醉西湖心月主人《弁而釵》卷 1 第 3 回，《思無邪匯寶》第 6 冊《弁而釵》第 97 頁。

〔註 19〕〔明〕湯顯祖《牡丹亭記題詞》，《湯顯祖全集》詩文卷 33 第 1153 頁，北京：北京古籍出版社，1999。

三回謂鐵一心「因遼陽失陷，挈家南歸」，則當成於天啓元年（1621）遼陽失陷後，崇禎末年之前。小說專寫同性戀而因果說教色彩濃重。劉廷璣《在園雜誌》稱其爲「更甚而下者」。〔註 20〕

這部小說表達了對男風的痛恨，其中所描寫的小官多無情無義，忘恩負義，因而最後得到了報應。小說雖以風、花、雪、月爲集名，而其所講述的故事實無風雅可言。風集中的孫義容貌秀麗，體態婀娜，十二歲時就被同館學兄李尊賢和家僕筠僮姦淫，此後竟然以此爲樂，主動挑逗館師鍾萬錄，小說寫道：「小孫看了道：『原來先生也好這把刀兒，我若搭上了先生，日日有人弄，豈不強似把與筠僮肏？但先生愛著小韋，怎麼恩能及我？」〔註 21〕他假裝醉酒，到鍾萬錄床上睡下，將褲兒脫下，面向裏面，屁股向外，腳彎在床上，下腳拖在地下，露出雪白屁股，沉沉睡去。鍾萬錄回房後，看見了孫義的白屁股，果然動興，與孫義進行肛交，而孫義醒後，也主動逢迎，如同淫婦娼妓。有一天，在先生不在的時候，同館的十八個諸生輪番姦淫了孫義。後來孫義後悔此前的行爲，離開學館，與王仲和一同讀書，而王仲和實爲龍陽。兩人到了杭州，以夫妻相待。孫義能詩善畫，精通棋藝，名聲大作。無賴虢裏虯貪圖孫義顏色，將他灌醉後姦污，孫義事後覺得無臉見王仲和，於是離開杭州，途中又被虢某截回，淪爲小官，以賣唱接客爲生。後來孫義流落到南京，觸犯惡霸干將、莫邪，被毒打至死。孫義死後乃化爲孤魂，尋找呂純陽，求他爲自己報仇，呂純陽答應了。第二年，王仲和中舉，周濟孫義與妓女所生之子，狀告虢裏虯，使其入獄而死，後又考中進士，官開封府，懲辦干將、莫邪，終於爲孫義報了仇。

風集中的孫義因爲行爲不檢點，所以淪爲小官，最後被毒打至死，算是受到了報應。但孫義沒有做出不義之事，所以最後神仙呂純陽答應爲他報仇，殘害他的惡人都得到了報應。花集中的單秀言則是出賣後庭，騙人錢財，而又忘恩負義，無所不爲，所以最後受到報應，是罪有應得。單秀言相貌美麗，生性好淫。他在深山中遇見女神通天聖母，聖母將採陰採陽之術傳授給他。他於是以後庭誘人錢財，先是當謝公綽的龍陽，騙盡他的錢財後，將他無情拋棄。單秀言又至山東和風鎮，結識當鋪老闆和賓王，贏得了他的信任，和

〔註 20〕〔清〕劉廷璣《在園雜誌》第 84 頁，北京：中華書局，2005。

〔註 21〕〔明〕醉西湖心月主人《宜春香質》風集第 2 回，《思無邪匯寶》第 7 冊《宜春香質》第 111 頁。

賓王將當鋪交給他管理，自己回家鄉辦事。單秀言揮霍當鋪財產，吃喝嫖賭，無所不爲。遼陽豪傑鐵一心武藝高強，因家鄉淪陷，攜帶家眷來和風鎮覓宅，單秀言將當鋪的房子租給鐵一心，他看見鐵一心的妻子豔姬美貌，想占爲己有，於是以後庭引誘鐵一心，伺機與豔姬成姦。鐵一心察覺後，想懲罰單秀言，單秀言反而誣告鐵一心販賣人口，官府將鐵一心驅逐出境，又將豔姬賣掉，單秀言將豔姬買下。單秀言想謀殺鐵一心以絕後患，鐵一心的友人六度和尚報信，鐵一心喬妝逃走。後來和賓王家中遭變，逃到單秀言家避難，單秀言閉門不見，幸得汪巧英救濟，賓王得以存身。後來賓王考中進士，入翰林院，正値山東白蓮教爲亂，和賓王以尚書之職剿亂，兵至和風鎮，欲擒單秀言報仇，曾經被單秀言所騙的謝公綽引路，領兵衝入單宅，殺了單秀言、豔姬諸人。

雪集中的伊人愛和單秀言相類。俠士商子鼎爲妓女祁文贖身，讓伊人愛與她成婚。然而不久伊人愛就將祁文轉賣給他人，自己另娶。後來商子鼎家中遭兵亂，前往伊人愛處求助，伊人愛反目，加以羞辱。祁文資助商子鼎入京赴試。後商子鼎進士及第，感激之餘，娶祁文爲妻。伊人愛此時家道中落，妻子亦論爲妓女，與人私奔，伊人愛本人則淪爲乞丐。

這些故事雖然對小官帶有一定的偏見，但也揭示了一個事實，即小官拿自己的軀體供他人淫樂，很少出自自願，多爲外力所迫，更多的是爲了謀取錢財。像《弁而釵》那樣要求小官的忠貞節烈，是十分可笑的。

月集中的故事最爲奇異。書生鈕俊滿腹文才卻相貌醜陋，因而受同窗和先生的疏遠，終日憤憤不平。一天他做了一個夢，夢入如意美滿城，遇到了三界提情教主風流廣化天尊、煙花盟主弘愛眞君、男情教主別情奇愛眞君等，他們給他脫胎換骨，使他成爲絕色男子。他到了宜男國，被選爲狀元，封爲昭儀，不久做了皇后，與國王淫樂。他在入宜男池求子的時候，做了一夢。夢中神女告訴他，宜男國原無女子，都是男作女，男人一旦被肛交，就等於開了女路，陽氣便消，陰氣隨之而長。所以他才會見到國王就騷癢難熬，如女人見丈夫一樣。他如果想再與女子交媾，必須塞陰開陽，將肛門堵塞。神女口吐白珠一粒，狀若紅玉，讓他服下，丹田火發，興不能禁，與那女子交媾一場。鈕俊驚覺，在知是夢，而其肛門眞的被肉堵塞。在回宮的路上，鈕俊被原來的王后追殺，得虎羅哪所救。虎羅哪用牛耳尖刀割去鈕俊肛門的贅肉，強行姦淫，致使鈕俊昏迷。鈕俊被扔到了荒郊，醒來後，想回宜男國，卻到了聖陰國，女王要與他交媾，奈何他陽氣又消，只好以後庭與女王交媾，竟然也使女王懷孕。駱駝國前來搶奪鈕俊，鈕俊逃回了宜男國。鈕俊正與國王交媾的時候，敵人攻進了宮中，鈕俊被敵國軍士俘虜。敵國軍士對他輪番姦淫。鈕俊國破身危，死裏逃生，又受人凌辱摧殘，這時才後悔，懷念相貌醜陋時，雖無人愛慕，但也沒有人危害，縱無快活，也不苦楚。正在這時，一個長髯仙人出現了，長髯仙人告訴他：「天地皆虛，世情俱僞。夭矯豔倩，伐性斧斤；倜儻風流，招淫穢物。雖貴爲皇后，俱空中之色；縱富有四海，皆色內之空。且醜而忽美，美而即貴，世事有何定局？則貴而又賤，賤而轉醜，人情亦所宜然。性分自有樂境，何必維繫塵情？玩形弄影，反觀在乎絕慾。何不覺察冤孽，直證菩提？男竊女淫，深犯陰陽之忌；女顰男效，大亂乾坤之綱。急早洗心，毋貽伊戚。」（月集第五回）〔註 22〕鈕俊忽然頓悟，萬念俱空。仙人將他帶到如來那裡，如來命淨心天王給他除六慾七情，天王將鈕俊的五臟六腑掏出清洗，又將大腸頭上五寸餘長的一段割去，然後將臟腑裝入腔裏，帶來見如來。如來又讓文殊廣利菩薩將鈕俊投到烈火中焚燒。鈕俊驚叫醒來，才知道是一夢。鈕俊斬斷情緣，出家修行。

鈕俊的夢可以說是同性戀者的枕中記、黃粱夢，鈕俊由一性夢而參透人生，可以說是與盧生殊途同歸。所以，這個故事爲同性戀者指明了出路。故事中的鈕俊經歷了同性交和異性交，肛門被堵塞，又被割開，到最後被割除，說明了只有經歷過，才會有眞正的悔悟，而這種悔悟就像五臟六腑被清洗過一樣。

四、男風盛行的誇張描寫

《弁而釵》和《宜春香質》對男風的態度，一個是讚美，一個是批判，而《龍陽逸史》則是以戲謔的態度描寫了明代後期男風盛行的狀況，展示了小官的生活環境。《龍陽逸史》現存日本佐伯文庫藏本，卷首有崇禎壬申五年（1632）蔗道人題辭及新安程俠敘文，八冊，圖二十頁，第一回圖左下角署「洪國良刻」，洪爲明末杭州刻工，則此刻本當爲明末刻本。小說正文前題「京江醉竹居士浪編」，眞實姓名不詳。據程俠序，作者爲文士，「生平磊落不羈，每結客於少年場中」。〔註 23〕洪國良曾爲《新刻繡像批評金瓶梅》（與劉應祖、

〔註 22〕〔明〕醉西湖心月主人《宜春香質》月集第 5 回，《思無邪匯寶》第 7 冊《宜春香質》第 347～348 頁。

〔註 23〕〔明〕京江醉竹居士《龍陽逸史》序，《思無邪匯寶》第 5 冊《龍陽逸史》第 73 頁。

黃子立合刻)《吳騷合編》(崇禎十年 1657 刻本) 插圖，則此書當成於明代崇禎年間。

小說的第五回描寫了一個駱駝村，此村百十戶人家竟然有二三十戶小官，在那個時候，做小官成了一種謀生的手段。人們來到駱駝村裏，「只見東家門首，也站著個小官；西家門首，也站著個小官」，整個村子可以說是一個「小官村」。很多少年由於各種原因也加入進來，成爲社會上一個引人注目的新興階層。有的小官直接進入南院或男院，像青樓女子一樣公開自己的同性戀活動，出賣色相和身體，把它作爲謀生的渠道。既然是一種行業，他們和妓女相似，也有固定的地方和招牌人物。除了南院中有組織的小官外，還有一部分小官是遊散的，需要經過中介來尋找主顧，於是，一些幫閒、經濟人也大量出現，如第十四回中描寫了卞若源，「專一收了些各處小官，開了個發兌男貨的鋪子」，〔註 24〕並且根據年齡分爲天、地、人、和四個字號，進行公開的交易。卞若源作爲小官的中介，從中大獲收益。第十五回中的崔員外也是一個小官的中介：「他見地方上有流落的小官，只要幾分顏色，便收到家裏，把些銀子不著，做了幾件時樣衣服，妝粉了門面，只等個買貨的來，便賺他一塊。」〔註 25〕第二回中的小官李小翠，通過中介與主顧訂立了合同：「三面言定：每歲邵奉李家用三十金，身衣春夏套，外有零星用度，不入原議之中。」〔註 26〕通過合同的形式，更加明確了同性戀的買賣關係。小官與妓女一樣，爲利所驅，當然沒有什麼眞情，所以作者雖然感歎說：「大凡做小官的，與妓家相似。那妓女中也有愛人品的，也有愛錢鈔的，也有希圖些酒食的。小官總是一樣。」〔註 27〕「但看如今的小官，個個貪得無厭，今日張三，明日李四，滋味都嘗過。及至搭上了個大老官，恨不得一頓裏，連他家私都弄了過來。」〔註 28〕「近來小官都像了白鴿，只揀旺處就飛。還

〔註 24〕〔明〕京江醉竹居士《龍陽逸史》第 14 回，《思無邪匯寶》第 5 冊《龍陽逸史》第 302 頁。

〔註 25〕〔明〕京江醉竹居士《龍陽逸史》第 15 回，《思無邪匯寶》第 5 冊《龍陽逸史》第 320 頁。

〔註 26〕〔明〕京江醉竹居士《龍陽逸史》第 2 回，《思無邪匯寶》第 5 冊《龍陽逸史》第 116 頁。

〔註 27〕〔明〕京江醉竹居士《龍陽逸史》第 11 回，《思無邪匯寶》第 5 冊《龍陽逸史》第 253 頁。

〔註 28〕〔明〕京江醉竹居士《龍陽逸史》第 18 回，《思無邪匯寶》第 5 冊《龍陽逸史》第 367 頁。

有一件最惱人的，比像這時你若肯撒漫些兒，就是乞丐偷兒也與他做了朋友；你若這時愛惜錢鈔，就是公子王孫只落得不放在心坎上。」〔註 29〕但也並不像《宜春香質》那樣對此現象深惡痛絕，而更多的是同情、理解，加上一點無奈。

小說極力渲染小官的魅力：「只看近來有等好撒漫主顧，不肯愛惜一些錢鈔，好幹的是那風流事情。見著一個男色，便下了心腹，用盡刻苦工夫，捱到一年半載，決然要弄上手。」〔註 30〕「況且而今的人，眼孔裏那個著得些兒垃圾，見個小官，無論標緻不標緻，就似見血的蒼蠅，攢個不了。」〔註 31〕「原來那杭州，正是作興小官的時節。那些阿呆眞叫是眼孔裏著不得垃圾，見了個小官，只要未戴網巾，便是竹竿樣的身子，筍殼樣的臉皮，身上有幾件華麗衣服，走去就是一把現鈔。」〔註 32〕「近日來人上都好了小官，那些倚門賣俏絕色的粉頭，都冷淡了生意。不是我說得沒人作興，比如這時一個標緻妓女，和一個標緻小官在這裡，人都攢住了那小官，便有幾個喜歡妓女的，畢竟又識得小官味道。」〔註 33〕在小官面前，那些風騷妖豔的妓女都黯然失色，所以隨著一個個男院開辦起來，一個個妓院倒下去，而妓女的出路只有從良或者依靠小官生活。小說第十一回中的故事就很典型。妓女韓玉姝在姑蘇沒有生意，就和弟弟韓玉仙搬到了杭州。杭州的那些聽說姑蘇新到了一個妓女，一個小官，爭著去看，「好似蒼蠅見血一般，都來攢住了」，漸漸冷落了福清巷、沙皮巷兩處的妓女。沈葵慕韓玉姝之名前往，看見韓玉姝果然美貌：「綠鬢蓬鬆，玉釵顛倒。芳唇猶帶殘脂，媚臉尚凝宿粉。一眶秋水已教下蔡迷魂，滿面春風堪令高唐賦夢。」但當他看到韓玉仙時，頓時失魂落魄，忘記了韓玉姝：「目秀眉清，唇紅齒皓。麗色可餐，不減潘安再世；芳姿堪啖，分明仙子臨凡。款步出堂前，一陣幽香誰不愛？

〔註 29〕〔明〕京江醉竹居士《龍陽逸史》第 19 回，《思無邪匯寶》第 5 冊《龍陽逸史》第 381 頁。

〔註 30〕〔明〕京江醉竹居士《龍陽逸史》第 1 回，《思無邪匯寶》第 5 冊《龍陽逸史》第 79 頁。

〔註 31〕〔明〕京江醉竹居士《龍陽逸史》第 2 回，《思無邪匯寶》第 5 冊《龍陽逸史》第 101 頁。

〔註 32〕〔明〕京江醉竹居士《龍陽逸史》第 7 回，《思無邪匯寶》第 5 冊《龍陽逸史》第 190～191 頁。

〔註 33〕〔明〕京江醉竹居士《龍陽逸史》第 11 回，《思無邪匯寶》第 5 冊《龍陽逸史》第 253 頁。

趨迎來座右，千般雅態我難言。」〔註 34〕沈葵愛上了韓玉仙，反而疏遠了韓玉姝，小說寫到：

> 過了兩日，果然沈葵又來，跨進門便走到玉仙房裏。玉姝一個大不快活，心下暗道：「這樣一個沒情的人，走將進來，難道見不得我一見？」隨身跟到玉仙房裏去，只見他兩個對面坐著，正在那裡說幾句心苗的話。仔細一看，桌上一隻火焰焰赤金挖耳，一隻碧玉簪子，又是兩個錠兒，約有十多兩重。玉姝曉得是沈葵送的，越添了些不快活，竟不出一句說話，冷笑一聲就走了出來。玉仙見姐姐來看見了去，不管個嫡親姊妹，就覺多得他，連忙起身把門掩上。〔註 35〕

兩人反而覺得韓玉姝多餘了，於是想辦法支走她。後來沈葵與韓玉仙難捨難分，於是娶玉姝做了偏房，和玉仙開了個綢緞鋪子，一家過活。

明代小說《童婉爭奇》也描寫了男院和妓院爲客源而進行的爭鬥。在長安市中，立有一男院長春苑，一女院不夜宮，取東坡「風花併入長春苑，燈火交輝不夜宮」之意。男院皆以「少」爲號，其最俊秀者爲少都；女院皆以「賽」爲號，代表人爲賽施。一天，男院的少朝出來，女院的賽眞見了，痛恨於心，唱《掛枝兒》一首來罵他。少朝聽了，很不高興，也唱《掛枝兒》一首對罵。唱了以後，兩人又對罵，弄得兩院人員全體出動，各幫本院，分別尋找對手，相互辱詈。到了最後，惡打一場，然後各歸本院，互相草擬狀詞，準備到五城兵馬司那裡去控告。有一個書生聽說了這件事，天還未亮，就跑到兵馬司門前等待調解。男院的少龍先到，見到書生就哭訴經過。女院的賽褒來了，也向書生哭訴。兩人互不相讓，再罵一場，弄得書生非常爲難，撫慰甚久，然後恐嚇他們說，到兵馬司訴訟，原被告都要先被打三十板。書生接著把兩人一齊騙到疏竹庵中，設宴爲之解和。兩人仍互相對罵，最後書生提議比賽筆墨才華。於是少龍作「幽王舉烽火取笑」一套嘲賽褒，賽褒作「龍陽君泣魚固寵」一套嘲少龍。曲既作完，怒亦稍解。書生趁此再勸，辱罵事遂因此終結。

〔註 34〕〔明〕京江醉竹居士《龍陽逸史》第 11 回，《思無邪匯寶》第 5 冊《龍陽逸史》第 258～260 頁。

〔註 35〕〔明〕京江醉竹居士《龍陽逸史》第 11 回，《思無邪匯寶》第 5 冊《龍陽逸史》第 267～268 頁。

實際上，小官也並非總是如此得意。隨著年齡的增長，小官漸漸失去了女性一樣的嫵媚，男性特徵突出，喪失了吸引力，招徠顧客十分困難，報酬變得微薄，並成爲別人嘲笑的對象。《龍陽逸史》第十四回寫一個男院老闆將小官分成天字上上號、地字上中號、人字中下號、和字下下號四個等級：「這四個字號倒也派得有些意思。他把初蓄髮的派了天字，髮披肩的派了地字，初擄頭的派了人字，老扒頭派了和字。」〔註 36〕所根據的就是年齡。第五回中寫駱駝村將小官分爲三等：「把那十四五歲初蓄髮的，做了上等；十六七歲髮披肩的，做了中等；十八九歲擄起發的，做了下等。那初蓄髮的，轉眼之間就到了擄頭日子；只有那擄頭的，過三年也是未冠，過了五年又是個未冠。那上等的見下等的壞了小官名色，恐怕日後倒了架子，遂拴同上等，又創起個議論，竟把那下等的團住。」〔註 37〕除了這些等次之外，還有很多不入等的小官，他們或淪爲苦役，或流落街頭，其遭遇比妓女更爲辛酸。正因爲如此，小說的第十四回才會說前生作孽之人，來世將變小官。

小官以色相和臀部謀求衣食的辛酸，小說《姑妄言》中有更爲深刻的描述。贏醜子一臉黑麻子，面貌醜陋，對那些兼做龍陽的正旦非常羨慕，他無聊的時候，自己摸著肛門歎道：「我比他們雖不能掙錢，他們放的都是散屁，要像我這個囫圇屁眼也萬萬不能夠了。」〔註 38〕沒有想到，他的老婆生了一個漂亮的兒子贏陽，贏醜子以爲是祖宗積德。贏陽很聰明，戲文一教就會，腔口也好，身段窈窕，裝扮起來宛然一個嬌媚女子。到了十二三歲，有個大老官愛上了他，贏醜子答應了。那大老官送了他一大塊銀子，又替贏陽做了兩套時款綢絹衣服。此後兩三年間，贏陽掙了一大筆錢。贏醜子夫婦高興得屁滾尿流。但有一天，贏醜子忽然放了一個響屁，心有所觸，慘然長歎，他妻子養氏問他：「放了一個屁，爲何做出恁個樣子？你捨不得這一響麼？」贏醜子回答說：「我因此屁想起兒子來，他雖掙了幾個錢，今生要像我放這樣個響屁，斷乎不能的了。不覺傷心耳。」〔註 39〕後來贏陽被惡霸聶變豹騙去強姦，成了殘廢，不僅無法做龍陽，連戲也不能常唱了，只好靠自己的妻子養活。小說評論龍陽說：「他

〔註 36〕〔明〕京江醉竹居士《龍陽逸史》第 14 回，《思無邪匯寶》第 5 冊《龍陽逸史》第 302 頁。
〔註 37〕〔明〕京江醉竹居士《龍陽逸史》第 15 回，《思無邪匯寶》第 5 冊《龍陽逸史》第 158 頁。
〔註 38〕〔清〕三韓曹去晶《姑妄言》第 6 回，《思無邪匯寶》本《姑妄言》第 682 頁。
〔註 39〕〔清〕三韓曹去晶《姑妄言》第 6 回，《思無邪匯寶》本《姑妄言》第 683 頁。

那青年之時，以錢大之一竅，未嘗不掙許多錢來。但這種人又喜賭又好樂，以爲這銀錢只用彎彎腰蹶蹶股就可源源而來，何足爲借，任意花費。及至到有了幾歲年紀，那無情的髫鬚，他也不顧人的死活，一日一日只鑽了出來，雖然時刻掃拔，無奈那臉上多了幾個皺紋，未免比少年減了許多丰韻。那善於修飾的，用松子白果宮粉搗爛如泥，常常敷在面上，不但遮了許多缺陷，而且噴香光亮，還可以聊充下陳。無奈糞門前後長出許多毛來，如西遊記上稀柿同內又添上了一座荊棘嶺，掃不得，剃不得，燒不得，把一個養家的金穴如柵欄一般檔住，眞叫人哭不得，笑不得，卻無可奈何了，眞是：一團茅草亂蓬蓬，從此情郎似陌路。要知這就是他臀運滿足，天限他做不得此事的時候了。到了此時，兩手招郎，郎皆不顧，雖在十字街頭把腰彎折，屁股蹶得比頭還高，人皆掩鼻而過之。求其一垂青而不能，要想一文見面萬不能夠了。到了唱戲，伸著脖子板筋疉暴著掙命似的，或一夜或一日，弄不得幾分錢子，還不足糊口，及悔少年浪費之時，已無及矣。才想到這件掙錢的傢伙，比不得種地的農夫，今歲不收，還望來歲。只好像行醫的話，上下改三個字便是的評，說的是：趁我十年嫩，有股早來春。」〔註 40〕雖然可笑，其實令人心酸。

五、明清小說中的同性戀和雙性戀

除了這幾部專門寫同性交的小說，明清時期的豔情小說幾無不涉及同性交或同性戀。豔情小說《浪史》中，梅素先的僕僮陸珠，長得俊俏，形如女子，被梅素先當作龍陽。而他一邊應付梅素先，一邊圖謀勾引其妹俊卿。乘中秋之夜梅素先與李文妃幽會之際，陸珠與俊卿盡情淫樂。《桃花豔史》中的白守義不僅喜歡玩弄女性，而且也喜好男色。有一天，他在康家桃花園處撞見少年姜勾本、宋上門行苟且之事，他見姜勾本長相可人，頓生龍陽之意，於是假意要告發這件醜事，以此要挾少年姜勾本，把他引到自己家中行姦。不僅如此，他還和姜勾本一起與自己的妻妾侍女進行集體淫亂，白守義把自己的妻妾侍女奉獻出來，給自己的龍陽享用。不想姜勾本也是一個無賴，在白守義將自己的妻妾侍女了給他後，他貪戀不已，從此常大大咧咧地出入白家，與白守義的妻妾侍女奸宿，不把主人放在眼裏，逐漸超出了白守義能忍受的界線，引起白守義的怨恨，所以想辦法將姜勾本殺死。

〔註 40〕〔清〕三韓曹去晶《姑妄言》第 6 回，《思無邪匯寶》本《姑妄言》第 680～682 頁。

《繡榻野史》寫東門生喜歡上了同窗趙大里，一日不見便寢食不安，後來終於找到機會將趙大里姦淫。從此後，東門生與趙大里，日裏爲兄弟，夜裏爲夫妻。東門生續娶金氏，金氏和趙大里眉來眼去，被東門生看破。東門生自從娶了金氏，便很少與趙大里交合，覺得有些對不住他，於是故意讓趙大里與金氏在書房裏相會。東門生遇事外出，趙大里在充分品嘗了男女交合的美妙享受後，倒生出對東門生的怨恨，因此心生報復之念。他服用了大劑量春藥，兇狠地與金氏交合，使金氏疼痛難忍。趙大里又把婢女賽紅、使女阿秀強姦了。東門生回家後，三個女人輪流哭訴趙大里的獸行，東門生十分惱怒，於是想辦法誘姦了趙大里的母親麻氏。最後，麻氏嫁給了東門生，金氏嫁給了趙大里。東門生在麻氏生產期間，強姦了麻氏帶過來的使女小嬌。後來，金氏不堪趙大里折磨，一氣之下咬掉了趙大里半截陰莖。後來麻氏在生子不滿月就跟東門生淫樂，得病而死；金氏也因淫亂過度，染病而死。婢女、使女分別嫁人。趙大里葬了金氏，漸漸厭惡了這男女苟且之樂，發憤攻讀，第二年赴京應考，不料中途中暑而死。只有麻氏使女小嬌，守著趙家舊宅，撫養麻氏的兩個幼子。東門生夢見麻氏變爲母豬，金氏變母騾，趙大里變母騾，訴說苦處。東門生恍然大悟，出家當了和尚。

《梧桐影》中，三拙看戲時見子嘉貌美，於是設計與他結交，使他成爲龍陽，又將採戰之法傳授給他。子嘉術成之後，四處姦淫婦人，事發後被逐出戲班，又改清客，往來於豪門府第，常與三拙一同與婦人私通，最終爲李御史所察，將二人枷死。二人死後變爲遊鬼，仍時常在夜間現形，並談論情事。在《鬧花叢》中，與龐文英私通的桂萼出嫁後，其夫次襄發現她不是處女，逼她說出實情。次襄是個同性戀者，他將文英邀請來，三人同床取樂。《歡喜冤家》第十一回《夢花生媚引鳳鸞交》塑造了一個狡童「夢花生」的形象。書生王國卿帶著銀子去南京納監，遇到標緻小官「夢花生」後，兩人如膠似漆。到蘇州後，王生被領到夢花生家，又與其姐成就好事。此時王生欣喜得意，但到南京後發現，納監的銀兩已被夢花生全換成了石子，此時方知中計，待到趕回蘇州，夢花生與巫娘早已不知去向。

李漁的《十二樓》卷六《萃雅樓》講的是龍陽的故事。明代嘉靖年間，京師金仲雨、劉敏叔與少年朋友揚州人權汝修合開一家古董鋪，名萃雅樓。權汝修美貌如同婦人，與金、劉二人私交。嚴世蕃聞權汝修之名，想召入府中，被權汝修拒絕，嚴世蕃於是勾結太監沙玉成，設計引權汝修至，將他閹割。沙太監死後，權汝修爲嚴世蕃所有，權汝修至嚴府後，出入其庭，將觀察到的嚴氏惡行都記於經摺之上。後嚴世蕃被劾，權以所記進奏皇帝，世宗皇帝見後震怒，處世蕃極刑。權汝修至法場痛斥嚴世蕃，並取其頭顱爲溺器以報宿怨。這篇小說寫後庭、寫肛交，寫性具，卻名其爲「雅」，可見作者趣味和社會之風尙。《無聲戲外編》卷一寫的也是同性戀故事。嘉靖年間，福建興化府莆田縣許葳鰥居多年，不曾續娶。尤侍寰之子尤瑞郎膚色如雪，貌如佳人，許葳一見之下心生愛慕，後公然娶其爲妻，二人恩愛甚篤，如魚得水。瑞郎因恐自己年老色減，乃自去其勢，以示忠貞。後眾人無法忍受二人行爲，乃狀告許葳私設腐刑，擅立內監。許葳因此入獄，被拷打至死，瑞郎遂改名瑞娘，將許葳之子承先撫養成人。金木散人的《鼓掌絕塵》第三十三回寫小官沈七設計騙取了貪戀男色的張秀的錢財。小說中寫道：「近來世情顛倒，人都好了小官。勾欄裏幾個絕色名妓，見沒有生意，盡搬到別處去賺錢過活。還有幾個沒名的，情願搬到教坊司去，習樂當官。」〔註 41〕無名氏的《檮杌閒評》第七回寫了與妓院相似的男性色情服務場所——簾子胡同，分爲新簾子胡同和舊簾子胡同，「只見兩邊門內都坐著些小官，一個個打扮得粉妝玉琢，如女子一般，總在那裡或談笑，或歌唱，一街皆是。又到新簾子胡同，也是如此」。〔註 42〕

即使是那些宣揚因果的話本小說，也多涉及同性戀。如《石點頭》中就有關於同性戀的故事，作者不僅沒加以批評，反而加以頌揚。如第十四卷《潘文子合鴛鴦冢》，主人公潘文子長得秀氣，眉眼神情，舉手投足，很有幾分女子氣度。那時女人嫁夫，多以溫柔白淨的奶油小生爲最佳選擇，虎背熊腰，力能抗鼎的壯漢反而不吃香了。因此，潘文子的美名遠近幾縣無人不知。楚國武生王仲先慕名而來，願與他同學，想沾些陰柔氣息，減少自己的粗獷豪氣。天長日久，二人竟形同夫妻，白天共衣食，夜裏共枕席，與男女夫妻一樣，顛鸞倒鳳、巫山雲雨。後來，潘文子與王仲先同日而死，家人便合葬於羅浮山，冢上長出一樹，樹葉繁茂，莫不相擁相抱。這個故事和《弁而釵》中的故事很相近，而其結局之圓滿，不僅令《弁而

〔註 41〕〔明〕金木散人《鼓掌絕塵》第 33 回第 3～4 頁，《古本小說集成》第 1 輯第 44 冊《鼓掌絕塵》第 972～973 頁，上海：上海古籍出版社，1991。

〔註 42〕〔明〕無名氏《檮杌閒評》第 7 回第 7 頁，《古本小說集成》第 2 輯第 57 冊《檮杌閒評》第 225 頁，上海：上海古籍出版社，1992。

釵》中的故事黯然失色，甚至令現實中的無數異性戀男女羡煞。這個故事的開頭有一段話介紹當時「同性戀」盛行的情況：「那男色一道，從來原有這事。讀書人的總題叫做翰林風月，若各處鄉語，又是不同：北邊人叫炒茹茹，南方人叫打蓬蓬，徽州人叫塌豆腐，江西人叫鑄火盆，寧波人叫善善，龍游人叫弄苦蔥，慈谿人叫戲蝦蟆，蘇州人叫竭先生，大明律上喚作『以陽物插入他人糞門淫戲』。話雖不同，光景則一。至若福建有幾處，民家孩子若生得清秀，十二、三上，便有人下聘。漳州詞訟，十件事倒有九件是爲雞姦事。」〔註 43〕

《續金瓶梅》對女性同性戀有形象的描寫，第三十二回寫金桂與梅玉自小一起長大，同臥一床，她們情竇初開，在看了李守備與千戶娘子、黎指揮娘子淫亂的場面後，學他們的樣子交歡取樂：「卻說這黎金桂從那日汴河看見男女行樂，已是春心難按，幸遇著孔家妹子梅玉回來，兩人每日一床，眞是一對狐狸精。到夜裏你捏我摩，先還害羞，後來一連睡了幾夜，只在一頭並寢，也就咂舌親嘴，如男子一樣。這一夜見他兩個母親吃酒醉了，和守備勾搭，起來吹滅燈，就把房門悄悄挨開，伏在門外聽他三人行事，只見水聲自床沿流下來，搖的漬漬亂響，淫聲浪語沒般不叫。兩個女兒連腿也麻了，險不酥透頂門，跳開地戶。到了孔家大戰以後，黎家品咂，二女疾回，掩上房門，脫得赤條條的，金桂便道：『梅玉！咱姊妹兩個也學他們做個幹夫妻，輪流一個妝做新郎。我是姐姐，今夜讓我先罷。』梅玉道：『你休要弄的我像我媽那個模樣兒，倒了不成。』金桂道：『他男子漢有那個寶貝，咱如今只這一隻手要個快活罷。』說畢把梅玉兩腿擎起，將身一聳，平塌塌的，『嗤』的笑了，忙把身子伏下，替他吮奶頭兒，怪癢起來，才去按納寶蓋三峰，眞是珠攢花簇，一個小指也容不進去，用了唾津，剛剛容得食指，略作抽送，早已叫疼。摩捏了半日，才覺津津有味。著梅玉叫他親哥哥，金桂便叫姐姐妹妹，也學那淫聲一樣。梅玉用手把桂姐腰裏一摸，那知他先動了心，弄著梅玉，自己發興，那花心香露早已濕透，流了兩腿。梅玉大驚，道：『你如何流出溺來了！』金桂道：『這是婦人的臊水，見了男子就常是這等流的。你到明日，我管弄的你如我一樣。』弄了半夜，身子倦了，抱頭而寢。如此，夜夜二人輪流，一人在身上。後來使白綾帶塞上棉花，縫成小小袋兒，和小

〔註 43〕〔明〕天然癡叟《石點頭》第 14 卷第 1～2 頁，《古本小說集成》第 5 輯第 15 冊《石點頭》第 916～917 頁，上海：上海古籍出版社，1995。

陽物一般，每夜弄個不了。」〔註 44〕第四十一回更是通過對一種變態性行為的描寫，揭示了女性同性戀之間不正常的心理：「金桂姐道：『咱姊妹不久眼下分離，你東我西，不知何年相會，實實的捨不得！咱聽得男子人和情人相厚了，有剪頭髮、灸香瘢的。咱兩個俱是女人，剪下頭髮也沒用。到明日夜裏，灸個香瘢兒在這要緊皮肉上，不要叫男人瞧見，日後你見了瘢兒好想我，我見瘢兒也好想你。』梅王道：『不知使甚麼燒，只怕疼起來忍不住，叫得奶奶聽見，倒好笑哩！』金桂道：『聽得說，只用一個燒過的香頭兒，似小艾焙大麥粒一般，點上香，不消一口茶就完了，略疼一疼就不疼了，那黑點兒到老也是不退的。你明日先灸我一炷你看看！』笑得個梅玉在被窩裏摸著金桂的花兒道：『我明日單是在這上邊灸一炷香，叫你常想著我。』金桂姐也摸著他乳頭兒道：『我只灸在這點白光光皮肉上，留下你那寶貝兒，眼前就用著快活了。』大家又頑到不可言處，摟到天明才起來，各人家去梳洗。原是一個門裏住著，終夜如此。果然後來二人各燒香一炷。梅玉膽小，點著香，手裏亂顫，金桂自己把腿擎起，見梅玉不敢點，自使手兒點著，摸弄一番，向白光光、紅馥馥、高突突頂上燒了三炷，口裏叫哥哥，兩眼朦朧，倒似睡著一般。慌得個梅玉用口吹，手摸不迭。梅玉只得脫下紅紗抹胸兒，露出兩朵緊淨尖圓、如麵蒸的點心一樣，金桂低聲叫道：『心肝妹妹！你叫著我，閉閉眼，想想情人，自是不疼了。』梅玉果然件件依他。金桂用香兩炷，灸在乳下，疼得梅玉口口叫心肝不絕。二人從此晝夜不離，輪番上下，如雞伏卵，如魚吐漿，俱是不用形質，有觸即通的。」〔註 45〕

六、歷史上的南風故事

中國古代有很多著名的同性戀故事，如「分桃之愛」、龍陽君故事、「斷袖之癖」等。但中國古代的同性戀更多地是一種病態，是一種獵奇舉動。主動的一方總是處於上位，被動的一方為了某種利益而以色相和臀部取悅主動的一方，而他們自己所愛的也是女人。所以實際上不是眞正的同性戀，而是雙性戀，追求的是性刺激，表面上是同性關係，實際上仍是男女之愛。同性戀中強勢的一方為男性，被追求者實際上是被當作女子。

〔註 44〕〔清〕紫陽道人《續金瓶梅》第 32 回第 13～15 頁，《古本小說集成》第 1 輯第 73 冊《續金瓶梅》第 840～843 頁，上海：上海古籍出版社，1991。

〔註 45〕〔清〕紫陽道人《續金瓶梅》第 41 回第 6～8 頁，《古本小說集成》第 1 輯第 73 冊《續金瓶梅》第 1110～1113 頁，上海：上海古籍出版社，1991。

特別值得注意的是古代帝王的同性愛好。比較早的一個故事是所謂的「分桃之愛」。春秋時期，衛國的國王衛靈公寵愛一個名叫彌子瑕的美男子。有一次，彌子瑕陪靈公在花園散步，看到樹上熟透的桃子，就順手摘了一個，咬一口後覺得很好吃，便把剩餘的部分遞給靈公，衛靈公很感動：「「愛我哉！忘其口味，以啖寡人。」〔註46〕後人因此將同性戀稱爲「分桃之愛」。但時間久了，衛靈公對彌子瑕逐漸心生厭煩，最後將他貶退了。後來衛靈公又寵幸另一個男寵即大夫公子朝。公子朝得寵於靈公，出入宮闈，與靈公的王后南子私通，發起動亂，把衛靈公趕出了王宮。後來衛靈公復國登位，公子朝只好和南子出奔晉國。可是衛靈公還戀愛著公子朝，就以母后想念兒媳婦南子爲由，把公子朝召回衛國。春秋戰國時代的另一個有名的男寵是龍陽君，他深受魏王寵愛，還懂得借釣魚諷喻魏王而固寵。

在漢朝，二十五個皇帝中，有十個皇帝有男寵，這些皇帝一方面妃嬪如雲，另一方面又沉湎於男寵。比較典型的是漢文帝和鄧通、漢哀帝和董賢。漢文帝做了一個夢，而鄧通與他夢中的小吏相似，所以文帝逐漸對鄧通加以寵幸。鄧通也天天陪伴文帝，甚至陪著文帝沐。文帝賞賜給他很多財物，甚至賞賜給他一座銅山，使他享有鑄造錢幣之權。而鄧通對文帝也極盡獻媚之能事。有一次文帝生瘡流膿，鄧通用口吮吸，文帝大爲感動。而當文帝叫太子替他吮膿時，太子面有難色。太子很慚愧，因而嫉恨鄧通。文帝一死，太子即位爲景帝，立即罷免鄧通，後來又抄了他的家，並且不許任何人接濟他，最後，鄧通正如那相士所言，餓死了。〔註47〕

漢哀帝的「斷袖之癖」更爲有名。漢哀帝寵愛董賢，和他同輦而坐，同車而乘，同榻而眠。一次午睡時，董賢枕著哀帝的袖子睡著了。哀帝想起身，卻又不忍驚醒董賢，隨手拔劍割斷了衣袖。後人將同性戀稱爲「斷袖之癖」，便是源於此典故。哀帝封董賢的父親做了將作大臣，爲董賢新造一座壯麗恢弘的府第。董賢所用的一切都與皇帝所用的一樣。董賢當了大司馬，位及人臣，哀帝甚至要把帝位禪讓給董賢。哀帝還在已建好的皇陵旁邊又建了一座墳墓，以備日後董賢死了安葬，生則同床，死則同穴。後來哀帝突然病死，王莽主政，彈劾董賢，董賢和妻子一起在家中自殺了。〔註48〕

〔註46〕〔清〕王先愼《韓非子集解》第245頁，北京：中華書局，1998。
〔註47〕〔東漢〕班固《漢書·佞倖傳第六十三》，北京：中華書局，1982。
〔註48〕〔東漢〕班固《漢書·佞倖傳第六十三》，北京：中華書局，1982。

漢武帝的男寵最多，有五個，其中一個叫韓嫣。他和武帝一起同臥同起，形如夫妻，官至上大夫，受賞賜之多可與文帝之與鄧通相比。韓嫣喜歡彈丸，丸都爲金製，每天都會彈失十多顆。有一次江都王入朝，與武帝一起到上林御苑打獵，武帝的車還未行，叫韓嫣率領百餘騎兵乘車先去，江都王以爲是武帝來了，立刻在路旁跪下迎接，可是韓嫣卻縱車而過，置之不理。江都王感到受到莫大的侮辱，向母親哭訴，於是皇太后就十分厭恨韓嫣。韓嫣仍不收斂，仍恃寵而驕，隨意出入皇帝的寢宮。最後，被太后抓住把柄，賜他死刑，雖然武帝極力說情，仍不能免。

另外如漢高祖與籍孺、漢惠帝與閎孺、漢成帝與張放、晉廢帝海西公司馬奕與相龍等、後趙主石虎與鄭櫻桃、前秦主苻堅與慕容沖、陳文帝與韓子高、五代十國時期閩國國王王鏻和孌吏歸守明，明正德帝和八虎、明萬曆帝和十俊、清乾隆帝與和珅，如此等等，都是帝王寵幸男色的例子。但在明代之前，雖也有文士好男色的例子，如南朝宋張暢與張輯、庾信與蕭韶，但仍屬罕見。直至明代，好男風始形成一種風氣，文人將男風視爲風流雅事，不僅去做，還要在詩文戲曲中大加宣揚。比如戲劇家張鳳翼七八十歲猶好男色。有一倪生爲他所賞，後來此生娶妻而容損，他便用吳語調謔道：「個樣新郎忒煞矬，看看面上肉無多。思量家公眞難做，不如依舊做家婆。」〔註 49〕萬曆十二年，當時的禮部主事、名士屠隆因爲喜好男風而遭罷官。時隔一年，著名的戲曲家、南京國子監博士臧懋循又因「風流放誕」，「與所歡小史衣紅衣，並馬出鳳臺門」而受彈劾罷官歸里。〔註 50〕湯顯祖把這兩件因好男風而罷官的事件聯繫在一起，寫了一首傳誦一時的《送臧晉叔歸湖上，時唐仁卿以談貶，同日出關，並寄屠長卿江外》。張岱在《陶庵夢憶》中承認自己「好精舍，好美婢，好孌童，好駿馬，好梨園，好鼓吹」。〔註 51〕清代文人延續明末遺風，文人多好男風。如陳維崧與優伶徐紫雲的深厚情誼在清代四處傳揚，他在《賀新郎・雲郎合巹爲賦此詞》中寫道：「六年孤館相偎傍。最難忘，紅蕤枕畔，淚花輕颺。了爾一生花燭事，宛轉婦隨夫唱。只我羅衾寒似鐵，擁桃笙難得紗窗亮。休爲我，再惆悵。」〔註 52〕揚州八怪之一鄭燮曾明確宣稱自己「好

〔註 49〕〔明〕馮夢龍《情史・情外類・張幼文》，長沙：嶽麓書社，2003。

〔註 50〕〔清〕錢謙益《列朝詩集小傳》丁集上「臧懋循博士」，第 465 頁，上海：上海古籍出版社，1983。

〔註 51〕〔明〕張岱《琅嬛文集》卷 5 第 199 頁，長沙：嶽麓書社，1985。

〔註 52〕〔清〕陳維崧《陳維崧集》第 1526 頁，上海：上海古籍出版社，2010。

色，尤多餘桃口齒」。〔註53〕他還曾從男色心理出發，主張改刑律中的笞臀爲笞背。身爲縣令，一次不得不對一犯賭美男施以杖責，竟至於差點當堂落淚。袁枚憑著翰林騷客的名士身份，受到了不少優美男伶的仰慕，年近七旬時他還收了年青貌美的劉霞裳秀才做學生，師徒偕遊，重致疑惑。著名學者畢沅在未第時生活比較拮据，京中優伶李桂官不時予以資佐。且「病則秤藥量水，出則授轡隨車」。畢氏大魁天下後，桂官便也獲得了「狀元夫人」之號。〔註54〕

清初李漁在《無聲戲》中以榕樹喻男風：「此風各處俱尚，尤莫盛於閩中……不但人好此道，連草木是無知之物，因爲習氣所染，也好此道起來。深山之中有一種榕樹，別名叫做南風樹。凡有小樹在榕樹之前，那榕樹畢竟要斜著身子去鉤搭小樹，久而久之，鉤搭著了，把枝柯緊緊纏在小樹身上，小樹也漸漸倒在榕樹懷裏來，兩樹結爲一樹，任你刀鋸斧鑿，拆他不開，所以叫做南風樹。」〔註55〕袁枚在《隨園詩話》、《子不語》、《續子不語》中，一再談及龍陽之美，心嚮往焉。因爲他翰林文人、風流俊雅的身世姿容，投懷送抱者頗多。《隨園軼事》中載：「先生好男色，如桂官、華官、曹玉田輩，不一而足。而有名金鳳者，其最愛也，先生出門必與鳳俱。」〔註56〕

與男性同性戀相比，女性同性戀比較隱蔽。中國古代女子同性戀的易發地點爲宮中，君王後宮佳麗三千，皇帝縱有超凡本領，又哪裏臨幸得過來？因此，宮女們的苦悶可想而知。解脫之道，往往是進行自慰，然而，自慰之後愈發空虛孤獨，而同性戀卻不但能使從事者獲得身體上的滿足，還能使她們從性伴侶那裡得到精神上的撫慰，對某些深宮女子因而就更有吸引力。《漢書・孝成趙皇后傳》記漢成帝時，中宮使曹官與官婢道房「對食」，顏師古注曰：「宮人自相與爲夫婦名對食，甚相妒忌也。」〔註57〕顯而易見，「自相與爲夫婦」就是同性戀活動，可以達到爭風吃醋的地步，由此可見，宮人之間的互相愛戀還是比較深切的。

清代廣東順德的養蠶女組織「金蘭會」，清末民初上海的「磨鏡黨」，都屬於女同性戀團體。清末民初，中國南方的「行客」風俗是這種異性鴻溝的

〔註53〕〔清〕鄭燮《鄭板橋集》第186頁，北京：中華書局，1962。
〔註54〕〔清〕趙翼《簷曝雜記》卷二《梨園色藝》，北京：中華書局，1982。
〔註55〕〔清〕李漁《無聲戲・男孟母教合三遷》，《李漁全集》第109頁，杭州：浙江古籍出版社，1991。
〔註56〕〔清〕蔣敦復《隨園軼事》第63頁，揚州：江蘇廣陵古籍刻印社，1991。
〔註57〕〔東漢〕班固《漢書》第3992頁，北京：中華書局，1982。

現實表現。在廣東珠江三角洲地區的漢民族族群中，一些立志終身不嫁的女子則通過一種獨特的儀式自行易辮爲髻，以示不嫁，這種儀式叫做「自梳」或「梳起」。英國作家 D.H.勞倫斯的小說《戀愛中的女人》中的伯金爲尋求兩種不同的愛而在倫理道德的兩個極端之間痛苦徘徊。在英國女作家弗吉尼亞·伍爾夫的小說中，異性之間總有一條難以逾越的鴻溝，倒是女性之間感情能水乳交融。

七、對同性戀現象的各種解釋

對於同性戀現象產生的原因，清代的紀昀在《閱微草堂筆記》中說：「孌童則本無是心，皆幼而受紿或者勢劫利餌耳。」〔註 58〕關於同性戀，古希臘哲學家柏拉圖有形而上的解釋。在《會飲篇》中，柏拉圖借阿里斯托芬之口解釋同性戀說，從前人類有三種人，男人與女人之外，還有一種不男不女亦男亦女的人。從前人的形體是一個圓團，平均每人有四隻手、四隻腳，頭與頸也是圓的，頭上有兩副面孔，前後方向相反，耳朵有兩個，生殖器有一對，其他器官的數目都依比例加倍。這種人的體力與精力都很強壯。因此自高自大，乃至於圖謀向諸神造反。於是宙斯與眾神商量對付辦法，他們不能滅絕人類，否則就沒有人類對身的崇拜與犧牲祭祀，但人類的蠻橫無禮不能容忍。宙斯想出一個辦法，一方面讓人類活著，另一方面削弱他們的力量，使他們不敢再搗亂，辦法是把平均每個人截成兩半，這樣他們的力量削弱，而數目加倍。人被截成兩半之後，這一半想念那一半，想再合攏在一起，一碰到就跳上前去擁抱，不管那是全女人截開的一半還是全男人截開的一半。宙斯起慈悲心，就想出一個新辦法，把人的生殖器移到前面，使男女可以借交媾來生殖，由於這種安排，如果抱著相合的是男人與女人，就會傳下人種，如果抱著相合的是男人與男人，至少也可以平泄情慾。凡是由陰陽人截開的男人就成爲女人的追求者，至於截開的女人也就成爲女情人。凡是由原始女人截開的女人對於男人就沒有多大的興趣，只眷戀與自己同性的女人，於是有女子同性愛者。凡是由原始男人截開的男人，少年時代都還是原始男人的一個截面，愛與男人做朋友，睡在一起，乃至於互相擁抱。他們在少年男子中大半是最優秀的，因爲具有最強烈的男性。有人罵他們爲無恥之徒，其實這是錯誤的，因爲他們的行爲並非由於無恥，而是由於強健勇敢，富於男性，急

〔註 58〕〔清〕紀昀《閱微草堂筆記》第 304～305 頁，長沙：嶽麓書社，1993。

於追求同聲同氣的人。這批少年到成年之後，才能在政治上顯出是男子漢大丈夫，一旦到壯年，他們所愛的也就是少年男子，對於娶妻生養子女沒有自然的願望，只是隨著習俗去做。他們自己倒寧願不結婚，常與愛人相守。總之，這種人的本性就是只愛同性男子，原因是要同聲相應，同氣相求。所以按照柏拉圖的說法，對於那種完整的希冀與追求就是所謂愛情。在他看來，同性戀特別是男性同性戀，才是更高層次的愛情。柏拉圖說：「通過對男孩子的夜晚之愛，一個男子在起床之時開始看到美的眞諦。」〔註 59〕

柏拉圖的同性戀觀點實際上是古希臘人的一般觀點。古希臘人認爲，同性戀的過程更多地是靈交、神交，而非形交。而在女性很少受教育的古希臘社會，男人很難從女人中找到精神對手。這就是柏拉圖偏重男性之間的愛情的原因。柏拉圖堅信眞正的愛情是一種持之以恆的情感，而惟有時間才是愛情的試金石，惟有超凡脫俗的愛，才能經得起時間的考驗。

19 世紀起，有人開始對同性戀進行科學解釋。德國律師兼作家烏爾里克斯認爲男同性戀者既不是罪犯，也不是精神病人，而是胚胎發育不正常的結果，他們雖然有男性性器官，但由於腦部的分裂不完整，以致成爲「女性身體包裹的男子」。克拉夫特—埃賓認爲同性戀是墮落的，是一種病態，可以用各種辦法治療，可以嘗試與女性同居或者結婚，可以用厭惡療法治療，甚至將他們閹割。時至今日，關於同性戀主要有三種假說，一是生物學假說。一種說法認爲，性激素分泌不平衡是同性戀的原因，但性激素治療對同性戀無效。另外一種說法是異性腦中樞占支配地位，導致同性戀，這種說法還缺少可信的證據。還有人提出遺傳說，認爲同性戀或與遺傳有關，或者是遺傳變異導致了同性戀。

精神分析學家弗洛伊德以心理動力假說來解釋同性戀。他發現，由軟弱或者漫不經心的父親與心灰意冷的母親養大的男孩易成爲同性戀者，男孩如果沒有強有力的父親，未來也易於發展成爲同性戀者。古典的精神分析理論將兒童的性心理發育分爲口欲期、肛欲期、自戀期、同性戀期與青春期五個階段。當這一發展停滯不前，或者從某一較高層次回歸到較低層次時，個體性心理滯留在某一較低階段，就會採用較低的方式來表達自己的性衝動，通過肛交來獲得性滿足的同性戀行爲，是性心理固置在幼兒肛欲期的表現。二十世紀九十年代，美國人提出了酷兒理論。酷兒理論批判性地研究生理的性

〔註 59〕〔美〕拉里亞《人類性心理》第 128 頁，北京：光明日報出版社，1989。

別決定系統、社會的性別角色和性取向，認爲性別認同和性取向不是天然的，而是通過社會和文化過程形成的。同性戀與社會文化影響有關，也就可以通過社會文化影響而改變。

值得注意的是，動物中也有「同性戀」行爲，黑猩猩、日本獼猴就有雙重「性」格。對同性戀研究更有啓發意義的是果蠅。實驗證明，基因移植可以導致果蠅的「同性戀」。

第三部分　懺悔無門——明清通俗小說中的因果敘事與性別倫理

男人在很多地方非常矛盾，一方面希望女人放蕩，這樣自己才能有機會獵豔，另一方面又希望女人對自己貞潔；一方面將女人當做參悟的肉蒲團，另一方面又希望女人承擔所有的果報。男人放縱往往被認爲是風流，那些未央生們可以姦淫婦女，可以無所不爲，一旦懺悔馬上就可以得到原諒，甚至可以得道成仙成佛，而女人放縱就很危險，可能被男人拋棄，可能要受到社會輿論的譴責，甚至死了也不能埋進祖林，眞的是死無葬身之地。明代中期的豔情小說《癡婆子傳》中的上官阿娜就是一個典型的例子。上官阿娜將自己的不幸歸因於自己的情癡：「嘗觀多情女子，當其始也，不過一念之偶偏，迨其繼也，遂至欲心之難遏。甚且情有獨鍾，不論親疏，不分長幼，不別尊卑，不問僧俗，惟知雲雨綢繆，罔顧綱常廉恥，豈非情之癡也乎哉？」〔註 1〕因爲癡情，她與一個個男子發生性關係，因此被丈夫休棄，孤獨淒涼後半生。上官阿娜的結局可以說是罪有應得，但她又值得同情，她的放縱一開始還有倫理道德底線，她的公公將她姦淫，使她最後的道德堤壩徹底被沖毀。當徐娘半老的上官阿娜漸生悔改之意，想鍾情於一人時，受到了曾和她發生性關係的男人們的嫉恨，他們竟聯合起來對付她，他們實際上是把上官阿娜當作娼妓，不許她從良。這些男人特別是禽獸不如的欒氏父子指責谷德音和上官阿娜私通，斥責上官阿娜「不端」，似乎忘記了他們自己的獸行。上官阿娜的不幸就在這裡，男人可以獵豔，可以姦淫婦女，一旦懺悔馬上就可以得到原

〔註 1〕丁錫根編《中國歷代小說序跋集》第 1344 頁，北京：人民文學出版社，1996。

諒，甚至可以得道成仙成佛，而女人一旦失身，就會懺悔無門，就會墮入萬劫不復的深淵。

另一個例子是《醉春風》中的顧大姐。顧大姐的遭遇與上官阿娜很相似，其結局更爲悲慘。小說中的張三監生好色成性，誘姦徐家小娘子，淫遍家中僕婦，又長期狎妓，冷落如花似玉的妻子顧大姐。顧大姐難耐寂寞，先與張三監生寵愛的龍陽小子發生性關係，又爲管家所誘姦，從此走上了不歸路。顧大姐的墮落，張三監生負有一定責任。張三監生嘲笑顧大姐不會「騷」，但顧大姐學會了「騷」，張三監生馬上以不守婦道爲由休了顧大姐。作者在情節安排中表現出無法調和的矛盾。顧大姐品性的改變被寫成張三監生姦淫婦女的報應，小說一方面對顧大姐表示理解和同情，又將顧大姐寫得極度淫亂、骯髒，爲人所不齒。張三監生是罪魁禍首，而張三監生一朝改過，科舉高中，仕途順利，另取妻子，妻賢子孝，幸福美滿。而顧大姐根本沒有改過自新的機會，她被休後，淪落爲最下賤的娼妓，最後因爲腹痛病悲慘地死去。

這樣的不公平也出現在其他小說中。比如《繡榻野史》中淫亂的罪魁禍首東門生一旦懺悔，罪孽全消，而女性角色金氏、麻氏卻受到了嚴厲的果報懲罰，麻氏變爲母豬，金氏變爲母騾子。《繡榻野史》中的東門生、金氏顯然由《金瓶梅》中西門慶、潘金蓮轉化而來，小說中的很多情節和寫作手法借鑒了《金瓶梅》。但《繡榻野史》只關注床笫之事，極少寫日常生活細節，更沒有對廣闊的社會現實的反映。小說中的東門生和趙大里都是雙性戀者，他們都是在科舉上沒有成就的下層文人，對事業沒有太高的理想，將性作爲消磨人生的主要方式。他們的身份有一定典型意義，反映了明代中後期同性戀盛行的現實。小說中的兩個女主人公金氏和麻氏體現了節操與慾望的交戰。這部小說中的男男女女都充滿著情慾衝動，這種性慾的亢進反映了明代中後期社會風氣的糜爛和士風的墮落。《繡榻野史》繼承了《金瓶梅》的淫報勸懲主題，但《繡榻野史》的勸懲更爲勉強。這部小說極力渲染淫慾之樂，全書充斥著露骨、變態的性描寫，結尾一小段勸誡顯得蒼白無力，勸百諷一，效果恰恰相反。這種在小說主體部分大寫特寫淫亂，最後用了了數語說明縱慾之害，強調因果報應，曲終奏雅的做法，是明清豔情小說的共同特點。《繡榻野史》的結尾有幾分出乎意料，亂倫縱慾的始作俑者東門生最後不僅沒有受到懲罰，而且竟修成正果，其他三人卻受到了嚴厲的果報懲罰。這種果報安排在後來的很多豔情小說中經常出現。同時期的另一部豔情小說《浪史》與

《繡榻野史》有很多相通之處，比如將性交稱爲戰爭，都有引誘、替身情節，等等。但比起《繡榻野史》來，《浪史》更不顧綱常倫理，宣揚享樂至上，連《繡榻野史》中那點諷喻勸誡都拋棄了。小說對人物的種種淫浪之事沒有任何貶抑指責，浪子被稱爲「千古情人」，他和妻妾最後都名登仙籍。

清初的豔情小說《肉蒲團》更將女人當做參悟的肉蒲團，讓女人承擔所有的果報。《肉蒲團》是一部以性冒險爲內容的寓言小說，小說作者以特有的詼諧手法，以一種故作嚴肅的態度，將性作了誇大描寫。小說作者認爲，人生短暫，紅顏易老，不及時行樂，白髮生出時，就會後悔莫及，而人生最大的快樂就是房中之樂。但小說又通過未央生的故事說明了沉迷色慾之害和因果報應之理，只有經過切身體驗，才能眞正參透此理。值得注意的是小說中表述的果報思想。權老實在得知誘姦他妻子豔芳的罪魁禍首來是未央生之後，決定對他進行報復，而報復的方式是誘姦未央生的妻子玉香，又將玉香賣進了妓院。未央生到京城嫖妓，要嫖的京城名妓竟然是自己的妻子玉香，玉香因愧悔恐懼而自縊身亡。在小說第二回中，未央生不相信孤峰長老所談的因果報應，在親身經歷了淫報後，他終於在肉蒲團上參透了因果，由色悟空，出家修行而成道。淫人妻女，自己的妻女就要替還債，小說的情節安排和小說中孤峰長老的理論似乎很有道理，但實際上存在著很大問題。希望自己的妻子對自己風騷，而對別的男人冷若冰霜，希望別人的妻子都淫蕩，以便自己獵豔，又希望淫蕩的女子投入自己懷抱後，突然變得貞節無比，如此等等，都體現了男性的自私和自我中心主義。女性不被視爲獨立自主的個人，而是被當成男性的所有物。

在這些小說中，女性實際上承擔了雙重的果報，不僅要爲自己的淫慾承擔果報，還要爲男子的淫亂承擔果報。這些小說中所表現的因果報應與宗教戒律和勸善書中的因果觀有所不同，按照因果律，男性要爲淫慾之罪承受嚴厲的果報，但小說中縱慾的男主人公不僅沒有得到應當的懲罰，反而財、色、功名兼得，果報全由女性承擔。小說中這種極度不公正的因果報應設置體現了男權社會中的性別歧視和男性自我中心主義。這種性別觀念實際上是一個普遍的人類學問題。在人類歷史的不同階段、不同民族那裡都有類似的自然性別社會化的過程，男女以性器官爲核心的性徵差異被視爲社會性別政治的基礎，而性別政治又反過來證明自然性別等級的合理性，如此雙向循環，最終使得男權政治得以牢固地確立。明清豔情小說中性描寫處處流露出性別等級色彩，如對男子性器官和性能力的極端誇張，女性對男性器官和性能力的崇拜，在男女交合的性戰爭中，勝利的一方總是男性，女子一旦主動就被視爲淫蕩，女子「戰敗」男子被認爲是反常，要與男性爭取性平等的女子更受到嚴厲的果報懲罰。女性要爲男子而放蕩，但同時又要爲男子而守婦道。如此等等，都體現了男權社會的強勢話語，男性自我中心主義已經成爲日常生活倫理有機成分，明清小說中的因果報應的雙重標準也就可以理解。

《肉蒲團》這部小說寫得最精彩的部分是未央生爲了性冒險而改造陽具。他冒著危險和絕後的風險改造陽具，帶著他的半人半狗的碩大性具，開始了他的性征服之旅。未央生的陽具改造讓人想到人類歷史上的男根崇拜。最早的生殖器崇拜與生殖和生命力相關，所以最早受到崇拜的應該是女陰，男性生殖器崇拜出現得較晚，但對人類文化的發展產生了重大影響。對男性生殖器的崇拜逐漸由生殖繁衍的意義延伸出對陽剛力量的崇拜。在世界上大多數文化中，巨大的陰莖被視爲性能力的象徵。雖然古代中國房中術反覆強調陰莖的大小長短對生育和性生活質量並沒有明顯的影響，但還是有很多男性熱烈追求巨大的性具，爲此不惜冒著危險進行陰莖再造、延長手術，因爲陰莖不僅是歡樂的源泉，是吸引女性的法寶，還是陽剛力量的象徵，更關乎著男人的尊嚴。中國古代的豔情小說中有很多增大性具的描述，《肉蒲團》對未央生的性具改造進行了形象而詳細的描述。在清代的小說《姑妄言》中，一個和尚給童自大做了性具增大手術。男人對性能力的自卑和焦慮，以及對雄偉的陰莖和強健的性能力的羨慕嫉妒恨，導致了陰莖的邪惡化。也正是這種羨慕嫉妒恨，使陰莖與種族政治奇妙地聯繫到了一起。

《肉蒲團》中的術士將房中術分爲「爲人之學」和「爲己之學」，未央生毫不猶豫地選擇了「爲人之學」，他冒著危險和絕後的風險改造性具，其目的竟然不是爲了自己獲得性交的快感，而是「爲人」。未央生從這種「無私的利他主義」舉動中獲得的是性征服之樂。未央生的人生追求和《金瓶梅》中的西門慶有相通之處，男人不僅要在獵場、戰場、商場上縱橫馳騁，還要在性的戰場上征服女人。值得注意的是，古代房中書對女性是否獲得快感特別關注，並不是眞的關心女性，更不是無私的利他主義，女性達到性高潮，一可以採補，二說明男性在性戰中獲得了勝利，男性有一種征服的快感。

古代房中書強調，懂得陰陽之道，性生活合理，才可以長壽。古代房中書反覆教導男人，要儘量延長性交時間而不射精，要在性交時學會通過意念控制，再輔之以一些特殊的動作，來抑制射精。交合的要領就是要多與年輕女子交合，並且屢交不泄，從女人那裡獲得陰氣來補償陽氣。男人採陰補陽，女人也可以採陽補陰，陰陽可以互補，先達到高潮的一方，精氣會被對方所吸取，所以男子和女子性交時就處於一種對立的狀況。男子要一邊控制射精，一邊想辦法使女子達到性高潮，從而達到採補的目的。「採陰補陽」之說發展到後期，女人被比做男子修煉「內丹」的「爐鼎」，女人的陰精、唾液和乳汁被稱爲「三峰大藥」。採補是古代房中術的不傳之秘，古代房中書反覆告誡男子不要讓女子知曉房中秘術，對女性無底止慾望的恐懼使男性對女性保持著戒備。男女性交時雙方互相防備，處於劍拔弩張的狀態，很難獲得眞正的快樂。中國古代房中書中，性愛被稱爲戰爭。《繡榻野史》描寫性交時，以戰爭作比，在明代中後期的豔情小說中具有代表性。

古代房中書諄諄告誡男子要御多女，實際上對一般的男子來說，要應付一個夏姬這樣的女子都很困難，只好求助於春藥和淫器。在明清豔情小說中，男性大都借助淫器和春藥增強性功能。《繡榻野史》中提到了一種叫緬鈴的性用具，這個小小的玩具對小說情節的發展起到了重要推動作用。《金瓶梅》中西門慶隨身帶著的錦包兒裹裝著各種淫器。西門慶玩弄女人無數，以征服女人爲樂趣，最後死於「脫陽之症」，與過量服用春藥有關。早在上古時代，人們就發現有的植物或動物成分可以刺激性慾，提高性能力。後來的醫書和性學典籍中記載了很多壯陽藥方，比較有名的春藥有「愼恤膠」、「禿雞散」、「顫聲嬌」等。

《肉蒲團》中未央生的性歷險主要是與有夫之婦的偷情通姦。偷情是違背傳統禮法規範的行爲。自從有了婚姻制度，也就有了偷情通姦，但到了明代之後，偷情通姦現象大大增多，成爲話本和世情小說最常見的題材。偷情通姦故事反映了當時的現實和社會觀念的變化，人的自然本性、個人的情慾得到肯定，出於雙方意願的私情得到寬容，甚至合理性需求得不到滿足的妻子的偷情也被理解。但公案故事和世情小說中給姦情男女安排的結局，又體現了禮法與情理的矛盾。明清時期描寫偷情通姦的小說，最值得注意的是《歡喜冤家》和《一片情》。擬話本小說集《歡喜冤家》中的故事大都圍繞男女性關係展開情節，顯現了性在人的生命中的重要意義，性的和諧被認爲是情感的表現。小說不以偷情爲惡，反而對女性私通表示一定程度的理解、同情。小說肯定慾望，但又不是宣揚縱慾，慾望的滿足有個底線，那就是情感和道義。值得注意的是，小說中的男女追求性慾滿足，又追求物質財富，謀色謀食都受到肯定，反映了晚明時代「好貨」、「好色」的時代風氣。另一部專寫偷情的小說集《一片情》反映了明末市民階層新的性愛觀。在小說中，性生活和諧被認爲是婚姻美滿的基礎。小說強調女人性慾滿足的重要性，將女人偷情的責任歸於男人一方，不相稱的婚姻、男子自己不正或不能滿足妻子的正常性要求是導致女人偷情的主要原因。

明清時期小說中的姦情故事是現實社會風氣的反映，另一方面，通姦盛行也反映了社會道德的沉淪，畢竟婚姻家庭乃至整個社會需要忠信來維持，而婚外通姦無論如何都含有欺騙的成分。在男子見色起意的姦情故事中，男子常使用欺詐的手段，其中一種騙姦方式是男子假扮女人，乘機姦淫女性。雖然對丈夫還有感情、能夠改過的女人常常能得到丈夫的諒解，但從男人角度說，女人最好還是堅守貞操，所以明清時期的小說又寫了很多女子堅守節操的故事。値得注意的是，元朝之後的法律都規定本夫可當場殺死姦夫淫婦，對出軌的有夫之婦從重處罰，這種規定中有著明顯的性別歧視。

男性的婚外性行爲除了偷情通姦，還有嫖妓。《肉蒲團》中的未央生有那麼多女人，還是想到京城中嫖名妓。在世界上很多地方，職業娼妓產生之前，曾有巫娼的蹤跡，所謂的「廟妓」實際上就是宗教賣淫。在無性禁忌的上古時代，性交易被看作自然之事，無所謂神聖或卑賤。妓女的眞正出現是在性被納入道德倫理的範疇，家庭婚姻制度形成之後。在古代的小說故事中，妓女往往被視爲婚姻家庭的敵人，實際上正如在齊國設立了三百女閭，被後人戲稱爲官妓鼻祖的管仲所認識到的，妓女不僅是婚姻家庭的補充，而且對社會的穩定和發展有重要的作用。正出於相同的目的，古雅典的政治改革家梭倫開設了國立妓院。中國唐代之後的妓女大多精通歌舞雜技、詩詞書畫，有的妓女的文藝才華甚至趕上了文人雅士。歷史上著名的女才子、女藝術家大多數是娼妓。爲文藝家提供不竭的靈感的主要是青樓私妓。在唐宋時代的青樓中，除了肉慾和聲色之外，風流文人和色藝雙全的妓女不斷地尋找眞情，生死不渝的青樓之愛成爲小說故事的一大主題。中國古代的歌女娼妓不僅僅是歷史的旁觀者，歷史上的王朝興衰多與歌女娼妓息息相關。在明清之際，秦淮河上的歌女、畫舫不僅是一道亮麗的風景，也是王朝興衰的歷史見證。到清代後期，風流豔冶由南京秦淮河慢慢地轉移到了上海十里洋場。

但大多數妓女並不像秦淮名妓那樣風流豔冶，不僅受到羞辱玩弄摧殘，還受到歧視。特別是那些在低級妓院、窯子中掙扎的下等妓女，那些「暗娼」、「野雞」，那些在「花煙間」和「釘棚」中賣身的娼妓，境遇特別悲慘。明代以後，在小城鎮甚至鄉村出現了大量私窠子、窯子。明代後期的豔情小說《玉閨紅》反映了在私窠子、窯子中被逼賣淫的下層妓女的悲慘。《玉閨紅》與一般豔情小說不同，除了寫男女交媾，還對社會現實政治和風俗有所反映。這部小說的男女主人公與一般豔情小說中的放蕩男女完全不同而有才子佳人的因素，但與才子佳人小說中女主人公歷盡坎坷堅守貞潔不同，這部小說中的女主人公慘遭非人蹂躪，最後以破碎的身心與才子團聚。這部小說從一個獨特的視角反映了廣闊而眞實的社會生活，描寫了一幅活生生的混亂、黑暗而又麻木、無望、貧困的北京底層社會生活景象。《玉閨紅》所殘存的幾回描寫了女主人公由一個大家閨秀淪落爲暗娼的經過，用大量文字寫強姦、輪姦、性虐待，對明末北京下層社會的窯子有形象的描寫，那些生不如死、人不如獸的下等娼妓，讓人怵目驚心，讓人對下等的娼妓充滿了悲憫，對娼妓業充滿了厭惡。

對娼妓產生的原因，很多學者作了探討，但很多解釋未觸及到問題的根本。人性的好逸惡勞，對食色的本能追求，喜新厭舊的心態，尋求刺激的心理，資本世界的誘導，權力本位社會的畸形，如此等等，都是性交易產生的原因，但社會的不公平才是主因。經濟因素在其中起到了很大作用，貧富不均是性交易現象產生的重要助燃劑，另一方面，由於性別的不平等，使得婦女就業機會有限。對性交易的態度也凸顯了現實政治的糾結。足球世界盃與妓女解不開的瓜葛，澳大利亞墨爾本「每日星球」妓院股的上市，荷蘭阿姆斯特丹紅燈區的妓女紀念碑，都是娼妓業標誌性的事件。在澳大利亞、荷蘭、德國、奧地利等國，性交易都是合法的。直到今天，即使在將賣淫嫖娼列爲犯罪的國家和地區，賣淫嫖娼仍然以各種各樣的形式存在著。娼妓現象實際上隱含著太多的東西，要徹底消滅娼妓現象，甚爲艱難。有的學者提出色情業合法化的建議。將性交易合法化，對性交易活動實行規範管理，最終消除性交易，也許更加符合現實的需要。

第十三章　《癡婆子傳》：女性雙重果報中的性別倫理

在中國古代，男人放縱往往被認爲是風流，有一個詞語就是「風流好色」，而女人放縱就很危險，可能被男人拋棄，可能要受到社會輿論的譴責，甚至死了也不能埋進祖林，眞的是死無葬身之地。明代的小說《癡婆子傳》講的就是一個女子放縱墮落的故事。

《癡婆子傳》現存乾隆刊本，序署「乾隆甲申（1764）桃浪月書於自治書院」，上卷十三則，下卷二十則，目均四字，吳曉鈴藏；日本活字初刻、再刻本，以乾隆本爲底本，亦如乾隆本避康熙諱，「玄圃」作「元圃」，有木規子明治辛卯跋；1943 年北平寫春園叢書本；還有多種坊刻本。《東西晉演義》雉衡山人（即楊爾曾，萬曆時杭州刻書家）序列《癡婆子傳》於《三國》《水滸》《金瓶梅》後，當成於《金瓶梅詞話》後，萬曆四十年前。今存乾隆刊本署「情癡子批校」，「芙蓉主人輯」，眞實姓名不詳。小說主要寫上官阿娜與十餘男子淫亂，終被遣返母家，其一生遭遇，以倒敘手法寫出。《東西晉演義》雉衡山人序云：「當與《三國演義》並傳，非若《水滸傳》之指謫朝綱，《金瓶梅》之借事含諷，《癡婆子》之癡裏撒奸也。」〔註 1〕日本活字本木規子跋云：「曾讀《覺後禪》，知有《癡婆子傳》，後得此傳，快讀一過，乃知彼書亦自這裡出，覺迷一噱，噫！癡婆子不癡。」〔註 2〕《肉蒲團》

〔註 1〕〔明〕楊爾曾《東西晉演義》第 1 頁，《古本小說集成》第 2 輯第 30 冊《東西晉演義》序第 4～5 頁，上海：上海古籍出版社，1992。

〔註 2〕〔明〕芙蓉主人《癡婆子傳》第 1 頁，日本京都聖華房刊本。

第三回寫未央生買《癡婆子傳》供玉香翻閱，第十四回寫玉香不看《列女傳》《女孝經》而讀《癡婆子傳》等。劉廷璣在《在園雜誌》中斥《癡婆子傳》「流毒無盡」。〔註3〕

一、上官阿娜的墮落史

《癡婆子傳》全篇為一個老婦講述一生的遭遇，她將自己的不幸歸因於自己的情癡，因為癡情，她與一個個男子發生性關係，因為癡情，她被丈夫休棄，孤獨淒涼後半生，漸成白髮老婦。在鄭衛之故墟，聽一白髮老嫗低回哀婉地訴說，其深沉的懺悔令聽者感慨莫名，而其對往昔歲月的回味又令聽者怦然心動。

老婦人名叫上官阿娜，年已七十，髮白齒落，但仍然有幾分風韻，不同於普通老嫗，在破敗的隘巷中可以說是鶴立雞群了，這令一個叫燕筇客的人感到驚異，可以想像，老婦人年輕的時候一定是個絕代佳人。老婦人喜歡講述往事，燕筇客就請她講講自己的故事，還拿了紙筆，準備記錄。老婦人很高興地答應了。

上官阿娜首先講的是少女時代的慾情萌動。這一段可以說是少女性心理教育的好材料，從沒有一篇文學作品對少女的性心理有如此細緻的描寫。上官阿娜說，她七八歲時就開始對情有蒙朧的感覺。有一次，她和妹妹在院子中游戲，正巧梅花開放，父親就叫她們作詩詠梅花，上官阿娜寫的詩句是「不從雪後爭嬌態，還向月中含麗情」，〔註4〕這讓父親很生氣，因為他從這句詩就預見她將來一定是個「不端婦」。父親的預測也許眞的有道理。上官阿娜十二三歲時就學會了梳妝打扮，經常對著鏡子，顧影自憐，竟然說出了「何福憨奴，受此香脆」這樣的話，有了及時行樂的思想。她的這些想法竟然是源於《詩經》。父母讓她讀周詩，不許她讀那些情詩。但越是禁止，越讓她感到好奇，她偷偷閱讀了那些詩篇，不由得感到疑惑：「夫狡童奚至廢寢忘食，而切切於雞鳴風雨之際，投桃報李之酬，邂逅相遇，適願偕臧，一日三月之喻，何至繾綣若是？」〔註5〕

〔註3〕〔清〕劉廷璣《在園雜誌》卷2第85頁，北京：中華書局，2005。
〔註4〕〔明〕芙蓉主人《癡婆子傳》，《思無邪匯寶》第24冊《癡婆子傳》第108頁。
〔註5〕〔明〕芙蓉主人《癡婆子傳》，《思無邪匯寶》第24冊《癡婆子傳》第108頁。

上官阿娜帶著這些疑問去請教善風情的北鄰少婦，北鄰少婦於是對她進行了一場性啓蒙。北鄰少婦說風情一節，寫汪洋恣肆，奔放不羈。她先講述男女的不同，男女的不同主要在於小腹之下，兩股之間。北鄰少婦對性交起源的解釋可謂新奇，其想像力可謂豐富。上古之時，男女共同生活在樹窟山洞中，以樹葉爲衣，遮蔽嚴寒。夏季天氣炎熱，就去掉了樹葉，赤裸裸地相處往來，心地平靜，全無神秘感，對於男女性器官的區別也不感到奇怪，只是以爲天生有別而已。男人的性器官像木棍子一樣或垂或翹，陽氣旺盛時，自然勃起。這時恰好有女人走過，男人的凸起處湊巧碰到了女人的低凹處。就是這一碰，打開了萬古生生不息之門、無邊造化情慾之根，男女恩愛從此而萌生。

北鄰少婦承認，上面這些對性交起源的解釋只是她的猜想，但應該離事情不遠。經過北鄰少婦的性啓蒙，上官阿娜要進行實踐，要嘗試北鄰少婦所說的「美」。她的第一個性對象是表弟慧敏。一天晚上，上官阿娜讓慧敏與她姐妹兩個同床。在慧敏入睡後，她開始研究慧敏的陰部，發現果眞如北鄰少婦所言，男子的凸出，不像女子的凹進。他將慧敏推醒，教他與自己交合。上官阿娜只感到痛苦，對性一無所知的慧敏則逐漸嘗到了交合的樂趣。慧敏開始由被動變爲主動，主動要求與上官阿娜交媾。漸漸地，上官阿娜開始感受到了北鄰少婦所說的交合之樂，「薄暮即思觸」。同床之事後來被她的母親知道了，父母不允許慧敏與她姐妹同宿，而因爲婢女的監視，上官阿娜又不敢接近慧敏。她引用《詩經》中的句子寫了一封情書，但還沒有找到機會交給慧敏，慧敏就回自己家了。上官阿娜的雲雨初試至此結束。値得注意的是，與上官阿娜年齡相近的慧敏，對性事一概不知，是上官阿娜的引導他嘗試交合之樂。這樣的描寫比較接近於事實，一般說來，男子的性發育比女子稍遲。北鄰少婦這個性啓蒙者在小說中也有一定的象徵意義，在那些保留至今的房中典籍中，女子是最早的房中術傳授者，素女和西王母向男性講授房中術，將性經驗傳授給男性，教會他們娛樂女性的技巧，而男人在獲得了房中的奧秘後，走向了慾的放縱，只關心自己的性快感，研究採陰補陽的秘術。上官阿娜的初試雲雨情，也讓人想到《紅樓夢》中賈寶玉的初試雲雨情。對賈寶玉進行性啓蒙的也是女子。慧敏走後，上官阿娜想到了僕人俊：「不得於慧敏者，將取償於此。」〔註 6〕俊容

〔註 6〕〔明〕芙蓉主人《癡婆子傳》，《思無邪匯寶》第 24 冊《癡婆子傳》第 118 頁。

貌秀麗，是上官阿娜父親的男寵。上官阿娜挑逗俊，而俊對此事甚爲精通。一天黃昏，上官阿娜和俊在曲廊下約會，俊在交合時動作粗魯，使上官阿娜痛苦難忍，借機逃走後，再也不敢接近俊。

不久上官阿娜嫁給了欒家的二子欒克慵。在新婚之夜，上官阿娜假裝處女，騙過了丈夫，丈夫稱讚她爲「窈窕淑女」：「今得窈窕淑女，定能宜室宜家。」〔註 7〕她故作羞怯之狀，孝順公婆，使家中很和睦。但故事到這裡才剛剛開始。上官阿娜正是在嫁入欒家後，才一步步走向眞正的墮落，一步步陷入慾望的漩渦無法自救。阿娜沒有想到的是，她落入了一個更加虛僞、齷齪的罪惡淵藪。一年多後，克慵外出遊學，阿娜難守空閨，主動勾引僕人盈郎，與他私通。一次在花樹下與盈郎交合時，被蠢奴大徒撞見，大徒以告密相要挾，上官阿娜只好答應他的姦淫要求。正在這時，大伯克奢出現了。

令上官阿娜沒有想到的是，大伯克奢竟然像蠢奴大徒那樣對她要挾姦淫。克奢拉住她的褲子說：「爾其惠我，如不我私，吾將以言與弟。」〔註 8〕上官阿娜回答說：「伯言於我夫，我將言於姆。」克奢問阿娜：「言我何爲？」阿娜說：「言爾欲私我。」克奢說：「尚未到手，如到手，任汝言之。」上官阿娜答應了他的要求，在交合時，克奢看到了上官阿娜身上有盈郎大徒留下的穢物，用上官阿娜的內衣揩手，當阿娜叫他「勿污我衣」時，克奢出言污辱弟媳說：「爾身且被人污，何惜一裩也！」阿娜又羞愧又憤怒：「伯既私之，又復諷之，何不仁之甚也！」憤然將克奢推倒在地，拒絕交媾。克奢將阿娜褲帶執在手中要挾：「有此作證，我必揚之。」阿娜不得以滿足了克奢的要求。〔註 9〕

但讓上官阿娜徹底忘記人倫，喪失羞恥之心，踏上不歸路的，還是他的公公欒饒。欒饒先強姦了大兒子克奢的妻子沙氏。克奢外出經商，沙氏「每從花晨月夕，必浩歎愁怨，減食忘眠」。而欒翁因妻子多病，想姦淫沙氏。一次在沙氏曉妝時，對沙氏進行了姦淫，小說描寫到：

> 翁有力，挽沙上床。沙力掙不捨，而時忽湊無一人在側，皇急，又曰：「翁何爲作此？」沙方言，而翁跪曰：「救命！」又以手內探其陰。沙曰：「我白姑。」翁曰：「自我娶之，自我淫之，何白之有？」

〔註 7〕〔明〕芙蓉主人《癡婆子傳》，《思無邪匯寶》第 24 冊《癡婆子傳》第 120 頁。
〔註 8〕〔明〕芙蓉主人《癡婆子傳》，《思無邪匯寶》第 24 冊《癡婆子傳》第 122 頁。
〔註 9〕〔明〕芙蓉主人《癡婆子傳》，《思無邪匯寶》第 24 冊《癡婆子傳》第 123 頁。

> 提沙足至腰肋間，而翁之髯已偎沙之頤頰矣。久之，沙不能言。翁遂幸之。〔註10〕

「自我娶之，自我淫之」，其無恥讓人想到春秋時候的衛宣公，他給兒子娶媳婦，看到兒媳宣姜漂亮，就自己留下了。還有唐玄宗，他看中了兒媳楊玉環，強迫兒子離婚，自己佔有了。但衛宣公、唐玄宗畢竟還顧及到人倫，宣姜還沒有與衛宣公的兒子完婚，屬於中途截留，而唐玄宗還是要讓兒子離婚，費了一番周折。欒饒則要與自己的兒子共妻。欒饒與沙氏交歡的時候，被上官阿娜發現了，沙氏的第一反應是拉上官阿娜下水，好封她的嘴：「並得婿以滅口。」上官阿娜說：「有是理乎？姆身不正，而欲污我，我豈姆哉！」欒饒光著身子跳下床，抱住了上官阿娜，在沙氏的協助下，將上官阿娜姦淫。上官阿娜大喊說：「翁污我，姆陷我，皆非人類所爲！」沙氏說：「翁是至親，今以身奉之，不失爲孝。」上官阿娜說：「未聞以子所鑽之穴，而翁鑽之者，假令鑽而有孕，子乎？孫乎？」欒饒笑著說：「二美皆吾妻也，何論垂死之姑，及浪蕩子乎？」〔註11〕可謂淫亂至極。上官阿娜心裏的最後一道道德防線被徹底沖潰，從此一發不可收拾。她和沙氏一起與欒饒群交，甚至和沙氏爭寵：

> 一日，予方浴，女奴輩亦浴他所，而翁蓬跣扣予房。偶不閉，翁推入，見予方浸水中，翁笑曰：「出水芙蓉也。」予急自拭，向床中睡。翁幸焉，予甚爽，問曰：「辱翁之幸我也，我與沙若何？」翁曰：「沙年三十，陰且曠如河漢，何敢望子？且列戟在門，慾濤汪湧，令我之陽，卻立而莫御，又安及子之潔且淨也。」〔註12〕

上官阿娜在去城西即空寺爲婆婆的病禱佛的時候，又與寺裏和尚交歡。欒饒的小兒子克饕長大了，已諳風情，調戲嫂子上官阿娜，在得知上官阿娜與他的父親亂倫淫亂時，以向哥哥告密要挾，逼上官阿娜與他交合。不久上官阿娜生下了一個孩子，因爲這個孩子的相貌和與她交合過的男人都不像，她自己都搞不清孩子的父親是誰。

上官阿娜的妹妹嫁給費生。費生上官阿娜的丈夫相善，經常交流文章，成莫逆之交。上官阿娜看見費生身材魁梧，而鼻大如瓶。她聽說過鼻大的性

〔註10〕〔明〕芙蓉主人《癡婆子傳》，《思無邪匯寶》第24冊《癡婆子傳》第127～128頁。

〔註11〕〔明〕芙蓉主人《癡婆子傳》，《思無邪匯寶》第24冊《癡婆子傳》第128頁。

〔註12〕〔明〕芙蓉主人《癡婆子傳》，《思無邪匯寶》第24冊《癡婆子傳》第130頁。

具偉巨大，於是通過盈郎向費生表達了自己的心意。一天，她丈夫請費生飲酒，丈夫大醉，留費生宿於書房。上官阿娜偷偷到書房中見費生，與他發生了性關係。到了正月十五元宵節，家裏請了個小戲班子演戲，阿娜看上了小旦香蟾，與他發生了關係。

但是讓上官阿娜眞正動情的是谷德音，而也正是因爲她在谷德音身上注入了太多的感情，疏遠了以往的情人，才招致舊情人的嫉恨，致使私通之事徹底暴露，使上官阿娜被丈夫休棄。谷德音是他兒子的開蒙塾師。上官阿娜住的是西樓，而私塾在東樓，相對而望。上官阿娜故意將解內衣、露胸部，讓谷德音看到，又派小童玲萃傳達自己的意思，但谷德音擔心上官阿娜身邊的丫鬟洩密，上官阿娜於是派丫鬟青蓮到谷德音那裡，讓谷德音先將其姦淫，這樣就堵住了她的嘴。谷德音這才放心地上了西樓，簡單寒暄幾句，二人就解衣滅燈共寢。上官阿娜從此似乎死心塌地愛上了谷德音，她用綺錦給谷德音縫製衣裳，她給谷德音調製補髓壯陽丹，每天早晨或煮龍眼，或煮參湯，給谷德音補身體。因爲谷德音家裏貧窮，上官阿娜又托克饕將綠綾白金送到他家。慢慢地，谷德音變得驕橫了，上飯稍遲一點，他就把飯擲到地上，發怒不食。上官阿娜還是不生氣，重新整治飯食。

上官阿娜的心思全放到了谷德音身上，疏遠甚至拒絕了其他情人。先是盈郎，因爲上官阿娜疏遠他，他大爲惱怒，與大徒合謀報復。大徒不敢向克慵告密，於是將上官阿娜和谷德音私通的事告訴了上官阿娜的兒子。接著是欒翁，上官阿娜勉強交接，讓他產生懷疑。然後是克饕，上官阿娜與他相交，勉爲了事，令他不快。費生要和她重修舊好，她拒絕了，費生知道是因爲谷德音，心裏懷恨，和慧敏商量，將上官阿娜與谷德音私通的事告訴了克慵。克慵聽說後，大吃一驚，但還是有點不相信，於是一一求證：

> 問予子，曰：「果耶？」子曰：「然。」問翁曰：「聞乎？」翁曰：「熟耳之。」問饕曰：「見否？」饕曰：「屢矣。」予夫歎曰：「以婦之不端，里巷歌之，友人知之，舉家竊相笑，而獨我不知。我其蠢然者耶！」〔註13〕

克慵和全家人一起毒打谷德音，谷德音被打得血肉決裂。接著克慵毒打上官阿娜，逼她上吊自殺，又逼她飲鴆自殺。欒翁建議克慵休妻，上官阿娜的兒

〔註13〕〔明〕芙蓉主人《癡婆子傳》，《思無邪匯寶》第24冊《癡婆子傳》第142頁。

子爲母親求情，婆婆認爲上官阿娜對自己很孝順，應該好好地把她送回娘家。克慵採納了父母的意見，將上官阿娜休了。上官阿娜與兒子訣別，孑然一身後到了娘家，她父親已死，與母親相依爲命。周圍的人都知道她與人私通而被休的事，對她指指點點。她愴然自悲，檢點自己前半生的所作所爲，悔恨交加：

> 我之中道絕也，宜哉！當處閨中時，惑少婦之言，而私慧敏，不姊也。又私奴，不主也。既爲婦，私盈郎，又爲大徒所劫，亦不主也。私翁，私伯，不婦也。私饕，不嫂也。私費，不姨也。私憂，復私僧，不尊也。私穀，不主人也。一夫之外，所私者十有二人，罪應莫贖，宜乎夫不以我爲室，子不以我爲母。煢煢至今，又誰怨焉！〔註14〕

她跟母親一起皈依佛教，吃齋懺悔，苦持三十年，一直到七十歲。在故事的結尾，上官阿娜感歎說：「回頭自念，眞成夢幻。予老矣，無畏嘲笑。故亹亹言之，子塞耳否？」〔註15〕

這篇小說可以說是一個女人的墮落史。小說的前面有一篇序言，談的是情與性的關係，認爲隨心所欲發的情就是癡情：「從來情者性之動也。性發爲情，情由於性，而性實具於心者也。心不正則偏，偏則無拘無束，隨其心之所欲，發而爲情，未有不流於癡矣。」而最易情癡的是女子，因爲女子往往難以控制情：「嘗觀多情女子，當其始也，不過一念之偶偏，迨其繼也，遂至慾心之難遏。甚且情有獨鍾，不論親疏，不分長幼，不別尊卑，不問僧俗，惟知雲雨綢繆，罔顧綱常廉恥，豈非情之癡也乎哉？」〔註16〕

二、癡婆子形象的批判意義

最近有不少學者爲上官阿娜鳴不平，認爲上官阿娜値得同情，有人認爲上官阿娜形象是對男性世界的批判，有人認爲上官阿娜形象表達了作者對情的歌頌，就像《牡丹亭》中的杜麗娘一樣。但實際的情況是，上官阿娜的放蕩是無可置疑的。她先後與十三個男人發生性關係，多數情況下是她採取主動。與她初試雲雨情的慧敏本懵懂不知性事，是她誘導他，使他嘗到了交媾的樂趣。慧敏離開後，她看上了僕人俊，主動挑逗勾引俊，與他發生了性關

〔註14〕〔明〕芙蓉主人《癡婆子傳》，《思無邪匯寶》第24冊《癡婆子傳》第143頁。
〔註15〕〔明〕芙蓉主人《癡婆子傳》，《思無邪匯寶》第24冊《癡婆子傳》第144頁。
〔註16〕〔明〕芙蓉主人《癡婆子傳》，《思無邪匯寶》第24冊《癡婆子傳》第101頁。

係。她出嫁後，丈夫到外地遊學，難耐寂寞的她開始勾引僕人盈郎。她與公公的亂倫，似乎是由於公公和沙氏用強，但從她的表現看，應該是心有所動。當她看到公公和沙氏裸體交媾的情景時，是「急笑欲走」，當她的公公裸體下床追她時，她「掩面而笑」，當沙氏勸她與公公交媾以盡孝時，她笑著說：「未聞。」而與公公交媾後，開始做出種種淫態，吸引公公的注意力，與沙氏爭寵。她到寺廟中拜佛時，和尚如海對她有意，而她看到如海「嫣然佳麗」，「心亦悅之」，當如海向她求歡時，她笑著說：「爾欲齋我，乃反欲我齋爾耶？」〔註 17〕如海竟然不知道如何與女人交，還是她教會了他。當克饕以告密要挾，要與她性交時，她笑著說：「爾入我目中久矣。第恐未足以滿我，徒接無益，是以忍之耳。既爲餔啜來，木杓太羹，應不爾惜。」〔註 18〕沒想到克饕的性具竟然比不上盈郎，令她啞然失笑。她看到妹夫費生魁梧矯岸，鼻大如瓶，心裏就想：「是必偉於陽者。」她主動獻身，用不同的姿勢與他交媾，沒有一絲的羞恥感，只有幾分失望：「……乃中材耳。謂鼻大而勢粗者，其以虛語欺我哉！」〔註 19〕她接著看上了優伶香蟾，先是叫婢女給香蟾送茶水，而在茶水中放了金戒指、珠子、琥珀墜，又以寫字爲名將香蟾引到內室。她抱著香蟾說：「玉人也，王子晉耶，其潘安仁耶？」在與香蟾交合之後，她說：「吾子秀色可餐，以吾私子，我覺形穢，而必私子者，庶他日兩不忘耳。後會不可期，長教悒怏，奈何奈何！」〔註 20〕

有人認爲，上官阿娜與塾師谷德音之間有眞情、有愛。實際上，上官阿娜對谷德音的所謂愛更多的仍是慾望的滿足。其時，上官阿娜已年過三十，容顏漸衰，一直沒有找到新的性對象，終日與那幾箇舊情人來往，心裏漸生倦意，正在這個時候谷德音出現了。她主動挑逗谷德音，當與谷德音相聚時，無心賞月，迫不及待地上床交媾。上官阿娜驚喜地發現，谷德音的性具「迥異前所歷諸物」，給了她無比的快感，她對谷德音說：「先生之寶異哉！非青蓮，幾誤我一生矣。不韋、嫪毒，當不是過。」〔註 21〕她和谷德音一夜狂歡後，從此「謝絕他人子」。〔註 22〕

〔註 17〕〔明〕芙蓉主人《癡婆子傳》，《思無邪匯寶》第 24 冊《癡婆子傳》第 131 頁。
〔註 18〕〔明〕芙蓉主人《癡婆子傳》，《思無邪匯寶》第 24 冊《癡婆子傳》第 133 頁。
〔註 19〕〔明〕芙蓉主人《癡婆子傳》，《思無邪匯寶》第 24 冊《癡婆子傳》第 134 頁。
〔註 20〕〔明〕芙蓉主人《癡婆子傳》，《思無邪匯寶》第 24 冊《癡婆子傳》第 137 頁。
〔註 21〕〔明〕芙蓉主人《癡婆子傳》，《思無邪匯寶》第 24 冊《癡婆子傳》第 139 頁。
〔註 22〕〔明〕芙蓉主人《癡婆子傳》，《思無邪匯寶》第 24 冊《癡婆子傳》第 140 頁。

無法否認上官阿娜的放蕩，她和豔情小說中的男主人公一樣，有著強烈的性慾，不斷獵取新的性對象。所以，無法也沒有必要爲她的放縱做辯護。再開放的社會中，人與人之間，男女愛人之間，還是需要基本的忠誠，像動物一樣的交媾，必然使人沉淪入畜道。上官阿娜的結局可以說是咎由自取。但上官阿娜又是值得同情的。她的放縱一開始還是有著倫理道德的底線的，她主動勾引表弟、僕人、戲子、和尚，但當她的大伯子、公公、小叔子要挾她，要姦淫她時，她還是有幾分忌諱。當她與僕人交媾時，被大伯子克奢碰見了，她「愧赧無地，不覺兩手不及持裩」，〔註23〕想逃走，但克奢抓住她，威脅她。當克奢用她的衣褲擦拭精液，並嘲笑她時，她又羞有怒，將他推倒在地，拒絕與他交媾。克奢將她的褲帶折斷，揚言要以褲帶爲證，宣揚她的醜行。她不得已，只好答應了他。多年以後，上官阿娜回憶往事，對爲大伯子克奢所挾，仍愧恨交加。之所以悔恨，一是因爲性交非她自願，二是因爲與克奢的交媾是她亂倫之始。

她的公公對她的無耻姦淫，使她最後的道德堤壩被徹底沖毀。欒翁先強姦了大兒媳沙氏。在沙氏梳洗的時候，他去摸沙氏的手腕，又去撫摸沙氏的胸部。沙氏用水噴他的臉，他無恥地引用武則天寫自己與唐高宗私通的詩句說：「未承錦帳風雲會，先沐金盆雨露恩。」〔註24〕沙氏奮力掙扎，他跪著叫「救命」，用手摸沙氏的陰部。沙氏表示要告訴婆婆，他竟然說：「自我娶之，自我淫之，何白之有？」當欒翁要姦淫上官阿娜時，上官阿娜有抗拒之意，她責備沙氏，沙氏扳住她的手，欒翁捉住她的腳，兩人合力，使得她無法反抗，她被按在床上，還大聲呼喊。她在最後時刻，還是沒有忘記人倫：「以子所鑽之穴，而翁鑽之者，假令鑽而有孕，子乎？孫乎？」而欒翁竟然獸慾勃發，不顧人倫：「二美皆吾妻也，何論垂死之姑，及浪蕩子乎？」〔註25〕上官阿娜見事已如此，連沙氏都已經喪失操守，她也就「不能自持」，放棄了抵抗，乾脆縱情狂歡。有其父，必有其子。欒翁的小兒子剛諳風情，就挑逗自己的嫂子上官阿娜，當他知道自己的父親與兒媳亂倫時，不僅毫不驚異，反而如獲至寶，因爲可以此要挾，逼嫂子就範，答應他的姦淫要求：「今兄不在也。亟了我，不然，豈惟以翁事白兄，亦當以盈郎事訐嫂也。」〔註26〕

〔註23〕〔明〕芙蓉主人《癡婆子傳》,《思無邪匯寶》第24冊《癡婆子傳》第122頁。
〔註24〕〔明〕芙蓉主人《癡婆子傳》,《思無邪匯寶》第24冊《癡婆子傳》第127頁。
〔註25〕〔明〕芙蓉主人《癡婆子傳》,《思無邪匯寶》第24冊《癡婆子傳》第128頁。
〔註26〕〔明〕芙蓉主人《癡婆子傳》,《思無邪匯寶》第24冊《癡婆子傳》第133頁。

當徐娘半老的上官阿娜漸生悔改之意，準備告別淫亂生活，要將性愛專注於一人的時候，受到了那些男人的嫉恨，那些男人竟然團結起來對付一個有棄惡從善之意的女人。盈郎和大徒謀劃：「必敗彼事。」〔註 27〕他們一起咒罵谷德音。欒翁聽說了，前來一試究竟，而上官阿娜「詞色亦不婉，強而相接，殊不在此」，欒翁因而懷恨。上官阿娜漸漸疏遠克饔，克饔知道上官阿娜與谷德音相好後，心生嫉恨。有一次，上官阿娜和谷德音約會時，被欒翁和克饔看見了，他們一起惡狠狠地罵。大徒將上官阿娜與塾師私通的事告訴了上官阿娜的兒子。費生想和上官阿娜重修舊好，上官阿娜拒絕了：「妾老不能復事君。曩也迂而蹈出閾之行，何敢再乎？」費生向克饔打聽，才知道是怎麼回事，咒罵上官阿娜說：「貧子不容於死，此婦亦太無賴。」〔註 28〕費生在路上遇到了慧敏，他對慧敏說：「姨近日太無賴，頃辱子者，即所私之谷也。」費生真的將上官阿娜與谷德音私通的事告訴了克慵。當克慵向父親和弟弟求證時，欒翁毫不遲疑地說：「熟耳之。」克饔更惡狠狠地說：「屢矣。」克慵讓全家人一起痛打谷德音，克饔反而爲谷德音求情說：「罪在嫂，彼不足深罪。」〔註 29〕可見他對上官阿娜的仇恨。當克慵逼迫上官阿娜自殺時，欒翁說：「仲子妻不端，子不幸也。」〔註 30〕而實際上，正是他自己給兒子造成了「不幸」，給兒子帶上綠帽子的人中，就有他。

小說最後評論說：「上官氏歷十二夫，而終以谷德音敗事，皆以情有獨鍾，故遭眾忌。克慵但知有谷而出妻，其餘不知，蠢極矣！」〔註 31〕上官阿娜之所以遭眾人之忌，是因爲她想鍾情於一人，想改過從良，但那些男人不許她從良，他們實際上是把上官阿娜當作人盡可婦的娼妓，不許哪個人單獨佔有她。那些好色的男人，特別是禽獸不如、亂倫姦淫的欒氏父子，洋洋自得地指責谷德音和上官阿娜的私通，斥責上官阿娜的「不端」，似乎自己很清白，似乎忘記了他們自己的獸行。上官阿娜的不幸就在這裡，這部小說的批判意義就在這裡。那些未央生們可以姦淫婦女，可以無所不爲，一旦懺悔馬上就可以得到原諒，甚至可以得道成仙成佛，而女人一旦失身，就會懺悔無門，就會墮入萬劫不復的深淵。

〔註 27〕〔明〕芙蓉主人《癡婆子傳》，《思無邪匯寶》第 24 冊《癡婆子傳》第 140 頁。
〔註 28〕〔明〕芙蓉主人《癡婆子傳》，《思無邪匯寶》第 24 冊《癡婆子傳》第 141 頁。
〔註 29〕〔明〕芙蓉主人《癡婆子傳》，《思無邪匯寶》第 24 冊《癡婆子傳》第 142 頁。
〔註 30〕〔明〕芙蓉主人《癡婆子傳》，《思無邪匯寶》第 24 冊《癡婆子傳》第 143 頁。
〔註 31〕〔明〕芙蓉主人《癡婆子傳》，《思無邪匯寶》第 24 冊《癡婆子傳》第 144 頁。

三、《醉春風》中顧大姐的典型意義

更爲典型的是《醉春風》。這部小說中的顧大姐的遭遇與上官阿娜非常相似，而其結局更爲悲慘。顧大姐是顧外郎的女兒，生得如花似玉，賽過西施。顧外郎還有兩個兒子，從師讀書。顧大姐從小見兄弟讀書，也跟著讀書識字，喜歡看戲文小說，但她很正派，看到戲文小說中女子偷情故事，就罵道：「不長進的淫婦，做這般沒廉恥的勾當。」有一天，她父親請一個算命先生給家人算命，算到顧大姐時，算命先生預言她「好色慾而假清高」，會「做出醜事來」。〔註 32〕

顧外郎的大兒子顧大花了三百餘兩金子，買了一個秀才，擺酒慶賀，喝得爛醉，看見顧大姐打扮得妖嬈，又想起算命先生所說的話：「申子辰，雞叫亂人倫。」〔註 33〕就想強姦顧大姐，顧大姐大聲喊叫，咒罵顧大是「好沒廉恥的烏龜」，〔註 34〕又用手摑顧大的臉，顧大這才下床跑了。顧大姐從此時刻提防顧大，顧大懷恨在心，就唆使他的狐朋狗友引誘顧大姐，而顧大姐心如鐵石，毫不動心，她對母親說：「算命的說我犯桃花，又說我什麼犯四重夫星，我偏要做個貞節婦人，像那古人說的，烈女不更二夫，替爹娘爭氣。」〔註 35〕

顧大姐嫁給了張監生的三兒子張三監生，張三監生從小養成成了偷女人的惡習。他先是和徐家小娘子私通，接著與徐家大娘子及其女兒淫亂。而就在張三監生姦淫徐家女兒時，他的未婚妻顧大姐開始發生變化，小說寫道：

> 可也作怪，顧大姐自從九月裏起，不比起先老實了。夜裏睡了，這小㞗兒便想要弄。肚裏主意雖有，卻自言自語道：「人生在世，不做貞烈之婦，便做淫樂之人。切不可不貞不淫，造不成節婦牌坊，又不得十分快活，有誰知道？」只這一點念頭，想是丈夫壞了黃花女兒名節，故此未婚的妻房，也就變做不好的人了。〔註 36〕

張三監生新婚不久，就拋下妻子，和徐家妻妾淫亂，又聽從塾師挑撥，到外面嫖妓，直到父親張監生生病，他才被哥哥找回家。當顧大姐勸張三監生不要偷女人時，張三監生回答說：「自古道：『文是自己的好，色是別人的好。』你不要管我。」顧大姐大怒：「你偷了婆娘，不要我管？假如我也偷了

〔註 32〕〔清〕江左淮庵《醉春風》第 1 回第 191 頁，呼和浩特：遠方出版社，1998。
〔註 33〕〔清〕江左淮庵《醉春風》第 1 回第 191 頁，呼和浩特：遠方出版社，1998。
〔註 34〕〔清〕江左淮庵《醉春風》第 1 回第 193 頁，呼和浩特：遠方出版社，1998。
〔註 35〕〔清〕江左淮庵《醉春風》第 1 回第 194 頁，呼和浩特：遠方出版社，1998。
〔註 36〕〔清〕江左淮庵《醉春風》第 2 回第 202 頁，呼和浩特：遠方出版社，1998。

漢子，你管也不管呢？」張三監生回答說：「羞羞羞，你面龐雖好，又不會騷，只怕也沒人歡喜你。」〔註 37〕

張三監生在父親死後幾天，就到外面嫖妓，住到了虎丘鐵佛房裏，再也不歸家。獨守空房、寂寞難耐的顧大姐先是和書房小廝阿龍發生關係，接著被僕人張成強姦，從此一發不可收拾。她想：「左右相公嫖，我也嫖，要他尋幾個好的，往來幾時，也不枉人生一世。」〔註 38〕阿龍找了三四個漂亮男子，陪她宿歇，她慢慢地膽子變大了，臉皮變厚了，羞恥心喪失殆盡。顧大姐的父親去世了，張三監生回來奔喪，而顧大姐剛生育不久，張三監生就把家中的兩個丫鬟姦淫了。顧大姐假裝吃醋說：「我兩個丫頭都被你開了黃花，我不曾弄你的小廝。快買兩個標緻小廝把我。」張三監生堅決地說：「不許！不許！」顧大姐說：「只許州官放火，不許百姓點燈，你看我偷人也不偷人？」張三監生說：「胡說！」〔註 39〕

張三監生出門後，顧大姐變得更無所顧忌，夜夜換新郎，當鄰居來捉姦時，她答應與鄰居男人一個個交媾，封住他們的嘴。她專門早大暖床邊開了個小門方便與男人幽會。在過節的時候找兩個戲子同床群交。張三監生從一個叫騎馬徐三的秀才那裡得知自己的妻子與別的男人私通，趕回家準備振一振夫綱，但又想：「也是我在南京丟他空房獨守，故有此事。須大家認些不是。」〔註 40〕所以他只是對顧大姐進行警告而已。但顧大姐沒有收斂。她和一個姓朱的秀才交媾，致使他走陽而死。後來連她的哥哥、弟弟都說她：「不如早死了，也得清淨。」〔註 41〕油花李二與顧大姐私通後，認爲她「這等沒正經，只怕做不得良人家到底」。〔註 42〕

一次顧大姐在船裏陪人喝酒時，被張三監生發現了，張三監生決定將她休棄。當他問兒子是否知道母親淫亂時，他的兒子回答說：「兒子雖只十歲，不曉人事，但每常出門就有一班小廝，指著我道，小烏龜出洞來了。我不知

〔註 37〕〔清〕江左淮庵《醉春風》第 2 回第 207～208 頁，呼和浩特：遠方出版社，1998。

〔註 38〕〔清〕江左淮庵《醉春風》第 4 回第 225 頁，呼和浩特：遠方出版社，1998。

〔註 39〕〔清〕江左淮庵《醉春風》第 4 回第 228～229 頁，呼和浩特：遠方出版社，1998。

〔註 40〕〔清〕江左淮庵《醉春風》第 5 回第 242 頁，呼和浩特：遠方出版社，1998。

〔註 41〕〔清〕江左淮庵《醉春風》第 6 回第 250 頁，呼和浩特：遠方出版社，1998。

〔註 42〕〔清〕江左淮庵《醉春風》第 6 回第 250 頁，呼和浩特：遠方出版社，1998。

氣苦了多多少少。不是做兒子的，不念娘恩，實是不認他做娘了。」〔註 43〕當顧大姐得知自己被丈夫休棄時，她不慌不忙地說：「他鎮日偷婆娘，嫖娼妓，丟我空房獨自，也單怪不得我。」〔註 44〕顧大姐回到娘家不久做起了暗娼，接了五六年客，年近四十時，又想從良，嫁給了嫖客黃六秀才，又與鄒四官私通。黃六秀才告上官府，顧大姐被重重懲罰。顧大姐重新開門接客，遭到一個姓顧的監生毒打，睡了兩個月，才能起床。她和阿龍進京投奔張三監生，被張三監生拒絕了。她於是和阿龍結婚，以唱戲爲生。幾年後，顧大姐患腹疼病，很快就死了。

張三監生帶著兒子到了北京，不久選爲主簿，娶妓女趙玉娘爲妾，給兒子張自勖娶了開店人家的女兒。張自勖看趙玉娘正經，心裏想道：「他勝似嫡母。」於是稱她爲母親，十分孝順。張三監生不久升南京鷹揚衛經歷。他得知原來被自己姦淫過的徐家女兒因爲不是處女被丈夫休棄，不得已嫁給陸家做後妻時，決定想法彌補自己的罪過，與陸家結成了姻親。不久張三監生做了一個夢，他夢見自己到都城隍廟裏，上殿叩頭。都城隍對他說：「張某只因你改卻前非，不貪邪淫了，故此不減你的官祿，不缺你的衣食，止少了十年壽算。這經歷官兒，原沒甚滋味。你到任後，就該與你兒子援例入監。有了小小前程，便可保守家業。家裏的田產，還有些是你侄兒收著。明年速速告病回去，料理一年，就要辭世去了。趙玉兒是你的老婆，不須憂他改嫁。」〔註 45〕張三監生叩頭稱謝，陡然驚醒，才知是南柯一夢。

張三監生做了幾任官，回到家鄉，安享晚年。他對兒子張自勖說：「我只爲少年時，血氣未定，被一個伴讀先生引誘壞了，幾乎喪身恚家。還虧我改過自新，不至流落。」張三監生將家產交給兒子管理，自己和趙玉娘各處作樂。過了一年多，張三監生忽然生病，臨死前，他又對兒子媳婦說：「我爲結髮不良，天涯飄泊，只爲命薄，才得回鄉，快活又不久長。」〔註 46〕張自勖將家事託付給庶母掌管，自己到京城經營生意。趙玉娘在家寂寞難過，但因爲是眞心從良，再無邪念。在慾火難熬時，就用假性具「角先生」自娛。有

〔註 43〕〔清〕江左淮庵《醉春風》第 6 回第 254 頁，呼和浩特：遠方出版社，1998。
〔註 44〕〔清〕江左淮庵《醉春風》第 6 回第 256 頁，呼和浩特：遠方出版社，1998。
〔註 45〕〔清〕江左淮庵《醉春風》第 8 回第 278 頁，呼和浩特：遠方出版社，1998。
〔註 46〕〔清〕江左淮庵《醉春風》第 8 回第 280～281 頁，呼和浩特：遠方出版社，1998。

的人稱讚她、敬重她苦守，有的人笑話她，同情她，認為她可憐。十八年後，張自勖收了官店，帶著妻子回到老家終養天年。

小說中的張三監生生性放蕩，淫人妻女，無所不為，一旦改過，罪孽全消，小說評論說：「張三原是好張三，少小癡迷老不憨；一念自新天恕過，妾賢子孝才堪譚。」〔註 47〕小說對張三監生可謂寬容。與對張三監生寬容相對的是對顧大姐的嚴厲懲罰。顧大姐本來立志要做貞潔婦人，一旦許配給張三監生就變得「不比起先老實」了，作者解釋說：「想是丈夫壞了黃花女兒名節，故其未婚的妻房也就變做不好的人了。」〔註 48〕張三監生好色成性，誘姦徐家小娘子，姦淫遍家中僕婦，又長期狎妓，在婚後將如花似玉的顧大姐冷落，顧大姐難耐寂寞，先是與張三監生寵愛的龍陽小子發生性關係，又為張家的管家所誘姦，從此以後變得淫慾無度，走上了不歸路。顧大姐的墮落，張三監生負有不可推卸的責任，當顧大姐對張三監生狎妓、玩龍陽表示不滿時，張三監生毫不掩飾地說：「文是自己的好，色是別人的好。」並且嘲笑顧大姐不會「騷」，即使是想「偷漢子」，也沒有男人願意。張三監生以不守婦道為由休了顧大姐，顧大姐憤憤不平地說：「他日偷婆娘，狎娼妓，丟我空房獨自，也單怪不得我。」張三監生也承認：「也是我在南京丟他空房獨守，故有此事，需大家認些不是。」但是作者在情節安排中表現出無法調和的矛盾。顧大姐品性的改變，歸因於張三監生姦淫的報應，但是當寫到顧大姐第一次婚外性關係時，作者又說：「他原是個命犯桃花的女子，自然不論高低貴賤，處處有情。」〔註 49〕作者一方面對顧大姐的寂寞表示了一定程度的理解和同情，但又將顧大姐的放縱寫成極度的淫亂、肮髒，不僅被其好色成性的丈夫所不齒，其兒子亦與其斷絕母子關係。顧大姐的淫亂一方面是張三監生姦淫的因果報應，另一方面又是張三監生淫亂的直接後果，無論從哪個方面說張三監生都是罪魁禍首，而張三監生一朝改過，科舉高中，仕途順利，另取妻子，兒子又通過捐納進入仕途，妻賢子孝，幸福美滿。而顧大姐根本沒有改過自新的機會，被休後，淪落為最下賤的娼妓，最後因為腹痛病悲慘地死去。

〔註 47〕〔清〕江左淮庵《醉春風》第 8 回第 281 頁，呼和浩特：遠方出版社，1998。
〔註 48〕〔清〕江左淮庵《醉春風》第 2 回第 202 頁，呼和浩特：遠方出版社，1998。
〔註 49〕〔清〕江左淮庵《醉春風》第 4 回第 226 頁，呼和浩特：遠方出版社，1998。

四、女性的雙重果報

這樣的不公平也出現在其他小說中。比如《繡榻野史》中作爲淫亂始作俑者、淫亂的罪魁禍首的男主人公東門生一旦懺悔，罪孽全消，而最爲被動的承受者的女性角色金氏、麻氏卻受到了嚴厲的果報懲罰，麻氏變爲母豬，「常常受生產的苦」，金氏變母騾子，受性饑渴的煎熬，根本沒有懺悔的機會。再如《鬧花叢》中的男主人公的極度放縱並不影響他狀元及第，於功名至頂峰之際急流勇退，又與妻妾一起修成地仙。《巫夢緣》中的男主人公先後交通寡婦、少女、少婦，甚至在逆旅中也不放棄任何機會與旅館主人婦交合，但是卻沒有如以勸誡標榜的擬話本小說中所安排的損陰德而喪功名，反而科舉連捷，得中進士，歸娶四房妻妾，生五男三女，成爲所謂的陸地神仙，小說只在最後以「自悔少年無行，妻妾而外，再不尋花問柳，連娼妓也不沾染了」將其風流罪過一筆勾銷。〔註 50〕《杏花天》中的男主人公迷姦、勾引有夫之婦、群交，甚至「一宵御十美」，可謂淫亂已極，但是他的這種極度放縱卻被稱爲「多情」，雖未盡婚禮，亦有姦淫之罪，但是因爲有所謂「夙緣」，其本注定的高爵可以折去其姦淫之罪，仍然可以獲得長壽和財富，所謂「夫妻崢嶸，兒女滿眼」，其諸子功名顯赫，因而得受賞封，亦可謂富貴榮華已極。

在這些小說中，女性實際上承擔了雙重的果報重負，不僅要爲自己的淫慾承擔果報，更要爲男子的放縱沉迷承擔果報重負。更值得一提的例子是《肉蒲團》，男主人公未央生發誓要淫遍天下美女，對頭陀孤峰長老關於天堂地獄果報的勸誡表示懷疑：「即使有些風流罪過，亦不過玷辱名教而已，豈眞有地獄可墮乎？」孤峰又談陽報：「古語二句云：『我不淫人妻，人不淫我婦。』這兩句是從來極陳極腐極平常的套話了，只是世上貪淫好色之人，不曾有一個脫得套去。」「無論姦了人的妻女，總以妻女償人淫債，只姦淫之念一動，此時妻女之心不知不覺，也就有許多妄念生出來了。」這種果報觀與《醉春風》不謀而合，即妻子的墮落往往是丈夫姦淫的果。未央生從常理出發指出這種「陽報」說的漏洞：「倘若是個無妻無妾的光棍，沒兒沒女的獨夫，淫了人的妻，姦了人的女，把甚麼去還債？……還有一說，一人之妻女有限，天下之女色無窮，譬如自家只有一兩個妻妾，一兩個兒女，卻淫了天下無數的

〔註 50〕〔清〕無名氏《巫夢緣》第 12 回，《思無邪匯寶》第 16 冊《巫夢緣》第 347 頁。

婦人，即使妻女壞事，也就本少利多了，天公將何以處之？」〔註 51〕於是未央生將自己如花似玉的妻子玉香「淘養」得懂得風流之後，離家出遊，開始了自己的性冒險，在俠盜賽崑崙的幫助下改造了陽具，誘姦了外出經商的權老實的妻子豔芳，姦淫了丈夫外出求學的女子，寡婦花晨，以及她們的丫鬟。權老實得知妻子被未央生姦淫後謀劃報復，變賣家產，賣身到未央生岳父家爲奴，接近未央生的妻子玉香，終於將其姦淫，然後又把玉香賣入妓院，而香雲、瑞玉、瑞珠的在京城遊學的丈夫妓院尋歡買笑，嫖的恰恰就是玉香。佛家所宣揚的因果報應原來就在眼前。權老實在將玉香賣入妓院後突然良心發現：「我聞得佛經上說，要知前世因，今生受者是，要知後世因，今生作者是。我自家閨門不謹，使妻子做了醜事，焉知不是我前生前世淫了人家的妻子？……我只該逆來順受，消了前生的孽障才是，爲甚麼又去淫人家妻子，造起來生的孽障來？」〔註 52〕小說對未央生與四個女子的淫亂場面作了細緻描寫，與此相應，權老實與玉香的淫亂，玉香於妓院中在老鴇的威逼下練成淫技的過程，倚雲生、臥雲生、軒軒子與玉香的交合，都作詳盡的鋪陳。據評論者說，不寫出未央生與眾女子之奇淫「不足起下回之慘報」，「看到玉香獨擅奇淫，替丈夫還債處，始覺以前數回不妨形容太過耳」。〔註 53〕當未央生慕京師之名前往一會，才知道那個名滿京師、精通奇淫之術的妓女就是自己的妻子玉香，在小說作者看來，這是對未央生的最爲慘烈的報應。未央生從如此神速的果報中悟出了因果之理：「可見姦淫之債，斷斷是借不得的，借了一倍，還了百倍。」〔註 54〕而還債者爲女子。就在爲男人還債的同時，這些女子自己又犯了淫戒，其殘酷的果報只能由她們自己來承當。玉香在淪爲妓女，被多個男子淫污後，羞愧自殺，豔芳與和尚私奔後被賽崑崙殺死。

實際上，這部小說的名字《肉蒲團》或《覺後禪》就說明了問題，所謂的「肉蒲團」，就是指色慾，指女性的肉體。當出家爲僧的權老實和未央生各賠不是，握手言和時，孤峰長老告訴他們：「好冤家，好對頭，一般也有相會

〔註 51〕〔清〕情隱先生《肉蒲團》第 2 回，《思無邪匯寶》第 15 冊《肉蒲團》第 157～160 頁。

〔註 52〕〔清〕情隱先生《肉蒲團》第 18 回，《思無邪匯寶》第 15 冊《肉蒲團》第 456～457 頁。

〔註 53〕〔清〕情隱先生《肉蒲團》第 17 回，《思無邪匯寶》第 15 冊《肉蒲團》第 454 頁。

〔註 54〕〔清〕情隱先生《肉蒲團》第 19 回，《思無邪匯寶》第 15 冊《肉蒲團》第 482 頁。

的日子。早知今日，何不當初？虧得佛菩薩慈悲，造了這條闊路，使兩個冤家行走，一毫不礙。若在別路上相逢，今日就開交不得了。你兩個的罪犯原是懺悔不得的，虧那兩位賢德夫人替丈夫還了欠債，使你們肩上的擔子輕了許多。不然，莫說修行一世，就修行十世，也脫不得輪迴，免不得劫數。我如今替你懺悔一番，求佛菩薩大捨慈悲，倒要看那兩個妻子面上，寬待你們一分。」〔註 55〕當未央生要去殺死自己的兩個女兒，免得將來墮落時，孤峰長老又說：「那兩個孩子不是你的孩兒，是天公見你作孽不過，特地送與你還債的。古語說得好：『一善好以解百惡。』你只是一心向善，沒有轉移，或者有個迴心轉意的天公替你收了轉去，也不可知。何須用甚麼慧劍？」〔註 56〕按照孤峰長老的理論，妻子不是自己的妻子，孩子不是自己的孩子，都是上天送來替犯了姦淫罪的男人還債的，既然如此，男人姦淫女人，與自己不相干的女人墮入地獄爲自己還債，男人還有什麼顧忌？原來女性是被男人用來參禪的，男人姦淫了女人，然後眞誠地懺悔，不僅罪孽全消，而且還可以像未央生那樣成佛，怎麼能不讓那些好色的男人怦然心動？因色見空，沒有了色也就無所謂空，難道沒有了女人這個肉蒲團，男人就無法參禪頓悟？

五、性別政治和男權話語

這些小說中的因果與以功過格爲代表的勸善書中的因果觀有所區別。在功過格和其他勸善書中，男子在淫慾之罪中處於主動地位，女子主要是被動的承受者或者受害者，關於淫慾的戒律和違反色戒的果報懲罰主要爲男子所設，男子要爲自己的非禮性行爲甚至慾念的蠢動承當不容推卸的責任。這也和佛教所宣揚的自身擔當罪孽的觀點相合。但在小說中，作爲性冒險者的男主人公不僅沒有得到應當的懲罰，而且反而常常財、色、功名兼得。與對男性的寬容相對的是對女性沉迷於色慾的嚴厲果報懲罰。小說中這種極度不公正的因果報應設置體現了男權社會的強勢話語力量和男性的自我中心主義。

小說中的這種因果觀，可以與其中的情理觀的二元標準參看。男性主人公的淫慾放縱被稱爲多情，女子的美麗容貌首先讓男子動情，男性主人公們也毫不掩飾對美色的喜好，「美色人人好」（《桃花豔史》第四回）。女子最好

〔註 55〕〔清〕情隱先生《肉蒲團》第 20 回，《思無邪匯寶》第 15 冊《肉蒲團》第 493 頁。

〔註 56〕〔清〕情隱先生《肉蒲團》第 20 回，《思無邪匯寶》第 15 冊《肉蒲團》第 494～495 頁。

還要有才，會寫詩，正如《劉生覓蓮記》的男性主人公劉一春所說，女子懂文，才可用詩傳情挑逗，所以小說中的女子大都會詩文。當然最主要的是女子還要風騷，因爲只有風騷，才可能對男性主人公產生興趣，才可能被男性主人公輕易引誘上手，也才能讓男性主人公充分享受性之「趣」，《肉蒲團》中的未央生就嫌棄自己漂亮的妻子玉香「風情未免不足」。特別值得注意的是關於情和理的二元標準。男性的縱慾被稱爲「情」，女性的放縱則是淫慾。女性的放縱爲男子提供了縱慾對象，滿足男性的征服心理，另一方面男性又對女性的放蕩表示鄙夷、警惕。男性一方面如未央生們希望女性儘量放蕩，另一方面又希望女子對自己忠誠和貞潔。如《肉蒲團》中的未央生發誓要淫遍天下女子，相信天下美女都會主動爲他獻身，另一方面又要求自己的妻子玉香閨門嚴謹，堅守婦道，當他完成他的性冒險，滿足淫慾之後，忽然想到自己的妻子，回到家鄉，看到大門緊閉，可見閨門嚴謹，才「心上暗喜」。在另外一些豔請小說中，女性遇到男性主人公前放縱，而一旦遇到男性主人公馬上一歸於正，謹守婦道和禮教，甚至爲禮、理而殉節。如《杏花天》中的寡婦卜氏、妓女雪妙娘、連愛月、卞玉鶯等本來放蕩，一遇封悅生，與之交合後，馬上以身、心相許，甚而談起閨訓和婦道，「克全婦道，以守閨訓」。〔註 57〕《春燈迷史》中的嬌娘本淫蕩無比，而與男主人公金華交合後，願託終身，和金華講起了「夫婦之理」。《尋芳雅集》中的柳巫雲背夫偷情，嬌鸞、嬌鳳未婚私合，而一交風流才子吳廷璋，即生死不渝，願「偕老終身」、「死生隨之」、「寧玉碎而沉珠，決不忍抱琵琶過別船」、「協力同心，堅盟守禮」，「雖不能爲貞節婦，免使呼爲淫劣婦足矣」。〔註 58〕《花神三妙傳》的三位女子見男性主人公白景雲即顧盼生情，所以白生一挑逗即上手，三女子與白生極淫亂之能事，但是既遇白生，即相約共事白生，「願生死不忘此誓」，「願終始如環不絕」，其中奇姐竟然自刎殉節，遺詩云:「甘爲綱常死，誰雲名節虧。」〔註 59〕而男子在接受了女性忠貞誓言後並不妨礙他們繼續尋找新的獵豔對象，如《天緣奇遇》中的祁羽狄，在與毓秀、麗貞、玉勝交合後，三女子從此對祁羽狄忠貞不二，而祁羽狄雖然也表示鍾情於三女子，但是在離開後繼續他的性冒險，逛妓院，姦婢女，誘寡婦。這種二元標準還體現在男性主人

〔註 57〕〔明〕古棠天放道人《杏花天》第 11 回，《思無邪匯寶》第 17 冊《杏花天》第 202 頁。

〔註 58〕〔明〕吳敬所《國色天香》第 124 頁，瀋陽：春風文藝出版社，1989。

〔註 59〕〔明〕吳敬所《國色天香》第 186 頁，瀋陽：春風文藝出版社，1989。

公眾妻妾位次的排列上，相對尊奉禮教的女子，婚前沒有發生性關係的女子如《天緣奇遇》中的龔道芳，明媒正娶如《鬧花叢》中的劉玉蓉，堅守貞潔如《桃花影》中的卞非雲，都成爲正妻，甚至如《天緣奇遇》中的麗貞，矜守自持，深得祁羽狄的愛戀和尊重，但在婚前還是和祁羽狄發生性關係，所以只能屈居龔道芳之下。而在《桃花影》中，男主人公魏玉卿雖然已經和婉娘、了音、小玉完婚，但最後完婚的卞非雲仍然居於尊位，實爲正房。

如果我們再考慮到這些小說多爲中下層文人所作，並非如有的研究者所論全爲市井文化的粗糙產物，以及豔情或者準豔情小說和春宮畫一起在文人社會中的廣泛流傳，這樣的果報觀念就更值得注意。如《桃花影》的作者煙水散人在序言中敘述自己窮愁潦倒的處境，「豈今二毛種種，猶局促作轅下駒」，「壯心灰冷，謀食方艱」，於是將貧苦無聊之情託於風月，借風月抒發「憤悶無聊磊落不平之氣」。〔註 60〕《醉春風》的作者在開卷詞中感慨說：「醉裏神飛，越正初秋……風月情腸無說處，滿眼飛飛蛺蝶，欲草興亡書幾頁，墨乾筆軟心多咽。想風流底事無關節，閒伸紙漫饒舌……」〔註 61〕如此等等，皆當爲失意文人之作，所謂借風月抒懷，不論其實際效果如何，其寫作態度的嚴肅不可否認。既然如此，這種因果觀念及其表露出的心態就有一定的代表性。

明清豔情文學的情理觀、因果觀所體現出的性別歧視，不僅是明清社會性別觀念的毫不掩飾的流露，也不僅是傳統禮教中性別等級的俗態呈現，實際上也是一個普遍的人類學問題。在人類歷史的不同階段、在不同的民族那裡都有類似的自然性別社會化的過程，男女以性器官爲核心的性徵差異被視爲社會性別政治的基礎，而性別政治又反過來證明自然性別等級的合理性，如此雙向循環，最終使得男權政治得以牢固地確立。在等級觀念深入骨髓的政治社會中，女性成爲男性的附屬物也就自然而然。明清豔情小說中性描寫處處流露出性別等級色彩，如對男子性器官和性能力的極端誇張，女性對男性器官和性能力的拜服，不僅僅體現了帶有原始色彩的性器官崇拜遺風，男女的交合被稱爲戰爭，勝利的一方總是男性，女子主動「出擊」被視爲淫蕩，女子「戰敗」男子被認爲是反常，像《醉春風》中的顧大姐那樣要和男性爭取性平等的女子更受到嚴厲的果報懲罰。女性要爲男子而放蕩，但是同時又

〔註60〕〔清〕檇李煙水散人《桃花影》序，《思無邪匯寶》第 18 冊《桃花影》序。
〔註61〕〔清〕江左淮庵《醉春風》第 1 回第 189 頁，呼和浩特：遠方出版社，1998。

要爲男子而守婦道。如此等等，皆體現了男權社會的強勢話語，男性自我中心主義已經成爲日常生活倫理有機成分，明清小說中的因果報應的雙重標準也就可以理解。

第十四章　《繡榻野史》：享樂主義與勸百諷一的道德勸誡

《繡榻野史》可以說是明代豔情小說的集大成之作，明代豔情小說的所有情色因素，這部小說中都出現了。這部小說受到《金瓶梅》的影響，小說中的東門生、金氏顯然由《金瓶梅》中西門慶、潘金蓮的名字轉化而來。小說中的很多情節借鑒了《金瓶梅》，而且繼承了《金瓶梅》的淫報勸懲主題，借用他人作品中詩詞的做法也與《金瓶梅詞話》相似。不同的是，《繡榻野史》只關注情慾，所描寫的只是床第之事，極少日常生活細節，沒有涉及廣闊的現實社會這部小說內容上雖然惡俗，但結構上比較講究，有人甚至認爲《繡榻野史》是目前所知文人獨立創作的第一本白話長篇小說。〔註 1〕同時期的另一部豔情小說《浪史》有很多情節甚至細節、語詞與《繡榻野史》相似，但比起《繡榻野史》來，《浪史》更不顧綱常倫理，宣揚享樂至上，連《繡榻野史》中那點諷喻勸誡也沒有了。像《繡榻野史》《浪史》這樣低俗的豔情小說，是當時慾望橫流的社會現實的反映，又影響了當時和稍後的社會風氣，其中的很多因素又爲後來的文學特別是小說所借鑒。

一、「流毒無盡」的《繡榻野史》

《繡榻野史》是眞正的淫穢小說，張无咎《批評北宋三遂平嬌傳敘》說《繡榻野史》「如老淫土娼，見之慾嘔」〔註 2〕。清代的劉廷璣在《在園雜誌》

〔註 1〕徐朔方《〈繡榻野史〉——中國最早的個人創作的長篇小說》，《文史知識》，1996（10）。

〔註 2〕黃霖、韓同文《中國歷代小說論著選》第 242 頁，南昌：江西人民出版社，2000。

中說《繡榻野史》「流毒無盡」〔註 3〕。後世小說多將此書作為淫書代表。清代多次查禁淫詞小說，《繡榻野史》一直榜上有名。

《繡榻野史》現存明萬曆刊本，題「卓吾李贄批評，醉閣憨憨子校閱」，每卷分若干則，不分回，有完整插圖；種德堂（種德堂為明建寧書坊，坊主為熊成治、熊秉宸父子）刊本有五陵豪長署戊申（即萬曆三十六年，1608）秋日的敘。一九一五年上海圖書館排印本題「情顛主人著」，「小隱齋居士校正」，別題「靈隱道人編譯」。《繡榻野史》的作者，一般認為是明代後期的戲曲作家呂天成。明代王驥德《曲律》卷四云：「郁藍生呂姓，諱天成，字勤之，別號棘津，亦餘姚人。」「勤之製作甚富，至摹寫麗情褻語，尤稱絕技。世所傳《繡榻野史》《閒情別傳》，皆其少年遊戲之筆。」〔註 4〕王驥德與呂天成為府學同舍友，文字交往二十年，其所言當不虛。呂天成生於萬曆八年（1580），卒於萬曆四十六年（1618），其三十七歲時作《紅青絕句題詞》，自言二十年前「兒女情多，差能解人意」，「二十年前」即萬曆二十四年（1596），時呂天成十七歲，所謂「少年遊戲之筆」的《繡榻野史》或作於此時前後，其時《金瓶梅詞話》尚未刊行，以抄本形式流傳。

呂天成出身書香門第之家，其母孫太夫人收藏大量戲劇作品，對呂天成從事戲劇創作產生了重要影響。呂天成後拜吳江派沈璟為師，寫下《雙閣》《四相》等劇，當時頗享盛名，惜年未四十而卒，其劇作大都未流傳。或認為《繡榻野史》的作者是呂天成之父呂胤昌而非呂天成，一個少年不可能有這麼豐富的性生活經驗，不可能寫出這樣淫穢的作品。據考證，呂天成寄給沈璟請他指正的十種傳奇中，有三種是其父呂胤昌所作，則《繡榻野史》也可能是呂胤昌所作而假託呂天成之名，一是怕影響自己的官聲，二是為兒子帶來文名。問題是，即使在晚明縱慾成風的時代，這樣一部小說也不會帶來文名。

《繡榻野史》受《金瓶梅》的影響很明顯。《繡榻野史》中東門生、金氏的名字顯然是由《金瓶梅》中的西門慶、潘金蓮化用而來。《繡榻野史》第二節《趙郎得遇嬌娃始末》寫趙大里假裝撿掉在地上的筷子，趁機捏金氏的腳，這種調情挑逗的手段是《金瓶梅》中西門慶用過的。《繡榻野史》第五節《傳柬求婚》寫到胡僧的春藥，小說中多處提到緬鈴，《金瓶梅詞話》寫了緬鈴，而且胡僧所贈春藥在小說情節發展中有重要作用。《金瓶梅詞話》寫到輪迴報

〔註 3〕〔清〕劉廷璣《在園雜誌》卷 2 第 107 頁，北京：中華書局，2005。

〔註 4〕〔明〕王驥德《曲律》第 246 頁，長沙：湖南人民出版社，1983。

應，《繡榻野史》最後也以因果報應結尾。《繡榻野史》借用他人作品中詩詞的做法也與《金瓶梅詞話》相似。

值得注意的是《繡榻野史》與春宮畫冊《花營錦陣》的關係。醉眠閣本《繡榻野史》中有兩首回末詩詞與《花營錦陣》中的配圖詞相同（《花營錦陣》第一圖、第八圖題詠）。《花營錦陣》刊刻年代不詳，《繡榻野史》和《花營錦陣》不知孰先孰後，但《花營錦陣》一書中的題詠與圖像切合，而《繡榻野史》中的回末詩詞多與正文內容有所出入，所以《繡榻野史》抄襲《花營錦陣》的可能性較大。《繡榻野史》一題「卓吾先生批評，醉眠閣憨憨子校閱」，「醉眠閣憨憨子」或爲屠本畯，而屠本畯亦爲《金瓶梅詞話》的早期抄閱傳播者，與春宮畫冊《花營錦陣》也有關係。屠本畯爲屠隆族孫，而屠隆被有的學者認爲即《金瓶梅詞話》的作者笑笑生。或以爲《繡榻野史》的校閱者憨憨子、爲《金瓶梅詞話》寫序的欣欣子以及《開卷一笑》的校閱者哈哈道士爲同一人，即屠本畯，而屠本畯與呂氏有交往，則《繡榻野史》《金瓶梅詞話》和《花營錦陣》的關係也就可以理解。

《繡榻野史》受明代中期的文言傳奇小說的影響。《繡榻野史》種德堂本「五陵豪長」所寫序說：「客手一傳來，曰：『淫傳也。』予曰：『傳景以《如意》爲神奇，傳情以《嬌紅》爲雅妙，他無取也。』」「斯傳殆擴《如意》而矯《嬌紅》者也。」〔註5〕醉眠閣本《繡榻野史》中《開關迎敵》一節描寫金氏與趙大里偷歡：「只見房裏靠東壁邊，掛著一幅仇十洲畫的美女兒，就是活的一般。大里看了，道：『這倒就好做你的行樂圖兒。』把一張蘇州水磨的長桌挨了畫，桌子上擺了許多古董，又擺著《如意君傳》《嬌紅記》《三妙傳》，各樣的春意圖兒。」〔註6〕醉眠閣本《繡榻野史》中《姚兄牽馬》一節寫東門生與金氏談論趙大里時說：「若是武則天娘娘在如今，定請他去和薛敖曹比試了。」〔註7〕薛敖曹是《如意君傳》中的男主人公，在後來的豔情小說中成爲肉具魁偉、性能力過人的男性的代稱。醉眠閣本《繡榻野史》中《兄弟同門及第》一節寫東門生、金氏、趙大里三人交合，金氏說：「我曾見古時節春意圖裏，有武太后和張家兄弟，兩個做一個同門及第的故事兒。你兩個是好兄

〔註 5〕〔明〕情顛主人《繡榻野史》序言，《思無邪匯寶》第 2 冊《繡榻野史》第 96 頁。
〔註 6〕〔明〕情顛主人《繡榻野史》，《思無邪匯寶》第 2 冊《繡榻野史》第 157 頁。
〔註 7〕〔明〕情顛主人《繡榻野史》，《思無邪匯寶》第 2 冊《繡榻野史》第 111 頁。

弟，正好同科，就學張家兄弟，奉承我做個太后罷。」〔註8〕武太后和張家兄弟指《如意君傳》中所寫武后召張昌宗、張易之爲內寵，三人聯床同樂。對《繡榻野史》有影響的另一篇中篇文言傳奇是《花神三妙傳》。《花神三妙傳》前半部分寫錦娘、瓊姐、奇姐幾個女子的性心理，《繡榻野史》中有相似的描寫。《花神三妙傳》寫白景雲初次與瓊姐交歡的情景，《繡榻野史》寫趙大里姦淫婢女阿秀，描寫有相似之處。

據說呂天成有著極高的文學修養，但《繡榻野史》寫得較爲粗疏，無論是內容還是形式，都顯得很隨意，不僅回目極不匀稱，語言也少文采。不過這部小說在當時傳播很廣，在後世影響很大。清初的小說《肉蒲團》第三回寫未央生到書鋪中買了許多風月之書給玉香看，其中即有《繡榻野史》。後來的《怡情陣》由《繡榻野史》改頭換面而成，只是改換人名，刪去韻語，情節中改東門生淫趙大里之母麻氏爲白琨淫井泉之妻。

二、東門生形象的典型意義

《繡榻野史》序言將《繡榻野史》與孔子刪《詩經》相提並論，說其寫作目的是「以淫止淫」:「余自少讀書成癖，余非書若無以消永日，而書非余亦若無以得知己，嘗於家乘野史尤注意焉。蓋以正史所載，或以避權貴當時，不敢刺譏，孰如草莽不識忌諱，得抒實錄？斯余尚友意也。奚僮不知，偶市《繡榻野史》進余，始謂當出古之脫簪珥、待永巷，有裨聲教者類，可以賞心娛目，不意其爲謬戾，亦既屏置之矣。逾年間，適書肆中，見冠冕人物，與夫學士少年行，往往諏諮不絕:『先生不幾誨淫乎？』余曰:『非也。余爲世慮深遠也。』曰:『云何？』曰:『余將止天下之淫，而天下已趨矣，人必不受。余以誨之者止之，不必皆《關雎》、《鵲巢》、《小星》、《樛木》也。雖《鶉奔》《鵲巢》、鄭《豐》、《株林》，靡不臚列，大抵示百篇，皆爲思無邪而作。」〔註9〕實則小說內容穢褻，整部小說是各種變態性交場面的連綴。

《繡榻野史》寫揚州秀才姚同心十五歲考中秀才，少年得意，自取雅號「東門生」。東門生十八歲和魏氏結婚，魏氏賢惠溫順，只是相貌一般，而且不懂風情，東門生很不滿意。魏氏懷孕後，東門生強行與她性交，而且動作激烈，致使魏氏小產，感染惡疾而死。東門生準備續弦，發誓要娶一個美麗

〔註8〕〔明〕情顛主人《繡榻野史》,《思無邪匯寶》第2冊《繡榻野史》第325頁。
〔註9〕〔明〕情顛主人《繡榻野史》,《思無邪匯寶》第2冊《繡榻野史》第95頁。

風騷的女人。很多人上門提親，東門生一個也沒有看中。東門生對同窗師弟趙大里產生了好感，趙大里比東門生小十二歲，長得白淨、秀氣。東門生一天不見趙大里就寢食不安。趙大里不喜歡做「龍陽」，但無法拒絕東門生。東門生和趙大里兩人「白天是兄弟，夜裏同夫妻一般」，就這樣過了三年，東門生二十八歲時才相中了綢緞金老闆的女兒金氏，與美貌的金氏結婚後，東門生仍與趙大里保持著曖昧關係。幾年之後，趙大里藉口用心讀書，稟報母親麻氏，搬到東門生書房裏住，兩人更加親密。趙大里出入東門生家，與金氏眉來眼去，都有了意思。金氏有點放蕩，她在做女兒的時候，就和家中的小廝玩耍，「有些不明不白的事」。趙大里看上了她的美色，她也看上了趙大里的俊俏。東門生不僅不計較，反而認爲「便待他兩個人有了手腳，倒有些趣味」，竟然極力撮合趙大里和金氏通姦，創造機會讓趙大里與金氏在書房裏相會。趙大里與金氏第一次交合，金氏使出手段「戰敗」了趙大里，直到趙大理討饒。金氏從趙大里那裡獲得了性滿足，甚至希望趙大里成爲自己的丈夫。趙大里因爲受到金氏的嘲笑，於是準備報復。第二次交合前，趙大里作好了準備，自己吃過春藥，暗將淫藥放入金氏陰中。金氏與趙大理交合數十回，一開始覺得痛快，後來屢戰屢敗，弄得外陰紅腫，疼不可忍，趙大里仍然金槍不倒。事後金氏疼痛難忍，伏在枕上流淚。趙大里又把婢女賽紅、使女阿秀姦淫了。東門生回到家，聽了金氏的哭訴，大爲惱怒，當時就要尋趙大里算帳，金氏將他勸住。東門生心疼不已，細心照料金氏，使金氏非常感激。趙大里寡母麻氏三十三歲，已守節十餘年，長得十分標緻，東門生與金氏商議，把趙大里誆到外地，然後請麻氏來家裏同住。東門生假意關心趙大里，讓他外出教館，麻氏因兒子不在家，一人守著座空院子，夜裏害怕，東門生上門一說，她就感激地答應搬進東門生家。東門生謊稱外出，暗藏別室。麻氏與金同床而眠，到了晚上，金氏百般挑動麻氏的情慾，又用緬鈴使麻氏無法自制，暗中換東門生與麻氏交歡。麻氏知道事情眞相後，乾脆與東門生、金氏三人一同淫亂。到了年底，趙大里回來，得知母親麻氏被東門生佔有了，他找到東門生，東門生表示，既然趙大里喜歡金氏，可以將金氏送給他。麻氏提出將大里和金氏配爲夫婦，自己和東門生湊成一對，幾個人都同意了，但東門生仍與大里、金氏一起日夜宣淫。東門生在麻氏生產期間，強姦了麻氏帶過來的使女小嬌。後來金氏不堪趙大里折磨，一氣之下咬掉了趙大里半截陰莖，麻氏得知，擔心斷了趙家煙火，與金氏吵鬧，受到鄰里的嘲笑。東門生家醜外傳，正值學院出巡到揚州，地方狀告東門生與大里「行止有污」，東門生等人畏罪逃入山中。兩家人不得已搬到外鄉，麻氏連生二子，生第二子時因性慾難熬，不滿月便與東門生縱慾，得月子風而死。金氏也因縱慾過度，二十四歲時「骨髓流乾，成了一個色癆死了」。婢女、使女分別嫁人，不久被轉賣成妓女。趙大里葬了金氏，漸漸厭惡了男女苟且之樂，發憤攻讀，第二年和東門生赴京應考，鄉里人早把他倆的醜事傳遍了北京，北京沒人理會他們，兩人只得回家，走到半路，趙大里染了疫氣死了。只有麻氏使女小嬌守著趙家舊宅，撫養麻氏的兩個幼子，與東門生相依爲命。東門生爲表示對小嬌的感激，將她嫁給一個「小人家的清秀兒郎」，有了一個好的結局。一日，東門生夢見金氏變爲母豬，麻氏變爲母騾，大里變爲公騾。夢醒後，東門生大悟，深感報應不爽，請法師替三人懺悔。不久三人託夢告訴他，他們的罪變輕了，可以再投胎爲人了。東門生大徹大悟，出家爲僧，法名爲「西竺」，結庵而居，以自己的教訓警戒世人。

《繡榻野史》可以說是明代豔情小說的集大成之作，明代豔情小說的所有情色因素，都在這部小說中出現了，如誘姦、偷情、龍陽、寡婦失節等明代豔情小說的常見素材類型，在這部小說中集中到了一起。與被稱爲「淫史」的《金瓶梅》不同，《繡榻野史》只關注情慾，極少涉及廣闊的現實社會。這部兩萬多字的小說中出現的人物一共有七個：號東門生的姚同心，東門生的妻子金氏，趙大里，趙大里的母親麻氏，金氏的婢女塞紅、阿秀，麻氏的婢女小嬌。而小說主要描寫的是東門生、金氏、趙大里、麻氏的淫亂關係。小說中的男女包括丫鬟使女都充滿著情慾衝動，充斥全篇的是荒唐的性遊戲。這部小說之所以稱爲《繡榻野史》，就是因爲小說所描寫的只是床笫之事，而表現人物所需要的日常生活細節，小說中幾乎沒有涉及，甚至是食，只有與性事直接發生關係時，才被注意到，比如塞在肛門中的紫菜。

這部小說大肆渲染同性交、後庭交等變態性行爲。首先是東門生和趙大里的同性交行爲。趙大里比東門生小十二歲，生得很標緻，東門生說服他與自己性交，在魏氏死後的一段時間裏，與趙大里的同性交是東門生解決性寂寞的途徑，與金氏結婚之後，東門生仍然捨不得放棄趙大里。值得注意的是，小說中東門生和趙大里的身份都是秀才，但兩人在中秀才後不再想著進取，都是有秀才之名，而無才子之實，與明清時期豔情化的才子佳人小說中的才子截然不同。在那些才子佳人小說中，才子總是先用幾首詩打動閨中少女，然後一步步將少女引誘到床上，而在《繡榻野史》中，最有殺傷力的武器是碩大的性具和超人的性能力。當東門生向金氏極力稱讚趙大里的性能力時，金氏聽得「骨頭都酥了去」。

這部小說最怪異的地方，是東門生竟然極力撮合趙大里和自己的妻子金氏通姦。金氏和大里雖然有些眉來眼去，但畢竟不敢公然成姦，東門生勸金氏說：「他便叫做我的阿弟，就像你一樣的老婆，都是我戲過的，說甚麼羞人呢？」〔註 10〕有一天，東門生和趙大里在書房裏聊天，東門生表示自己最大的願望是找「天下極妙婦人著實一干」，趙大里表示不解，因爲金氏已經很標緻，「也是極妙了」，他認爲東門生是「肉吃厭了，思想菜吃」。東門生慷慨地表示，既然趙大里對金氏的美色這樣著迷，那他乾脆成全他：

> 東門生笑道：「阿弟道他美貌，怎麼不眼熱呢？」大里笑道：「親嫂嫂便眼熱也沒用。」東門生道：「我肯，有甚麼難？當初蒼梧饒娶了老婆，因他標緻，就讓與阿哥。難道我不好讓與阿弟麼？」大里笑道：「哥若做了蒼梧饒，小弟便是陳平了。只不知阿嫂的意思怎的？」東門生道：「婦人家都是水性的，若論阿嫂的心，比你還要些哩。你便晚頭依舊在這書房裏睡了，我就叫他出來。」大里連忙作了兩個揖，道：「哥有這樣好心，莫説屁股等哥日日戲，便戲做搗臼一般直衕捅，也是甘心的。這好意思，怎麼敢忘記了？我且去望望娘又來。」〔註 11〕

後來當金氏準備和趙大里相會時，還是擔心東門生吃醋，但東門生說：「是我要你做的，決不怪你，決不笑你，我就同你出去，他等久了。」〔註 12〕他作具體安排，先將大里請到書房，再將金氏推進書房，把門扣住，讓兩人白晝宣淫。東門生之所以會有這樣不可思議的舉動，既因爲東門生是個雙性戀者，他喜歡趙大里，想以此籠絡趙大里，也因爲他雖有性慾，但沒有性能力，他「年紀小的時節，刮童放手銃斫喪多了，如今到年紀長來，不會久弄」。〔註 13〕當趙大里和金氏在書房中交歡時，東門生在窗外偷窺，一邊自慰，心裏有幾分懊悔，感覺自己「折本」了：「這樣一個標緻老婆，等他這

〔註 10〕〔明〕情顛主人《繡榻野史》，《思無邪匯寶》第 2 冊《繡榻野史》第 107 頁。
〔註 11〕〔明〕情顛主人《繡榻野史》，《思無邪匯寶》第 2 冊《繡榻野史》第 108～110 頁。
〔註 12〕〔明〕情顛主人《繡榻野史》，《思無邪匯寶》第 2 冊《繡榻野史》第 120 頁。
〔註 13〕〔明〕情顛主人《繡榻野史》，《思無邪匯寶》第 2 冊《繡榻野史》第 107 頁。

樣脫得光光的，拍了爽利戲射，瞞誆自家躲差。那知道這樣折本，白白送他燥脾胃，實有些氣他不過。只是愛金氏得緊，又是送他出來的，把老婆丟去憑他了。」〔註 14〕他回到房中，看見丫頭塞紅正在熟睡，就上前調戲，但東門生的性具「就像蜒蝣一般」，惹得塞紅嘲笑不已，東門生又羞又急，性具「一發像個綿花團了」，塞紅不住地數落他：「這樣個沒用的東西，也要我累這個名頭！」「我便合你睡，就像宮女合內相睡，只好咬咬摸摸，倒弄人心裏嘈，有甚麼趣呢？」〔註 15〕

將妻子送給龍陽的情節，在後來的情慾小說中多次出現，如《桃花影》中，丘慕南將自己的妻子花氏贈給了魏玉卿，《桃花豔史》中，白守義將自己的妻妾獻給龍陽姜勾本，以討其歡心。在《碧玉樓》中，王百順在外出時，將妻妾丫鬟交給了自己的同性交對象。值得注意的是，這部小說中作爲龍陽的趙大里和東門生是平等的，並不需要東門生救助，而在其他明代後期描寫同性交的小說中，同性交的孌童、龍陽或被動方常常地位比較低或經濟條件窘迫，在得到對方的幫助後，出於感激報答才向對方獻身。《繡榻野史》中的東門生允許趙大里與自己的妻子交媾，趙大里對東門生的慷慨之舉深表感激，更加盡心地用自己的屁股娛樂東門生。但即使如此，趙大里和東門生還是平等的，金氏將他們稱爲兄弟：「我曾見古時節春意圖裏，有武太后和張家兄弟，兩個做一個同門及第的故事兒。你兩個是好兄弟，正好同科，就學張家兄弟，奉承我做個太后罷。」〔註 16〕

趙大里的龍陽身份在明代中後期有一定的典型意義。他和東門生一樣是在科舉上沒有成就的下層文人，因爲對事業沒有太高的理想，於是將性慾作爲消磨人生的主要方式。在明代的一部專門描寫同性交的小說《弁而釵》中，龍陽多數像趙大里一樣是讀書之人，有的雖然沒有功名，但有較高的才藝，而同性交的受用者非秀才即探花，有的則在龍陽的幫助下科場高中。這樣的描寫反映了明代中後期同性戀盛行的現實。同性戀的愛好者多爲中上層社會的文人，他們實際上多爲雙性戀者，他們對龍陽的喜好實際上多數爲了獵奇，有的則是附和世風而以此爲「風雅」。正由於此，他們所選擇的同性交對象一

〔註 14〕〔明〕情顛主人《繡榻野史》，《思無邪匯寶》第 2 冊《繡榻野史》第 130 頁。

〔註 15〕〔明〕情顛主人《繡榻野史》，《思無邪匯寶》第 2 冊《繡榻野史》第 131～133 頁。

〔註 16〕〔明〕情顛主人《繡榻野史》，《思無邪匯寶》第 2 冊《繡榻野史》第 325 頁。

般是有一定才藝的下層讀書人。一般認爲《弁而釵》所描寫的爲同性戀的理想狀態，有的人以「理想王國」名之，實際上，與《龍陽逸史》這樣的小說相比，《弁而釵》更接近於歷史事實，同性戀不可能使舉國若狂，沒有幾個小官以此爲樂。《弁而釵》中的下層讀書人之所以願意成爲男色，或者是爲了生計，或者是爲了表達對救助自己的恩人的感激。

三、女性節操與慾望的交戰

《繡榻野史》中有兩個女主人公，一個是東門生的續弦妻子金氏，一個是趙大里守寡的母親麻氏。金氏父親的兩個小老婆是青樓女子，常常在家裏與其他女人談論風月之事，她耳濡目染，學會了很多「女人本事」，在做女兒時節與小廝們「常常有些不明不白的事」，但她在嫁給東門生之後，一直守婦道。金氏與趙大里的淫亂是東門生撮合的，當東門生描述趙大里的碩大的性器和高超的性技巧時，金氏心有所動，但當東門生主動提出要金氏與趙大里交媾時，金氏說：「只好取笑，怎麼好當眞，決使不得。」接著又說：「我的心肝，我要養漢，只怕你怪。你若不怪，我的心不瞞你說，那一刻不是要和他弄的。」〔註 17〕直到最後關頭，金氏還是有羞恥之心：

> 拭燥起來，金氏要穿褌，東門生笑道：「不用穿了，左右就要脫。」金氏笑道：「不要亂話。婦人家全是男子漢來扯褲下的時節有趣，你不知這裡頭妙處。」當便穿衣完了，東門生又捏了金氏的腳，道：「眞個小得有趣，你可換了紅鞋，少不得要擱起大里肩頭上，等他看看也動興。」金氏即將紅鞋換了，又叫東門生，去床頭席下拿了汗巾來。東門生道：「你眞個停當拿本錢的。」便尋來遞與金氏，手扯了手，到書房門邊。金氏笑道：「實有些羞人，難進去。」東門生道：「整日見的，你見了他自然不羞了。」就推著金氏，走到書房邊。東門生叫大里開門，道：「今晚你倒快活，實費了我千萬斤的力氣，方安排得他出來。」便把金氏推進書房去，東門生忙把門反扣了，道：「我自去不管了。」金氏故意將身往外邊退，大里摟住道：「我的心肝。」就親一個嘴道：「我的心肝，如今沒處去了，定用憑我弄了。」〔註 18〕

〔註 17〕〔明〕情顛主人《繡榻野史》，《思無邪匯寶》第 2 冊《繡榻野史》第 118 頁。
〔註 18〕〔明〕情顛主人《繡榻野史》，《思無邪匯寶》第 2 冊《繡榻野史》第 121～123 頁。

在與趙大里第一次交合後，金氏的慾望一發而不可收。回到房中，金氏將與趙大里交媾的經過詳細描述給東門生聽，並要求晚上再與趙大里交媾。東門生寫了一封信調笑趙大里，趙大里在回信中表示要「直搗其巢穴，而掃腥膻然後已」，金氏對趙大里說自己「騷」甚爲不滿，表示「定要斬了和尚的頭，剝了將軍的皮，搶了兩個雞蛋，放在熱鍋里弄稀爛哩」。〔註19〕值得注意的是，金氏性慾雖然超強，在與性能力超群的趙大里第一次性交媾時，甚至使趙大里求饒認輸，但她此前與性能力不足的東門生交媾時一直不顯露，因爲她怕損害了他的身體健康，她對東門生說：「我恐怕壞你精神，不捨得簸弄，若我肯做，隨他鑌鐵風磨銅羚羊角金剛鑽變的屌，放進我的毬裏，不怕他不消磨哩。」〔註20〕這與《金瓶梅》中潘金蓮爲了性慾的滿足置西門慶性命於不顧的情形形成鮮明對比。

在小說中，反而是趙大里使用了春藥，使金氏「陰精大泄」，甚至昏死過去，陰部紅腫。後來東門生告訴她，趙大里對她使用性藥，給她造成這樣的傷害，說明趙大里「再沒有一些兒愛你的情意」，〔註21〕金氏這才醒悟。而東門生對她的悉心照顧，使她感激不已：

> 金氏含著淚道：「婦人家養漢，是極醜的事情，丈夫知道老婆不端正，又是極恨的，不是殺，定是休了。我如今弄出這樣極醜形聲，你又不殺我，不離我，又怕我要死，煎藥我吃，又是這樣當直我，你難道比別人各樣的心？只因愛我得緊，方肯是這樣。你愛了我，我倒愛別人，我還是個人哩？叫我又羞又恨，怎麼過得？我決弔殺了。」東門生摟住，也流淚道：「我心肝有這等正性，倒是我污了你的行止。我怕你病，安排藥等你吃，你倒要弔死，若心肝死，我也死了。再不要是這樣話，古人說得好：『成事也不說了。』」〔註22〕

她決定幫助東門生引誘趙大里的守寡的母親麻氏，既是對趙大里的報復，又是對東門生的報答。小說通過麻氏這個角色說明了女子在節操與慾望之間的矛盾交戰。麻氏丈夫早死，守寡多年，本想終身守節，但金氏設下圈套，使她不僅失去所謂的節操，更使她已熄滅多年的慾望之火熊熊燃燒。小

〔註19〕〔明〕情顛主人《繡榻野史》，《思無邪匯寶》第2冊《繡榻野史》第146～148頁。

〔註20〕〔明〕情顛主人《繡榻野史》，《思無邪匯寶》第2冊《繡榻野史》第114頁。

〔註21〕〔明〕情顛主人《繡榻野史》，《思無邪匯寶》第2冊《繡榻野史》第219頁。

〔註22〕〔明〕情顛主人《繡榻野史》，《思無邪匯寶》第2冊《繡榻野史》第224頁。

說用很大篇幅細膩描寫了麻氏轉變的過程。金氏將麻氏哄到家中，勸麻氏喝了大量的酒，然後和她同床而眠，用男女交合的話題誘導麻氏。等麻氏睡著後，金氏將緬鈴放進了她的陰內，並且用腳壓住她的四肢，使她不能動彈。麻氏醒過來後，連叫「快活」。金氏於是向麻氏描述與男人交媾所帶來的快感，使麻氏進一步失去克制，有「五六分火動」。金氏又告訴麻氏，如果長期不與男子交媾，會造成「陰氣閉結」的疾病，她勸麻氏趕緊找男人交媾，以「絕了後邊的病痛」，並表示願意將自己的相好送給麻氏「治病」。麻氏還是有羞恥之感，金氏就告訴她可以來個暗中大掉包，既給她治了病，又不露痕跡。麻氏感歎說：「我守了十三年的寡，難道今日破了戒？」〔註 23〕金氏接著講述了寡婦守寡的痛苦：

> 婦人家守節，初起頭，還熬得，過了三四年，也就有些身子不快，一到春裏來，二三月間，百花齊開，天氣又和暖，弄得人昏昏倦倦的，只覺得身上冷一陣，熱一陣，腮上紅一陣，腿裏又震一陣，連自家也曉不得這是思量丈夫的光景。二十多歲，年紀小，血氣旺，夜間容易睡著，也還熬得些，一到三四十歲，血枯了，火又容易動，春間夜裏蓋夾被，翻來覆去，沒個思量，就過不得了。夏間洗浴，洗到小肚子，偶然挖著，一身打震，蚊蟲聲嚶嚶的，疙蚤又咬，再睡不安穩。汗流下腿縫裏，浙得半癢半痛，委的難過。秋天風起，人家有一夫一婦的，都關上窗兒，坐了吃些酒，幹些事，偏自家冷冷清清，孤孤淒淒。月亮照來，又寒得緊，促織的聲，敲衣的聲，聽得人心酸起來，只恰得一個人兒摟著睡。一到冬天，一發難過。日裏坐了對火爐也沒趣，風一陣，雪一陣，只要去睡了，冷颼颼，蓋了綿被，裏邊又冷，外邊又薄，身上又單，腳後又像是冰一般，只管把兩腳縮了睡，思量熱烘烘摟一個在身上，便是老頭也好。思量前邊才守得幾年，後頭還有四五十年，怎麼捱得到老。有改嫁的，體面不好；叫人睡的，那個人又要說出來，人便要知道。如今婆婆假裝了奴家，好耍子和他弄一夜，等他著實幹得婆婆快活，也強如緬鈴弄癢，也不枉了做人一世。〔註 24〕

〔註 23〕〔明〕情顛主人《繡榻野史》，《思無邪匯寶》第 2 冊《繡榻野史》第 254～256 頁。

〔註 24〕〔明〕情顛主人《繡榻野史》，《思無邪匯寶》第 2 冊《繡榻野史》第 258～263 頁。

金氏講述寡婦守節之苦一段，在後來的小說中被反覆改寫化用，成爲同情寡婦寂寞的經典描述。麻氏最後下了決心，不再顧及節操：「如今被你哄得我心動，我也顧不得丈夫了。」金氏與東門生假扮的鄔相公交歡到一半時上廁所，讓麻氏頂替自己和鄔相公交媾，麻氏獲得了前所未有的性快樂。等到點了燈，麻氏才知道鄔相公就是東門生，羞得臉紅，笑著說：「我被大嫂騙了。」金氏說：「何妨呢？你怎麼用等點燈來，方才知道是我丈夫？你兩個叮叮咚咚說了這幾時話，還聽不出聲哩。」麻氏說：「快活的時節，那裡辨得這許多？」東門生說：「方才你說是我的老婆了，再不要論甚麼！」麻氏說：「被你兩個用心機，壞了我的名節，罷罷！我如今憑你弄了，不知你爲甚麼起這一點心？」東門生說：「是你模樣好。」麻氏說：「決不是，你實對我說罷！」金氏說：「你的兒子曾來和我睡，把耍藥搽了，把奴家弄了一日一夜，毯都弄壞了，奴家恨他，因此上騙了你來，等他戲還哩！」〔註 25〕麻氏將東門生與自己死去多年的丈夫對比，她的丈夫從沒有讓她感受到如此的快樂，表示願意嫁給東門生。值得注意的是，麻氏即使嫁給東門生後，明明知道自己和兒子趙大里、金氏、東門生之間關係混亂，有亂倫的嫌疑，但她還是堅持倫理規則。當她看到東門生與已成爲自己媳婦的金氏以及趙大里在一起淫亂時，極爲生氣，因爲這樣做違背了倫理，喪失了廉恥，她大爲不滿而喧嚷，將東門生的淫亂之事宣揚了出去，東門生迫不得已而移居。

總之，這部小說中的男男女女，包括丫鬟使女，都充滿著情慾衝動，這種性慾的亢進，反映了明代中後期社會風氣的糜爛，士風的墮落腐朽。那是一個信仰幻滅的時代，那個時代的文人對在現實中感到窒息，找不到出路，尋不著光明，興趣從科舉仕途轉向了聲色犬馬。全書中充斥著如此多的露骨、變態的性描寫，小說結尾那一段懺悔及出家告誡世人的描寫，顯得蒼白無力，勸百諷一，效果恰恰相反。

四、勸百諷一的道德勸誡

《繡榻野史》繼承了《金瓶梅》的淫報勸懲主題。憨憨子序說：「有過我者曰：『先生不幾誨淫乎？」余曰：「非也，余爲世慮深遠也。』曰：『云何？』曰：『余將止天下之淫，而天下已趨矣，人必不受，余以誨之者止之，因其勢

〔註 25〕〔明〕情顛主人《繡榻野史》，《思無邪匯寶》第 2 冊《繡榻野史》第 291 頁。

而利導焉，人不必不受也。』」〔註 26〕小說開篇《西江月》詞說：「懶說舊聞常見，不塡綺語文談。奇情活景寫來難，此事誰人看慣。都是貪嗔業障，休稱風月機關。防男戒女破淫頑，空色色空皆幻。」〔註 27〕

在《繡榻野史》中，麻氏在生育還沒滿月的時候就與東門生縱慾不止，「竟冒風死了」。金氏因縱慾過度，「漸漸成了怯弱的病症」，二十四歲的時候「骨髓流乾，成了一個色癆死了」。〔註 28〕金氏死後，趙大里每天都夢見金氏來糾纏他，十分害怕，躲到北京，又回到揚州，遇了疫氣，很快就死了。賽紅、阿秀嫁人，只有小嬌照料麻氏所生的兩個兒子，與東門生相依爲命。有一天，東門生在午睡的時候夢見了一個母豬、一個公騾子和一個母騾子，它們像人一樣會說話，原來是麻氏、趙大里和金氏變化的。它們告訴東門生說，因爲他們縱慾失節，所以受到閻羅王的懲治，將他們變作畜生。麻氏失了節，和東門生又生了一個兒子，所以被罰變做母豬，忍受生產之苦。金氏因爲放蕩，喜歡野老公，所以被變成母騾子，趙大里縱慾，姦淫了別人的老婆，被罰變做公騾子。騾子有慾望，但不能交媾，所以無法滿足，非常痛苦。趙大里變的公騾子告訴東門生：

> 前日陰司裏，問這樁官司，且道你容縱老婆養漢，要罰做烏龜。我替你狠命爭起來，道：「都是我們三個不是，不要連累了他，我的骨頭，也多謝他收回了。」這就是極大的陰騭勾當了。判官查簿子不曾完，只見收骨食的事果然是眞的。閻王道：「你們三個，都是吃著他過，還不報得他。」後頭要把母豬等你殺吃，我們兩個騾子要等你騎，方算報得完哩。〔註 29〕

東門生醒來後，帶上銀子，到即空寺裏請了幾位禪師，爲麻氏、趙大里和金氏懺悔超度，然後又替小嬌找了一個好人家嫁了出去，把自己和麻氏生的兒子託付給她撫養。一天東門生又夢見了麻氏、趙大里和金氏，他們告訴東門生，因爲他替他們懺悔，所以罪過減輕了，很快就會託生爲人了。東門生聽了很高興，於是剃了頭髮，披上袈裟，到即空寺裏出家修行，看經吃齋，又以自己爲例子，告誡世間人，勸人學好。最後東門生明心見性，竟然修成

〔註 26〕〔明〕情顚主人《繡榻野史》，《思無邪匯寶》第 2 冊《繡榻野史》第 95 頁。
〔註 27〕〔明〕情顚主人《繡榻野史》，《思無邪匯寶》第 2 冊《繡榻野史》第 103 頁。
〔註 28〕〔明〕情顚主人《繡榻野史》，《思無邪匯寶》第 2 冊《繡榻野史》第 331 頁。
〔註 29〕〔明〕情顚主人《繡榻野史》，《思無邪匯寶》第 2 冊《繡榻野史》第 336 頁。

了正果，小說結尾說：「東門生明了心，見了性，方才是眞正結果。東門生也把自家事，勸世間的人，要人都學好。」〔註 30〕

用大量的文字盡力渲染淫慾之樂，最後用了了數語說明縱慾之害，強調因果報應，曲終奏雅，是明清豔情小說的一個突出特點，實際上是借勸善懲惡之名掩其誨淫之惡名，正如孫楷第所說：「且藉小說以醒世誘俗，明善惡有報，天網恢恢，疏而不漏，則凡中國舊小說，亦莫不自託於此，然皆以此自飾，從無自始至終本此意爲書者。」〔註 31〕比如《癡婆子傳》以自傳方式講述了上官阿娜從十三歲到三十九歲期間與丈夫以外十二個男子的性經歷，最後阿娜被丈夫趕出家門，禮佛拜經，過了三十餘年清心寡慾的生活。小說借阿娜之口告誡世人：「一夫之外所私者十有二人，罪應莫贖，宜乎夫不以我爲室，子不以我爲母。梵梵至今，又誰怨焉！」清代的豔情小說《肉蒲團》第一回用大段文字爲淫穢描寫辯解。被稱爲豔情小說集大成者的《姑妄言》的作者在自評中說：「余著是書，豈敢有意罵人，無非一片菩提心，勸人向善耳。內中善惡貞淫，各有報應，句雖鄙俚，然而微隱曲折，其細如髮，始終照應，絲毫不爽，明眼諸公見之，一目自能了然，可不負余一片苦心。次者，但觀其皮毛，若曰不過是一篇大勸世文耳，此猶可言也。」〔註 32〕清代學者劉廷璣一面嚴厲斥責豔情小說流毒無盡，禍害人心，一方面又認爲這類小說中寓勸誡之意，是作者不善於讀而已：「至《燈月緣》《肉蒲團》《野史》《浪史》《快史》《媚史》《河間傳》《癡婆子傳》則流毒無盡，更甚而下者《宜香春質》《棄而釵》《龍陽逸史》，悉當斧碎棗梨，遍取已印行世者盡付祖龍一炬，庶快人心。然而作者本寓勸懲，讀者每至流蕩，豈非不善讀書之過哉？」〔註 33〕

《繡榻野史》的結尾，讓人出乎意料的是，亂倫縱慾的始作俑者東門生最後不僅沒有受到懲罰，而且竟然修成正果，而其他三人則受到了嚴厲的果報懲罰。在最後的報應中，淫慾之罪的主犯、極度放縱的男主人公卻不僅沒有得到懲罰，反而修道成正果，或者得到財、色、功名兼得的大歡喜，而被男主人公引誘而墮落的女子，則受到嚴厲的懲罰，這也是很多豔情小說的常見結局。在很多豔情小說的因果世界中，女性實際上承擔了雙重的果報重負，

〔註 30〕〔明〕情顚主人《繡榻野史》，《思無邪匯寶》第 2 冊《繡榻野史》第 338 頁。

〔註 31〕孫楷第《中國通俗小說書目・分類說明》第 2 頁，北京：人民文學出版社，1982。

〔註 32〕〔清〕三韓曹去晶《姑妄言》自評，《思無邪匯寶》本《姑妄言》第 67 頁。

〔註 33〕〔清〕劉廷璣《在園雜誌》卷 2 第 84 頁，北京：中華書局，2005。

不僅要爲自己的淫慾承擔果報，更要爲男子的放縱沉迷承擔果報重負，最典型的是《肉蒲團》中的玉香。男主人公未央生誘姦了外出經商的權老實的妻子豔芳，姦淫了丈夫外出求學的幾個女子香雲、瑞玉、瑞珠和寡婦花晨以及她們的丫鬟。未央生的妻子玉香被權老實姦淫，又被賣入妓院，玉香因爲羞愧而自殺。小說作者和未央生認爲這是對他姦淫婦女的最嚴厲的果報。「以淫報淫」的觀念中蘊涵著對女性的極大不公甚至蔑視，女性被視爲男性的附屬物乃至所有物，是男子縱慾的對象，是男子縱慾的藉口，同時又是男子縱慾所犯下的果報懲罰的當然承擔者。豔情小說中的男性主人公一方面千方百計挑逗、誘姦女性，另一方面又將女性的積極回應稱爲淫蕩，以女性的慾念強烈爲藉口，將縱慾的責任推給了女性。

五、緬鈴在小說敘事中的作用

《繡榻野史》中提到了一種叫緬鈴的性用具，這個小小的玩具對小說情節的發展起到了重要的推動作用。小說寫金氏臥房的擺設，提到了牆壁上掛著春宮畫名家仇英所畫的美人圖，桌子上擺著的春意圖，特別提到了緬鈴：「把沈速香薰得噴鼻子香的枕頭邊放著一個宋朝金胎雕漆雙頭牡丹花的小圓盒兒，裏面盛著眞正緬甸國來的緬鈴一個。」〔註34〕後來金氏爲了報復趙大里，幫助東門生引誘麻氏，就使用了緬鈴，使麻氏陰部酸癢難熬，情慾發動，小說寫到：

> ……緬鈴在裏頭亂滾，一發快活難當。麻氏漸漸的醒轉來，口裏只管道：「快活！快活！」腳要動，又被金氏狠命壓住，又叫道噯呀幾聲，方才十分醒轉來，叫道：「大嫂嫂！」……金氏道：「婆婆說說，向奴家道。」把手去摸席，道：「婆婆，席上怎麼是這樣濕的？」麻氏笑道：「大嫂，我下面有些痛。」金氏笑道：「痛難道倒有水流出？還有些癢哩！」麻氏笑道：「大嫂，我不瞞你說，下面有些酸人，不知因甚麼是這樣的。」金氏道：「還有些麻木麼？」麻氏笑起來道：「大嫂，你怎麼知道呢？一定是你放甚麼東西在我裏頭了，我眞有些麻癢。」金氏笑道：「婆婆，我有一個東西叫做緬鈴，我自家叫他賽屌頭。這是我受用的，因婆婆長久不得這個食吃了，好耍兒，嵌在婆婆裏頭。」麻氏道：「原來大嫂捉弄我，快些等我拿出了罷。」

〔註34〕〔明〕情顛主人《繡榻野史》，《思無邪匯寶》第2冊《繡榻野史》第158頁。

> 金氏笑道：「再等婆婆快活一歇兒。」又把麻氏腰搖了兩搖，只見緬鈴一發在裏頭鑽滾。麻氏便是極正經的人，到這時節，也有些難忍了。〔註 35〕

《繡榻野史》之前的小說《金瓶梅》中多次提到緬鈴，不過稱爲「勉鈴」。西門慶無論走到哪裏，都隨身帶著一個「淫器包兒」，包裏裝著「顫聲嬌」、「封臍膏」等性藥，裝著「銀託子」、「硫黃圈」、「相思套」、「藥煮白綾帶子」、「懸玉環」、「景東人事」、「勉鈴」等十種淫器，而西門慶最常用的是「勉鈴」。第十六回寫潘金蓮給西門慶脫白綾襖，從袖子裏滑出一個對象：

> 拿在手裏沉甸甸的，紹彈子大，認了半日，竟不知甚麼東西。但見：原是番兵出產，逢人薦轉在京。身軀瘦小內玲瓏，得人輕借力，輾轉作蟬鳴。解使佳人心顫，慣能助腎威風。號稱金面勇先鋒，戰降功第一，揚名勉子鈴。婦人認了半日，問道：「是甚麼東西兒？怎的把人半邊胳膊都麻了？」西門慶笑道：「這對象你就不知道了，名喚做勉鈴，南方勉甸國出產的。好的也值四五兩銀子。」婦人道：「此物使到那裡？」西門慶道：「先把它放入爐內，然後行事，妙不可言。」〔註 36〕

「四五兩銀子」在當時是一個丫鬟的身價，可見勉鈴在當時屬於奢侈品。緬鈴據說是產於緬甸的一種淫具，大約萬曆年間從緬甸傳來。包楫在《南中紀聞》中記載：「緬鈴薄極，無可比擬。大如小黃豆，內藏鳥液少少許，外裹薄銅七十二層，疑屬鬼工神造。以置案頭，不住旋運。握之，令人渾身麻木。收藏稍不謹，輒破。有毫髮破壞，更不可修葺，便無用矣。鳥液出深山坳中，異鳥翔集所遺精液也，瑩潤若珠，最不易得。」〔註 37〕謝肇淛在《五雜俎》中記載：「滇中又有緬鈴，大如龍眼核，得熱氣則自動不休。緬甸男子嵌之於勢，以佐房中之術。惟殺緬夷時活取之，皆良。其市之中國者，皆僞也。彼中名爲太極丸。官屬饋遺，公然見之箋牘矣。」〔註 38〕清代趙翼在《簷曝雜記》中記載：「緬地有淫鳥，其精可助房中之術。有得其淋於石者，以銅裹之

〔註 35〕〔明〕情顛主人《繡榻野史》，《思無邪匯寶》第 2 冊《繡榻野史》第 245～248 頁。

〔註 36〕〔明〕蘭陵笑笑生著，梅節校訂《金瓶梅詞話》第 178～179 頁，香港：夢梅館，1993。

〔註 37〕〔明〕包汝楫《南中紀聞》第 6 頁，北京：中華書局，1985。

〔註 38〕〔明〕謝肇淛《五雜俎》第 256 頁，瀋陽：遼寧教育出版社，2001。

如鈴，謂之緬鈴。余歸田後，有人以一鈴來售，大如龍眼，四周無縫，不知其眞僞。而握入手，稍得暖氣，則鈴自動，切切如有聲，置於几案則止，亦一奇也。余無所用，乃還之。」〔註39〕近人鄧之誠在《骨董瑣記》解釋說：「滇南有樹，名曰鵲不停。枳棘滿林，群鳥皆避去，不復下。惟鴞之交也，則棲止而萃其上。精溢於樹則生瘤焉。士人斫瘤成丸，大如鳥卵，一近人肌膚，輒自相跳躍，相傳閨閣中密用。然滇中殊貴重，不能多得也。見陳尙古《簪雲樓雜說》。鵲不停，即緬鈴，一名太極丸。鴞，或謂應作鵬。」〔註40〕根據這些記載，緬鈴是一個小銅球，大小不同，小的如小黃豆，大的如鳥卵，遇熱的時候能自己跳動。緬甸男子將此物鑲嵌在性器上，交媾的時候，因發熱而顫動，產生強烈刺激。而在中國豔情小說的描寫中，緬鈴被放進女子的陰內。清代豔情小說《姑妄言》第十一回中有一段描寫：「侯捷的大管家私下孝敬了姑老爺兩個緬鈴。一個有黃豆大，是用手攥著的。一個有榛子大，有鼻如鈕，是婦人爐中用的。宦萼大喜，賞了他二百兩銀。當日晚間便同侯氏試驗，叫他手攥著一個，陰戶內送進一個。侯氏遍體酥麻，樂得哼聲不絕。次早，用絲綿包好，如寶貝一般收貯候用。」〔註41〕

除了緬鈴，《繡榻野史》中還提到了另一種性用具「角先生」。小說中趙大里與金氏交合時，使用了「角先生」。「角先生」是古代女性最常用的自慰工具。清代豔情小說《肉蒲團》第十五回寫道：「是個極大的角先生，灌了一肚滾水，塞將進去。」清代小說《姑妄言》第十三回中有一段細緻的描寫。童自大拿出一個頭號「角先生」，其妻子鐵氏不認得是什麼東西，小說用一首《西江月》詞描寫「角先生」的形狀：「腹內空空無物，頭間禿禿無巾。遍身華美亮錚錚，腰較富翁還硬。一個光頭釋子，假名冒做先生。端詳注目看分明，可喜粗長且勁。」鐵氏接過來一看，原來是一個八寸多長，鍾口粗細的假陽物，上面還刻著浪裏梅花。〔註42〕

「角先生」的原型應該是上古時代的「祖」。考古發現，新石器時代晚期

〔註39〕〔清〕趙翼《簷曝雜記》第55頁，北京：中華書局，1982。

〔註40〕鄧之誠《骨董瑣記》，周穀城主編《民國叢書》第5編第84冊第273～274頁，上海：上海書店，1996。

〔註41〕〔清〕三韓曹去晶《姑妄言》第11回，《思無邪匯寶》本《姑妄言》第1357～1358頁。

〔註42〕〔清〕三韓曹去晶《姑妄言》第13回，《思無邪匯寶》本《姑妄言》第1524～1525頁。

已有男根模擬物，即所謂的「祖」，應該是生殖崇拜的遺物，漢代以後演變成爲性交輔助工具，通稱「觸器」，而根據製作材料和形狀，有各種稱呼。其主要材質有陶質、瓷質、銅質、銀質、玉質、角質、象牙質等，明清小說中所寫的「角先生」多以尿脬製成，稱爲廣東膀、廣東人事或景東人事。清代豔情小說集《一片情》第九回《多情子漸得佳境》中，寡婦索娘看春意圖，用角先生去火。余娘從索娘的袖中摸出角先生，「仔細一看，乃尿胞皮兒做的，長五六寸，有一把來大」。〔註43〕索娘和余娘商量，將一個角先生塞在丁娘床裏，誘發丁娘情興，以便一起與強仕淫亂。丁娘鋪被時發現了「一個硬殼殼的先生來」，「拿來看了又看，顛了又顛，就是一個男兒立在身邊，如何不動火。悄悄解開褲襠，塞將進去」。〔註44〕清代世情小說《醒世姻緣傳》第六十五回中寫到了「廣東人事」：「又將那第三個抽斗扭開，裏面兩三根明角先生，又有兩三根廣東人事。」〔註45〕明代後期的擬話本小說集《型世言》中提到了「景東人事」，「甚黃黃這等怪醜」。〔註46〕清初蒲松齡《聊齋誌異》中的《狐懲淫》一文中提到了「藤津僞器」，用時「水浸盎中」，與廣東膀相仿。〔註47〕

清代豔情小說《株林野史》第七回對「廣東膀」的形狀和使用方法有詳細的描寫：

> 行父挑弄了一回，陽物昂然堅硬，遂向衣帶取出了一包淫器，打開拿出一個圈兒，名喚銷陽圈，套在玉莖根上。又拿出一包藥丸來，名久戰長陽丸。又拿出一個東西，有四五寸長，與陽物無異，叫做廣東膀，遞與荷花，說道：「我與你主母幹事，你未免有些難過，此物聊可解渴。」荷花接過來道：「這東西怎樣弄法？」行父道：「用熱水泡泡，他便硬了。」荷花用熱水一泡，果然堅硬如玉莖一般，往牝口一插，「禿」的一聲，便進去了。荷花又問道：「怎樣掣出他來？」行父笑道：「不是如此弄法。你將那上頭紅繩，綁在腳上，往裏抽送就

〔註43〕〔清〕無名氏《一片情》第9回，《思無邪匯寶》第14冊《一片情》第183頁。

〔註44〕〔清〕無名氏《一片情》第9回，《思無邪匯寶》第14冊《一片情》第186頁。

〔註45〕〔清〕西周生《醒世姻緣傳》第516頁，長沙：嶽麓書社，2004。

〔註46〕〔明〕陸人龍《型世言》第173頁，北京：中華書局，1993。

〔註47〕〔清〕蒲松齡《聊齋誌異》卷六，上海：上海古籍出版社，2011。

好了。」荷花果然如法，拴在腳上湊對牝口，用手拿著往下一按，便進去了，往上一抬，就出來了。一抽一送，甚覺有趣。〔註48〕

明代謝肇淛在《五雜俎·物部三》中記載：「肉蓯蓉產西方邊塞土塹中及大木上，群馬交合，精滴入地而生，皮如松鱗，其形柔潤如肉。塞上無夫之婦時就地淫之，此物一得陰氣，彌加壯盛。採之入藥，能強陽道，補陰益精。或作粥啖之，云令人有子。」〔註49〕則「肉蓯蓉」是天生的角先生了。

六、以戰爭作比的性別意義

《繡榻野史》在描寫性交時，以戰爭作比，在明代中後期的豔情小說中具有代表性。小說中趙大里在與金氏第一次交合前，寫了一封信，自誇性能力：「陽臺之會若何？古人云：『得金千金，不如季布一諾。』嫂之美，不啻千金；而兄之信，實堅於季布，即當披甲持戈，突入鴻門耳。先此打下戰書，呵呵。」東門生回了一封信取笑他：「撤毛洞主，已列陣齊丘，若無強弩利兵，恐不能突入重圍耳。必得胡僧貢寶，方可求和也。此復。」〔註50〕趙大里與金氏交媾而敗北，於是東門生寫了一封信嘲笑趙大里：「吾弟三敗於金，可見南宋之弱矣。昔日跨鶴之興安在哉？屈首請降，垂頭喪氣，徽欽之辱，亦不是過。可笑！弟即當招兵買馬，卷土重來，以圖恢復。毋使女眞得志，謂我南朝無人也。」趙大里看完後又回信道：「昨者輕敵，遂有街亭之恥，然亦佯敗以驕之。尊諭三復，不啻巾幗見遺，令人怒氣勃勃。晚當被甲躍馬，誓與彼決一雌雄，必三犁虜廷，深入不毛，直搗其巢穴，而掃腥膻然後已。此復。」〔註51〕趙大里不甘失敗，於是借助春藥，一定要讓金氏認輸。他趁金氏不注意，將藥放進金氏陰內，藥氣發動，金氏感覺酸癢難當，趙大里用盡力氣，金氏昏了又醒，醒了又昏，陰精大泄，趙大里又使用「角先生」，將金氏的陰部弄得紅腫，還是不肯罷休，因爲金氏還沒有求饒：「定要安排他討饒，才放他。」〔註52〕金氏最後終於熬不住疼痛，向趙大里討饒，趙大里又與金氏進行肛交，將金氏的直腸帶了出來，這才罷休。

〔註48〕〔明清〕癡道人《株林野史》第7回，《思無邪匯寶》第20冊《株林野史》第220～221頁。

〔註49〕〔明〕謝肇淛《五雜俎》第209頁，上海：上海書店，2001。

〔註50〕〔明〕情顛主人《繡榻野史》，《思無邪匯寶》第2冊《繡榻野史》第115頁。

〔註51〕〔明〕情顛主人《繡榻野史》，《思無邪匯寶》第2冊《繡榻野史》第144～146頁。

〔註52〕〔明〕情顛主人《繡榻野史》，《思無邪匯寶》第2冊《繡榻野史》第189頁。

古老的房中書常以戰爭比喻性交，將女子稱爲敵手，如《素女經》中素女告訴黃帝說：「御敵家，當視敵如瓦石，自視如金玉。若其精動，當疾去其鄉。御女當如朽索御奔馬，如臨深坑下有刃，恐墮其中，若能愛精，命亦不窮也。」〔註 53〕《玉房秘訣》將與女子交合稱爲「能服眾敵」〔註 54〕，《洞玄子》將玉莖之「左擊右擊」稱爲「猛將之破陣」。〔註 55〕明清豔情小說將房中採補術中的「敵對」含義作了充分的發揮。豔情小說多用戰鬥比喻男女之間的交合。這些男女之間的性戰，大都以女性的潰敗而告終。在戰爭中，女子被稱爲對手、敵人，或者被比喻爲馬。古代房中術中常用的一個詞「御」讓人聯想到被馴服的、被騎在胯下的馬，男人的征服慾望在形象的性交合描寫中得到了充分的展現。豔情小說中對於女性的警惕，房中書中反覆告誡男子對女子加倍小心，如素女告誡黃帝說：「御女當如朽索御奔馬，如臨深坑下有刃，恐墮其中……」〔註 56〕這種戰戰兢兢的心態，明清豔情小說有形象化的描寫。在房中書中，房中術的傳授者反覆告誡男子必須保守房中術的秘密，因爲一旦女子獲悉其中秘密，就會採陽補陰而使男性受到損害。房中書《玉房秘訣》中說，西王母即好與童男交合而養陰，「一與男交而男立損，女顏色光澤，不著脂粉」。〔註 57〕《玉房秘訣》也介紹了女子通過與男子交合而養陰的方法：「審得其道，常與男子交，可以絕穀，五日而不知饑也。」但同時又說：「是以不可爲世教。」男子要與「不知道之女」交合。〔註 58〕明清豔情小說中描寫了女子知悉房中秘訣後對男子的威脅，比如《浪史》中的素秋對於房中秘術有所瞭解，令浪子接連敗退，浪子使用了金鑽不倒丸，素秋又用冷水將藥力消解，使得浪子又一次狼狽而逃。

《繡榻野史》寫趙大里第一次與金氏交合，以失敗告終，受到金氏的嘲笑，於是用採戰方對付金氏。趙大里曾遇著一個會採戰的遊方僧人，贈給他兩包丸藥。趙大里在金氏不知曉的情況下使用了藥物，又借助「角先生」，使金氏昏暈幾次，陰精直流，最後只好認輸。小說有一段文字寫道：

〔註 53〕《素女經》，李零《中國方術考》第 501 頁，北京：東方出版社，2000。
〔註 54〕《玉房秘訣》，李零《中國方術考》第 514 頁，北京：東方出版社，2000。
〔註 55〕《洞玄子》，李零《中國方術考》第 524 頁，北京：東方出版社，2000。
〔註 56〕《素女經》，李零《中國方術考》第 501 頁，北京：東方出版社，2000。
〔註 57〕《玉房秘訣》，李零《中國方術考》第 515 頁，北京：東方出版社，2000。
〔註 58〕〔日本〕丹波康賴《醫心方》第 635 頁，北京：人民衛生出版社，1955。

> 金氏閉了眼昏昏暈去，只見陰精大泄。原來婦人家陰精比男子漢不同，顏色就如淡桃紅一般，不十分濃厚，初來時節，就像打噴嚏一般，後來像清水鼻涕一般，又像泉水汩汩的衝出來。大里就蹲倒了，把口去盛吃，味極甜，又清香，比男子漢的精來得多一半。大里笑道：「眞是天下極奇的模樣了，我今日才知道婦人陰精是這等的。」〔註 59〕

兩人又一次交媾，金氏又昏暈去了，陰精大泄，比一開始還多，趙大里又吃了。金氏醒來後，叫趙大里用茶盞接陰精給她看看，趙大里照辦了：「只見這一番來，毴一發張開，兩片喘動，就像馬鼻頭割開一般，陰精裏頭湧來，滾滾流出，接了半茶盞。大里看他顏色粉紅，又像鴨蛋清一般，盛在茶鍾雖，洋洋的又香又潔。……大里汩的一口吃乾，道：『眞個有趣！』」〔註 60〕

金氏讓趙大里姦淫丫鬟賽紅，賽紅泄出陰精，金氏用酒杯接了，叫趙大里吃，趙大里沒有吃，而是傾在地下。金氏見到東門生，將自己與趙大里交媾的經過告訴了他，認爲趙大里對自己很好，東門生告訴她：「這是仙家修養煉丹的法，放在婦人毴裏，等毴裏酸癢，又快樂，便陰精肯來，男子吃了，輕身延年，長生不老，只是婦人漸漸的黃瘦要死。」〔註 61〕「他今日後邊含你的洞宮，正是前邊吃你的血。」〔註 62〕金氏聽了，這才明白過來，恨起了趙大里。

《繡榻野史》是第一部如此詳細描寫女性高潮泄陰精的小說，此後的豔情小說中經常有此類描寫。在古代的房中書中，男子的精液和女性的陰精都被認爲是珍貴之物，《醫心方》中說：「夫陰陽之道，精液爲珍，即能愛之，性命可保。凡施泄之後，當取女氣以補重建。」〔註 63〕男性要珍惜自己的精液，在交媾時要保精固氣全神，在泄精之後要取女子的精氣以自補。古代有「還精補腦」之說。性交時，當男子即將射精的一瞬間，用手指壓迫輸精管，就能使精液反走上行直達人腦。「還精補腦」被古代房中術家視爲不可輕易傳人的秘技。房中術的「採陰補陽」之說認爲，男性能夠從女性性高潮時的分

〔註 59〕〔明〕情顛主人《繡榻野史》，《思無邪匯寶》第 2 冊《繡榻野史》第 163 頁。
〔註 60〕〔明〕情顛主人《繡榻野史》，《思無邪匯寶》第 2 冊《繡榻野史》第 167～168 頁。
〔註 61〕〔明〕情顛主人《繡榻野史》，《思無邪匯寶》第 2 冊《繡榻野史》第 217 頁。
〔註 62〕〔明〕情顛主人《繡榻野史》，《思無邪匯寶》第 2 冊《繡榻野史》第 219 頁。
〔註 63〕〔日本〕丹波康賴《醫心方》第 639 頁，北京：人民衛生出版社，1955。

泌液「陰精」中獲得去病延年的補益：「凡媾合，會女情姹媚，面赤聲顫，其關始開，氣乃泄，津乃溢。男子……受氣吸津，以益元陽，養精神，此三峰大藥也。」〔註 64〕所謂「三峰」，指女子舌下、雙乳及女陰。「採陰補陽」之說發展到後期，更將女性比做男子修煉「內丹」的「爐鼎」。由於「採陰補陽」要求女子達到性高潮，此時女方的分泌物才能「補益」男子，所以此房中術理論對女方的性反應表現和性高潮特別關注。男子想交而不泄，又要讓女性達到高潮，常常要求助於藥物。

既然男子精液和女子的陰精如此珍貴，那麼直接食用也可以有滋補作用而延年益壽。《野叟曝言》第六十八回中的李又全就相信吸食男人的精液可以長生，好多人被他折磨而死。小說的男主人公文素臣被李又全派人騙到府中，在酒中下了藥，使文素臣失去反抗力，然後吸食文素臣的精液。幸虧文素臣精氣充沛，才沒有像以前的那些男子那樣被李又全吸得精氣斷絕而死。到了後來，有人不僅像《繡榻野史》中的趙大里那樣吸食所謂陰精，甚至認爲身體的其他分泌物也有相近的功效，比如明代的嘉靖帝就相信童子尿、處女經血有滋補延年的功效。嘉靖帝所寵信的道士邵元節、陶仲文爲他煉製的丹藥中，最有名的是「紅鉛丸」，其主要成分是十三四歲少女初次月經的經血。嘉靖朝多次在民間選宮女，每次數百人，這些宮女既要爲嘉靖帝提供煉製紅鉛丸的原料，又要被嘉靖帝用來採補，還要在每天日出時分去御花園中採集「甘露」供嘉靖帝飲用。《萬曆野獲編》「宮詞」條記載：「嘉靖中葉，上餌丹藥有驗，至壬子冬，命京城內外選女八歲至十四歲者三百人入宮。乙卯九月，又選十歲以下者一百六十人，蓋從陶仲文言煉藥用也。其法名先天丹鉛雲，又進之可以長生。」〔註 65〕許多宮女疲病交加，終於忍無可忍，在嘉靖二十一年發生了「壬寅宮變」。齋醮、甘露、丹藥、房中術都沒能使嘉靖帝長生，陶仲文死後六年，嘉靖帝重病而死。明代張時徹的《攝生眾妙方》中載有「紅鉛接命神方」，據說這個藥方有神奇的效驗：「此藥一年進二、三次，或三、五年又進二、三次，立見氣力煥發，精神異常。草木之藥千百服，不如此藥一二服也。」〔註 66〕龔廷賢在《萬病回春》中說，最好選擇眉清目秀、齒白

〔註 64〕《紫金光耀大仙修眞演義》，引自〔荷〕高羅佩著、楊權譯《秘戲圖考》第 379～392 頁，廣州：廣東人民出版社，1992。

〔註 65〕〔明〕沈德符《萬曆野獲編》第 863 頁，北京：文化藝術出版社，1998。

〔註 66〕〔明〕張時徹《攝生眾妙方》，北京：中醫古籍出版社，2004。

唇空、髮黑面光、肌膚細膩、不肥不瘦、顏面三停、長短相當、算其生年月日約為 5048 日前後的少女，用來採藥煉丹。這種說法實際上是古代房中術的採補說、分泌物崇拜與明代流行一時的處女情結的結合。明代的李時珍否認紅鉛有養生價值：「婦人入月，惡液腥穢，故君子遠之，為其不潔，能損陽生病也。……今有方士，邪術鼓弄愚人，以法取童女初行經水服食，謂之先天紅鉛。巧立名色，多方配合，謂《參同契》之金華，《悟真篇》之首經，皆此物也。愚人信之，吞咽穢滓，以為秘方，往往發出丹疹，殊可歎惡！」但李時珍卻認為「秋石」有藥效：「秋石四精丸，治思慮色慾過度，損傷心氣，遺精小便數。」〔註 67〕所謂「秋石」，是由童男的尿煉製而成，其中有效成分實為尿中殘留的性激素。

七、《浪史》中的極端享樂主義

《繡榻野史》的極度縱慾描寫與同時期的另一部豔情小說《浪史》有很多相似之處。張无咎在《天許齋批點北宋三遂平妖傳》的序言中將《浪史》和《繡榻野史》並提：「聞此書傳自京都一勳臣家抄本，即未必果羅公筆，亦當出自高手，非近日作《續三國》《浪史》《野史》等鴟鳴鴉叫，獲罪名教者比。」〔註 68〕清初劉廷璣《在園雜誌》批評歷朝小說，也將《繡榻野史》和《浪史》視為最淫穢的豔情小說。《浪史》又作《浪史奇觀》《巧姻緣》《梅夢緣》，抄本署「風月軒又玄子著」，全書四十回，五萬六千多字。刊刻於明天啓年間的薛岡的《天爵堂筆餘》已經談到此書，張无咎《新平妖傳》序言把《浪史》放在《繡榻野史》前面，則《浪史》至遲作於明萬曆年間。

《浪史》寫元朝至治年間，錢塘地方秀才梅素先年十八歲，因慣愛風月，人都叫他浪子。浪子的父親做到諫議大夫，因得罪了鐵木御史，被罷官田里，不幾年夫婦雙亡，諫議大夫之前曾抱一個侄女做繼女，叫俊卿，與浪子如嫡親姊妹一般。家中只有二人，另有陸姝、晉福兩個跟隨。陸姝生得俊俏如美婦人，浪子十分愛他，如夫婦一般。清明佳節，浪子遇著王監生妻李文妃，驚其美豔，與張婆子謀計偷情，李文妃亦屬意浪子，收買後門趙大娘，先將浪子藏於其家，與之私通。趙大娘守寡在家，也看上浪子，勾搭成姦，趙大娘又將自己的女兒妙娘說動，母女二人一起與浪子淫樂，李文妃的丫鬟春嬌

〔註 67〕〔明〕李時珍《本草綱目》卷 52 第 2953 頁，北京：人民衛生出版社，1982。
〔註 68〕〔明〕羅貫中《三遂平妖傳》第 142 頁，北京：北京大學出版社，1983。

撞見三人淫亂，也與浪子發生了關係。浪子聽說李文妃有一義姐素秋姿容絕世，守寡在家，便買通其門側婆子從中說合，後來素秋縱慾病亡。俊卿在侍女紅葉的攛掇之下，與陸姝發生關係，後又設計與其兄浪子交合。李文妃的丈夫王監生死後，浪子送金銀給族長，娶李文妃為妻。新婚之夜，浪子將文妃讓給孌童陸姝，三人同榻淫亂。不久陸姝縱慾而死。淮西濠州司農鐵木朵魯邀請浪子暫住幾月，侍女櫻桃、元如爭相與浪子私通，浪子又與鐵木朵魯的妻子安哥交好，而鐵木朵魯早已看破紅塵，辭官謝職，欲辟穀入山，修黃老之術，將妻子、侍妾及百萬家財都贈給了浪子。兩年之後，浪子登黃甲，賜進士出身。浪子不想做官，告病在家玩樂，又娶了七個美人，加上兩個夫人與十一個侍妾，共二十個妻妾，整日飲酒作樂。浪子後來歸隱山林，遇到鐵木朵魯，鐵木朵魯告知浪子原屬仙籍，夫人侍妾都是天上仙姬。浪子便居此山，自號石湖山主，稱兩夫人為石湖山君，最後都羽化登仙。

《浪史》第一回是楔子，第二回寫浪子開始獵豔，此後是連篇累牘的性描寫。《繡榻野史》還勸百諷一，《浪史》則全無諷喻勸誡，通篇宣揚享樂至上。小說作者在《自序》中說：「天下惟閨房兒女之事，敘之簡策，人爭傳誦，千載不滅。何為乎？情也。……蓋忠臣孝子，未必盡是眞情，而兒女切切，十無一假。」〔註69〕小說第四回中李文妃送給浪子的金鳳箋上寫道：「人生歡樂耳，須富貴何為？」〔註70〕《浪史》第五回中，文妃對浪子說：「若當初與你做了夫妻，便是沒飯吃、沒衣穿，也拼得個快活受用。」第七回中，寡婦趙大娘對浪子說：「自幼嫁了丈夫，沒有這般快活。不想道守了幾年寡，遇著心肝。」第十一回中，俊卿的侍女紅葉說：「吾想人家女子，只圖快活，如今年紀漸大，沒有一個男子隨伴，青春錯過，誠難再得。」〔註71〕第十八回中，錢婆以豬兒打雄引動素秋，素秋長歎一聲說：「禽獸尚然如此，況於人乎？」〔註72〕錢婆進一步引誘說：「吾想寡婦人家，守什麼貞烈？……這便是有朝一日花容退，兩手招郎郎不來。」素秋說：「這的可不壞了心兒，可不忘了丈夫的情兒？」錢婆說：「娘子差矣！人生快活是便宜。守了一世的寡婦，落得個虛名，不曾實實受用，與丈夫沒有增益。娘子說寡婦不守，便沒了丈夫的情，怎的恁般恩愛夫妻，婦人死了，便又娶著一個婆娘，即將前妻丟卻？據老媳

〔註69〕〔明〕風月軒又玄子《浪史》序言，《思無邪匯寶》第4冊《浪史》第37頁。
〔註70〕〔明〕風月軒又玄子《浪史》第4回，《思無邪匯寶》第4冊《浪史》第65頁。
〔註71〕〔明〕風月軒又玄子《浪史》第11回，《思無邪匯寶》第4冊《浪史》第97頁。
〔註72〕〔明〕風月軒又玄子《浪史》第18回，《思無邪匯寶》第4冊《浪史》第135頁。

婦看起，可不是守寡的癡也？」素秋說：「據著婆婆說起，守寡的果是癡了。」〔註 73〕第十九回中素秋說：「不圖快活，枉生在世。」〔註 74〕小說從頭至尾，對書中人物種種淫浪之事沒有作任何貶抑指責，作者在書末《花案》中對書中主要人物進行肯定和同情性的評價，浪子被稱爲「千古情人」。浪子及其妻妾名登仙籍，不像《金瓶梅》《繡榻野史》等小說中的色情男女那樣與死亡有關。

《浪史》一味宣淫，甚至不顧綱常倫理。小說寫到了兄妹淫亂。妹妹俊卿聽說哥哥陽物巨大，床上工夫厲害，竟要求自己的情人設法讓自己和哥哥交合。小說還寫到了母女同淫一人。趙大娘先與梅素先交歡，然後又動員自己的親生女兒妙娘與梅素先交合。小說中的男主人公梅素先憑著巨大的陽物和床上本領，令二十個身份地位各不相同的美人如癡如醉，對他死心塌地。《浪史》和《繡榻野史》寫男女偷情，都是女人主動，女人偷窺男人的性器官後，慾望不可遏抑，以致做了性夢。《浪史》第三回寫浪子要引誘李文妃，「便於廁中，斜著身子，把指尖挑著麈柄解手，那婦人乖巧，已自瞧見這麈柄」。〔註 75〕《繡榻野史》寫東門生進了房裏，金氏剛剛睡醒，她告訴東門生，她做了一個夢，在夢裏與男人交媾。《浪史》第四回寫李文妃的性夢：「自家去裏床睡了，方纔合眼，只見浪子笑嘻嘻走將進來。婦人道：『心肝，你來了麼？』浪子應了一聲，脫去衣服，走到床上就要雲雨，那婦人半推半就，指著丈夫道：『他在這裡不穩便，吾與你東床去耍子兒。』浪子發怒，望外便走，婦人急了，連忙掰住，睜開眼看時，卻原來一夢也。」〔註 76〕

與《繡榻野史》中的金氏一樣，《浪史》中的李文妃無法從丈夫王監生那裡得到性滿足，在與浪子交合後，埋怨自己的丈夫王監生：「我那王郎止有二三寸長，又尖又細，迭了三五十次，便做一堆，我道男子家都是一樣的。」她想與浪子做夫妻，她對浪子說：「夜夜夢你，不能夠著實，若當初與你做了夫妻，便是沒飯吃，沒衣穿，也拚得快活受用。」〔註 77〕《繡榻野史》寫東門生慫恿妻子金氏與趙大里通姦，金氏回答：「只好取笑，怎麼好當眞？決使不得。」東門生說：「這些婦人家，慣會在丈夫前撇清，背後便千方百計去養

〔註 73〕〔明〕風月軒又玄子《浪史》第 18 回，《思無邪匯寶》第 4 冊《浪史》第 136 頁。
〔註 74〕〔明〕風月軒又玄子《浪史》第 19 回，《思無邪匯寶》第 4 冊《浪史》第 142 頁。
〔註 75〕〔明〕風月軒又玄子《浪史》第 3 回，《思無邪匯寶》第 4 冊《浪史》第 50 頁。
〔註 76〕〔明〕風月軒又玄子《浪史》第 4 回，《思無邪匯寶》第 4 冊《浪史》第 64 頁。
〔註 77〕〔明〕風月軒又玄子《浪史》第 5 回，《思無邪匯寶》第 4 冊《浪史》第 70 頁。

漢，你不要學這樣套子。」〔註 78〕《浪史》第三十回寫浪子去濠州見義兄鐵木朵魯，囑咐妻子李文妃可以與自己的龍陽通姦，免得寂寞，李文妃趕緊解釋自己不會如此。回末又玄子評論說：「雖是楊花性，也有良心兒，越是貪花婦，越多撇清語，信然。」〔註 79〕

《繡榻野史》和《浪史》這兩部小說中的相似情節，成爲後世豔情小說慣用的情節模式，比如《浪史》寫男女主人公的性交合，也是將性交喻爲戰爭，男女主人公千方百計要取得勝利。小說第二十回寫浪子與潘素秋第一次偷情交合，因太過興奮，短時間內就射精，無法使寡婦潘素秋滿足，潘素秋嘲笑他，他辯解說：「不干我事，卻才被你擔閣多時，動興久了，故此泄得快些。第二次管教你求和告饒也。」〔註 80〕潘素秋要和浪子第二次決勝負，但連連三次，都是浪子「敗北」。兩人相約第二次「交戰」。浪子爲了防止自己第二次「敗北」，使用了春藥「金槍不倒丸」，被潘素秋識破後，又用「相思鎖兒」，終於達到目的，戰勝了潘素秋，潘素秋達到兩次高潮，昏死過去。

《繡榻野史》和《浪史》都採用的引誘、替身情節，在後世小說中成爲一種情節模式。《浪史》中，龍陽陸姝看上了王俊卿，請俊卿的侍女紅葉幫忙。紅葉拿了一本春意圖給俊卿看，挑動她的春心，俊卿寂寞難耐，於是就讓紅葉假扮男子，和自己進行同性愛撫。紅葉趁機向俊卿推薦陸姝，陸姝趁浪子外出，進入俊卿閨房與其發生了性關係，從此往來不斷。一天晚上，陸姝向俊卿描述了浪子的性器，俊卿興致勃發，陸姝表示自己願意幫助俊卿實現與浪子交媾的心願。陸姝先是勸說浪子假扮自己與紅葉交歡，又讓俊卿假冒紅葉：

> 卻說陸姝次早叫紅葉與小姐打了關節，紅葉倒睡在小姐床上，小姐倒去外房安歇。到晚火都滅了，浪子挨到房中去，輕輕的都脫了衣服，你也無言，吾也無言，兩個犿住，便將麈柄送進去。那小姐久慕浪子這柄兒，當日又動興久了，臨晚又撚著這柄兒，越發難禁，犿定浪子，憑浪子抽送。〔註 81〕

浪子最終也沒有識破這個調包計。在另一段情節中，陸姝垂涎於浪子的妾文妃的美色，浪子表示願意成全他。浪子先是向文妃描述可陸姝的雪白如婦人一般的身體和超人的性能力，使文妃性慾勃發，接著在與文妃交媾的過

〔註 78〕〔明〕情顛主人《繡榻野史》，《思無邪匯寶》第 2 冊《繡榻野史》第 118 頁。
〔註 79〕〔明〕風月軒又玄子《浪史》第 30 回，《思無邪匯寶》第 4 冊《浪史》第 206 頁。
〔註 80〕〔明〕風月軒又玄子《浪史》第 20 回，《思無邪匯寶》第 4 冊《浪史》第 146 頁。
〔註 81〕〔明〕風月軒又玄子《浪史》第 24 回，《思無邪匯寶》第 4 冊《浪史》第 168 頁。

程中，吹滅燈火，換上陸姝。文妃一開始不知，後來陸姝發出聲音，文妃知道是陸姝了，卻又假裝不知，說：「你不要假騙著我，只管秷便了。」〔註82〕到最後浪子才點明。引誘、替代的情節模式爲後世很多豔情、世情小說所仿傚，豔情小說《杏花天》《春燈鬧》《巫山豔史》都寫一女引動另一女的慾望，用以此代彼的方法，與約好的男子偷歡，卻伺機撞破，使另一女心甘情願地加入性狂歡中。《巫山豔史》《株林野史》《歡喜冤家》第三回《李月仙割愛救親夫》所寫的月夜錯認，是引誘、替代的變化模式。男子在月夜下裸體假寐等候情人，被另一早已有心的女子看見，女子慾火難禁，以爲對方不知，上身取樂，男子便順水推舟，滿足其慾望。

《繡榻野史》《浪史》都寫丈夫讓孌童長期住在家裏，孌童與其妻子互相有意，苦於沒機會下手，丈夫看在眼裏，便主動撮合，償其所願，從此三人同床混交。《繡榻野史》和《浪史》在細節描寫方面也有多處相同，如《浪史》第二十回寫潘素秋的陰戶生有痣：「浪子看時，只見那話兒果然生得有趣，白嫩無比，卻似腐花兒，略有幾根短毛，戶邊卻有一痣。」〔註83〕《繡榻野史》中金氏也有痣：「且仔細看弄，見毴門邊有個黑痣，笑道：『我決中了。』」《繡榻野史》寫金氏泄陰精，趙大里飲食陰精，《浪史》寫潘素秋泄陰精，浪子飲食：「那時陰物裏溜了一席，這不是濃白的了，卻如雞蛋清，更兼一分淡脂色。」〔註84〕「這夫人卻興動良久，陰水淫滑，流淋不止。浪子叫夫人仰身睡下，掮起一對小小金蓮，將一杯兒承在下面，取一杯酒兒沖將下去，這些淫水兒乾乾淨淨，和酒兒都在杯中。浪子拿起，一飲而盡。」〔註85〕

《浪史》的故事結局不同於《繡榻野史》。《浪史》中，只有潘素秋、趙大娘、陸姝因淫而亡，男主人公和二十個妻妾享受了人間歡愛後，都名登仙籍，成了神仙。《浪史》的獵豔成仙的模式，受中篇傳奇小說《天緣奇遇》《李生六一天緣》等的影響。《浪史》和《繡榻野史》兩種不同的故事結局，也是後世豔情小說常見的兩種故事結局。後來的豔情小說《肉蒲團》《燈草和尚傳》等都寫了因果報應，與《繡榻野史》屬於一個類型。《浪史》的獵豔登仙的結局，爲後來的豔情小說《繡屏緣》《濃情秘史》《巫山豔史》《鬧花叢》《桃花影》《株林野史》等所套用。《浪史》寫男子先與朋友之妻有染，而朋友任其

〔註82〕〔明〕風月軒又玄子《浪史》第29回，《思無邪匯寶》第4冊《浪史》第196頁。
〔註83〕〔明〕風月軒又玄子《浪史》第20回，《思無邪匯寶》第4冊《浪史》第146頁。
〔註84〕〔明〕風月軒又玄子《浪史》第5回，《思無邪匯寶》第4冊《浪史》第69頁。
〔註85〕〔明〕風月軒又玄子《浪史》第36回，《思無邪匯寶》第4冊《浪史》第238頁。

所爲，最終朋友看破紅塵，出家避世，將萬貫家產和妻妾全部贈送給該男子。《桃花影》《巫山豔史》都有類似的情節。

《浪史》也受到《如意君傳》和《金瓶梅》的影響。《浪史》第十三回《神將軍三入紅門，女貞主生死立地》有「滿身麻翻，腦後森然，莫知所之」句，〔註86〕而《如意君傳》有「且勿動，我頭目森森然，莫知所之」等語。《浪史》第三十七回寫浪子見到崔鶯鶯，對崔鶯鶯的外貌有一段描述：「浪子驚訝不已，自思道：『奇哉怪哉，怎的許多年紀，恰似三十多歲者？吾聞武曌年八十一，還似三十多年紀，大抵尤物相類如此。』」〔註87〕提到了《如意君傳》的情節。《浪史》第三回中浪子買通爲李文妃篦頭的待詔張婆子，請她幫助與李文妃偷情，第十七回中浪子託錢婆子設計引誘潘素秋，顯然借鑒了《金瓶梅》中王婆爲西門慶設計謀娶潘金蓮的情節。

八、第一部文人小說？

《繡榻野史》《浪史》這樣的豔情小說，審美趣味庸俗，語言低俗露骨，只關注性慾的宣洩，完全忽視了情感與精神的追求，即使是性描寫，也多半重複、雷同。但豔情小說又並非毫無價值，除了歷史文化認識價值外，就文學特別是小說發展來說，豔情小說也應佔有一定位置。通俗小說一開始是作坊式的製作，到了明代後期，逐漸走向個人化，而豔情小說是個人化書寫之始，私密化的寫作，私密的情慾描寫，適合私密化的閱讀。

有的學者認爲《繡榻野史》是目前所知文人獨立創作的第一本白話長篇小說。這部小說內容上雖然惡俗，但結構上比較講究。小說從東門生引出趙大里、金氏，由大里與金氏苟合，金氏「吃虧」，引出東門生與麻氏的通姦，由麻、金內哄，引出「夫妻」關係置換，由兩家合一，亂倫鬼混，引出鄰里抗議，官方查辦，接著引出一家衰敗、眾人死亡、東門生的怪夢及懺悔、徹悟，線索清楚，敘述條理分明，顯示了作者的構思情節的能力。與《繡榻野史》相比，《浪史》的結構顯得不很緊湊，小說的主線是浪子與李文妃的偷情關係，其間浪子與趙大娘、其女妙娘以及潘素秋的交歡，都是在與李文妃偷情空檔穿插進來的。龍陽陸姝與浪子堂妹王俊卿的性關係與浪子、李文妃偷情的情節在時間上平行，敘述者用「話說兩頭」的方式分別敘述。這些故事

〔註86〕〔明〕風月軒又玄子《浪史》第13回，《思無邪匯寶》第4冊《浪史》第110頁。
〔註87〕〔明〕風月軒又玄子《浪史》第37回，《思無邪匯寶》第4冊《浪史》第246頁。

旁支後來都草草結束，趙大娘病死，女兒嫁人，潘素秋也病死，自己的堂妹嫁人，龍陽陸姝也病死，用這樣的方式讓角色退出故事之外，顯得突兀。最後回到李文妃身上，故事卻無以爲繼，於是再接上浪子與鐵木朵魯妻安哥偷情的故事，以及後續的舉家成仙。

《繡榻野史》雖然語言低俗，但它對口語、俗語的使用，又爲後世通俗小說樹立了一個典範。小說中的口語、俗語反映了當時的社會實際，又使小說敘事描寫顯得生活化，有生活氣息。有的俗語具有歷史價值，如東門生和麻氏、金氏喝酒行令，就保存了當時的民間繞口令。東門生說：「芭蕉蕉芭，有葉無花，一經霜打，好像南贍部洲大明國浙江等處承宣布政使司杭州府錢塘縣西湖邊藕花居靜寺裏西廊下一直進去黑亮芭裏面老和尚一領的破袈裟。」金氏出令道：「月子彎彎照九州，也有幾人歡樂幾人愁，也有幾人高高樓上飲子個好酒，也有幾人挑擔落子個他州，樓下弔子個牛，樓上放子個油，樓下牛曳倒子個樓，打翻子個油，壓殺子個牛，捉個牛皮賠子個樓，牛油賠子個油，賣油客人哭得兩淚交流。」麻氏出令道：「一個怕風的蜜蜂，一個不怕風的蜜蜂。這個怕風的蜜蜂躲在牆洞裏，這個不怕風的蜜蜂，扯那個怕風的蜜蜂出來，那怕風的蜜蜂罵這個不怕風的蜜蜂：『我倒怕風躲在牆洞裏，你不怕風怎麼扯我出來？』」〔註 88〕

《繡榻野史》通過細節、心理描寫細緻生動，人物形象塑造比較成功。小說寫金氏明明與大里眉來眼去，卻裝得一本正經。東門生要她陪大里一起吃飯，她掩著口笑道：「你和他有些緣故，我和他甚麼相干，怎麼好與他同坐呢？」吃飯時又「偷眼調情」，大里捏她腳，她「微微一笑」，自己故意吃剩半個楊梅，見大里偷偷吃了，她「微笑一聲」。〔註 89〕沒機會與大里下手，她對東門生說：「便是我愛他，又十分愛你，怎麼分了愛與別人呢？」她心急火燎地想赴會，卻說：「只好取笑，怎麼好當眞，決使不得。」一切準備停當，到了書房門口，還假惺惺地說：「實有些羞人，難進去。」〔註 90〕自己想與大里再度爲歡，還要打著爲東門爭氣的幌子。她暗自慶幸東門生離開家，讓她

〔註 88〕〔明〕情顛主人《繡榻野史》，《思無邪匯寶》第 2 冊《繡榻野史》第 296～298 頁。

〔註 89〕〔明〕情顛主人《繡榻野史》，《思無邪匯寶》第 2 冊《繡榻野史》第 107 頁。

〔註 90〕〔明〕情顛主人《繡榻野史》，《思無邪匯寶》第 2 冊《繡榻野史》第 113～121 頁。

留宿大里，卻言不由衷地說：「你不在家裏，我決不幹這樣事。」〔註91〕她又有心計，明白遭到大里算計後，立即採取報復措施，她支走大里，痲痹痲氏，甜言蜜語，假意掉包，將守了十幾年寡的痲氏拉下了水。金氏有時表現得很直爽，對東門生的感情也很眞誠。她在娘家時，從父親的妓女出身的兩個小妾那裡學到了許多對付男人的手段，但恐怕壞了東門生的精神，從來「不捨得簸弄」。看著東門生「殷勤妥帖」地爲自己洗被大里折磨得腫爛的陰門，流下淚來，東門生問她，她含著眼淚說：「我如今弄出這樣極醜形聲，你又不殺我、不離我，又怕我要死，煎藥我吃，又是這樣當直我，你難道比別人各樣的心？只因愛我得緊，方肯是這樣，你愛了我，我倒愛別人，我還是個人哩？叫我又羞又恨，怎麼過得？我決弔殺了。」後來她見東門生與痲氏打得火熱，自己「心裏也是不甘的」，醋勁大發，與痲氏鬧彆扭。

《繡榻野史》描寫痲氏等待行掉包計時的坐臥不寧：

> 只見東門生柝柝的走到房門口中，痲氏就聽見了，一頭跳起，坐在床上聽。只見東門生大踏步到上面床前，金氏故意做輕聲兒道：「他一向在家裏，沒有工夫會你，眞個想殺了我。」金氏說了一回，東門生再不做聲。只見床上擊擊戛戛，弄起來了。金氏口裏哼哼道：「心肝，射得我快活！」痲氏在旁邊眠床上聽了，怎生忍得，騷水流了許多，只得把緬鈴揿進，弄一回。只見金氏一發裝起嬌聲來道：「鑽得我快活！」痲氏這時節火動得緊，咬了手指頭，也還忍不過，心裏道：「他只管自家快活，就忘記了撒尿，我怎麼再忍得一刻呢？」卻把床楞上「鐸」的敲了一聲。只見金氏道：「心肝，且慢些弄，我要走起撒尿。」痲氏聽了，急忙走下床來。金氏早已走下床，在馬桶裏撒尿，撒完了，來扯痲氏，一手扯著痲氏的肩膀，痲氏就精條條的上床去。」〔註92〕

不僅《繡榻野史》，很多豔情小說對生活細節的描寫，是歷史演義等類型的小說無法相比的。《浪史》第十三回寫浪子與李文妃酣戰，浪子想忍住射精，「忽然間一枝落葉，正飄在浪子腰間，浪子猛然驚駭，矜持不定，便都瀉了」，〔註93〕那片落葉是一個很好的細節。再如《癡婆子傳》寫阿娜與和尚如海交

〔註91〕〔明〕情顛主人《繡榻野史》，《思無邪匯寶》第2冊《繡榻野史》第150頁。

〔註92〕〔明〕情顛主人《繡榻野史》，《思無邪匯寶》第2冊《繡榻野史》第272～274頁。

〔註93〕〔明〕風月軒又玄子《浪史》第13回，《思無邪匯寶》第4冊《浪史》第108頁。

合，和尚如海只知後庭不知婦道：

海情急曰：「子黃花女乎，何痛若斯之甚也！」予且痛且笑曰：「我非黃花閨女，爾乃遊腳僧人，未識婦道耳。」海驚之曰：「婦之道有異乎？」予曰：「爾起，予與爾言。」海猶疑予假此爲脫身計，必不起。予以手牽海之手探之，始信。海俯首視之，樂甚，即以唇親之，曰：「妙哉，此何物也，我未之見也。」予誑曰：「此小法門也，小僧掛單往來於其間者。」海即起予兩足，架於肩上，而以小僧進之。彼初知婦道，情甚急，速進出者數，已汩汩流矣。海曰：「情未暢而流，奈何？」予曰：「無法，此望門醉之小僧也。」〔註 94〕

雖是性描寫，但寫得很眞實很形象。再如《肉蒲團》寫未央生改造性具一段，細節、心理描寫既眞實又有趣味。小說第六回寫賽崑崙要考察未央生的性能力，執意要看看未央生本錢大小，未央生非常自信地解開褲帶，取出陽物，向賽崑崙炫耀：「就伸手下去，把褲帶解開，取出一副嬌皮細肉的陽物來，把一隻手托住，對著賽崑崙掂幾掂，道：『這就是小弟的微本，長兄請看。』」賽崑崙走近身去，把未央生的陽物看了一會，又把他的臉看了一會，半晌不作聲。未央生以爲賽崑崙驚歎他本錢粗大，對賽崑崙道：「這還是罷軟的時節，不過如此。若到振作之後，還有可觀。」誰知道賽崑崙說：「罷軟時節是這等，振作起來也看得見，小弟知道了，請收進去罷。」〔註 95〕說完掩口大笑。一番毫不留情的譏笑之後，賽崑崙揚長而去，未央生如當頭澆了盆冷水。小說寫未央生的內心活動：「有這樣傾國的佳人，又有那樣非常的俠士肯替我出力，只因這一件東西不替我爭氣，竟把三個好機會都錯過了，怎麼叫人恨得過。懊惱一番，又把房門關上，解開褲帶，取出陽物來，左相一會，右相一會，不覺大怒起來，恨不得取一把快刀，登時割去，省得有名無實，放在身邊現世……如今看了這樣標緻女子，不敢動手，就像饑渴之人見了噴香的飲食，口上生了瘵瘡，吃不下去的一般，教人苦不苦？思量到此，不覺痛哭起來。哭了一會，把陽物收拾過了，踱到廟門前去，閒走遣悶。」〔註 96〕未央

〔註 94〕〔明〕芙蓉主人《癡婆子傳》，《思無邪匯寶》第 24 冊《癡婆子傳》第 132 頁。
〔註 95〕〔清〕情隱先生《肉蒲團》第 6 回，《思無邪匯寶》第 15 冊《肉蒲團》第 238～239 頁。
〔註 96〕〔清〕情隱先生《肉蒲團》第 7 回，《思無邪匯寶》第 15 冊《肉蒲團》第 250～251 頁。

生求方士用狗腎給改造好陽具後，神氣活現地在賽崑崙面前吹噓，主動取出來向賽崑崙炫耀：

> 未央生道：「這等，說不得依舊要出醜了。」那時節是初冬天氣，上身穿著綿襖，下身穿著夾褲。他恐怕衣服礌堆，礙手礙腳，取出來看不仔細，就把一條鸞帶束在腰間，先把衣衿搴起，次將褲子卸下，然後把兩手捧住陽物，就像波斯獻寶一般，對著賽崑崙道：「長進不長進，看就是了。」賽崑崙遠遠望見，還只說那裡尋來的一段驢腎，掛在腰間騙他，及至走近身去，仔細相驗一番，方才曉得是眞貨，就不覺睜眼吐舌，吃一大驚，問未央生道：「賢弟用甚麼方法，就把一相極猥獕的物事，弄得極雄壯起來？」未央生道：「不知甚麼原故，被長兄一激之後，他就平空振作，竟像要發狠爭氣一般，連我自家也禁止他不住。」〔註 97〕

也並非所有的豔情小說都對現實人生精神世界毫不關心，有的豔情小說觸及了部分現實，表露了文人情懷，雖然很少，但還是值得注意。如《浪史》第三十六回中，浪子對安哥說：「叔嫂之分，怎的做得夫妻？」安哥夫人笑道：「大元天子，尙收拾庶母、叔嬸、兄嫂爲妻，習以爲常，況其臣子乎？」浪子笑道：「君不正，則臣庶亦隨之，今日之謂也。」〔註 98〕對當時的社會現實有所譏刺，甚至將諷刺的矛頭指向了最高統治者。《浪史》第三十九回寫浪子與文妃、安哥談論歸隱問題，文妃勸浪子：「還是與朝廷建功立業，受享榮華，庶不枉了一生。」浪子說：「咳，世味不過如此，天下事已知之矣。何必吾輩主持！易云：『君子見幾而作，不俟終日。』詩曰：『既明且哲，以保其身。』達人明炳幾先，愚人濡首入禍，庸人臨難而走。詩云：『其何能淑，載胥及溺。』此之謂也。」安哥用以前鐵木朵魯的話補充說：「千古以來，未有今日不成世統，吾做甚官？但我亦元士人也，豈得有所議論？今謝印歸休山林養僻，庶成吾之志。」文妃補充說：「不肖有勢而進，賢才無勢而退；不肖倖進而欺人，賢才偶屈而受辱。何不高蹈遠舉，省得在世味中走也。」〔註 99〕這些議論實際上是作者借書中人物之口表達了對現實社會的認識和人生追求。

〔註 97〕〔清〕情隱先生《肉蒲團》第 8 回，《思無邪匯寶》第 15 冊《肉蒲團》第 270 頁。
〔註 98〕〔明〕風月軒又玄子《浪史》第 36 回，《思無邪匯寶》第 4 冊《浪史》第 240 頁。
〔註 99〕〔明〕風月軒又玄子《浪史》第 39 回，《思無邪匯寶》第 4 冊《浪史》第 258～259 頁。

第十五章 《玉閨紅》：娼妓現象的歷史與文化意蘊

署名東魯落落平生的《玉閨紅》成於崇禎初年，受《金瓶梅》的影響很明顯。小說的名字取小說主要人物名字中一字合而爲之，學的就是《金瓶梅》。「玉」指金尚書之子玉文，小說殘存的三、四卷目錄有閨貞遇到金尚書之子玉文，二人一見鍾情並賦詩傳情的情節；「閨」指小說的女主人公閨貞；「紅」指丫鬟紅玉。這部小說與《金瓶梅》相通的地方是對現實陰暗面的揭露。全書寫的是明代天啓年間，魏忠賢專横擅權，監察御史李世年剛直不阿，將魏閹罪狀一一列出，冒死上奏，被害死獄中。夫人沈氏聞知，一頭撞死。女兒李閨貞只得與丫環紅玉倉皇從府中逃出，二人結拜金蘭。兩人身無分文，又飢餓難耐，紅玉拿著閨貞的金簪去兌換銀兩，卻被流氓打傷並搶走銀子。躲在胡同口等紅玉的閨貞遇到曾在其父親手下聽差的吳來子，受其誆騙，淪爲土娼，歷盡苦難。後紅玉入金尚書府中，閨貞被舅父救出牢籠，與尚書公子金玉文訂終身。後吳來子身死花下，魏忠賢密謀篡逆，被參受戮。在小說的第一回中，開篇先是一首詠歎人生的詩，接著解釋說：「話說人生在世，爭名奪利，圖財害命，縱慾貪色，欺寡婦，劫孤兒，在當時費盡了千般心血，萬分心機，直到無常一到，報應循環，那平日費心費力謀來的，一件也帶不了走，反落得到陰司去挨苦受罪。倒不如聽天由命，安分守己，吃上一碗老米飯，作一個安分良民，廣行善事，處處與人方便。到頭來自然惡有惡報，善有善終。」〔註 1〕小說的作者說，他寫的是一個果報昭彰的故事，告誡人們要行善，不要作惡。

〔註 1〕〔明〕東魯落落平生《玉閨紅》第 1 回，《思無邪匯寶》第 4 冊《玉閨紅》第 292 頁。

但這部原本六卷三十回的小說，現在只殘存序、第一、二卷共十回及第三、四卷目錄。《玉閨紅》所殘存的幾回描寫了女主角李閨貞由一個大家閨秀淪落爲最低級的暗娼的經過，用大量文字寫強姦、輪姦、性虐待，反映了明末北京下層社會的窯子的情況，其中對性虐待的描寫，讓人怵目驚心，不忍卒讀。《玉閨紅》中的故事與一般豔情小說中的性描寫完全不同，一般才子佳人小說中的女主人公即使遭難，但歷盡坎坷曲折，最後仍保住貞節，以女兒身嫁給才子，而這部作品卻讓女主人公失身，慘遭非人蹂躪，最後以破碎的身心與才子團聚。這部小說展示了廣闊而眞實的社會底層生活畫面。寡廉鮮恥、無惡不作的下流痞子，街頭結夥打劫的拐子，以小白狼、吳來子等十兄弟爲代表的橫行市井、喪盡天良的流氓惡勢力，張小腳這樣心狠手辣、逼良爲娼、欺弱凌小的窯子主，殘暴無情、瘋狂泄慾的農夫、小販、軍漢等，慳吝不娶、魯莽粗俗的門掌櫃之類的小老闆，毫無人性、賣妻嫖娼的乞丐頭子，有忍氣呑聲、任人敲詐的小業主，流落街頭、倍受欺凌的乞兒丐女，共同組成了一幅活生生的混亂、黑暗而又麻木、無望、貧困的北京底層社會生活景象。

一、底層社會的悲慘圖景

《玉閨紅》中的李閨貞是監察御史李世年的女兒，不僅容貌出眾，而且很有才華：「這小姐眞個是生得有沉魚落雁之容，閉月羞花之貌，江南地方靈秀所鍾，小姐更出落得如水葱兒一般。又兼聰明乖巧，琴棋書畫，無一不通，詩詞歌賦，件件皆曉，賦性幽嫺貞靜。把這李公夫婦二人愛的如掌上珠、天上月，恨不得手裏捧著、口裏噙著的一般愛憐。」〔註2〕

在父親李世年被魏忠賢害死，母親自殺殉節後，李閨貞帶著丫環紅玉在慌亂中出逃，沒有帶絲毫銀兩，到傍晚時分，已經是饑腸轆轆，夜晚露宿街頭，涼露侵人，凍得四肢發抖。好不容易熬到天亮，順著大街走去，從飯館裏傳出一陣陣的油香，使餓了一夜的閨貞和紅玉饞涎欲滴。閨貞從頭上拔下兩枝金簪，讓紅玉到金店中兌換銀錢，以便買物充饑。紅玉將金簪兌了兌了七兩銀子，剛走出金店，銀子被拐子搶去，紅玉也被踢昏。閨貞久等紅玉不回，凍餓交加，頭暈眼花。正在這個時候，一個叫吳來子的人出現了。吳來

〔註2〕〔明〕東魯落落平生《玉閨紅》第1回，《思無邪匯寶》第4冊《玉閨紅》第295～296頁。

子曾在李世年手下當差，因行事刁詐，被重責二十大板後趕出門去。吳來子假稱報恩，勸閨貞到他家中等待舅父，實際上將他騙賣給了開辦地下妓院的小白狼。小白狼原名於得山，嫖賭游蕩，不務正業，不久將家產蕩盡。他和一幫無賴賭徒結拜，號稱十兄弟，狼狽爲奸，無惡不作。

小白狼等十兄弟結拜，顯然受《金瓶梅》中西門慶熱結十兄弟故事的影響，而這十個人的綽號和姓名的關係，也讓人想到《金瓶梅》中人名的隱喻意義：

> 飛天豹劉虎。紅臉夜叉侯喜奎。磁公雞趙三。活無常胡二。大彈子李文全。無二鬼吳來子。小白狼於得山。大莽牛周心田。賽尉遲慈波。催命鬼崔四。〔註3〕

小白狼的姘頭寡婦張氏，混名張小腳，以兩隻三寸金蓮勾引無賴子弟，也讓人想到以小腳而自喜的潘金蓮。和潘金蓮一樣，張小腳性慾旺盛，她的丈夫張泰來和西門慶一樣，死在她的胯下。張泰來本來身體強健，但娶了張小腳不到一年，就被淘空了身體，臥病在床。而天性好淫的張小腳仍不放過他，有一天夜裏，張小腳耐不住慾望的煎熬，騎到了油盡燈將滅的張泰來的身上，張泰來一聲大叫，精出如湧。張小腳慌忙起身。再看張泰來。已氣斷體冷。嗚呼哀哉了。

張小腳在丈夫死後，乾脆當起了暗娼，她長得一臉橫肉，五短身材，肥臀大乳，吸引嫖客的本錢是那一雙小腳。後來她身子越來越肥胖，皮膚細嫩，看上去像一隻母豬：「那些下流痞子們只懂得一味蠻幹，那懂得體貼溫存。張小腳一身細皮嫩肉，耐久善戰，倒有不少人喜歡逛他，又替他改了混號，叫作小腳豬。」再到後來她更加肥胖，年紀大了，頭髮白了，皮膚變粗了，嫖客少了，門前冷落，於是轉而當起了老鴇，開起了「轉子房」，專門勾引女子，供嫖客淫樂。小白狼等十兄弟本爲張小腳的嫖客，後幫張小腳拐騙婦女，從中謀利。

小說的第五回介紹了京城窯子興盛的情況：

> 原來北京城中繁華甲天下，笙歌遍地，上自貴公，下至庶人，無不講求遊樂。那些貴官富商，自不用說，吃的是珍羞美味，穿的是綢緞綾羅，住的是高樓大廈，內有妻妾美女之奉，外有酒樓飯莊，

〔註3〕〔明〕東魯落落平生《玉閨紅》第4回，《思無邪匯寶》第4冊《玉閨紅》第321頁。

茶棚戲館，酬酢消遣，另有楚館秦樓，燕趙脂胭，蘇杭金粉，供他佚樂。那中等的也有教坊書場，作尋樂去所。下等的呢，姘私門頭，逛小教坊。這乃是一等人有一等人的設置，一等人養一等人。惟有那些走卒乞丐，每日所入無多，吃上沒下，卻也是一般肉長的身子，一樣也要鬧色。可是所入既少，渾家娶不起，逛私門頭小教坊錢又不夠，只有積攢銅錢，熬上個半月二十天才得隨便一回。於是就有一般窮人爲自家想，爲人家想，想出了這一筆好買賣。那外城乃是窮人聚集之所，就有人揀幾處破窯，招致誘幾個女叫化子，幹起那送舊迎新朝雲暮雨的勾當來，名喚窯子，就是在破窯裏的意思。那些女叫化子有得什麼姿色，醃臢破爛，也只有專接那些販夫走卒，鼠偷乞丐〇〇〇〇〇。你想女叫化子無非是討飯不飽才肯來賣，穿的不用說破爛不堪，有什麼風流俏俊能招致遊客？倒是那開窯子的有主意，衣裳破爛索性不要穿他，人身上的皮都可以用水洗乾淨，就只給這幾個女叫化子置點脂粉頭油，打扮起來，身上脫得赤條條的，露著那□□紅□兒，教唱幾支俚詞歪曲，學上幾套掩腿〇〇，顛擺送迎，就這樣在破窯裏任人觀看。那長短、黑白、肥瘦、寬窄、高低、毛淨，引得行人情不自禁，入內花錢買樂。既可以招致客人，又省得花衣裳錢，眞是一舉兩得之妙。當時有人在筆記中寫出這種事情，有云：「近世風俗淫靡，男女無恥。皇城外娼肆林立，笙歌雜沓。外城小民度日難者，往往勾引丐女數人，私設娼窩，謂之窯子。室內天窗洞開，擇向路邊牆壁作小洞二三。丐女修容貌，裸體居其中，口吟小詞，並作種種淫穢之態。屋外浮梁過其處，就小洞窺，情不自禁則叩門入，丐女輩裸而前。擇其可者投錢七文，便攜手登床，歷一時而出。」話說開窯子這種事，在起初不過一二細民偶然想出的生財之道，也沒想什麼長局。不料風氣一開，居然門庭若市，擁擠不動，當姐兒的丐女忙的連溺都沒空兒撒，他們不得不另添新人另開地方。一般無衣無食又兼無恥的男女，也競相效尤，更有那些小教坊私門頭生意不好，挨餓的姑娘，也都情願犧牲色相，脫光了眼子，到這裡來接客，又賺錢又省衣裳，那不樂幹。一來二去，外城開設的窯子不計其數，卻把那些私門頭小教坊的買賣全奪去了。那窯子起初設在破窯裏，所以叫做窯子。後來天氣一涼，姑娘們一天到晚的光著身子，住在露天的破窯內，經不起秋風露冷，一個個害起病來。這些窯主們便連忙另謀棲處，便賃些破蔽民房，也用不著修葺，就這麼搬進去，究竟比露天的破窯好的多。另在靠街的土牆上鑿幾個窗户小洞，以便行人窺探這些光眼的姑娘們，仍然叫做窯子。這京師中在外城開窯子的日多一日，姑娘上自然就有些挑剔，漸漸年青美貌姑娘也有落到這裡邊光眼子賣的。〔註4〕

張小腳的轉子房生意被窯子搶去了，於是也開起了窯子。楊氏死了丈夫，從山東逃荒至京，帶著兩個女兒，無依無靠，無親無友，到處乞討，又認不得東西南北。小白狼等無賴將從山東逃荒到京城的楊氏母女劫到張小腳家裏，威脅利誘，逼迫她們接客：

　　兄弟六人連威帶嚇，將娘兒三個唬得俯首貼耳，惟命是從。張小腳細看那楊氏，只見生得……張小腳看罷，吩咐都把衣裳脱了。那楊氏連逼帶嚇沒了主意，先脱上衣，露出一身細嫩的黑肉，飛天豹劉虎順手一把摟過來，親了個乖乖。磁公雞趙三也將小嫚攬過，嘻笑撫摸，不一時把個小嫚剝得精光。磁公雞將小好按倒，提起兩腳，○○○○○○○○○○○○○○，那小嫚不覺哇的一聲叫了起來，慌的楊氏慌忙從劉虎懷裏滾出來，跪倒在地，叩頭不止，那兩隻肥奶也隨著亂顫。楊氏道：「求爺們修好，這孩子太小，受不了啊。等幾年再伺候爺們也不遲。」趙三道：「爺爺正高興呢，你打的什麼攪。」只見張小腳早已脱得精光，一身橫肉壓在小白狼身下，二人氣喘不止。張小腳○○○，一面説道：「趙三哥，你先饒了這小妞兒吧。等呆會你再○○○一回不完了嗎？」趙三方才罷手，那小嫚才逃出來。劉虎、趙三、胡二將楊氏○○一個整夜。到了次日。起身梳洗已畢。便去設法搶劫劉玉環。〔註5〕

趙三、小白狼等接著綁架南宮一個老學究的女兒劉玉環。老學究帶著家眷到京城讀書，想求取功名，不料得病而死，留下劉玉環，乞討度日。劉玉環被捆綁著抬進張小腳家，痛哭跳罵，誓死不從。張小腳順手抓過一把小篠

〔註4〕〔明〕東魯落落平生《玉閨紅》第5回，《思無邪匯寶》第4冊《玉閨紅》第333頁。

〔註5〕〔明〕東魯落落平生《玉閨紅》第5回，《思無邪匯寶》第4冊《玉閨紅》第342～344頁。

帚柄，塞進劉玉環的陰門內，破了她的女紅，又叫流氓趙三、劉虎將劉玉環輪姦了：

> 那劉姑娘痛哭跳罵，誓死不從，惹得張小腳性起，吩咐小白狼將劉姑娘綁了，撕下褲子，順手抓過一把小篠帚柄向○○裏一塞，只見鮮血直流，女紅已破。痛得劉玉環面色發青，連聲哎呀不止，可憐劉玉環一個貞女就這樣子失身了……話說張小腳見劉玉環女紅已破，遂叫趙三道：「你來試試新，也不枉你定計一場。」趙三依言將劉姑娘按倒。不一時將趙三的一泡驢○○○○○○○○○○○○。接著劉虎又上來照樣一作。張小腳道：「現在你女身已破，還有話說沒有？」那劉玉環只是閉目流淚，一聲不語。〔註6〕

張小腳在胡同裏賃了一間土屋，也不修葺，在牆上鑿了三個小洞，地上鋪上乾草，將楊氏和劉玉環的衣服剝去，只留下裹腳睡鞋，臉上塗上白土粉和紅胭脂，關在土屋中接客。

閨貞被騙到張小腳所居住的胡同中。張小腳本想把閨貞賣給王公富室作姬妾，吳來子不同意，說：「不成，不成，他是宦門之女，知書識字，留在此地，不會遇著什麼的大人物，就也出不了麻煩。倘若賣去豪家，一旦得寵，懷恨在心，追本求根，我吃不了可要兜著走呢。」〔註7〕張小腳取出窩頭麵條給閨貞充饑。閨貞吃了一口，覺得粗糙難咽，但餓了一天，不得不吃。張小腳用言語挑逗閨貞，閨貞知道眞相後，想逃出去，被小白狼攔住，按在地上，張小腳用皮鞭毒打，打得閨貞口吐鮮血，奄奄一息。閨貞趁張小腳和小白狼睡著，溜出門來，但胡同口外有柵門，內加鐵鎖，插翅難飛，於是上弔自殺，又驚醒了張小腳、小白狼，被救了下來。天一亮，小白狼就去前門外找大糞廠的門掌櫃老貴。門老貴看到閨貞的相貌後，願意出三弔錢，外加鉛粉一斤，頭油一瓶，另備二斤燒酒、四盤涼菜請十兄弟。張小腳煮了一鍋小米粥，蒸了十個窩窩頭，叫小白狼買了兩塊堿菜，兩人狼呑虎嚥地吃了，把那剩下的窩頭送到窯子裏給楊氏、劉玉環吃，又叫丫頭小好和閨貞吃粥。閨貞絕食，小白狼和張小腳揑住她的鼻子往嘴裏灌。閨貞被熱粥燙得痛徹心肺，只好求饒，答應自己吃粥。

〔註 6〕〔明〕東魯落落平生《玉閨紅》第 5 回，《思無邪匯寶》第 4 冊《玉閨紅》第 344～345 頁。

〔註 7〕〔明〕東魯落落平生《玉閨紅》第 6 回，《思無邪匯寶》第 4 冊《玉閨紅》第 356～357 頁。

張小腳給閨貞梳妝打扮。到了晚上，門掌櫃如約前來，擺開一碟拌黃豆芽，一碟堿豆腐，一碟小蔥，一碟粉皮，和小白狼、胡二等飲酒取樂，閨貞被迫陪門老貴飲酒，楊氏和劉玉環則赤身露體陪劉虎、吳來子作樂。小白狼和劉玉環將閨貞按倒在炕上，將她的衣服全部剝去，門老貴將她強姦了，接著劉虎、吳來子、胡二等人又將她輪姦淫辱。天亮之後，閨貞被逼到窯子中接客。小說通過閨貞的目光，描寫了窯子的內外環境：

> 張小腳拖了小姐出來，小姐赤身露體，九月天氣，曉露侵入，不由玉肌泛出粟皮，戰抖不止。所幸幾步已到了窩子門前，那窩子雙扉緊閉，尚未開門，小姐抬頭看時，只見一扇草門上貼一副半新不舊的紅對子，寫道：「刻刻脊背朝下，時時兩足衝天。」橫批寫道：「枕席生涯。」小姐看罷，又好氣又好笑，不由暗暗稱奇，想道：「這副對聯怎生講法。」正在納悶，小白狼已向那門傍土牆上的圓洞喊道：「還不開門，新人來上買賣了。」只聽裏面應了一聲，那草門便開，一陣腥臊之氣，沖鼻欲嘔。小姐心慌不敢入內，卻被張小腳一推，蹌踉跌進。只見那屋內破爛不堪，貧窮已極，有詩爲證：「滿牆塗泥土，破梁撐半間。無炕地鋪草，四壁蛛網懸。半磚作頭枕，瓦罐備飯餐。溢濕地上白，精華棄可憐。草上紅片片，盡是血痕斑。更有稀奇事，棉花縛筷尖。罩笠一邊放，瓦盆爲盛錢。女娘三五輩，露體演春篇。遠近登徒子，裸褌自尋歡。是乃活地獄，油鼎日熬煎。」〔註8〕

一個上午，閨貞先後被軍漢、老農、商人等數人淫辱，直到中午，小白狼送來飯食，是昨夜剩的堿菜一碟，每人兩個窩頭。閨貞被壓在老農身下，抽出手接過又乾又硬，難於下嚥的窩頭，勉強咬了一口：

> 這時老農爬下身去，另外一個三十多歲身子結實的壯漢上來，一上身就來個臉對臉，把個大舌頭伸在小姐香唇之內，眞個口吐丁香，芳美異常。可憐小姐窩頭未咽，欲嚼不能，一條蔥臭的大舌頭腥臊難聞，小姐杏眼圓睜，十分焦燥。趙三一眼望見，忙道：「你讓他緩口氣兒。咽下這一口去。」那客人眞個把條舌頭縮回去，趙三又端過一碗白水，給小姐喝了，這才緩過點氣來。那客人不悅道：「你們這麻煩，還叫人有什麼興，玩個什麼勁兒。」小姐無可奈何，只

〔註8〕〔明〕東魯落落平生《玉閨紅》第9回，《思無邪匯寶》第4冊《玉閨紅》第393～395頁。

> 得放下午飯，專心和他廝拚。好容易伺候完畢，那等待的已是上來。這人曾見剛才情形，上來就將那咬過的黃金塔扔在一邊，小姐也不敢去拿，也騰不出身子去拿。一連三人，俱是如此。可憐小姐自從清早交接不已，香汗淋漓，已是饑腸轆轆，肚子咯咯作響，現在眼看著吃的吃不到口，還得交歡掙命，苦不堪言。〔註9〕

一天之內，閨貞接了二十六個人，賺了三弔多銅錢。到了晚上，惡奴吳來子又對閨貞加以凌辱，強迫她吃自己的精液：

> 那吳來子一張醜臉，在小姐粉腹之上往來擂晃磨磳，一味亂親亂啃，把個香噴噴軟馥馥粉妝玉琢的小肚臍一口銜住，不住嗚咂。小姐奇癢難禁，四體亂蹬◯◯◯◯◯◯◯◯◯◯◯◯吳來子◯◯◯◯將玉鼻櫻口，完全塞滿，出氣不得，才欲呼喊，經不起他哺擠，立時喉嚨發癢，格格有聲，心頭作惡，錦心繡髒都翻了個，不由哇的一聲溢出許多酸水。吳來子美暢不可言狀，向小白狼道：「你看這李大人家的小姐是多浪，出了浪聲還出這些浪水來，莫怪叫浪姐呢。」說罷，又◯◯小姐粉肚皮一凸，又是一口酸水。吳來子大笑道：「你在家中可曾享過這福分？我也別虧了你，待饒你口回龍湯喝喝。」那吳來子真是萬惡促狹，仗著久在風月場中走動，練就◯◯◯◯◯◯◯◯◯本事，小腹一凹◯◯◯◯◯◯◯，小姐粉頭被他兩膝緊夾，動彈不得，只有任其汩汩下灌，嗆噎難禁，又嗚嗚竄上水來，順◯直流。吳來子問道：「好吃不？」小姐窒息欲死，只得苦聲哀求。卻又吃◯◯◯◯◯幾口，說得囫圇不清，惹的一屋人全都哈哈大笑。可憐小姐急得欲擺柳腰，吳來子忽然兩手使勁一摟，小姐用盡平生之力掙命……
>
> 吳來子騰身下來，小姐首如蓬飛，仰面朝天，櫻口翕張，星眸微閃，一道惡液噴上直射……全身無力，杏眼紅腫，口角猶掛餘涎，倒地呻吟，欲哭無淚。……吳來子慾興仍旺……指著小姐道：「好吃不好吃，你那嘗過來？你那死鬼老子一生也沒吃過呢，要別人我還捨不得給呢，錯非你是小姐，才肯把這父母遺留生兒養女的好東西當你的點心。」小姐只顧呻吟，無暇答話。〔註10〕

〔註 9〕〔明〕東魯落落平生《玉閨紅》第9回，《思無邪匯寶》第4冊《玉閨紅》第403～404頁。

〔註10〕〔明〕東魯落落平生《玉閨紅》第10回，《思無邪匯寶》第4冊第411～413頁。

這部小說對窯子的描寫，那些生不如死、人不如獸的下等娼妓，讓人觸目驚心，讓人對下等的娼妓充滿了悲憫，對娼妓業充滿了厭惡。這部小說似乎是要以極端的誇張來表現女主人公遭遇的悲慘，引起讀者對閹黨的痛恨，同時又可以吸引喜歡獵奇的讀者，可以提高圖書的銷量，達到贏利的目的，但其中的描寫實際上應該是寫實。

二、從神聖到惡俗的娼妓史

必要追溯娼妓產生和發展演變的歷史，因爲娼妓史甚至可以說是人類歷史文化發展的一個隱性的線索。《事物紀原》中說：「洪涯妓，三皇時人，娼家託始。」〔註 11〕也就是說，娼妓最早起源於三皇時代，洪涯是三皇時的伎人，最初的形象是穿著羽毛做的衣服。歷史記載說，夏朝的最後一個君主桀的宮中有很多女樂，而這些女樂被稱爲「妓」。但是這些妓主要是以音樂技藝供皇帝一人賞玩，和後世爲錢財而公開出賣肉體的妓女還是有很大區別。《列女傳》中說：「桀既棄禮義，淫於婦人，求美女，積之於後宮……」〔註 12〕

一般認爲，眞正的娼妓出現在春秋時期，齊桓公時即公元前 7 世紀，被後人戲稱爲官妓鼻祖的管仲在齊國設立了三百女閭，按照《周禮》的說法，五家爲比，五比爲閭，那麼管仲設的國家妓院竟然有 7500 多家。《戰國策》中說：「齊桓公宮中女市七，女閭七百。」〔註 13〕據說管仲開設國立妓院的目的，一是爲國家增加收入，既然是國立妓院，所有嫖客的嫖資當然要歸國庫。二是緩解社會矛盾，社會上有很多光棍，因爲種種原因，娶不上老婆，這些人是社會的不安定因素，如果讓他們有地方宣洩性慾，利比多釋放之後，也就會變得老實很多。三是爲了吸引遊士，遊士們單身浪遊，需要有娛樂，現代社會招商引資，往往需要色情服務業先行，是同樣的道理。四是爲了桓公娛樂，妓院既然設在宮中，桓公遊樂當然非常方便。就在代表古代西方文明的古雅典，政治改革家梭倫在公元前 594 年前後也開設了國立妓院，其目的與管仲的大同小異，一是滿足青年男子的要求，二是保護良家婦女不受騷擾。據說梭倫設立國營妓院，得到了眾多民眾的讚美，因爲國營妓院使良家婦女在街頭避免了輕薄少年的追逐，保護了她們的安全。

〔註 11〕〔宋〕高承《事物紀原》，北京：中華書局，1989。
〔註 12〕張濤《列女傳譯注》第 254 頁，濟南：山東大學出版社，1990。
〔註 13〕〔西漢〕劉向《戰國策》第 15 頁，上海：上海古籍出版社，1985。

妓女的產生當然比妓院的產生早得多。有一種說法是，妓女的產生是由於宗教，古代西方一些國家中曾有過所謂的「聖妓」。世界許多國家都曾存在所謂宗教賣淫的階段。在原始時代，性交被視爲神聖的，在祭神的盛大節日裏，男女在神像前交媾，祈求神靈保祐，人口繁衍，五穀豐登。在神廟裏供養神靈的女子，在祭神之日就與到神廟來參拜的男子交媾，這種女人就是聖妓。古希臘歷史學家希羅多德在《歷史》中記載，古巴比倫各階層的女子不論尊卑貴賤貧富，都要在神廟裏當一段時間的廟妓。廟妓頭戴細繩子串成的花冠，一列一列地坐在廟裏，中間空出一條路，容參拜神靈的人在中間走過，參拜者看中了哪個廟妓，就將一枚銀幣拋在那位廟妓膝下的圍裙中，廟妓就站起來，跟隨他走到女神前。那個男子即以米利達女神的名義要求性交，廟妓無權拒絕。與男人性交後，這個女子便算已完成廟妓的義務，可以摘除頭上的花冠，恢復自由回家去。法國歷史學家維奧萊納·瓦諾依克在他的書裏描述說：「她們坐在那裡等候，直到有一個男人來到面前，把錢幣投到她們的兩腿之間，接下來就在廟裏同她們性交。男人在投錢幣的時候，必須同時說：我以女神米莉塔的名義召喚你。男人隨意投錢，女人絕對不拒絕，因爲是神的錢，她必須跟第一個向她投錢的男人走。當一個女子同外人結合以後，也就完成了對女神的義務，可以回家了。漂亮苗條的女孩子很快就能回家；臉黃腰粗的女人則要等很長時間才能履行這條規定。」〔註 14〕在呂底亞有廟奴一說，她們是女祭司的一部分，只在寺院院牆內賣淫，並把得到的收入奉獻給神。地中海中有個塞浦路斯島，島上的居民在古代崇拜司戀愛的女神，女神廟裏養著成群的聖妓，專供過客淫樂。這個島有一條律令，女子不論願意與否，都要先在神廟中當過聖妓，才能出嫁。

在古希臘，妓女與文化人打成一片，藝術家們爲妓女寫下風情萬種的墓誌銘。妓女芙瑞娜在公元前 355 年決定重建被亞歷山大大帝毀壞的底比斯城城牆時，要求在城牆上刻下這樣的句子：「此城曾被亞歷山大摧毀，妓女芙瑞娜重建之。」亞歷山大大帝的朋友，巴比倫總督阿爾帕勒在自己所愛的名妓死後，爲她建了包括墳墓、廟宇和祭壇的豪華紀念建築群。一些偷情的主婦爲了逃避通姦的懲罰寧可做妓女，公元 19 年，一位省總督的妻子爲當妓女甚至當著市政官的面放棄元老院貴婦地位。古羅馬的克洛德皇帝的妻子梅莎麗娜不僅在皇宮裏開房間幽會情人，還經常在夜深人靜時帶上貼身宮女溜出禁

〔註 14〕〔古希臘〕希羅多德著、徐松岩譯《歷史》第 99 頁，北京：中信出版社，2013。

苑變成妓女麗西斯卡賣淫，每次只給自己留下一個銅板，以便記住與她睡過的嫖客的數量。

一般學者認爲，在中國歷史上同樣存在過一個巫娼時代。王書奴在《中國娼妓史》中將中國娼妓史分爲五個時代，第一個便是殷商時期的巫娼時代，即所謂宗教賣淫時代。屈原《九歌》中描寫的明明是神聖的祭祀，卻又大寫男女纏綿，反映的就是當時還很盛行的巫娼之風。也正因爲巫娼不分，所以後世將巫風與淫風、亂風並提。中國上古時的女巫不僅以歌舞娛樂神靈，而且將自己的身體供奉給神靈，神靈沒有形體，當然無法交媾，於是有男子假扮成神靈的模樣與女巫交媾。

但真正的妓女是性交易的產物，而最早的性交易與宗教無關。羅素曾說過：「古代娼妓制度絕不如今日之爲人鄙視。其原始固極高貴。最初娼妓乃一男神或者婦神之女巫，承迎過客爲拜神之表示。其時人御之，亦必事之，然基督教父詬詈訴毀，連篇累牘，目爲異端陋俗，及撒旦遺孽。茲後娼妓遂由廟宇驅入市場，淪爲商業。」〔註 15〕性用來交易，首先是有人需要性，有人需要衣食，在無性禁忌的上古時代，性交換自然不在原始的道德範疇之內，性交易也被看作自然而然的事，就像用一隻雞去和別人換三棵大白菜一樣，無所謂神聖，也無所謂卑賤，只是獲得快樂和食物的一種生存手段。妓女的真正出現是在性被納入道德倫理的範疇，家庭婚姻制度形成之後。在古代的小說故事中，妓女往往被視爲婚姻家庭的敵人，實際上正如管仲所認識到的，妓女不僅是婚姻家庭的補充，而且對社會的穩定和發展有重要的作用。

管仲的發明很快被其他各國傚仿，一時官妓大興。官妓中有一種專門爲軍隊服務的，叫做營妓，最早的發明者是越王句踐，而正式成爲制度則在漢代。《越絕書》中講述了獨婦山的故事：「獨婦山者，句踐將伐吳徒寡婦置山上，以爲死士，未得專一也，後之說者，蓋句踐所以遊軍士也。」〔註 16〕越王句踐將犯有淫佚之過的寡婦集中到山上，供給軍士或遊士取樂，這實際上就是今人談之色變的「慰安婦」。幾百年後，句踐的慰安婦制度被西漢皇帝漢武帝劉徹發揚光大。漢武帝好大喜功，征戰不絕。由於連年戰爭，不少軍士因遠離妻室而情緒低落。爲了鼓舞士氣，在軍中設置軍市，「一軍一市」，讓久曠的軍

〔註 15〕〔英國〕羅素《婚姻道德》第 9 章，見於王書奴《中國娼妓史》第 13 頁，上海：三聯書店，1988。

〔註 16〕〔東漢〕袁康著，吳慶峰點校《越絕書》第 48 頁，濟南：齊魯書社，2000。

士得以發洩性慾。這就是「營妓」的起源，此後，「營妓」制度歷經南北朝、唐、宋數代而不衰。唐代「安史之亂」後，節度使常常身兼二職，既是軍事長官又是地方行政長官，營妓因而往往爲節度使「獨佔」，儼然成爲其姬妾。白居易在詩中所詠的關盼盼就是張建封佔有的營妓。

到了唐朝，官妓很發達。唐朝教坊中成千上萬的女樂就是後世所說的宮妓，她們平時以歌舞娛樂帝王貴戚，當然也要隨時準備以肉體侍奉帝王。《開元天寶遺事》記載，奸相楊國忠每次設酒宴款待客人，都叫妓女各托著盛菜的盆子在身邊侍候，稱爲「肉臺盤」。在冬天招待客人時，他叫眾妓女將客人圍住取暖，稱爲「肉屏風」，還挑選肥胖者立在門前通風處擋風，有「肉障肉陣」的說法。唐玄宗的弟弟岐王李範每到冬天寒冷時，不烤火，而將手放到妓女懷中，撫摸妓女肌膚，稱爲「暖手」。這些被皇室貴戚玩弄的妓女都是宮外左、右教坊的教坊妓。在京城長安，有一條街叫平康里，彷彿是後世的紅燈區，青樓中的妓女都在官府登記註冊，要交稅，平時自己招攬顧客掙錢，官府需要的時候，要聽候調遣承應官差。京城有教坊妓，有平康里，地方則有地方官妓，或稱「府妓」，或稱「郡娼」，名隸各地州府，屬地方長官管轄。

到了宋朝，青樓妓院更加發達，不僅數量多，而且甚爲奢華。孟元老《東京夢華錄》記載汴梁城裏的娛樂場瓦子共有 8 座，周密《武林舊事》記載臨安城裏的娛樂場瓦子有 33 座。青樓的設備也開始競相奢華。意大利旅行家馬可・波羅記載了當時杭州的青樓風光。明朝時南京的妓院有著名的十六樓，最著名的是秦淮河上的槳聲燈影。據《金瓶梅》說，山東的臨清就有三十六條花柳巷，七十二座管絃樓。也就是在明代，隨著商業的發展，縱慾主義氾濫一時，不僅大都市中青樓林立，在小城鎮甚至鄉村也出現了大大小小的妓院，從事赤裸裸肉體交易的私窠子、窯子大量湧現。到了清朝，多數青樓已成了高級的窯子，具有高級藝術修養的妓女已經了了無幾，嫖客們也很少像唐宋風流文人那樣懂得眞正的風情。

嫖客和妓女的關係也發生了根本性的改變。在唐宋時代的青樓中，除了肉慾和聲色之外，風流文人和色藝雙全的妓女不斷地尋找眞情，生死不渝的青樓之愛成爲小說故事的一大主題。士人喜歡與青樓妓女交往，不僅僅是因爲妓女們色藝雙絕，更不是因爲她們有高超的性技巧，而是因爲在青樓裏，男女雙方都不承擔倫理道德的責任，沒有門第高低的顧慮，不受貞節操守的束縛，所以往往更容易產生眞正的性愛。在古代社會，有女子無才便是德之說，所以女子一結婚，就變成了黃臉婆，而三從四德的要求，又使女子仰仗男人而生活，很少有情感的交流。而士人與妓女常常互相欣賞，相互理解，因而往往能產生眞正的友誼和愛情，彼此找到人生的慰藉。所以士與妓留下了無數美麗動人的故事，士與妓關係最密切的時代，也是文化最繁榮的時代。唐代的名妓薛濤和魚玄機，都同時是著名詩人，她們交往的都是當時的一流士人。宋徽宗趙佶去嫖名妓李師師時，是以風流士人的身份，但還是輸給了大詞人周邦彥。明末的董小宛、柳如是、李香君，不僅與自己愛慕的士人建立了堅貞的愛情，還能在民族危亡之際，表現出大義凜然的操守氣節。

北京的八大胡同是古代的紅燈區。一直到二十世紀三十年代末，在八大胡同入冊登記准予營業的妓院還有一百餘家，妓女近千人，沒有登記註冊的「野妓」和「暗娼」還不算在內。當時北京的妓女有「南班」和「北班」之分。「南班」的妓女主要來自江南，常常是色藝雙全，「北班」的妓女多來自黃河以北地區，以色爲主。而當時八大胡同的妓女以「南班」居多。八大胡同中的百順胡同、陜西巷、胭脂胡同、韓家潭多爲一等妓院，也叫「清吟小班」，以飲茶、談棋說戲爲主，皮肉生意次之。石頭胡同的妓院多爲二等，二等妓院也叫「茶室」。王廣福斜街、朱家胡同、李紗帽胡同以三等妓院居多，多以「室」、「班」、「樓」、「店」、「下處」命名。

直到今天，即使在將賣淫嫖娼列爲犯罪的國家和地區，賣淫嫖娼仍然以各種各樣的形式存在著，娼妓仍然可稱爲一種隱性的職業，而在極端落後的地區，土娼生活的悲慘甚至超過小說中的描寫。現代大都市的繁華下，也往往掩蓋著下層歌女娼妓的悲慘。這些現象的存在，讓我們不得不重新對娼妓現象進行思考。娼妓現象實際上隱含著太多的東西，簡單地以道德來評論是極爲片面而幼稚的。娼妓現象不僅僅濃縮了人性之惡，人類社會的不平等，人類社會政治制度，都在其中有所表現。至少從現在看來，要徹底消滅已經存在了數千年的娼妓現象，即使不能說是不可能，也可以說是甚爲艱難。物質的極大富裕，眞正的平等和民主的實現，當然非常重要，但人類好逸惡勞的本性的改變，佔有欲的消滅可能才是關鍵，因爲現代社會中的富豪和貪官污吏包養情婦，實際上是嫖妓的一個變種，其中當然有性慾滿足的目的，但更爲重要的可能還是一種佔有慾的滿足。

三、娼妓、文學與歷史

如果說娼妓史就是文化史，可能一點也不過分。檢點中國的歷史，我們不得不承認，以風雅自命的文人與娼妓有千絲萬縷的關係，女人和酒似乎是他們創作的不竭源泉和動力。

古代的妓女並非如現代人所理解的「以賣淫爲職業的人」，古代妓女所賣的不只是「淫」。東漢許慎的《說文解字》一書解釋「妓」是「婦人小物」，也就是婦人用的小對象，與「妓女」沒有多大關係。而「妓女」的「妓」是從「伎」演變而來的，而「伎」又是由「技巧」的「技」演變來的，也就是說，古代的「妓女」是具有一定技藝的女子，而其技藝則主要指文藝表演，特別是歌舞。擅長唱歌的叫歌妓，跳舞的叫舞妓，一般情況下是歌舞兼擅，所以稱歌舞妓或歌舞伎。還有的妓女則擅長雜技，如在高空繩索上表演的女子稱「繩妓」。唐代封演《封氏聞見記》中描寫了唐玄宗開元二十四年八月五日皇宮中御樓舉行繩妓表演的情景：「……妓者先引長繩，兩端屬地，埋鹿盧以繫之。鹿盧內數丈立柱以起繩，繩之直如弦。然後妓女自繩端躡足而上，往來倏忽之間，望之如仙。有中路相遇，側身而過者；有著屐而行，從容俯仰者；或以畫竿接脛，高五六尺；或踏肩蹈頂至三四重，既而翻身擲倒，至繩往還，曾無蹉跌；皆應嚴鼓之節，眞奇觀者。」〔註 17〕

唐代之後，妓女除歌舞雜技之外，又多詩詞書畫，有的文藝才華甚至趕上文人雅士，這也是文人喜歡與妓女交往的主要原因之一。唐宋時代的野史筆記、傳奇小說和話本中有很多以才華出眾的妓女爲主人公的故事。比如話本《蘇長公章臺柳》寫蘇東坡跟佛印一起去書院中聽書，叫了一個唱歌的「妓者」。這位歌女還會作詩詞。蘇東坡給她規定以「柳」字爲題，她拿過筆，一下子就寫出了一首《沁園春》詞，博得了大文豪蘇東坡的稱讚。宋代《書仙傳》記載，長安倡女曹文姬，不但姿豔絕倫，而且擅長書法，達官貴人對她讚賞不已，「豪貴之士，願輸金委玉求與偶者，不可勝計」。〔註 18〕魏泰《臨漢隱居詩話》記載，楚州有個官妓，名叫王英英，善於書法。先學顏眞卿體，後來蔡襄又教過她，晚年擅長寫大字。著名詩人梅聖俞曾寫詩贈她：「山陽女

〔註 17〕〔唐〕封演撰，趙貞信校注《封氏聞見記校注》第 55～56 頁，北京：中華書局，2005。

〔註 18〕〔北宋〕佚名《書仙傳》，見李劍國《宋代傳奇集》第 138 頁，北京：中華書局，2001。

子大字書，不學常流事梳洗。親傳筆法中郎孫，妙作蠶頭魯公體。」〔註 19〕據說，這位王英英小姐，相貌是相當醜陋的。李獻民《雲齋廣錄》記載了一個名叫盈盈的妓女，不但容貌豔麗，十四歲時就擅長歌舞、彈箏，會做詩詞，「情思綿緻，千態萬貌」，〔註 20〕在當時堪稱出類拔萃。如此看來，唐宋之後的高級妓女和今天的雜技明星、美女歌星、美女舞蹈家、美女詩人、美女作家相類。

歷史上著名的女才子、女藝術家大多數是娼妓。漢代色傾後宮的趙飛燕原爲「省中侍使官婢」，唐代的舞蹈家謝阿蠻以表演《凌波曲》而出名，是唐玄宗李隆基最寵愛的教坊舞妓。女歌唱家許永新、念奴等都是唐玄宗時著名的宮廷歌妓。身懷絕技的音樂家張紅紅原爲韋青的家妓，後被召入宮內，被唐代宗封爲才人，人稱「記曲娘子」。她是個作曲家，她創造的「擺豆記譜法」是對中國古代音樂發展的一大貢獻。明末清初的董小宛、顧眉、李香京、卞玉京、陳圓圓、杜十娘等，都是名重天下的歌舞妓，寇白門能度曲，沙才善吹簫。唐代的薛濤、魚玄機、關盼盼，宋代的蘇翠、嚴蕊，明代的馬守貞、薛素素、范鈺等，都文才出眾，精通琴棋書畫。

爲文藝家提供不竭的靈感的主要是青樓私妓。私妓是官妓、家妓之外的個體營業者。如果嚴格地說，私妓之中正式註冊登記，隸屬教坊的，叫做市妓；無照營業的才是名副其實的私妓。可以說，沒有青樓，中國文學恐怕要大爲減色。當然，如果青樓不與文學發生如此緊密的關係，也就淪爲單純的肉體交易場所。唐代是文學繁盛的時代，也是青樓私妓繁盛的時代，文學與青樓的關係從來沒有這麼緊密，《全唐詩》中有關妓女的詩歌多達數千首，觀妓、攜妓、別妓、懷妓、送妓、贈妓、傷妓、悼妓，如此等等，青樓妓女幾乎成爲文人情感的寄託。

也正是在唐代，出現了第一部專門記載青樓風光的著作《北里志》。在這部書中，孫棨記述了唐代都城長安的紅燈區平康里的情況，記載了文人與風流名妓的交往。進京趕考的士子住在平康里的青樓中，將青樓當作旅館。而一旦科舉高中，新及第進士就會邀請相好的妓女一起慶祝。《北里志》的序言說：「諸妓皆居平康里，舉子、新及第進士，三司幕府但未通朝籍、未直館殿者，咸可就詣。如不吝所費，則下車水陸備矣。其中諸妓，多能談吐，頗有

〔註 19〕〔清〕徐士鑾著，舒馳點校《宋豔》第 266 頁，杭州：浙江古籍出版社，1987。
〔註 20〕李劍國《宋代傳奇集》第 170 頁，北京：中華書局，2001。

知書言話者。自公卿以降，皆以表德呼之。其分別品流，衡尺人物，應對非次，良不可及。信可輟叔孫之朝，致楊秉之惑。比常聞蜀妓薛濤之才辯，必謂人過言，及睹北里二三子之徒，則薛濤遠有慚德矣。」〔註 21〕平康里的妓女都有一技之長，純粹出賣肉體的很少。比如南曲的天水仙哥善談謔，能歌令，雖姿容平常，但當時的文人士大夫都喜歡與她交往，她反而常常拿架子。永寧相國劉鄴的兒子劉覃登第，當時只有十六七歲，帶著幾十車輜重，幾十匹名馬，從揚州到了京城，要風流瀟灑一番。他聽到大家都讚美天水仙哥，也不知道她到底是美是醜，只知道她年齡比自己大很多。他帶了很多禮物去見仙哥。仙哥採用相好的嫖客的計謀，找藉口拒絕了劉覃，這讓劉覃對仙哥更加著迷，以爲仙哥一定是個絕色美女，於是又送去了更多的禮物。有一天，仙哥眞的有事，無法前去見劉覃，劉覃不知道，還以爲仙哥身價高，嫌給的錢少，於是又加了很多錢，但仙哥最終沒有應召。有一個戶部的官員叫李全，他也是住在北里，北里的妓女都怕他。劉覃聽說了，立即叫他去召仙哥，給他二斤左右的金花銀榼。李全到了南曲，逼著仙哥上了兜輿，抬到舉行宴會的地方。劉覃掀開轎簾一看，仙哥蓬頭垢面，滿臉是鼻涕眼淚，讓他大倒胃口，叫人抓緊將她抬回去，而至此已經花費一百多兩金子了。〔註 22〕仙哥的故事說明了唐代妓女在文人心目中的地位，也說明了那個時候的妓女，姿色固然重要，但更重要的是才藝。

另一個故事更說明了唐代文人對妓女著迷到什麼程度。平康里有一個妓女叫牙娘，才色雙絕，讓男人們如癡如醉，但她性格怪異，以虐待男人爲樂，經常抓破嫖客的臉。前任相國的小兒子夏侯表中科舉及第，舉行宴會慶祝。夏侯表中性格粗魯，乘醉調戲牙娘，牙娘扇了他幾個耳光，將他的臉抓破了。第二天，他和同年一起去拜見老師，同年們都偷偷看他的臉，他厲聲說：「看什麼！我的臉昨天被小女子牙娘抓破了。」同年都驚駭不已，恩師裴公俯首而笑，很久不能抬頭。〔註 23〕有的妓女很清高，比如南曲的王蘇蘇善諧謔。進士李標自稱是英公李勣之後，久在大諫王致君門下，常常帶著王家弟侄一

〔註 21〕〔唐〕孫棨《北里志》，曹中孚校點《唐五代筆記小說大觀》第 1430 頁，上海：上海古籍出版社，2000。

〔註 22〕〔唐〕孫棨《北里志》，曹中孚校點《唐五代筆記小說大觀》第 1405 頁，上海：上海古籍出版社，2000。

〔註 23〕〔唐〕孫棨《北里志》，曹中孚校點《唐五代筆記小說大觀》第 1407 頁，上海：上海古籍出版社，2000。

起去逛妓院。有一天，李標帶著王家子弟和王蘇蘇姐妹一起飲酒，酒酣耳熱，李標提起筆就在窗戶上題了一首詩：「春暮花株繞戶飛，王孫尋勝引塵衣。洞中仙子多情態，留住阮郎不放歸。」王蘇蘇看了，大爲不滿：「誰要留住你們了，不要亂說！」於是提筆接著寫了幾句：「怪得犬驚雞亂飛，羸童瘦馬老麻衣。阿誰亂引閒人到，留住青蚨熱趕歸。」李標一看，知道是嘲諷他，他羞得滿面通紅，趕緊出門騎馬先跑回去了。後來王蘇蘇見到王家子弟就問：「熱趕郎在否？」〔註 24〕

實際上王朝的興衰也多與歌女娼妓息息相關。「商女不知亡國恨，隔江猶唱後庭花」，「桃花扇底說興亡」，歌女娼妓不僅僅是歷史的旁觀者。商周的交替，周朝的分崩離析，完成天下統一大業的秦始皇的誕生，大漢王朝內部政權的更迭，都有女人的身影，而這些女人又多爲歌女或娼妓的變種。隋煬帝前往揚州觀花，結果死在外面，於是有盛世大唐，而歌女娼妓和詩人一起，成爲盛世的重要點綴。宋代朝廷禁止官員嫖妓，而皇帝自己卻對妓女迷戀不已，風流皇帝宋徽宗在北宋滅亡之後，被金兵俘虜北行的途中，還念念不忘高級妓女李師師，而偏安江南的南宋朝廷在歌女的靡靡之音中迅速消亡。

在明清之際，秦淮河上的歌女、畫舫不僅是一道亮麗的風景，也是王朝興衰的歷史見證，幾乎所有的文人官僚都有一個相好的高級歌妓，他們的性愛和婚姻成就了一代風流佳話。康熙三十二年，七十七歲的余懷完成了《板橋雜記》，在這部書中，余懷記述了流寓南京時在秦淮河南岸舊院的所見所聞。板橋就是長板橋，是明代在東花園附近的小運河和長塘的水邊，爲方便行人搭建的一條木質板橋，人稱長板橋。板橋以西直到武定橋邊，娼家、舊院一家挨著一家，與十里秦淮聯成一個整體。余懷在序言中說明爲妓女作傳的用意：「此即一代之興衰，千秋之感慨所繫，而非徒狹邪之是述，豔冶之是傳也。金陵古稱佳麗之地，衣冠文物，盛於江南，文采風流，甲於海內。白下青溪，桃葉團扇，其爲豔冶也多矣。洪武初年，建十六樓以處官妓，淡煙、輕粉，重譯、來賓，稱一時之韻事。自時厥後，或廢或存，迨至三百年之久，而古蹟寖湮，所存者爲南市、珠市及舊院而已。南市者，卑屑妓所居；珠市間有殊色；若舊院，則南曲名姬、上廳行首皆在焉。余生也晚，不及見南部之煙花、宜春之弟子，而猶幸少長承平之世，偶爲北里之遊。長板橋邊，一

〔註 24〕〔唐〕孫棨《北里志》，曹中孚校點《唐五代筆記小說大觀》第 1413 頁，上海：上海古籍出版社，2000。

吟一詠，顧盼自雄。所作歌詩，傳誦諸姬之口，楚、潤相看，態、娟互引，余亦自詡爲平安杜書記也。」〔註 25〕余懷在《板橋雜記》中記載了板橋一帶的諸多名妓。他在《板橋雜記》卷上《雅遊》中說：「李、卞爲首，沙、顧次之，鄭、顧、崔、馬，又其次也。」〔註 26〕他所列舉的「八豔」指李香君、卞玉京、沙才、顧媚生、鄭如英、顧喜、崔科、馬婉容，另外還有董小宛、寇白門等。李香君雅號「香扇墜」，「身軀短小，肌理玉色，慧俊宛轉，調笑無雙」，「四方才士，爭一識面以爲榮」。〔註 27〕後來李香君與侯方域上演了一場生死戀。卞賽又稱卞賽賽，自稱玉京道人，所以人又稱其爲卞玉京，她「見客初不甚酬對，若遇佳賓，則諧謔間作，談詞如雲，一座傾倒」。〔註 28〕顧湄色藝俱佳，「莊妍雅靚，風度超群，鬢髮如雲，桃花滿面，弓彎纖小，腰支輕亞，通文史，善畫蘭，追步馬守眞，而容勝之，時人推爲南曲第一」。〔註 29〕再如董小宛「天姿巧慧，容貌娟妍」，「針神曲聖，食譜茶經，莫不精曉」，〔註 30〕後嫁給冒辟疆做妾，27 歲時去世。寇湄字白門，十八九歲時就被保國公從妓院買走，後來保國公降清，她看不起他，便用千金把自己從保國公身邊贖了回來，僅帶一女婢回秦淮河畔重操舊業。《板橋雜記》記錄的深受嫖客追捧的妓女還有朱鬥兒、徐翩翩、尹子春、李十娘、葛蕊芳、李宛君、范雙玉、頓小文、米小大、王小大、張元、劉元、董年、王月、王節、王滿三姐妹等。

一直到近代，青樓歌妓和官場黑幕在十里洋場相映成趣，成爲畸形發展的近代大都市上生長的惡之花，也成爲小說故事的主要素材。

四、性交易、法律與政治

2007 年，荷蘭阿姆斯特丹紅燈區爲妓女建立起了一座紀念碑。紀念碑是一座青銅婦女塑像。婦女坐在自家門檻上，雙手搭在膝蓋上，仰望天空，膝下另一名少女跪在她的腳下。創作這一銅像的藝術家是雕刻家埃爾斯—里傑斯（Els Rijerse）。曾經當過妓女的瑪麗斯卡—邁烏爾向里傑斯訂做了這一銅像，1996 年以來，她一直主管妓女信息中心這一機構。

〔註 25〕〔清〕余懷《板橋雜記》序，南京：南京出版社，2006。
〔註 26〕〔清〕余懷《板橋雜記》第 9 頁，南京：南京出版社，2006。
〔註 27〕〔清〕余懷《余懷全集》第 424 頁，上海：上海古籍出版社，2001。
〔註 28〕〔清〕余懷《板橋雜記》第 13 頁，南京：江蘇文藝出版社，1987。
〔註 29〕〔清〕余懷《板橋雜記》第 10 頁，南京：江蘇文藝出版社，1987。
〔註 30〕〔清〕余懷《板橋雜記》第 12 頁，南京：江蘇文藝出版社，1987。

荷蘭也是世界上最早實現性交易職業化的國家。荷蘭首都阿姆斯特丹的色情業在每年國家上繳稅收中占很大比例，曾經有議員要求禁止公開的色情業，結果引起了大規模的示威抗議。荷蘭人一般認爲，色情業也是一種職業，從業人員同秘書、售貨員、教師一樣，也是用自己的勞動掙錢，一樣要繳稅，遵守各項法律制度，履行社會職責，享有各類權利。色情從業人員也有自己的組織。有一個叫「紅線」的組織，經常爲色情從業人員爭取權利，要求允許妓女自我選擇其工作方式，要求官方保護妓女的眞實姓名不被暴露，要求改善工作環境、醫療保險、退休金及付稅制度等等。

如今已有許多國家如德國、荷蘭、奧地利、日本等將性交易合法化，這些國家的法律認爲，所有社會成員都有自由發展其個性的權利，只要在此過程中不侵犯其他公民的合法權利，國家便無權干涉。在今天的東南亞一帶，色情業不僅是合法的，在有的國家甚至成了經濟支柱，帶動了許多相關產業的發展，被稱爲「環保工業」。有的國家將色情業視爲非法，但政府打擊色情業的主要手段是罰款，也使得色情業實際上成爲地方創收的途徑之一。

但性交易在中國一直是敏感忌諱話題。幾千年來，娼妓都是合法的職業，歷代王朝都沒有禁絕娼妓的法令，宋代曾一度禁止官員嫖娼，實際上法令也是形同虛設，官員們不僅到妓院嫖娼，家中還養著家妓，宋代的皇帝自己也帶頭嫖娼。宋徽宗與李師師、柳永與青樓妓女的交往在後世都成爲風流佳話。到了近代，娼妓被視爲與文明社會相悖的現象被禁止。提到禁娼，不能不說說太平天國。洪秀全在南京建立太平天國之後，推行禁娼措施，強行取締妓院和娼妓，使社會風氣爲之一變。但太平天國的領導層很快開始腐化，諸王紛紛納妾，有的至數百人，東王楊秀清大蓄男妓，洪秀全有三宮六院，娼妓很快復蘇。中華人民共和國成立後，對妓女的改造一度成爲關注的焦點。而新中國廢除私有制，一切都集體化、國有化，平均主義的大鍋飯的實行，使娼妓眞的幾近絕跡，之所以說「幾近」，是因爲當時雖然沒有娼妓，但類娼妓的性交易仍然有少量的存在，性有的時候被用來與權利和食物作交換。

1980 年初，廣東省率先發佈「禁娼公告」。1981 年 6 月 10 日，在全國範圍內頒佈了《公安部關於堅決制止性交易活動的通知》。1986 到 1991 年政府通過的相關法律法規和下發的通知是這樣概述性交易的危害的：「性交易活動和性病的蔓延，不僅敗壞我國聲譽，有損社會主義精神文明建設，而且嚴重影響人民群眾的身心健康，危及下一代的健康成長。」之所以打擊性交易，是爲了「加強社會主義精神文明建設，抵制資產階級腐朽思想的侵蝕」，「維護社會治安秩序和良好的社會風氣」。而根據一些專家學者的說法，性交易會使賣淫者人格墮落，身心都會受到傷害，容易感染和傳播性病特別是艾滋病，賣淫常常用吸毒來麻醉自己，因此常常與吸毒、販毒等違法行爲聯繫在一起。性交易破壞家庭關係，有可能導致家庭的破裂。

實際的情況是，性交易不可能根除。直到今天，性交易仍然連綿不絕。而到了改革開放之後，隨著生產和分配模式的改革，所有制的多元化，一部分人被允許先富裕起來，出現了新的貧富分化，不需要西方腐朽思想的影響，賣淫嫖娼現象如雜草般蔓延，讓人覺得幾十年年前的娼妓改造，幾十年的道德淨化和法律威懾，只是除掉了雜草的地上部分，而殘留的根一旦得到合適的環境，就會瘋狂長出新的莖葉。雖然將性交易列爲犯罪並花費了大量的人力物力進行嚴厲的打擊，性交易反而是有增無減，每年涉案人員達到數十萬人，而這還僅僅是冰山之一角。人的慾望特別是以性慾爲象徵的佔有慾就是雜草的根，合適的環境並非如一般所說的經濟繁榮和思想開放，而是指貧富分化，新的不公平的出現。這一現象實際上說明了食色交換是娼妓產生的基礎。

馬克思早就指出，所有形式的性交易都起源於財富的不平等，所以要消滅性交易，只有實現共產主義。齊美爾則從社會變遷對個人行爲的影響方面來解釋性交易現象的存在。他認爲 19 世紀末 20 世紀初，新舊經濟體系交接，激烈的生存鬥爭使男人的經濟獨立推遲得越來越晚，職業技術和生活藝術的複雜要求使男人的精神的完全形成越來越晚，男人能夠合法地擁有一個女人的時刻變得越來越晚，但身體條件並沒有適應這種情況，激發性衝動的年齡相對較早，而此時貨幣成爲所有事物的價值尺度，男人更多地控制和參加生產活動，使得女人較難在經濟上獲得獨立，性交易現象便興盛起來。現在社會轉型期的情形和 19 世紀末 20 世紀初有很多相似之處，由於勞動力過剩，從有限的土地中分離出來的大量農村婦女和因企業技術進步而分流下崗的城市女工無法就業，經濟壓力使她們成爲性交易主體的重要來源。

對娼妓產生的原因，中國的很多學者也作了探討。有人認爲女子做娼妓是受到西方的影響：「歐洲之風襲擊著東方，導致女性愛慕虛榮，喜愛漂亮的衣飾、化妝品、香粉和香水。她們生活在傻瓜的天堂裏，貪圖享受，害怕勞動……一個人若不能節儉，怎麼可能有廉恥呢？……拋棄了廉恥感……——隨著這種發展，就會導致性交易以求生存。」〔註31〕有人認爲：「性交易是這些女人所可作的最有意思的職業之一，普通娼婦大抵喜歡她的工作。」〔註32〕還有人概括女子做娼妓的三個原因：婦女缺少就業機會；性工作者被鴇母和妓院男老闆控制；以及性交易可以成爲向上爬的階梯。有人將家庭的不良教育、吸毒成癮視爲女子賣淫的原因。所有這些解釋都只解釋了問題的一個方面，遠未觸及到問題的根本。性衝動或能量釋放的要求，當然是性交易產生的基礎，但賣淫者幾乎沒有以性快樂追求爲目的的，經濟是主要的目的。經濟之所以成爲首要因素，有人認爲是由於男女不平等使得婦女的就業、工作機會有限，尤其難以獲得條件較好的機會。但實際的情況是，男性賣淫者也不在少數，這就說明貧富不均才是性交易現象產生的重要助燃劑，在現在的中國更是如此。

正如一夫多妻變形爲養外室、養情婦，娼妓以各種隱蔽的形式還廣泛存在，官員的腐敗和畸形發展的商業造成的新的貧富分化，助長了地下娼妓的發展。實際上，性交易的負面影響，很大程度上是由於將性交易視爲犯罪，更多的性交易只能在地下進行。由於性交易被視爲一種非法行爲，便得性工作者的合法權利得不到保障，她們受到別人的凌辱，受到犯罪團夥的敲詐和人身威脅，得了性病不敢到醫院檢查、治療，身心健康嚴重受損，又導致了性病的傳播。艾滋病的蔓延使社會不得不正視賣淫的存在，於是相關部門開始對潛在的賣淫者進行性教育，教育他們使用避孕套，這實際上是默認了賣淫現象的存在。哈爾濱疾控中心的一個舉動很值得玩味。這個疾控中心在2006年10月11日對50名「小姐」進行了防治艾滋病的培訓，並指導如何正確使用安全套。這一舉動引起了公眾對妓女合法化的爭論及道德上的困惑。

有的學者提出疑問，取締性交易，將性交易視爲非法的藉口是什麼？如果性交易以交易雙方的自願爲原則，又沒有損害任何一個第三人的權益，那麼將性交易視爲犯罪顯然是違背法律的精神的。性交易的唯一過錯是所謂「有傷風化」，但「風化」顯然屬於道德的範疇，與不仁不義的不道德行爲相比，性交易的可譴責成分也許更少。現在的禁娼手段顯然是本末倒置了。在以所謂「風化」譴責賣淫者之前，應該先解決貧富分化問題，應該先救助那些孤苦無依的女子，應該從社會的上層先淨化道德風氣，因爲正是社會財富的畸態分配，既產生了淫慾蕩漾的暴富階層，又容留了貧窮的存在。從形而上的

〔註31〕林重武《娼妓問題之研究》，《民眾季刊》，1936年第2卷第2期。
〔註32〕周作人《周作人散文全集》（五）第436頁，桂林：廣西師範大學出版社，2009。

層次說，色既然是人類的本性，無法消除，色情業也就無法徹底滅絕，也就不能說性交易是反文明的。

所以有學者提出色情業合法化的建議。將性交易合法化，對性交易活動實行規範管理，更加符合現實的需要。制定相關的法律，給性工作者發放從業執照，對她們進行依法登記和監督，實行定期醫療檢查，這樣既能維護性工作者的合法權利，減少不法分子對他們的剝削與侵害，又能在一定程度上抑制性病的蔓延，降低暴力侮辱婦女（包括強姦和猥褻）的犯罪率；並節約國家在打擊性交易方面的投入，增加國家的稅收，將之應用於對性工作者的教育及旨在為最終消除性交易而採取的行動。沒有必要擔心性交易合法化後賣淫嫖娼活動的氾濫。性社會學中有一個著名的「丹麥試驗」。丹麥在 1967 年和 1969 年分兩步放開了淫穢色情文學和視覺產品的市場，淫穢色情品的製售經過一個短暫的高潮之後急劇下降，大多數公民對淫穢色情品產生了厭惡感，犯罪率也急劇下降。1967 年的犯罪率比上年下降了 25%；1968 年又下降了 10%；到 1969 年淫穢色情品徹底解禁後，犯罪率下降了 31%。

當然性交易的合法化並不是指性交易的「市場化」，畢竟賣淫嫖娼會對青少年產生不良的影響。有一位社會學家提出這樣幾條建議：

1. 不准拉客、張貼廣告等等；可以刊登「特殊服務」的啓事，願者上鉤

2. 不准一人以上共同營業；保護「一樓一鳳」（單人獨自工作）

3. 禁止童工；符合《勞動法》的 16 歲以上即可

4. 定期體檢，各種疾病的傳染期內禁止營業，包括買賣雙方；100%使用安全套

5. 不准在學校、宗教場所、貧民區等附近 300 米內營業；其他地方自便〔註 33〕

五、豔情小說中的寫實成分

像《玉閨紅》這樣，除了寫男女交媾，還對社會現實有所反映的豔情小說，數量極少。除了《玉閨紅》，還有幾部豔情小說從不同的角度反映了社會政治或風俗。

成書於清初的《春燈鬧》寫主人公眞楚玉的豔遇，背景是明末亂世，反映了動亂給百姓造成的苦難。眞楚玉回家接母親，「誰知李賊未到，本地土寇

〔註 33〕潘綏銘《中國性革命縱論》第 9 章第 8 節，高雄：萬有出版社，2006。

先已倡亂，滿城百姓，紛紛移徙，東竄西逃。進入家裏，單剩得幾間空房，不惟鄔氏不知去向，連那左右鄰居，並無一個」。〔註 34〕小說寫李自成部隊軍紀渙散，王恩用搶孌童，入室搶劫。李自成女兒翠微為爭一男子挑起內部火並，將重要將領滿門抄斬。李自成攻下北京後，「便將文武各官，拷打追贓。那些眾賊，紛紛的搶掠民財，姦淫婦女，無所不至，把一座錦繡都城，攪得來天昏地暗」。〔註 35〕真生逃出北京，「那一時到處土寇竊發，人煙迥絕，四野蕭條」。〔註 36〕林桂的妻子說：「俺家丈夫姓林名桂，原係響馬出身，後來被著奴家規勸，改尋別業。豈料闖王作反，年荒兵亂，不能營生，所以拙夫，又與夥伴陳彪，仍舊做此道路。」〔註 37〕小說寫到了明王朝的政治腐敗。高梓勸堂弟高梧一起投奔闖王時說：「今上雖則勵精圖治，怎奈朝臣各立門戶，徒事空談。竊見闖王李自成，天生豪傑，所以兵不血刃，竟有河南之地，遠近士民，無不望風歸附」。〔註 38〕小說寫到南明王朝的腐敗，弘光帝沉湎酒色，重臣豐儒秀「既專國柄，賣官鬻爵，引樹私黨，一時威勢赫然，權傾中外」，〔註 39〕「不以安邦滅賊為念，而其所務，惟在聲色貨利」，「瓜揚等處，遍選民間美女，共得二十四妾」。〔註 40〕嬌鳳評論南明王朝：「內則主上荒淫，外則四鎮驕恣不睦，將來南都，更有不可知之事。即如太師名雖位極人臣，實係冢居餘氣，不足畏也。」〔註 41〕小說還寫了清軍入關的暴行，蘭娘和仲子尙的妻子孫氏躲過了闖賊和土寇，卻被清兵擄掠。奸商程初陽「專能結納豪俠，所以各營標下將官，無不識熟。既握重貲，而以時方草昧，不能興販，

〔註 34〕〔清〕煙水散人《春燈鬧》第 5 回，《思無邪匯寶》第 18 冊《春燈鬧》第 316 頁。
〔註 35〕〔清〕煙水散人《春燈鬧》第 5 回，《思無邪匯寶》第 18 冊《春燈鬧》第 316 頁。
〔註 36〕〔清〕煙水散人《春燈鬧》第 6 回，《思無邪匯寶》第 18 冊《春燈鬧》第 319 頁。
〔註 37〕〔清〕煙水散人《春燈鬧》第 6 回，《思無邪匯寶》第 18 冊《春燈鬧》第 321～322 頁。
〔註 38〕〔清〕煙水散人《春燈鬧》第 4 回，《思無邪匯寶》第 18 冊《春燈鬧》第 297 頁。
〔註 39〕〔清〕煙水散人《春燈鬧》第 7 回，《思無邪匯寶》第 18 冊《春燈鬧》第 337 頁。
〔註 40〕〔清〕煙水散人《春燈鬧》第 7 回，《思無邪匯寶》第 18 冊《春燈鬧》第 344 頁。
〔註 41〕〔清〕煙水散人《春燈鬧》第 7 回，《思無邪匯寶》第 18 冊《春燈鬧》第 342～343 頁。

故於各營中，只檢南邊被擄進京的美色婦女，詢知宦家巨室，便即納價領歸，旋又著人到家報信，著令取贖，其實以此居奇射利，而非仗義也」。〔註 42〕

另一部豔情小說《梧桐影》寫的是發生在蘇州的一個眞實案件，三拙和尚與戲子王子嘉姦淫多名婦女，最後受到了應有的懲罰。小說在這個事件中穿插了大量的民間傳聞，全書情節瑣碎，東牽西扯，拉雜枝蔓，沒有中心，小說中少有細緻的性交場面描寫，對社會風氣多有反映，比較眞實地再現了以蘇州爲中心的江南的社會風氣變化過程。小說將明代淫風大盛歸因於李贄的影響：「風化惟奢淫二字，最爲難治，奢淫又惟江南一路，最爲多端。窮的奢不來，奢字尙不必禁，惟淫風太盛。蘇松杭嘉湖一帶地方，不減當年鄭衛。你道什麼緣故？自才子李禿翁設爲男女無礙教，湖廣麻城盛行，漸漸的南路都變壞了。」對淫男浪女「漸漸的沒人笑他罵他，倒有人羨他慕他。不但有人羨他慕他，竟有人摹他仿他了。可笑這一個男子，愛那一個婦人，那一個婦人的丈夫，卻又不愛老婆，而愛別個。這一個婦人，愛那一個男子，那一個男子的老婆，卻又不愛丈夫，而愛別個」。天啓末年，「這江以南，淫氣忒盛了。凡是聰明男子，伶俐婦人，都想偷情，不顧廉恥」。〔註 43〕三拙與王子嘉之類的偷情行家屢屢得手，三拙淫了一、二百人，子嘉也不下百人。與二人發生性關係的婦女都是自願甚至主動勾引男人，或貪財或圖貌或求樂。

《梧桐影》寫到清初江南風氣的變化：「後來清朝得了天下，每年差出御史一員，巡行一省，代天子行事……比及張御史到任，一如舊規，衙門整肅。不期天憫下民，得差一個賽包龍圖的秦御史來，凡是所屬地方，也不遊山，也不赴席，各役封鎖在內，水屑不漏。那些大奸大惡，都訪拿了，大半處死，卻又是預先私行訪的，不由送訪的參送。至於笞杖的罪贖，毫不入己。自楓橋至無錫，這一帶塘岸，秦御史把這衙門罪贖，委發該縣，一一修葺，用大片石板，沿路築好，以便兵馬及商民往來……自此朝裏好官多了，人人思想輔佐天子，愛恤黎民，成千百年太平世界。」〔註 44〕順治十三年李御史上任，下決心整頓風紀：「代天子行事，在這地方做一場官，縱不能遍訪賢能，薦之

〔註 42〕〔清〕煙水散人《春燈鬧》第 9 回，《思無邪匯寶》第 18 冊《春燈鬧》第 383 頁。

〔註 43〕〔清〕無名氏《梧桐影》第 3 回，《思無邪匯寶》第 16 冊《梧桐影》第 44～45 頁。

〔註 44〕〔清〕無名氏《梧桐影》第 3 回，《思無邪匯寶》第 16 冊《梧桐影》第 46～48 頁。

天子，必須察盡奸惡，救此兆民。假如和尚，豈沒幾個高僧，修行辨道？豈沒幾個包攬詞訟，串通衙蠹的，比俗人還狠？又豈沒幾個貪酒好淫，敗壞清規的，比俗人更毒？假如戲子，本是賤役，安敢爲非？只是倚仗勢宦，奢侈放恣，其害尚小。有那行姦賣俏，引誘婦女，玷辱閨門的……再一訪問，除了淫惡，也是扶持風教一樁大事。」〔註 45〕三拙、子嘉與成百婦女有染，但大都是婦女自願，許多婦女還是主動引誘二人。三拙騷擾過寡婦，強迫過少女，一個是被尼姑誤導，另一個是其母得錢後出賣女兒，且都沒有得手。二人依法罪不至死，卻被酷刑折磨致死，起到了警戒和震懾作用：「話說三拙、王子嘉死後，江南風俗畢竟漸漸變好了。鄉宦人家，規矩嚴肅，戲子孌童，只在前廳服役，沒酒席的日子，並不許私自出入。就是戲酒，也只是慶壽賀喜，不得不用他們。開行人家邀遠來商賈，請妓陪酒，不得不扮一本戲；其他也清談的多，寧可酒筵豐盛，可以娛賓罷了……就是虎丘山上，三十年前，良家女子，再不登山遊玩，若有女子遊山，人便道是走山婦人，疑他不良。近年晴天遊山的，多則千人，少亦百人，雨天遊山的，亦嘗有一二十輩，甚至雨過地滑，千人石上有跌倒的，衣裙皆濕，嬉笑自若。這二三年來，也畢竟少了。」〔註 46〕小說描寫明末清初山西一帶的風土人情：「代州地方都是好勇鬥狠，豎起跳樑的人，並沒一個游手遊食，做浮花子弟。人家養出兒子來，父親讀書，大兒子就讀書，第二個兒子，便經商開店。父親經商開店，大兒子就經商開店，第二個兒子便讀書。若養出第三個兒子，恐怕力量照管不來，游蕩壞了身子，後來沒事做，沒飯吃，害了他終身，便送去和尚寺裏，做了徒弟，教他做禪門的事，吃禪門的飯，十家倒有九家是這般。」〔註 47〕小說寫特別寫到山西婆娘：「話說山西地方，生出來的女子，都是水噴桃花一般，顏色最好，資性也聰明。大同宣府一路，更覺美貌的多，故此正德皇帝在那裡帶了兩個妃子回朝。」〔註 48〕小說寫了山西睡炕的風俗：「立了冬，十月天氣，每家都在大炕上，燒熱了睡。一家親丁，都在上面，各自打鋪，就是親戚來，也是如此。咱開飯店接客的，常來的熟客，也就留在炕上打鋪，只是

〔註 45〕〔清〕無名氏《梧桐影》第 9 回，《思無邪匯寶》第 16 冊《梧桐影》第 108 頁。

〔註 46〕〔清〕無名氏《梧桐影》第 12 回，《思無邪匯寶》第 16 冊《梧桐影》第 140 頁。

〔註 47〕〔清〕無名氏《梧桐影》第 4 回，《思無邪匯寶》第 16 冊《梧桐影》第 50 頁。

〔註 48〕〔清〕無名氏《梧桐影》第 6 回，《思無邪匯寶》第 16 冊《梧桐影》第 75 頁。

吹烏了燈，各自安穩，不許瞧，不許笑，瞧了笑了，半夜也爭鬧起來……就是媳婦子在裏面，咱這裡不避忌的。」〔註49〕

小說還寫到當時的戲子生活和戲班演出情況。戲子有入班和不入班兩種。不入班的多是家傳，有幾本拿手的曲目，戲班需要時請他去演，稱爲「拆」。入班的，班主要付一定數量的壓班費 30 至 50 兩銀子，還要請教師培訓，一般要教會十本以上，才派出去應戲。當紅男戲子除了演戲，還要充當大老的小官和鄉宦富家妻妾小姐的臨時情人。結束演藝生涯後，大多當起清客，捧角、串戲或接待外來戲班，混口飯吃。名氣特大的，可以交接到官僚世宦、文人墨客，打抽豐之外，常常通關節、攬詞訟、說事過錢，做個大通家。由於「新朝極作興戲子」，所以他們的地位也略有提高：「明朝只府縣吏員，爲說三考滿了，可以選個倉官，巡檢、滸墅關書辦，部裏有名冊，這兩樣人，稱個相公。一班皂快也有稱相公的，戲子只稱師傅，清客只稱官人。如今戲子稱阿爹，清客稱相公了。」〔註 50〕戲班爲有經濟能力、有喜慶活動的家庭演出，爲官府招待官員活動應差，也爲民間賽神活動助興。家庭演出稱爲「戲酒」，分臺戲和堂戲，價格都比較高，書中提到的是十兩銀子一本，且主家先要給戲班付一筆不少的安家費一百兩銀子。名頭響的戲班，一個月能演三十本戲，收入不菲。

〔註49〕〔清〕無名氏《梧桐影》第 6 回，《思無邪匯寶》第 16 冊《梧桐影》第 78 頁。

〔註50〕〔清〕無名氏《梧桐影》第 9 回，《思無邪匯寶》第 16 冊《梧桐影》第 113～114 頁。